ein Ullstein Buch

ÜBER DAS BUCH:

Die Stätten der eigenen Vergangenheit kennenzulernen, diesen Wunsch erfüllt sich der Geophysiker Jay Harper mit einem Besuch in der Heimat seiner Vorfahren in New Mexico. Doch das Dorf ist verschwunden – versunken unter Millionen von Kubikmetern Wasser in einem gigantischen Stausee. Als Harper den Ort im Taucheranzug besichtigt, macht er eine alarmierende Entdeckung: Tektonische Beben haben an der Basis des Staudamms bedrohliche Spuren hinterlassen. In der aufstrebenden Stadt am Stausee aber blüht die Spekulation: Das Gerücht vom Ausbau des Staudamms hat einen Run auf das Bergland am See ausgelöst. Der reiche Bauunternehmer Bill Williams hat sich den Auftrag für den Dammausbau erkämpft. Obwohl ihn Harpers Entdeckung am härtesten trifft, erkennt er als erster, was auf dem Spiel steht: das Leben von fünfhunderttausend Menschen. Ein Katastrophenschutzplan wird entwickelt – ein dramatischer Wettlauf um Leben und Tod beginnt ...

DER AUTOR:

Richard Martin Stern, 1915 in Fresno geboren, entstammt einer alteingesessenen kalifornischen Familie. Vom Werbeagenten bis zum Ingenieur einer Flugzeugfabrik übte er die unterschiedlichsten Berufe aus, bis er freier Schriftsteller wurde. Seit 1945 hat er über hundert Kurzgeschichten und Zeitschriftenserien und rund zwanzig Romane veröffentlicht. Für seine Spannungsromane erhielt er den begehrten Preis der Mystery Writers of America.

Richard Martin Stern

Tödliche Flut

Roman

ein Ullstein Buch

ein Ullstein Buch
Nr. 22131
im Verlag Ullstein GmbH,
Frankfurt/M – Berlin
Titel der amerikanischen
Originalausgabe:
FLOOD

Deutsch von Karl-Otto und
Friederike von Czernicki

Ungekürzte Ausgabe

Umschlagentwurf:
Hansbernd Lindemann
Foto: Mall Photodesign

Taschenbuchausgabe mit Genehmigung
des Franz Schneekluth Verlags, München

Printed in Germany 1989
Druck und Verarbeitung:
Ebner Ulm
ISBN 3 548 22131 9

Juli 1989

Vom selben Autor
in der Reihe
der Ullstein Bücher:

Sturm ist ihre Ernte (20908)
Die Himmelsmaschine (20943)
Hölle im Schnee (22005)
Die Herren von
El Rancho (22051)
Die Söhne (22089)

CIP-Titelaufnahme
der Deutschen Bibliothek

Stern, Richard Martin:
Tödliche Flut: Roman / Richard Martin
Stern. – Ungekürzte Ausg. – Frankfurt/M;
Berlin: Ullstein, 1989
(Ullstein-Buch; Nr. 22131)
ISBN 3-548-22131-9
NE: GT

I

Jay hatte die undeutliche Vorstellung, daß der Wunsch, die Stätten der eigenen Vergangenheit wiederaufzusuchen, in jedem Menschen tief verwurzelt sei; da er aber von Natur aus ein eigenständiger Mann war, hatte er sich noch nie darum gekümmert, was andere Leute darüber dächten, und ihre Erklärungen wären ihm wohl auch gleichgültig gewesen.

Für ihn hatte es stets die Tagebücher seiner Urgroßmutter Julia gegeben und ihre Schilderungen dieser Gegend und des hier begraben liegenden Alten, des Jedediah Harper, dessen Namen Jay trug. Und das war genug. Jay war hier, um sich selbst einen Eindruck zu verschaffen, und er war über zehn Jahre zu spät gekommen. Ein leises Schuldgefühl überkam ihn, denn es war nur seine eigene Unentschlossenheit, die dafür verantwortlich war.

Er saß jetzt äußerlich ruhig, aber voll innerer Spannung am Heck des gemieteten Bootes; er hatte den Außenbordmotor abgestellt und wartete, bis sich die Wasseroberfläche beruhigt und der stille Friede dieser Bergregion wieder eingestellt haben würde. Und dann konnte er hinabblicken und auf dem Grund des Sees deutlich die Steinhäuser erkennen. Einst hatten sie ein Dorf gebildet. Jetzt, vom angestauten Wasser überflutet, waren sie tot wie Pompeji oder die riesigen, atemberaubenden Ruinen der Höhlenstadt von Mesa Verde. Aber sie waren wenigstens noch intakt. Bei der Wasserbewegung, und mochte sie auch noch so geringfügig sein, und der unvermeidlichen Erosion und Versandung würden sie allerdings nicht ewig so bleiben. Er mußte sie jetzt sehen oder nie.

»Als ich das letzte Mal hinunterschaute, waren sie noch da«, sagte der Bootsverleiher. »Aber warum jemand zu dieser Jahreszeit auf den See hinausfahren sollte, nur um sich dieses Zeug anzusehen, ist mir schleierhaft. Es sind doch bloß Steinhaufen tief unten im Schlamm.« Er wartete, und die unausgesprochene Frage hing in der Luft.
Jay sah darüber hinweg, er ignorierte überhaupt alle Fragen, die das Persönliche betrafen. Schweigend nahm er die Brieftasche heraus.
»Die meisten«, sagte der Mann, den Blick unverwandt auf die Brieftasche gerichtet, »nehmen ihre Kreditkarten. So verlange ich allerdings keine Anzahlung.« Seine Augen weiteten sich angesichts der Hundert-Dollar-Note, die zum Vorschein kam. Er nahm sie rasch. »Ich glaube, damit ist alles geregelt.«
Den Geldschein in der Hand, sah er zu, wie Jay die Leine abwarf, ins Boot trat, den Außenbordmotor mit geübter Hand anwarf und ohne ein weiteres Wort oder einen Blick zurück Kurs auf die Mitte des Sees nahm.
Ein Einzelgänger, dachte der Mann; einer von denen, die alles für sich behalten. Er hatte völlig recht.

Während er durch das klare, kalte Wasser auf den Grund hinabschaute, mußte Jay daran denken, daß vor einhundertfünfzig Jahren der alte Jed, sein Ururgroßvater, einer der legendären Waldläufer seiner Zeit, sich ganz allein den Weg durch die unwirtliche Gebirgswelt gebahnt hatte; er hatte mit einem gebrochenen Bein den Winter am Ufer eines Gebirgsbaches in dem jetzt überfluteten Talkessel verbracht und war dann eines Tages wieder zurückgekehrt, um sich neben dem Bach eine Blockhütte zu bauen und dort zu bleiben. Das Dorf, das sich um Jeds Blockhütte herum allmählich bildete, hieß Harper's Park.
Nach den Schilderungen des alten Jed, die von Urgroßmutter Julia in ihrem Tagebuch, das Jay in jungen Jahren fast auswendig gelernt hatte, festgehalten worden waren, ka-

men damals im Frühjahr die Hirsche und Elche furchtlos durch die von Blumen übersäten Wiesen morgens und abends zur Tränke an den Fluß. Die Forellen gehörten Jed, er brauchte nur einen geköderten Haken in das reine, sprudelnde Wasser zu senken. Wasservögel ließen sich auf ihrem Zug auf den kleinen Teichen und stillen Nebengewässern nieder. Otter bauten sich Rutschbahnen aus Lehm, und die Alten tummelten sich mit ihren Jungen aus reinem Übermut am Ufer herum, während die ernster veranlagten Biber ihre Dämme bauten. Bären suchten nach wilden Beeren und gingen gelegentlich auch im Fluß auf Fischfang. Jed hatte sie beobachtet, wenn sie bis zum Bauch in dem kalten Wasser standen, ohne Rücksicht auf die starke Strömung, bis sich ein Fisch allzu nahe heranwagte. Dann schlug die Tatze mit unglaublicher Schnelligkeit zu, das Ufer wurde von einem Sprühregen überschüttet, und als köstlicher Lekkerbissen blieb ein zappelnder Fisch auf der Böschung liegen.

Manchmal, erinnerte sich der alte Jed, sah er in der Stille ganz kurz einen Fuchs oder einen jagenden Marder, aber diese anmutigen Gesellen waren schnell wieder verschwunden.

Jenseits der Wiesen begann in jener Frühzeit bereits der Wald, Nadelhölzer und Espen, und tief drinnen im Dikkicht lebten ungezählte Baumläufer und Häher, Goldspechte, Meisen, Schneefinken, Elstern, Habichte, gelegentlich gingen hier auch majestätische Adler auf Jagd, als ob noch nie ein Mensch in ihren Lebensraum eingedrungen wäre.

Nachts, in der Stille des Waldes, jagte der Uhu, und seine weichen, breiten Schwingen schluckten jedes Geräusch, das sein Flügelschlag hervorgebracht haben mochte.

Oberhalb der Baumgrenze - auf diesem Breitengrad etwa bei 3500 Meter - türmten sich die Berge klar und fast kahl vor dem wolkenlosen Himmel auf. Hier und da, in geschützten Mulden, durchbrachen Flecken alpiner Tundra die Kargheit von Fels und Geröll; dort sah man kleine, harte Pflanzen, die dem Wind und dem Temperaturgefälle zwischen Tag und Nacht zu trotzen vermochten: winzige blaue Vergißmeinnicht, Bergsauerampfer, dessen Färbung vom Grün bis ins Rötliche hinüberspielte, weiße Weidenkätzchen, gelbes Fingerkraut - sie alle klammerten sich tapfer an die karge Erdkrume, die dieses hochgelegene, unwirtliche Land ihnen bot.

So war es gewesen, und das Dorf hatte diesen Zustand kaum verändert. Aber siebenhundert Meter weiter unten, in der Ebene, hatten Planwagen, die sich auf dem Weg nach Westen befanden, den aus dem Gebirge herabströmenden Fluß als willkommenen Rastplatz erreicht; viele Siedler waren geblieben und hatten hier eine neue Heimat gefunden. Nach und nach kamen die Rinder, die Eisenbahn und immer mehr Menschen. Bergbau und verschiedene Gewerbebetriebe machten sich die günstige Lage des Ortes zunutze. Eine Fernstraße wurde gebaut und verband den Osten mit dem Westen. Das Bergdorf verkümmerte, und als der Staudamm errichtet wurde, um die aufstrebende Stadt mit Wasser und elektrischem Strom zu versorgen, wurde das Dorf dem Tod durch Ertrinken preisgegeben.

Ein Mann erwartete ihn auf dem Landungssteg, als Jay anlegte; es war ein großer, breitschultriger Mann in Uniform, den Revolver im Schulterhalfter und mit einem Cowboyhut. Er hatte eine strenge Miene aufgesetzt, wie es Polizisten auf der ganzen Welt zu tun pflegen. Jay vermutete, daß sie sich den richtigen Gesichtsausdruck vor dem Spiegel einübten.

»John Boggs«, sagte der Mann. »Ich habe Sie hier, glaube ich, noch nie gesehen.« Seine Stimme klang weder freundlich noch barsch, einfach amtlich.

Jay stieg aus dem Boot und belegte die Fangleine an einer Klampe. »Hätte ich mich anmelden müssen? Oder womöglich ein Visum beantragen sollen?«

»Sie scheinen kein Fischer zu sein.«
»Stimmt.«
»Und keine Kamera bei sich zu haben.«
»Stimmt ebenfalls.«
»Im Motel«, sagte Boggs, »haben Sie Ihre Adresse mit -«, er runzelte die Stirn, »- mit Al Huhfuhf angegeben. Soll wohl ein Witz sein?«
»Al Hufuf. Meine letzte Anschrift. Liegt in Saudi-Arabien. Eine neuere habe ich noch nicht.«
»Moment mal«, sagte Boggs. »Hier kommen alle möglichen Leute durch. Meistens früher, im Sommer, aber sie kommen auch zu anderen Jahreszeiten. Einer hat gesagt, er wolle versuchen, mit Sprengstoff zu fischen.«
Jay breitete mit gleichgültigem Gesichtsausdruck die Arme aus, als ob er eine Leibesvisitation erwarte. »Kein Dynamit, kein Gelignit oder andere herkömmliche Sprengstoffe. Keine kleinen Atombömbchen.«
Boggs sah ihn lange mit prüfenden Blicken an.
Der Mann trug einen dicken, handgestrickten Rollkragenpullover mit Norwegermuster, Jeans und Leinenschuhe - was nach Boggs' Meinung bei der heutigen Mode überhaupt nichts bedeutete. Mittelgroße Gestalt, Ende zwanzig oder Anfang dreißig, gedrungen, lässig und offenbar selbstsicher. Provozierend, aber daran ist man als Polizist schließlich gewöhnt. Und der Wagen neben dem Motel hatte eine Mietnummer.
»Für die Sommersaison ist es zu spät«, sagte Boggs, »für die Jagd noch zu früh, und Sie fischen nicht. Sie sind hinübergefahren und haben sich bei dem Damm herumgetrieben. Danach haben Sie lange im Boot gesessen und auf die Häuser unten auf dem Seegrund hinuntergeschaut.«
»Ich bin also eine verdächtige Person?« Jay nickte. »Ja, da ist etwas dran. Morgen gehe ich schwimmen - falls dies nicht gesetzlich verboten ist.«
John Boggs' Gesichtsausdruck veränderte sich plötzlich, und in seine Stimme kam Schärfe. »Was sind Sie denn -

sind Sie ein Spinner? Ende September im Gebirgswasser schwimmen?«

»Ich benutze einen Taucheranzug mit Atemgerät. Ich möchte das Dorf aus der Nähe sehen. Etwas dagegen?«

»Weswegen wollen Sie denn diese alten Häuser sehen?« Dann schien Boggs plötzlich etwas einzufallen, und sein Gesicht erhellte sich. »In der Hotelanmeldung ist Ihr Name mit Harper angegeben«, sagte Boggs. »Verwandtschaftliche Beziehungen?« Er wies mit einer Handbewegung auf den See und die unter dem Wasserspiegel liegenden Gebäude von Harper's Park.

»Ja.«

Boggs wartete, aber es kam nichts mehr.

»Meinetwegen«, meinte er schließlich, »die Sache geht in Ordnung.« Und er setzte hinzu: »Sie sind bestimmt kein gesprächiger Typ.« Er sah Jay nach, wie dieser den Hang zum Motel hinaufging, und rief hinter ihm her: »Was haben Sie denn in Al . . . wie das auch heißt . . . in Saudi-Arabien gemacht?«

Jay blieb stehen und drehte sich um. »Gearbeitet.«

Auf Boggs' Gesicht lag jetzt ein Ausdruck von Resignation. Wenn man aus diesem Burschen etwas herausbekommen will, dachte er bei sich, muß man verdammt richtige Fragen stellen. »Okay. Was tun Sie, wenn Sie arbeiten?«

»Ich bin Geophysiker.«

Jay wandte sich ab und ging weiter. Ein Gefühl tiefer Niedergeschlagenheit ergriff ihn, als er an den Anblick des versunkenen Dorfes dachte.

Neue Gegenden - und er hatte viele, vielleicht zu viele gesehen - vermittelten zunächst einen allgemeinen Eindruck, wie Jay immer wieder festgestellt hatte, dann stellten sich ein paar Fakten ein und schließlich, wenn man sich Zeit und Mühe nahm, Verständnis. Und Kenntnisse, alle Kenntnisse, erwiesen sich früher oder später als nützlich. Es kam nur darauf an - was die meisten Menschen anscheinend

nicht begriffen -, ein paar Fragen zu stellen und sich die Antworten dann aufmerksam anzuhören.
Zu dem Mann hinter der Theke im Schnellrestaurant des Motels sagte Jay: »Sind Sie schon lange hier?« Der andere sah wie der Inbegriff eines mexikanischen Banditen aus, mit gezwirbeltem, schwarzem Schnurrbart und allem, was dazu gehört.
Und dann versiegte der Informationsfluß nicht mehr. Der Kerl hieß Pancho und stammte aus der Stadt unten in der Ebene. »Ich, ich wurde dort geboren, netter kleiner Ort, hübsche kleine Plaza, netter Fluß, Straße und Eisenbahn - so war es damals. Ich rede von der Zeit nach dem großen Krieg, den die Leute Zweiter Weltkrieg nennen - Sie wissen?«
Jay nickte, schlürfte seinen Kaffee und hörte zu.
»Viel Durchgangsverkehr«, sagte Pancho. »Nach Los Angeles, Chicago, Autos und diese großen Pullmanzüge mit Klimaanlagen, und alles auf Hochglanz poliert. Netter Ort.«
»Aber Sie sind weggegangen.«
»Jetzt sind einfach zu viele Menschen da. Wo die bloß alle herkommen? Warum bleiben sie nicht zu Hause? Hier oben kann ich fischen, auf die Jagd gehen, hier gibt es noch Hirsche, wenn man die richtigen Stellen kennt, und Enten, in der richtigen Jahreszeit auch Gänse, und Forellen im Fluß. Der Haken ist nur, daß es verdammt trocken geworden ist, im See ist nicht mehr viel Wasser. Das macht die Trockenheit. Noch etwas Kaffee?«
Jay schob ihm seine Tasse hin. »Wie in Kalifornien«, sagte er. »Dort herrscht auch Dürre. Im ganzen Westen. Langanhaltende Trockenheit.«
Pancho schenkte Jay nach und goß auch sich selbst etwas heißen Kaffee in eine dicke Tasse. »Tja. Ich habe davon gelesen.« Er strahlte, und ein breites Lächeln entblößte unter seinem dichten Schnurrbart eine blitzende Reihe weißer Zähne. »Und die werden auch noch das große Erdbeben bekommen, nicht wahr?« Man spürte seine Schadenfreude bei

dieser Aussicht. Jay fragte sich, was Pancho gegen Kalifornien hatte.

»Eines Tages, ziemlich sicher«, sagte Jay. Man brauchte nicht Geophysiker zu sein, um das zu wissen. Die San-Andreas-Linie war eine längere Druckzone, die früher oder später unter den gewaltigen Kräften, die auf sie einwirkten, einstürzen würde.

Panchos Lächeln hatte etwas von seiner Heiterkeit verloren. »Vielleicht bekommen wir es hier auch zu spüren? Auch so weit entfernt?«

»Wie kommen Sie darauf?«

Pancho zuckte mit den Achseln. »Wir haben schon eines gehabt, ein kleineres. Ich habe viel schlimmere in Mexiko erlebt.«

Interessant. Soweit Jay wußte, war diese Gegend immer ziemlich stabil geblieben. Andererseits konnten geologische Veränderungen der Erdoberfläche überall auftreten. Mit Sicherheit hatte es große Erdbewegungen gegeben, als das Gebirge aufgefaltet wurde. »Hier?« sagte er. »Hier, an dieser Stelle?«

Pancho zuckte wieder mit den Achseln. »Wer weiß, wo die Mitte des Bebens lag?«

Jay sagte automatisch: »Das Epizentrum.« Die Seismographen hatten es sicher aufgezeichnet.

»Das ist der Ausdruck, der auch in der Zeitung stand«, sagte Pancho. »Aber einer meiner *primos* sagte, sie hätten es unten in der Stadt kaum gespürt. Hier -« Pancho hielt inne und suchte nach einer passenden Erklärung. »Sie wissen doch, wie der Kaffee überschwappt, wenn man eine volle Tasse auf der Untertasse herumträgt. Genauso war es mit dem See. Ich habe es beobachtet. Als ob jemand das ganze Tal durchgeschüttelt hätte.«

Seiches, dachte Jay. Zu diesen Niveauschwankungen kam es, wenn das örtliche Beben zu stark wurde; die gesamte Wassermenge geriet durch seismische Beben in Schwingungen. Die maximale Stärke oder Wasserbewegung mußte

dann an den Seerändern liegen. Im zentralen Schwingungsknoten herrschte fast vollständige Ruhe.
Nach der modernen Lehrmeinung galten Flutwellen als *Seiches,* die nicht von seismischen Beben, sondern hauptsächlich durch Kräfte ausgelöst wurden, die Sonne und Mond erzeugten. Und oben auf den Großen Seen hielt man jedes plötzliche Ansteigen des Wasserspiegels in einem Hafen oder einem See für einen Fall von *Seiches,* ob das Wasser nun in Schwingung geriet oder nicht.
Die Stärke von *Seiches* war schwer zu berechnen, aber man brauchte nur an die Kraft der Gezeiten bei Fundy an der Passamaquoddy Bay oder an Linmouth bei der Mündung des Bristolkanals zu denken, um eine Vorstellung von den Urgewalten zu bekommen, die auf diese Weise ausgelöst wurden. Damit war nicht zu spaßen.
»Wann war dieses Erdbeben?« fragte er.
Pancho zuckte erneut mit den Achseln. »Vor etwa vierzehn Tagen. Glauben Sie, wir bekommen noch mehr davon?«
Erdbeben traten gewöhnlich, aber nicht immer, gehäuft auf. Wenn das Gleichgewicht wiederhergestellt war, dauerte es eine gewisse Zeit, bis sich die Kräfte erneut soweit aufgebaut hatten, daß Erdbewegungen unvermeidlich wurden. Erdbeben waren nicht sein Spezialgebiet, aber Jay verfügte über ausreichende Grundkenntnisse. »Schwer zu sagen«, meinte er, »aber dieses Gebiet gilt im allgemeinen nicht als besonders erdbebengefährdet, wie zum Beispiel andere Gegenden.«
»Kalifornien?« Wieder der Ausdruck fast hämischer Freude.
Ja, dachte Jay, Kalifornien war - wie Texas - groß und irgendwie anmaßend; viele Menschen konnten es nicht leiden. »Und viele andere Gegenden«, sagte er. Auf der ganzen Welt, wenn man so wollte.
Die Menschen neigten dazu, sich die Erde als etwas Festes, als etwas wie in Beton Gegossenes vorzustellen. Falsch, ganz falsch. Die Erdkruste befand sich ständig in Bewegung, sie

brach hier auf, verschob sich dort, sie hob sich, senkte sich, verwarf sich.
Man ging jetzt davon aus, daß die Kontinentalmassen, so riesig sie auch waren, auf noch größeren Massen, den sogenannten lithosphärischen Schichten, ruhten; diese schwammen gewissermaßen auf schwächeren, darunterliegenden Stoffen und bewegten sich auf ihnen in Reaktion auf Kräfte, die unvorstellbar groß waren und die sich jeglicher menschlichen Kontrolle entzogen. Die Verwerfung der Erdkruste war das unvermeidliche, immer wieder auftretende Ergebnis.
Für Pancho war das Thema Erdbeben vorläufig erledigt. Sein Horizont ging, dachte Jay, wahrscheinlich über das Fischen, die Jagd oder den Sport kaum hinaus.
»Sind Sie das erste Mal hier?« fragte Pancho.
Jay nickte.
»Wenn Sie Zeit haben - es gibt dort, oberhalb des Sees, einen hübschen Weg am Flußufer entlang. Nehmen Sie eine Rute mit -«
»Ich bin kein Fischer.«
»Na schön, dann machen Sie eben einen Spaziergang. Gehen Sie gern zu Fuß?«
»O ja.«
Es war wirklich ein schöner Spaziergang, durch Espen- und Tannenwald, und das Laub der Espen färbte sich bereits, an einigen Stellen war es schon leuchtend gelb geworden. Der See lag hinter ihm, und um ihn herum gab es nur den Wald und den Fluß. So mußte es hier auch zur Zeit des alten Jed ausgesehen haben, dachte Jay. Er fühlte sich hier erfrischt und wie zu Hause, aber ein Rest Unruhe war in ihm zurückgeblieben. Er sah Eichhörnchen, die aufgeregt über ihn zu schelten schienen. Eine Bergmeise ließ in der Stille des Waldes ihre unverkennbare Melodie ertönen und flog, als Jay näher kam, auf einen kleinen Ast, an dem sie sich mit dem Kopf nach unten festklammerte, um den Eindringling aus einem anderen Blickwinkel zu betrachten. Ein Nußhäher

folgte ihm und verbreitete mit kreischender Stimme die Nachricht, daß sich ein menschliches Wesen näherte; dann verlor er plötzlich alles Interesse und flog davon. Mit Steilkurven, Wendungen und Sturzflügen wollte er anscheinend zu erkennen geben, wieviel Spaß ihm der Hinderniskurs zwischen den Bäumen hindurch machte.
Irgendwo im Wald hämmerte ein Specht - Hämmern, Pause, wieder Hämmern. Ein Kleiber marschierte mit dem Kopf voran an einem Baumstamm hinunter und würdigte den Menschen in seiner Nähe keines Blickes. Von einer Lichtung aus sah Jay gegen den endlosen Himmel einen Truthahngeier, der sich mit weitgespannten Schwingen vom Aufwind in die Lüfte hinauftragen ließ.
Wie lautete doch die alte Redensart? Wenn eine Tannennadel auf den Waldboden fällt, sieht sie der Adler oder der Geier, der Hirsch hört sie auf dem Boden landen, und der Bär riecht sie.
Beim Menschen waren die Sinnesorgane wahrhaftig nur schwach entwickelt. Aber die Fähigkeit des Menschen, das Bestehende zu ändern und allzuoft auch zu zerstören, war fast grenzenlos. Auch einer jener bitteren Gedanken, die ihm beim Anblick des versunkenen Dorfes gekommen waren.
Wie die modernen Medizinmänner sagen würden, ›identifizierte‹ er sich natürlich viel zu sehr mit diesem Dorf, seit er das Tagebuch seiner Urgroßmutter Julia gelesen hatte.
Er wußte eigentlich viel zuwenig über Julia, und er bedauerte das. Später einmal, vielleicht in Boston, woher sie stammte, oder eventuell auch in den umfangreichen Familienarchiven von Salt Lake City, wollte er versuchen, mehr über ihre Herkunft ausfindig zu machen, über ihre Familie, ihre Erziehung und die Beweggründe, die sie in den Westen und schließlich nach Harper's Park gebracht hatten, um hier zu heiraten und zu erkennen, daß die Geschichten des alten Jed als Zeugnisse der Vergangenheit wert waren, aufgezeichnet zu werden.

Julia war eine gebildete Frau gewesen; ihre Tagebücher bewiesen es. Und ihre Interessen waren weit gespannt; sie reichten etwa von Gedanken über die Neuordnung der politischen Verhältnisse nach dem Sezessionskrieg und dem Bau von Eisenbahnen, über den Deutsch-Französischen Krieg von 1870/71, Das Massaker von General Custer, die Flora und Fauna von Harper's Park, die Entdeckung des Tuberkuloseerregers durch einen Mann namens Koch, die Gedichte eines Engländers namens Kipling und einen Teil von Robert Brownings Werk bis zu der Institution der Ehe, homöopathischen Arzneien und der Kindererziehung - und alles war, einschließlich der Erzählungen des alten Jed, in gestochener Handschrift und klarer Sprache festgehalten. Es übte auf einen Jungen natürlich einen großen Eindruck aus und zog ihn unwiderstehlich zu einem Dorf hin, das jetzt auf dem Grunde eines Sees lag.

Es war schon fast dunkel, als er zum Motel zurückkam. Mit den rostigen Metallfensterrahmen, dem grellgrün gestrichenen Dach und dem von weggeworfenen Zigaretten arg mitgenommenen Bodenbelag sah es ziemlich heruntergekommen aus. Aber das Bett hatte sich bequem angefühlt, die sanitären Einrichtungen funktionierten und waren geruchlos. Das Bettzeug war sauber. Jay hatte in viel schlechteren Unterkünften übernachtet und war nicht geneigt, sich durch kleinere Mißhelligkeiten aus der Ruhe bringen zu lassen. An einigen Orten, wo er gearbeitet hatte, ließ es sich ganz gut leben - Prudhoe Bay fiel ihm ein und die Bohrstelle in der Nordsee, oder der klimatisierte Luxus in Saudi-Arabien.

Aber anderswo schlief man im Schlafsack oder an Bord eines mit elektronischen Geräten vollgestopften Schiffes, vielleicht in einem stickigen Zelt als Schutz gegen Moskitos oder in einer Hütte zusammengerollt gleich neben der Feuerstelle.

Cooley Parks hatte es einmal gesagt. Jay erinnerte sich:

»Wenn du jeden Abend ins selbe Haus zurückkommen willst, such dir besser eine andere Arbeit.« Stimmt. Und Cooley hatte hinzugefügt: »Das tun viele. Arme Kerle.«
Der Mann beim Empfang im Motel sprach mit John Boggs, als Jay in die Halle trat. Der Angestellte brach ab und hielt ein Stück Papier hoch. »Ein Anruf für Sie.«
Wenn man vom Teufel redet - sagte sich Jay, als er die Nachricht las, denn auf dem Papier stand der Name Parks sowie eine zehnstellige Zahl, die mit 403 begann, was, wie Jay schließlich einfiel, die Vorwählnummer für Alberta in Kanada war. Aber was machte Cooley Parks dort oben? Jay hatte ihn zuletzt gesehen, als sie sich in Rom nach der Abreise von Al Hufuf trennten.
»Ich stelle die Verbindung für Sie her«, sagte der Angestellte.
Boggs stand gegen den Tisch gelehnt und hörte aufmerksam zu, obwohl er unbeteiligt tat.
»Legen Sie das Gespräch in mein Zimmer«, sagte Jay und ging weg. Es war für ihn eine automatische Reaktion. Vielleicht war dieser Hang zum Ungestörtsein ein Charakterfehler bei ihm; er war sich nie darüber klargeworden. Aber es war nun einmal so. Seine Gedanken gehörten nur ihm selbst.
Der Apparat klingelte bereits, als er seine Tür aufschloß, und als er den Hörer aufnahm und seinen Namen nannte, dröhnte ihm die bekannte Stimme entgegen: »Jay, alter Junge! Wie steht's, wie geht's?«
»Ziemlich gleichmäßig.« Es war unmöglich, ein Lächeln zu unterdrücken; Cooley schien mit seiner Gegenwart das Zimmer förmlich auszufüllen. »Was tust du denn dort oben?«
»Ich versuche verzweifelt, dich ausfindig zu machen. Meine Telefonrechnung hat astronomische Größenordnungen erreicht. Mein Gott, du verstehst es wirklich, alle Spuren zu verwischen! Hör zu, Junge, mach dich auf die Socken, komm her! *Pronto!* Wir haben Öl gefunden! Menschens-

kind, hörst du? Wir haben Öl gefunden!« Dann trat eine Pause ein.
»Und?« sagte Jay.
»Ja, weißt du . . .« Cooleys Stimme fiel eine ganze Oktave ab. »Wir haben Schwierigkeiten.« Er seufzte. »Ich verstehe etwas vom Gestein.« Richtig, es gab keinen Besseren auf diesem Gebiet. »Aber hier haben wir es mit etwas Besonderem zu tun. Und ich habe den Leuten gesagt, wir können das ganze verdammte Feld zuschanden machen, wenn wir so weiterbohren wie bisher, ohne vorher eine genaue Untersuchung vorzunehmen. Was wir brauchen, ist dein technisches Wissen und deine ausgetüftelten Computer, damit wir sämtliche Lagerstätten erfassen und kein Tropfen Öl verlorengeht. Viel ist davon sowieso nicht mehr übrig.«
Jay schaute durch das Fenster hinaus auf den See, den Staudamm und die Berge. Dann warf er einen Seitenblick auf den Sack, der in der Ecke stand und seine Taucherausrüstung mit Tank, Spezialgürtel, Maske, Flossen und Taucheranzug enthielt. Er hatte noch nicht konkret darüber nachgedacht, aber Panchos Schilderung der *Seiches,* die durch das letzte Beben verursacht worden waren, hatte wie ein Alarmsignal auf ihn gewirkt.
Wenn er tauchte, um sich das Dorf Harper's Park näher anzusehen, war er dem Wasser auf Gedeih und Verderb ausgeliefert. Wenn das Wasser in Bewegung geriet, nahm es ihn mit, und ihm würde nicht mehr viel Bewegungsfreiheit bleiben, falls wieder ein Beben einsetzte und der See erneut in Schwingung geraten sollte. Beim Anprall gegen die Felswände waren seine Überlebenschancen gleich Null.
Aber er war nun einmal hier an Ort und Stelle - nach so langer Zeit -, und jene im Wasser versunkenen Häuser würden keine Ewigkeit überdauern. Wenn er sich einmal zu etwas entschlossen hatte, gab er seinen Plan nur ungern auf halbem Wege wieder auf. Er lächelte vor sich hin, wie er es oft getan hatte, und mußte daran denken, daß er vielleicht doch den Eigensinn des alten Jed geerbt hatte.

»Ich bleibe nicht lange hier«, sagte er. »Einen Tag oder zwei. Dann komme ich hinauf.« Sein Bankkonto war gut gepolstert, deshalb gab es auch in dieser Hinsicht keinen Grund zur Eile.

»Dies ist ein großer Fisch, mein Junge, kein kalter Kaffee. Und du wirst hier gebraucht. Dringend.«

»Höchstens ein Tag oder zwei.«

Eine lange Pause trat ein. Cooley seufzte. »Okay, ich habe gelernt, mich nicht mit dir herumzustreiten. Sag mir nur noch eines: Was machst du dort eigentlich? Du bist doch kein Fischer.«

Jay lächelte wieder. »Ich jage Gespenster«, sagte er. »Du hörst noch von mir.« Er legte auf.

2

In seinen jungen Jahren war Bill Williams mit Vorliebe einem schnurgeraden Weg gefolgt, er hatte sich mit eingezogenem Kopf und, wenn nötig, mit fliegenden Fäusten im Vertrauen auf seine Kraft den Weg gebahnt und alle Hindernisse aus dem Weg geräumt.
Diese Einstellung war ihm geblieben, aber er hatte sie gemäßigt und seinem Vorwärtsdrang Zügel angelegt; außerdem hatte er bis zu einem gewissen Grad gelernt, sich in Geduld zu fassen. »Du hast mir oft ins Gewissen geredet«, hatte er Martha gesagt, »und ich muß zugeben, daß es oft viel einfacher ist, einen kleinen Umweg zu machen, als mit dem Kopf durch die Wand zu rennen.«
Martha hatte immer auf ihre stille Art gelächelt, den Kopf geschüttelt und jedes Verdienst in dieser Hinsicht von sich gewiesen. »Du bist Herr deiner Entschlüsse. Das bist du immer gewesen. Deshalb habe ich dich geheiratet. Es war einer der Gründe.«
Martha lebte nicht mehr, und manchmal sah die Welt für ihn ganz leer aus, aber Marthas Einfluß blieb weiterhin wirksam. Vielleicht war es reine Gewohnheit. Fingerspitzengefühl war zwar nicht seine Stärke, aber er besaß Überzeugungskraft, ohne autoritär zu werden. Und sein guter Freund, der Gouverneur - wie viele Monate war es jetzt her? Schon fast zwei Jahre. Die Zeit verflog immer schneller, je älter man wurde.
Sie hatten damals in dem geräumigen Arbeitszimmer des Gouverneurs im State Building gesessen, die Jacketts aus Bequemlichkeit ausgezogen und Clara im Vorzimmer angewiesen, keine Telefongespräche durchzustellen.

»Hier hast du die genauen Unterlagen mit allen Zahlenangaben, Harry«, hatte Bill Williams gesagt. »Sie lügen nicht. Oh, ich weiß, es gibt Lügner, verdammte Lügner und Statistiker. Aber hier geht es um Wasser, um die Energieversorgung, und da gibt es irgendeinen lateinischen Ausdruck, den einmal irgendein Jurist von sich gegeben hat - er heißt soviel wie: Ohne das alles bekommst du gar nichts.«
Der Gouverneur lächelte schwach. *»Sine qua non«,* sagte er.
»Genau das. Dies geht auch aus den Unterlagen hervor, die von den Leuten der Energieversorgung amtlich vorgelegt worden sind. Ohne mehr Strom *und* eine größere, gesicherte Wasserversorgung können wir unser Wachstum nicht aufrechterhalten; wir sind dann wie eine Kröte, die sich nach etwas Regen in eine Pfütze setzt. Wenn diese austrocknet, gräbt sie sich wieder in die Erde hinein. Mehr kann sie nicht tun. Wir müssen den Staudamm von Harper's Park vergrößern. Uns bleibt keine andere Wahl.«
Der Gouverneur erhob sich, schritt zu den Fenstern, die auf das Gebirge hinausgingen, und blieb dort mit dem Rücken zum Zimmer eine Weile stehen. Er war ein schlanker, eleganter Mann, der stets gepflegt und gut angezogen auftrat. »Wieder ein großer Kampf, Bill«, sagte er. Er drehte sich um und lächelte. »Du liebst den Kampf.«
Früher vielleicht, als seine Energie unbegrenzt schien und er es sich leisten konnte, verschwenderisch mit ihr umzugehen, aber jetzt nicht mehr. »Ich breche nichts mehr vom Zaun, Harry - es sei denn, ich habe einen besonders guten Grund dazu. Ich bin wie der Schläger, der plötzlich merkt, daß er mit seinen Fäusten im Ring Geld verdienen kann. Keine Schlägereien mehr nur aus Spaß. Aber diesmal habe ich tatsächlich einen besonderen Grund.«
»Geld, Bill?« In der darauffolgenden Stille ging der Gouverneur an seinen Schreibtisch zurück und ließ sich in den Sessel fallen. »Angenommen, wir ziehen das Projekt durch - angenommen, wir bekommen die notwendigen Geldmittel

und gewinnen den Kampf mit den Pfennigfuchsern, den Umweltschützern und den Grundbesitzern, die sich nicht von ihrem Grund und Boden trennen wollen, angenommen, wir gewinnen die Zustimmung der Steuerzahler, die sich auf das kalifornische Gesetz Nummer dreizehn berufen, und wir setzen uns bei allen durch, die dagegen sind - angenommen, wir schaffen es und siegen, dann machst du eine Menge Geld, nicht wahr, Bill?«
»Wahrscheinlich. Ich erwarte wenigstens einen Teil der Aufträge und vielleicht sogar das Ganze. Aber glaubst du, dies sei der einzige Grund, warum ich die Sache vorantreibe?«
Wieder jenes schwache Lächeln.
»Du sagst es, wie es ist, nicht wahr, Bill?« sagte der Gouverneur und nickte. »Das ist immer deine Art gewesen. Nein, ich glaube nicht, daß es dir nur ums Geld geht. Wenn es so wäre, würde ich dir gar nicht zuhören.« Er richtete sich auf, warf einen Blick auf die vor ihm liegenden Papiere und sah dann wieder Williams an. »Du bist überzeugt, daß dieses Vorhaben dem Wohle der Stadt und des Staates dient, nicht wahr?«
»Ja, davon bin ich überzeugt.«
»Ich glaube dir. Viele Leute sagen dir allerlei nach. Das ist dir sicher nichts Neues. Ich kenne dich besser als alle anderen, und ich glaube dir.« Der Gouverneur seufzte. »Also schön, Bill. Du hast mich überzeugt. Wir werden den Apparat in Bewegung setzen. Hast du vor, dich aktiv an der Sache zu beteiligen?«
»Nein. Und zwar aus den Gründen, die du gerade erwähnt hast, Harry. Eine ganze Anzahl von Menschen ist automatisch dagegen, wenn ich mich für etwas einsetze. Aber ich stehe jederzeit zur Verfügung, wenn du mich brauchst.«
»›Erkenne dich selbst‹«, sagte der Gouverneur. »Ich glaube, du gehörst zu den wenigen, die sich diesen Satz zu Herzen genommen haben, Bill.«
Das war vor zwei Jahren gewesen. An diesem Abend saß Bill

Williams nach dem Essen bei einer Tasse koffeinfreiem Kaffee; bei ihm war seine Tochter Kate, die viel von Martha hatte und auch etwas von ihm selbst, kein Zweifel. »Du fragst, warum ich mich aus dieser ganzen Staudammangelegenheit herausgehalten habe? Hm, nicht ganz, aber doch nahezu? Weil ich ungeschickt bin, wie ein Elefant im Porzellanladen. Mir könnte bei irgendeinem Bürohengst der Kragen platzen, und dann ginge womöglich alles in die Brüche.«

»Du bist ein Schuft«, sagte Kate. Ihr liebevolles Lächeln erinnerte ihn an Martha. »Das hat mir Mutter gesagt, als ich zwölf war, aber ich wußte es bereits. Du bekommst den Vertrag für den Job. Und der Besitz vom alten Harrison, den du vor einiger Zeit aufgekauft hast, wird sehr wertvolle Seegrundstücke abgeben, wenn sich die Seeoberfläche ausdehnt und bis an den Besitz heranreicht. Du wolltest also nicht in vorderster Front stehen. Ich verstehe.«

In Kate steckt noch mehr von Martha als nur ihr Aussehen und die Art, wie sie sich gab, sagte sich Williams. Das durfte er nicht vergessen. »Was weißt du von George Harrisons Land?«

»Daß du es gekauft hast. Noch bevor jemand an die Vergrößerung des Staudamms dachte.«

Er fühlte sich in die Defensive gedrängt und ließ sich Zeit. »Du hältst dies für Unrecht?«

»Ich nicht, aber andere Leute.«

»Zum Teufel mit anderen Leuten. Wie denkst du darüber?«

»Du bist mein Vater.«

»Das ist keine Antwort.«

»Doch«, sagte Kate gedehnt, »es ist eine. Sie bedeutet, daß ich im Zweifelsfalle immer auf deiner Seite stehe. Immer.«

»Erklär mir das.«

Schon als kleines Mädchen hatte Kate die Angewohnheit gehabt, die Stirn zu runzeln, wenn sie angestrengt über etwas nachdachte. Eine kleine Falte erschien jetzt zwischen ihren Augen. »Du sagst, ein größerer Staudamm sei nötig, damit wir mehr Wasserkraft für die Stadt -«

»Richtig.«

»Und eine gesicherte Wasserversorgung erhalten. Wenn die augenblickliche Trockenheit zu Ende geht und sich der erweiterte Stausee füllt -«

»Sind unsere Wassersorgen vorbei«, sagte Williams. Wenigstens vorläufig. Aber wieso kommst du eigentlich dazu, so mit deiner eigenen Tochter zu reden? Warum sollte sie sich, auch noch so am Rande, für einen Staudamm, für Wasser und elektrischen Strom interessieren? Die Antwort lag auf der Hand: Auch Martha hätte sich dafür interessiert. Okay, denk daran. »Also?« sagte er.

»Das ist die eine Seite«, sagte Kate. Das kleine Stirnrunzeln war noch nicht vergangen. »Die andere Seite ist die, daß du eine Menge Geld verdienen wirst.«

»Ist das etwa schlecht?«

»Ich weiß nicht.« Kate betrachtete kurz ihre Hände. Sie blickte wieder auf. »Brauchen wir es? Haben wir denn nicht genug?«

Hierauf wußte er sofort eine Antwort. »Man kann zuwenig Geld haben«, sagte Williams. »Und man kann eine Menge Geld haben.« Er schüttelte den Kopf. »Aber so etwas wie genug Geld gibt es gar nicht.«

Er saß da wie ein Bär, dem man einen Köder vorgeworfen hat. Lächerlich - daß man sich vor seiner eigenen Tochter rechtfertigen mußte. Doch er konnte nicht gegen seinen Hang zur Aufrichtigkeit ankämpfen und das Problem damit einfach beiseite schieben. »Aber das willst du gar nicht sagen, liebes Kind«, meinte er in weicherem Tonfall. »Du fragst, ob dein Alter anständig handelt oder ob er ein falsches Spiel treibt, indem er George Harrison den ganzen Grundbesitz abkauft und dann auf die Vergrößerung des Staudamms drängt. Ist es nicht das?«

Ihre Augen blickten klar, und die kleine Falte auf ihrer Stirn war verschwunden, als sie ihm voll ins Gesicht sah.

»Das«, sagte sie, »ist der Punkt, bei dem ich im Zweifel ganz auf deiner Seite stehe.«
Langes Schweigen trat ein. Durch die Glaswand des großen Wohnzimmers konnte Williams auf die jetzt im Mondschein liegenden hohen Berge hinausschauen - auf den Union Peak, Taylor, Washington, Baldy. Die Gipfel waren nach der langen Dürre fast kahl. Er kannte sie alle; er hatte sie alle bestiegen. Dieses Land war seit jeher seine Heimat gewesen. »Liebes Kind«, sagte er, »ich habe diese Stadt gebaut. Nicht allein, das wollte ich nicht sagen.« Er hielt den Blick auf das Mädchen gerichtet, und seine Stimme klang sanft, beinahe traurig. »Aber ein Stück von mir steckt in allem, was für diese Stadt getan worden ist - im Harper's-Valley-Staudamm, im Transitsystem, in der Stadthalle, in den Viehhöfen - was du willst, dein alter Herr hat überall mitgewirkt, und zwar an entscheidender Stelle.«
»Ich weiß, Daddy.«
»Und«, fuhr Williams fort, »dabei habe ich Geld gemacht, viel Geld. Ist es das, was dir im Halse steckengeblieben ist? Ich habe Geld gemacht und viele andere nicht, ist es das?« Er war jetzt unfair, und er wußte es. Er legte sein ganzes Gewicht in die Waagschale. »Muß man arm sein, um anständig zu bleiben?«
Auf ihre Art war sie ebenso stark wie er, beinahe ebenso stark, wie Martha gewesen war. »Ich habe dir ja gesagt«, erklärte sie, »daß ich im Zweifelsfall auf deiner Seite stehe. Das habe ich immer getan und tue es auch jetzt.«
Und mehr, sagte sich Williams, war von ihr im Augenblick als Antwort nicht zu erhalten. Die alte, wilde Ungeduld rührte sich kurz, aber er unterdrückte sie. »Okay, Liebling. Dabei wollen wir es belassen. Gehst du heute abend aus?«
Kate schüttelte den Kopf und lächelte, wie man es bei einem alten, vertrauten Scherz zu tun pflegt.
Martha hätte gewußt, was sie darauf gesagt hätte. Williams wußte es nicht und war sich bewußt, daß er in solchen Fällen versagte. »Ich habe immer geglaubt, daß Mädchen -

junge Frauen - sich gern amüsieren und vielleicht sogar heiraten wollen.«
»Willst du mich loswerden?« Kates Lächeln wirkte fast etwas belustigt.
»Tu doch nicht so!« Er konnte sich noch gut an die Zeit nach Marthas Tod erinnern, als Kate auf dem College an der Ostküste studierte. »Großes Haus«, sagte er. »Ich käme schon zurecht.« Dann merkte er, wie seine Worte geklungen haben mußten, und fügte hinzu: »Verdammt noch mal, Kind, das heißt aber nicht, daß du ständig hier hocken und dich um mich kümmern mußt. Was ich sagen will, ist -«
»Ich weiß, was du sagen willst, Daddy.« Der belustigte Ausdruck war verschwunden. »Und bleib gefälligst nicht die halbe Nacht auf, um mit dem Gouverneur zu reden. Du mußt nicht alles selber machen.«
Allerdings nicht, dachte er bei sich, als er zu seinem Wagen hinausging. Es gab Dinge, die auch von so klugen Frauen wie Martha, ja, auch von Kate, nicht verstanden wurden. Irgend jemand hatte einmal gesagt, Genie sei die Fähigkeit, nie in den Bemühungen nachzulassen, was seiner Meinung nach den Nagel auf den Kopf traf.
Gewiß, er war kein Genie. Aber in gewissem Sinne hatte er dieses Erweiterungsprojekt aus der Taufe gehoben, und obwohl er sich in den letzten zwei Jahren meistens im Hintergrund gehalten hatte, war er führend an allen Verhandlungen beteiligt gewesen, denn jemand mußte die Sache vorantreiben, wenn sie nicht in lauter Einzelfragen versanden sollte.
Es war eine ganz einfache Rechnung. Angesichts der Bürokratie, die das Verhältnis zwischen dem Bundesstaat und Washington überwucherte, würde man sogar die Zehn Gebote kaum noch wiedererkennen, wenn nicht ein Mann wie Moses für klare Verhältnisse sorgte, und sie würden wie ein Kreuzworträtsel aussehen.
»Ruhig Blut.« Er sprach diese Worte, allein im Auto, leise vor sich hin. Wie hieß doch dieser komische medizinische

Ausdruck, den Jim Stark benutzte, wenn er von Dingen sprach, die plötzlich ohne Vorwarnung eintraten - das flatternde Gefühl in seiner Brust und die Kurzatmigkeit, ja, und zugegebenermaßen auch die namenlose Furcht, die mit diesen Erscheinungen einherging - jenes Bewußtsein, daß man nicht mehr so widerstandsfähig war, wie man sich einbildete? Herzflimmern. Verdammt alberne Bezeichnung. Arrhythmie, das Fremdwort klang auch nicht besser. Aber es lief alles darauf hinaus, daß die alte Pumpe, sein Herz, an das er nie einen Gedanken verschwendet hatte, nicht mehr so störungsfrei funktionierte. Man hatte ihm gesagt, er solle alle unnötigen Aufregungen vermeiden. Ein blöder Rat.
Bei der ersten Verkehrsampel auf der Baseline Avenue nahm er das kleine Silberdöschen heraus, öffnete es und steckte sich eine kleine gelbe Pille in den Mund. Jesus, Maria und Joseph, wie tief war er seit seinen Sturm-und-Drang-Jahren doch schon gesunken!

Die Gouverneursvilla lag frei auf einem Höhenrücken mit Ausblick auf die Stadt und die schier endlose Ebene. Der Hintereingang ging auf die Berge hinaus, die Harper's Park Valley umgaben und nach Norden bis Kanada reichten, und in Mondnächten wie dieser saß der Gouverneur nach dem Abendessen gern hier, um sich auszuruhen. Bei Kaffee und Kognak hörte er sich Schallplattenmusik aus leise gestellten Lautsprechern an. Mozart, Schubert, Mendelssohn und Haydn waren seine Liebligskomponisten - eine Geschmacksrichtung, die bei seiner Wählerschaft nur selten anzutreffen war, denn diese bevorzugte hauptsächlich Country- und Westernmusik, zuweilen Hardrock. Der Gouverneur vertrat die Ansicht, daß sein persönlicher Geschmack ebenso wie sein Privatleben die Öffentlichkeit nichts angingen.
Als Bill Williams läutete, öffnete er selbst die Tür, gab ihm flüchtig die Hand und ging zum Barschrank im Arbeitszimmer voraus, wo er einen doppelten Bourbon auf Eis ein-

schenkte und das Glas seinem Gast in die Hand drückte. Schweigend gingen sie hinaus und ließen sich in die tiefen Sessel sinken.

»Ich wollte am Telefon nicht darüber sprechen«, sagte der Gouverneur. »Man weiß heutzutage nie, wer alles mithört, und vor allem wollen wir Bodenspekulationen vermeiden, wenn es geht. Aber aus Washington verlautet, daß wir die erforderlichen Mittel erhalten werden und die Heerespioniere die Vergrößerung des Staudamms, so wie du sie geplant hast, übernehmen sollen.«

Williams probierte seinen Drink. Der Whisky schmeckte gut, er war samtig wie Wein. Er paßte zu der guten Nachricht.

»Ich glaube, du wirst keine Schwierigkeiten haben, den Auftrag zu bekommen«, sagte der Gouverneur.

»Wir sind die einzigen im ganzen Staat, die für diese Arbeit entsprechend ausgerüstet sind. Das weißt du, Harry.«

Der Gouverneur schnupperte an seinem Kognak und setzte dann das Glas wieder hin. »Eine Menge Geld. Geben wir es vernünftig aus, Bill?« Mozart klang leise herüber - das Guarneri-Quartett, laut ›New York Times‹ das beste Quartett überhaupt (der Gouverneur teilte diese Meinung). »Verschone mich bitte mit einer Wiederholung aller deiner Argumente«, sagte er. »Ich kann sie nicht mehr hören. Weißt du, woran ich denke, Bill? Ich denke an den Aquädukt, den Los Angeles in den zwanziger Jahren bis ins Owens Valley gebaut hat, um die Stadt ein für allemal mit genügend Wasser zu versorgen. Statt dessen wurde das Owens Valley trokkengepumpt, und man mußte bis nach Colorado weiterbauen, um mehr Wasser zu bekommen. Begehen wir jetzt denselben - Fehler?«

Williams brummte verächtlich. Sie waren alte Freunde, aber zwischen ihnen bestanden große, manchmal fast unüberbrückbare Gegensätze. »Du bist ein verdammter Intellektueller, Harry. Du siehst bei jedem Problem immer beide Seiten, und das ist nicht immer gut.«

Das stimmte. Früher einmal hatte der Gouverneur das Weiße Haus angepeilt. Er wußte jetzt, daß es ihm an rücksichtsloser Entschlossenheit fehlte.
Er sagte nichts.
»Es kommt bestimmt zum Krach«, sagte Williams. »Das wußten wir schon vor zwei Jahren, als wir den Entschluß faßten. Wir haben bereits die Pfennigfuchser im Kongreß und die gottverdammten Bürokraten in Washington und die hartgesottenen Pioniere mundtot gemacht. Jetzt, wo die endgültige Entscheidung gefallen ist, werden wir auch mit dem Rest fertig werden, mit den Umweltschützern und den Ökologen und all den anderen -logen, außerdem mit den Grundbesitzern von Harper's Park, die jetzt plötzlich auf den Gedanken kommen, ihr Land sei Gold wert, und eine Million Dollar für den Hektar fordern werden. Und dann werden andere auftreten und behaupten, der Damm sei nicht sicher -« Er hielt inne, um Atem zu schöpfen. »Aber der Grundgedanke, Harry, ist der, daß wir ihn brauchen. Wir brauchen den Damm für unser weiteres Wachstum, Punktum.«
»Wenn wir keinen Regen bekommen«, sagte der Gouverneur, »und im Gebirge nicht genügend Schnee fällt, wird die ganze Sache wieder problematisch.«
»Der Regen kommt bestimmt.«
»Ich wünschte«, meinte der Gouverneur, »ich hätte deinen blinden Glauben, daß alles nur unserem Besten dient.« Er lächelte. »Obwohl ich noch nie gesehen habe, daß du es beim Poker mit zwei Gleichen in der Hand auf Spitz und Knopf hast ankommen lassen.« Sein Tonfall wurde ein wenig wehmütig. »Weißt du, Bill, als wir Jungen waren, warst du für mich immer einer mit zwei Fäusten, einem Dickschädel und billigen Jeans. Jetzt trägst du maßgeschneiderte Vierhundert-Dollar-Anzüge und ziehst hinter der Bühne die Fäden -«
»Und du bist Gouverneur dieses Bundesstaates«, sagte Williams. »Okay. Wir haben es zu etwas gebracht, wie es so

schön heißt. Du willst doch nicht etwa deine Meinung über das Staudammprojekt ändern, Harry?«
Ein leichtes Zögern? »Ich denke nur nach, weiter nichts. Mach dir keine Sorgen. Wie geht es deiner bemerkenswerten Tochter?«
Williams nahm wieder einen kleinen Schluck von seinem Whisky. Er hätte ihn viel lieber in einem Zug ausgetrunken und sich noch einen, vielleicht sogar noch einige mehr gegönnt, aber Jim Stark hatte ihn auch davor gewarnt, ebenso wie vor starkem Kaffee und jeder Aufregung. Er hatte das Gefühl, vor lauter Einschränkungen kaum noch leben zu können. »Sie sitzt allein zu Hause«, sagte er. »Der Himmel weiß, warum.« Er sah den Gouverneur scharf an. »Du bist doch der Mann, der alle Weisheit in sich aufgenommen hat. Sag mir bitte, was mit ihr los ist.«
Das Mozartquartett endete, und der Gouverneur lauschte noch eine Weile dem Nachklang der letzten Takte. »Ich soll dir erklären, was im Kopf eines Mädchens vor sich geht?« sagte er schließlich und schüttelte den Kopf. »Ausgeschlossen, Bill. Warum fragst du sie nicht selbst?«
Williams konnte von brutaler Offenheit sein, sowohl sich selbst als auch anderen gegenüber. Es war eine seiner Stärken. »Weil ich mich vor der aufrichtigen Antwort fürchte - die sie mir aber nicht geben würde.«
Der Gouverneur zog die Augenbrauen in die Höhe. Er sagte nichts, sondern wartete.
»Martha ist tot«, sagte Williams rundheraus, »und Kate ist alles, was mir geblieben ist. Deshalb habe ich Angst vor dem, was sie wahrscheinlich denkt. Großer Gott, Harry, wir werden eben alt, und unser Tempo läßt nach, aber warum müssen sich dann die Jungen unbedingt für uns verantwortlich fühlen? Sag mir, warum.«
Der Gouverneur schwenkte sein Glas herum, zog den Duft mit Kennermiene ein und trank den Rest entschlossen aus. »Ich hole mir noch einen«, sagte er. »Trink aus, Bill. Ich will nicht zweimal zur Bar laufen müssen.«

Williams zögerte kurz und trank dann den Whisky auf einen Zug aus. Er brannte angenehm in seiner Kehle. »Jim Stark kann sich zum Teufel scheren«, sagte er und hielt dem Gouverneur sein Glas hin. »Es ist schon lange her, daß wir uns so gemütlich unterhalten haben, Harry. Viel zu lange.«

3

Geologisch betrachtet waren die hohen Berge, die den Stausee von Harper's Park umgaben, noch jung; ihre gezackten Gipfel und die steilen Felswände hatten durch Erosion noch nicht die weicheren Konturen hohen Alters angenommen.

Das Gebirge war im Laufe der Jahrtausende nicht auf einmal, sondern in einzelnen Abschnitten aufgefaltet worden. Als die Erdkruste aufbrach und das Gestein nach oben gedrückt wurde, um die Gebirgskette zu bilden, begann sich die Feuchtigkeit, die als Regen oder Schnee auf die steilen Hänge niederging, in natürlichen Kanälen zu sammeln, die in die Ebenen hinunterführten.

Fließendes Wasser nutzt schwache Stellen aus, und durch ständige Erosion wurden diese natürlichen Kanäle zu Flußbetten in das Gelände eingeschnitten; diese wurden allmählich in demselben Maße tiefer, wie sich die Gebirgsmasse hob.

Wo das Gefälle verhältnismäßig gering war, breitete sich das herabfließende Wasser zu größeren Kanälen aus, und an diesen Stellen bildeten sich mit der Zeit zu beiden Seiten des Flusses Bergwiesen, *ciénagas,* wie sie die Einheimischen nannten.

Aber wo das Gefälle stark und das Wasser durch die Schwerkraft zu hoher Fließgeschwindigkeit gezwungen wurde, konzentrierte der Fluß seine Kraft auf Zonen relativer Schwäche und erzeugte enge, steilwandige Schluchten und gewaltige Wasserfälle.

In einer dieser steilwandigen Schluchten unmittelbar unterhalb des Dorfes Harper's Park war der Staudamm errichtet und zu beiden Seiten der Schlucht im Felsgestein verankert worden.

Unterhalb des Dammes, wo der Fluß nach dem Passieren der Turbinen des Kraftwerks weiterströmte, gab es noch andere Schluchten - wenn auch nicht so tief und eng wie die Schlucht am Staudamm -, und stellenweise hatten sich auch *ciénagas* gebildet, wo Blockhütten und später auch das ganze Jahr bewohnbare Häuser errichtet worden waren.

Die staatliche Jagd- und Fischereiverwaltung betrieb auf einer dieser Wiesen eine Fischzuchtanstalt, und sowohl der Fluß als auch der Stausee oberhalb des Dammes waren mit Fischen gut besetzt - mit gestreiften Barschen, Regenbogen- und Bachforellen sowie den rotgepunkteten Seeforellen, die von der Bevölkerung ›Eingeborene‹ genannt wurden. Einige Fischgebiete standen der Öffentlichkeit zur Verfügung, aber ein großer Teil des Flusses war jetzt privates Fischwasser.

Wo der Fluß aus dem Gebirge heraustrat und schließlich in die Ebene einmündete, bildete er eine große Kurve, die allgemein nur ›Der Bogen‹ genannt wurde; hier hatten sich die wohlhabenderen Bewohner der Stadt, auch Bill Williams, den herrlichen Ausblick, die klare Bergluft und die Nähe der Naturschönheiten des Gebirges zunutze gemacht, ihre Villen errichtet und den unvermeidlichen Country Club gegründet. Eine Betonmauer und Abzugkanäle schützten das Gebiet des Bogens vor Schäden bei eventuellen Überschwemmungen während des Frühjahrs.

Die Stadt selbst war weitgehend ohne Planung gewachsen; sie hatte als einfache Siedlung unterhalb des Bogens am Flußufer begonnen. Hier war in dem Viertel, das später *barrio* heißen sollte, die erste Kirche gebaut worden. Sie stand noch immer. Aber im Hinblick auf die im Uferland drohende Malaria und wegen des prächtigen, fast grenzenlosen Ausblicks, den man genoß, wenn man etwas höher hinaufging, war in einiger Entfernung vom Fluß der obligate

Hauptplatz oder die Plaza entstanden, und dieser Teil war allmählich zum Stadtzentrum geworden.
Der alte Gouverneurspalast, jetzt ein Museum, nahm die eine Seite der Plaza in Anspruch. Der Palast war ein einstökkiges Gebäude aus Lehmziegeln mit einer Säulenvorhalle, unter der jetzt in Decken gehüllte Indianer ihre Silberwaren, Türkise und Keramiken an Touristen verhökerten.
An den drei anderen Seiten der Plaza standen Handelshäuser, die noch auf die Jahrhundertwende zurückgingen und im Stil dieselbe Fassade wie der alte Gouverneurspalast besaßen.
Die Mitte der Plaza war mit Bäumen, hauptsächlich Pappeln, bepflanzt, die im Frühjahr und Frühsommer die Luft mit ihren flockigen Samenkapseln erfüllten, was diesem Viertel den Ruf eingetragen hatte, besonders unsauber zu sein. Gepflasterte Gehsteige durchzogen diesen Bereich im Zickzack, und hier und da waren Bänke aufgestellt, wo alte Leute in der Sonne sitzen und die Tauben füttern oder zur Reisezeit den weiblichen Touristen in ihren engen Hosen und knappen Oberteilen nachschauen konnten.
Brücken überspannten den Fluß. Einige, wie die Central Avenue Bridge, waren alt und nur für leichte Fahrzeuge passierbar; andere waren neuer und, wie die East-West Interstate, in der Lage, auch große Ferntransporter aufzunehmen, Neunachser, die Tag und Nacht unter ohrenbetäubendem Lärm vorbeirollten.
Einige behaupteten, die Einwohnerzahl der Stadt habe die Halbmillionengrenze erreicht, da aber die letzte Volkszählung acht Jahre zurücklag, kannte niemand die genaue Zahl. Daß die Stadt gewachsen war (nach Auffassung vieler Leute zu schnell), konnte keiner leugnen.
Dennoch hatte sich die Stadt in vielerlei Hinsicht ihr kleinstädtisches Gepräge bewahrt - so beispielsweise die Schnelligkeit, mit der sich bestimmte Nachrichten in interessierten Kreisen herumsprachen.

George Harrison war vermutlich einer der ersten in der Stadt, der von der Genehmigung des Ausbaus für den Staudamm von Harper's Park durch die Regierung in Washington erfuhr.
Seine Familie lebte in diesem Gebiet schon seit der Zeit, als der jetzige Bundesstaat noch den Status eines Territoriums gehabt hatte. In der Stadt gab es einen Harrison Park, eine Harrison Street und, mit Blick auf die alte Plaza, das inzwischen stark gealterte, aber immer noch ansehnliche Harrison Building mit seinen Bogenfenstern aus der Zeit der Jahrhundertwende, den hohen Räumen und den Büros verschiedener Anwaltskanzleien, die vom Vater auf den Sohn und jetzt schon auf den Enkel übergegangen waren. Auf der Plaza stand außerdem die Statue des ersten George Harrison, des letzten Gouverneurs aus der Territoriumszeit; George versuchte stets, im Vorbeigehen das Denkmal nicht zu offenkundig zu bewundern.
George war unsportlich, rundlich und im Gesicht stets rötlich angehaucht. Er trug in einer Gegend, wo lässige Formlosigkeit die Regel war, immer elegante, maßgeschneiderte Anzüge und Hemden von Brooks Brothers. Grelle Krawatten kamen für George nicht in Frage.
George war außerdem ein gebildeter Mann (und das allein hätte genügt, ihn zu einer Ausnahmeerscheinung zu machen) und gut bewandert in der Geschichte dieser Gegend. Seine Sammlung von Werken über den amerikanischen Südwesten - sein ganzer Stolz - war den Buchhändlern im ganzen Land bekannt.
Aufgrund des Zeitunterschiedes von zwei Stunden zwischen der Stadt und Washington war es am Potomac bereits später Vormittag, als George pünktlich um neun sein Büro betrat. Es erwartete ihn bereits ein Anruf von Bruce Haggard von der Kongreßbibliothek, der allerlei Nebenbeschäftigungen ausübte und die Ohren nach nützlichen Informationen offenhielt.
»Der Grund meines Anrufs, George, trifft vielleicht nicht

ganz deine Interessen - ich weiß -, aber du fielst mir heute morgen ein, und ich dachte mir, du könntest vielleicht doch interessiert sein. Uns ist ein Exemplar der ›Wahrhaften Geschichte der Eroberung Neuspaniens‹ von Bernal Díaz in der Ausgabe von 1632 angeboten worden. Wir haben das Angebot abgelehnt. Du kennst das Werk bestimmt, ich weiß.«

George kannte es in der Tat. Bernal Díaz del Castillo hatte Cortez auf dem Feldzug von 1519 begleitet, bei dem den Spaniern Mexico City und ungeheure Schätze in die Hand fielen. Jahre später hatte Díaz seine persönliche Schilderung der Ereignisse niedergeschrieben; diese wurde 1632 in Madrid veröffentlicht und diente allen späteren Ausgaben als historische Quelle ersten Ranges.

George wurde hellhörig. Das Exemplar würde zweifellos ein Juwel für seine Bibliothek darstellen, wenn es auch, strenggenommen, in seine Sammlung nicht ganz hineinpaßte.

»Es gehört zu einer Erbschaftsangelegenheit«, sagte Bruce, »und der Díaz ist das einzige Buch von wirklichem Wert; ich glaube deshalb nicht, daß man es mit dem anderen Nachlaß auf einer der großen Auktionen versteigern wird. Hier sind Name und Adresse des Testamentsvollstreckers.«

George schrieb sich alles sorgfältig auf; was Bruce ihm jedoch anschließend zu sagen hatte, ließ ihn Bernal Díaz vergessen.

»Ich mußte übrigens gestern abend an dich denken«, sagte Bruce, »als auf einer Cocktailparty dein Teil der Welt erwähnt wurde. Habt ihr einen Staudamm beim sogenannten Harper's Park?«

»Allerdings.«

»Aha, man will ihn anscheinend vergrößern - eines jener Projekte, mit denen aus der Wüste ein blühender Garten gemacht werden soll.«

Die grenzenlose Unwissenheit der Leute im Osten ärgerte

ihn immer; deshalb gab George automatisch zurück, auch wenn er in Gedanken bereits woanders weilte: »Harper's Park ist alles andere als Wüste. Er liegt fast dreitausend Meter hoch, also sechshundert Meter höher als der Gipfel des Mount Washington in New Hampshire, für euch ein Hochland, das sich zum Skifahren eignet. Aber vielen Dank für die Information. Ich werde mich zu gegebener Zeit erkenntlich zeigen.«

Er legte auf und lehnte sich zurück. Er war verblüfft. Der Staudamm von Harper's Park war erst zehn Jahre alt, und obwohl George damals den Bau begrüßt und seinen nicht unerheblichen Einfluß zugunsten seiner Errichtung geltend gemacht hatte, fragte er sich, warum dessen Vergrößerung jetzt überhaupt erforderlich sei. Er hatte auch nicht geglaubt, daß die Baugenehmigung jemals erteilt werden würde. Hätte er dies für möglich gehalten, wäre er nie auf den Gedanken gekommen, seinen Grund und Boden an Bill Williams zu verkaufen. Er hielt seine Erregung für durchaus verständlich.

Als ersten Schritt mußte er jetzt eine Bestätigung für Bruce' Information beschaffen, und der Ausgangspunkt hierzu war, wie Georges Vater immer gesagt hatte, die Stelle ganz oben. Er beauftragte seine Sekretärin, eine Verbindung mit dem Gouverneur herzustellen.

Es war natürlich einer der Vorteile, wenn man Harrison hieß, obwohl George seinen Namen nur selten in diesem Lichte sah, aber Türen, die sich sonst nur langsam öffneten, sprangen unverzüglich für ihn auf. Das Telefon läutete, George nahm den Hörer ab, und aus dem Büro des Gouverneurs sagte Claras freundliche Stimme: »Ich habe den Gouverneur für Sie am Apparat, Mr. Harrison. Einen Augenblick, bitte.«

»Ja, George?« sagte der Gouverneur.

»Ich habe gehört, daß die Vergrößerung des Staudamms von Harper's Park genehmigt worden ist.«

»Darf ich wissen, woher du das hast?«

»Ich finde, meine Quelle ist jetzt nicht wichtig. Die Frage ist: Trifft die Nachricht zu?«

Es war also heraus, dachte der Gouverneur bei sich und seufzte. Vertrauliche Informationen wurden in Washington veröffentlicht, aber Washington hatte kein Monopol auf undichte Stellen; ihrem Wesen nach war die demokratische Regierung auf allen Ebenen ein wahres Sieb für Informationen.

»Sie trifft zu, George.«

»Bill Williams steckt dahinter.« Eine Feststellung, nicht eine Frage. George schien überzeugt zu sein.

»Nicht ganz.«

»Er kaufte Grundbesitz von mir, weil er wußte, daß der Erweiterungsbau genehmigt werden würde, Harry. Es gibt keine andere Erklärung. Er ist skrupellos –«

»Und ein Mann, mit dem man rechnen muß, George. Vergiß das nicht. Ich ergreife für niemanden Partei. Meine Sorge gilt dem Wohl dieses Staates, nicht dem Gezänk seiner Bewohner. Ich nehme an, dies war alles, was du auf dem Herzen hattest?«

»Ja. Vielen Dank, Harry, für die Auskunft.«

Der Gouverneur legte bedächtig den Hörer wieder auf und schaute eine Weile ins Leere. Dann griff er wieder zum Telefon und sagte zu Clara: »Ich möchte mit Bill Williams sprechen.« Als der Apparat wenig später läutete, nahm er den Hörer ab. »Bill? George Harrison hat gerade angerufen. Daß der Erweiterungsbau genehmigt wurde, ist heraus. Ich dachte, das solltest du wissen.«

»Es ist unmöglich, so etwas geheimzuhalten, Harry. Die Leute reden eben. Es ist eine Lebenstatsache. Hat George von dem Grundbesitz gesprochen, den er mir verkauft hat?«

»Ja. Und zwar mit ziemlicher Heftigkeit.«

»Okay, vielen Dank. Und dein Bourbon ist wirklich gut. Hinterläßt keinen Kater. Auf bald.«

Williams legte auf, lehnte sich in seinem Sessel zurück und blickte hinaus auf die Berge. Er dachte an sein Gespräch mit Kate von gestern abend. Und bei seiner Veranlagung, sich nichts vorzumachen, sondern den Dingen auf den Grund zu gehen, fragte er sich, wie aufrichtig seine Motive beim Kauf der Grundstücke von Harrison wirklich gewesen waren.

Hatte er, wie er sich selbst gesagt hatte, lediglich eine langfristige Investition vorgenommen, als sich eine günstige Gelegenheit dazu bot, oder hatte er bereits gewußt, daß der Ausbau des Staudamms sein nächstes Projekt sein und bei der ihm innewohnenden Energie auch erfolgreich durchgeführt werden würde?

Der Telefonapparat auf seinem Schreibtisch summte, und er nahm automatisch den Hörer ab. »Ein gewisser John Boggs vom Harper's Staudamm ist auf Leitung eins, Mister Williams.«

Williams drückte den entsprechenden Knopf. »Ja?«

»Ich dachte mir, es würde Sie, Mister Williams, vielleicht interessieren«, sagte John Boggs, »daß jemand im Stausee herumtaucht und eine Unterwasserausrüstung mitführt, wie man sie im Fernsehen sieht. Ich habe gestern mit ihm gesprochen, und er sagt, er sei - Geophysiker.« Die Worte flossen ihm von den Lippen, als ob er sie vorher eingeübt hätte. »Ich glaube, er ist harmlos, aber wissen Sie, er hat so etwas Besonderes an sich, und da Sie sich für den Damm interessieren, denn Sie sind ja mehrfach hier oben gewesen - da dachte ich mir eben, Sie würden es vielleicht gern wissen. Sie haben mich einmal gefragt - vielleicht erinnern Sie sich noch -, ob Leute hier oben gewesen sind, nachdem wir diese verrückten Drohungen bekommen hatten -«

»Richtig«, sagte Williams. »John Boggs, nicht wahr?« Er schrieb sich den Namen auf. »Was ist so Besonderes an ihm?«

»Na ja, er heißt Harper und sagt, der alte Jed sei mit ihm verwandt gewesen.«

»Immerhin möglich.«
»Als letzte Adresse gab er irgendein Al-Soundso an, einen Ort in Saudi-Arabien. Gestern hat er sich den Staudamm angesehen. Und dann wurde er aus Alberta in Kanada angerufen; jemand wollte, daß er hinauffährt, und er wollte nicht sagen, was er hier tut. Ich weiß nicht, Mister Williams. Die Sache klingt irgendwie komisch.«
»Ist er im Motel abgestiegen?« Williams nickte und notierte sich auch das. »Gut«, sagte er. »Ich kümmere mich darum. Vielen Dank für den Anruf.«
Williams legte auf und lehnte sich wieder sinnend zurück. Warum interessiere ich mich überhaupt für einen Mann namens Harper? Weil mich der Staudamm gedanklich beschäftigt? Oder gibt es da noch etwas anderes? Jener Teil seines Gehirns, den er immer mit der Antenne einer Ameise verglichen hatte, der ständig auf der Suche war, prüfte und Nachrichten von unsichtbaren Quellen in sich aufnahm, war jetzt alarmiert und in Hochspannung.
Gott, wie er Martha vermißte! Er sah sie förmlich vor sich stehen und ihm beim Zuhören leise zulächeln, und er konnte sie sagen hören: ›Folge deiner Eingebung, wie du es immer getan hast. Und auch deinen Träumen.‹ Er war sich nicht ganz sicher, ob Kate ihn verstehen würde.
Merkwürdig. Bis zu Marthas Tod hatte sich Bill Williams immer als ein Mann gefühlt, der gewohnt war, geschäftliche Entscheidungen zu treffen, ohne den Rat anderer Leute einzuholen. Er war jetzt zu der Erkenntnis gelangt, daß ihm der Rat stets zur Verfügung gestanden hatte, auch wenn er nur selten laut ausgesprochen worden war, und daß er sich immer auf diesen Rat verlassen hatte.
Das Telefon summte wieder, und er nahm den Hörer ab.
»Mister George Harrison ist hier, Mister Williams.«
Früher oder später, dachte Bill, mußte es sowieso dazu kommen - warum nicht gleich jetzt. »Schicken Sie ihn herein.«
Er erhob sich nicht aus dem Sessel, als die Tür aufging.

»Komm herein, George. Setz dich hin.«
Was zwischen ihnen stand, fand Bill, war nicht offener Haß, denn dazu war es nie gekommen und würde es auch in Zukunft nicht kommen, wohl aber eine gegenseitige Antipathie, die bis in die Schule und noch weiter zurückging. George war der verwöhnte Sohn aus dem großen Haus oben am Berg gewesen und Bill der Straßenjunge aus der Avenue A. Es war, wie Bill einmal einen Psychiater hatte sagen hören, die klassische Situation, die auf beiden Seiten Neid und sogar Eifersucht hervorbrachte.
Denn George hatte sich bei allem Rückhalt, den er in seiner Familie hatte, vor Bill gefürchtet; er hatte ihn wegen seiner Körperkräfte und seiner Bereitschaft, gleich aufs Ganze zu gehen und jedem die Stirn zu bieten, beneidet. Und Bill war sich, wie Harry gestern abend erklärt hatte, in seinen billigen Jeans des großen Unterschiedes zwischen seiner und Georges Herkunft bewußt gewesen; ihm war immer unbehaglich zumute, weil er sich nie sicher war, wie er sich in Gegenwart des anderen benehmen sollte, und ständig auf den Augenblick wartete, außer Rand und Band zu geraten, wenn irgend etwas, was er tat oder sagte, ein Gelächter oder sogar ein herablassendes Lächeln auslöste.
Das Merkwürdige war, daß diese Empfindungen nach all der langen Zeit noch immer lebendig waren. »Was kann ich für dich tun, George?«
»Die Vergrößerung des Staudamms ist genehmigt worden.«
»Ach so?«
»Das weißt du sowieso. Ich habe mich bei Harry erkundigt. Du hast diese Genehmigung herbeigeführt. Du brauchst es nicht zu leugnen, Bill. Ich bin nicht blind. Ich habe zugesehen, wie du die Fäden gesponnen und die Leute unter Druck gesetzt hast. Offen gesagt, glaubte ich nicht, daß du damit Erfolg haben würdest. Ich sah keinen Grund dafür. Aber du hast dich durchgesetzt. Ich nehme an, du hast allen Grund, stolz auf dich zu sein.«

»Du bist nicht hergekommen, um mir auf die Schulter zu klopfen.«
»Ganz richtig. Ich bin mit einem geschäftlichen Vorschlag hergekommen. Du hast ein Viertel meines Landes, achtzig Hektar.«
»Nicht deines Landes, George. Meines. Ich habe es vor über zwei Jahren käuflich erworben.«
»Das weiß ich genau. Da es so lange in deinem Besitz ist, unterliegt jeder Gewinn der Kapitalzuwachssteuer, die geringer als die bei gewöhnlichem Einkommen ist und vielleicht noch weiter gesenkt wird, wenn es nach diesem Kongreß geht.«
»*Falls* ich verkaufe, George. Und ich denke nicht daran, zu verkaufen, noch nicht.«
»Du hast tausend Dollar für den Hektar bezahlt, achtzigtausend Dollar, Bill.«
»Ein angemessener Preis. Du hast ihn festgesetzt.«
»Ich werde dir einen Profit von zwanzig Prozent einräumen, sechsundneuzigtausend Dollar.«
»Vielen Dank, George. Aber ich denke nicht daran.«
»Ich gehe bis auf dreißig Prozent, einhundertundviertausend Dollar. Das ist mein letztes Angebot.«
»Nichts zu machen, George. Tut mir leid.«
»Ich lasse mich nicht gerne prellen.«
»Wenn dies heißen soll, was es meines Erachtens heißt«, sagte Bill, »so hat dich niemand geprellt. Du hast das Land zum Verkauf angeboten. Ich habe es gekauft.«
»Und du hast im voraus gewußt, daß es Seegrundstücke werden, sobald der Staudamm vergrößert wird.«
»Ich habe nichts vorausgewußt, wie du es nennst, George. Aber auch wenn ich mir ziemlich sicher über die weitere Entwicklung gewesen wäre, hätte ich nicht anders gehandelt. So ist es nun einmal im Geschäftsleben.«
»In gewissen Kreisen.«
Er ließ sich von George Harrison zwar einiges bieten, aber jetzt war die Grenze erreicht, sagte sich Williams. »Ver-

dammt noch mal, George, erwartest du von mir Gewissensbisse, weil ich Vorteile aus einer geschäftlichen Transaktion gezogen habe?«

»Nein. Leute deines Schlages wissen gar nicht, was ›Gewissen‹ überhaupt bedeutet.«

Williams holte tief Luft, hielt den Atem an und atmete dann langsam wieder aus. »Okay, George. Du hast gesagt, was du sagen wolltest. Und jetzt verschwinde, bevor ich dich an die Luft setze.«

In seinem Büro in der First National Bank erfuhr auch Tom Gentry eine Stunde später die Nachricht telefonisch aus Los Angeles; er wurde von einem Freund bei der Holdinggesellschaft angerufen, zu der auch Toms Bank gehörte - ein großes Unternehmen mit weitgefächerten Interessen, zu denen auch private Kontakte in allen größeren Wirtschaftszentren des Landes gehörten.

»Es stammt aus erster Hand, Tom. Unser Vertreter in New York erfuhr davon direkt aus Washington. Die Genehmigung ist heute früh endgültig gegeben worden. Vielleicht kann dir diese Nachricht irgendwie nützlich sein.«

Man munkelte, daß Tom Gentry entfernt mit John Wesley Hardin, dem Revolverhelden, verwandt war. Toms ausdrucksloses Gesicht und seine kalten grauen Augen verliehen dem Gerücht zusätzliche Glaubwürdigkeit. Seine Ruhe war unerschütterlich. »Das mag schon sein«, sagte er. Er dachte bereits angestrengt nach. »Vielen Dank für den Anruf, Joe.«

»Wenn sich irgend etwas ergeben sollte, vergiß nicht, wer dich informiert hat.«

»Gefälligkeiten vergesse ich nie.«

Gentry legte auf und dachte weiter nach. Es gehörte zu seinem Glaubensbekenntnis - wie es auch bei vielen anderen, die er für gerissene Geschäftsleute hielt, der Fall war -, daß eine Nachricht, sobald sie einmal allgemein bekannt war, gewöhnlich keinen Wert mehr hatte; aber wichtige Neuig-

keiten ließen sich, bevor sie Allgemeingut geworden waren, im allgemeinen gewinnbringend verwenden. Es kam nur darauf an, den richtigen Hebel zu finden. Und zwar rasch.
Er saß regungslos eine Weile da, beugte sich dann vor und drückte den Knopf der Sprechanlage. »Bitten Sie Jack Marble herein.« Okay, er glaubte, den richtigen Hebel gefunden zu haben, aber es wäre sicherlich klug, die Möglichkeiten erst noch einmal zu überprüfen.
Jack Marble war Ende dreißig, ein sportlicher Typ, der sich als Waldläufer und Tennisspieler einen Namen gemacht hatte. Er war auf dem Weg nach oben und voller Ehrgeiz. Im Augenblick bekleidete er in der Bank die Stellung des Kreditsachbearbeiters. Er kannte die Gerüchte über Tom Gentrys Beziehungen zu John Wesley Hardin, und er glaubte ihnen. Tom Gentry war, wie alle Welt wußte, ein harter Bursche. Jack setzte sich und wartete, bis Gentry das Gespräch eröffnete.
»Brooks Thompson«, sagte Tom Gentry. »Wir haben eine Fristverlängerung für sein Darlehen abgelehnt.«
»Ja, Sir. Ich wollte es eigentlich nicht. Er ist ein so sympathischer Mann, aber -« Jack breitete die Hände aus. »Es wird ihm nicht gelingen, die Erschließung der Landschaft erfolgreich durchzuführen. Und das wäre die Grundlage. Ohne zusätzliches Kapital zum Ankauf von Ausrüstung und Geräten läßt sich so etwas nicht machen, und auch dann wäre es ein Lotteriespiel.«
»Er hat uns als zusätzliche Sicherheit einige Grundstücke angeboten.«
»Ja, Sir. Grundbesitz oberhalb des Stausees von Harper's Park. Fünfzig Hektar, pro Hektar vielleicht vierhundert oder fünfhundert Dollar wert, wenn man überhaupt einen Käufer findet.«
»Er hält die Tilgung seines Darlehens aufrecht?«
»Ja, Sir. Es fällt ihm nicht leicht, aber er schafft es.«
»Okay, Jack, vielen Dank. Sie haben recht, er ist ein netter Kerl. Es würde mich freuen, wenn er es schaffte.«

Mitgefühl war eigentlich das letzte, was man bei Tom Gentry erwarten konnte, dachte sich Jack, aber es war plötzlich da. Man wußte nie, wie es wirklich in einem Menschen aussah.

»Ja, Sir«, sagte er. »Das würde mich auch freuen. Er und Mary haben wie die Pferde geschuftet.«

Tom Gentry wartete, bis sich die Tür wieder geschlossen hatte, bevor er das schwere Telefonbuch aus der Schreibtischschublade nahm und im Branchenverzeichnis die Seiten unter ›Landschaftsarchitektur‹ aufschlug. Er legte das Buch wieder weg, ließ sich von der Vermittlung eine Fernleitung geben und wählte die Nummer selbst. Die Stimme einer jungen Frau meldete sich.

»Mrs. Thompson?«

»Am Apparat.«

»Hier ist Tom Gentry von der Bank, Mrs. Thompson. Ich rufe an -«

»Wenn es sich um die Darlehensrate für diesen Monat handelt, Mister Gentry, so wird Brooks die Sache noch in dieser Woche ganz bestimmt regeln.« Ihre Stimme klang hoffnungsvoll, aber nicht sehr überzeugend. »Wir müssen vor dem fünfzehnten zahlen, um nicht in Verzug zu geraten, nicht wahr?«

Gentry sprach so beruhigend, wie er es nur konnte. »Darum geht es überhaupt nicht, Mrs. Thompson. Ich wollte nur mit Ihrem Mann über Ihre Situation im allgemeinen sprechen. Wir mußten Ihren Antrag auf Fristverlängerung ablehnen -«

»Ich weiß.«

»Aber«, sagte Gentry, »ich habe darüber nachgedacht und bin sicher, daß wir irgendeinen Ausweg finden können.«

»Sie meinen, Sie könnten unseren Antrag noch einmal prüfen?«

»Ich weiß nicht genau, was wir tun könnten. Aber wir möchten dem einheimischen Gewerbe helfen, wo es geht, und ich bin überzeugt, daß wir irgendeine Lösung finden können. Glauben Sie, daß Ihr Mann einmal mit mir zu Mittag essen könnte?«

»Selbstverständlich, das könnte er bestimmt. Wann denn?«

»Heute. Im Hilton. Um zwölf. Glauben Sie, daß es ihm passen wird?«

»Mister Gentry, er wird bestimmt kommen. Ich werde dafür sorgen. Ach, ich danke Ihnen!«

»Keine Ursache.« Gentry war versucht, ›meine Liebe‹ hinzuzusetzen, hielt sich aber zurück. Er war schließlich nicht der onkelhafte Typ. Seiner Sekretärin sagte er über die Sprechanlage: »Lassen Sie einen Tisch für zwei Personen im Hilton für heute mittag reservieren.« Er lehnte sich zurück und überlegte, wie er sich dieses Hebels bedienen würde.

4

In einer Tiefe von dreißig Metern war das Wasser des Stausees noch klar und die Sicht relativ gut. Jay war froh, daß er den Unterwasserscheinwerfer nicht mitgenommen hatte; es wäre nur eine weitere Belastung bei diesem ersten Tauchgang gewesen. Es war kalt, kein Zweifel. Er hatte die Meßtischblätter des Geographischen Dienstes für dieses Gebiet studiert; dabei war ihm sofort aufgefallen, daß der Fluß, der den Stausee füllte, aus hundert Tälern, Schluchten und *ciénagas,* tiefgeschnittenen Canyons und Seitentälern stammte. Einige Zuflüsse waren als ›nicht immer wasserführend‹ bezeichnet und bei der jetzigen Trockenheit wahrscheinlich ausgetrocknet; andere speisten sich aus kleinen, natürlichen Teichen, die aus Schmelzwasser höhergelegener Schnee- und Gletscherregionen entstanden waren. Und die Wärme der Mittagssonne drang nur wenige Meter unter die Wasseroberfläche ein. Er mußte also trotz seines Taucheranzugs mit der empfindlichen Kälte rechnen.

Und jetzt, da er sich tatsächlich inmitten der Häuser des versunkenen Dorfes befand, gingen ihm Panchos Worte über die durch das letzte Beben erzeugte Wasserbewegung nicht aus dem Sinn. Aus der Nähe sahen einige Steine der Felswände scharf gezackt und bedrohlich aus. Aber auch damit mußte er sich abfinden. Sei's drum.

Er hatte den Ballast in seinem Gürtel auf Süßwasser statt auf das ihm vertrautere Meerwasser mit seinem größeren Auftrieb eingestellt und glitt jetzt ohne Schwierigkeiten wenige Meter über den Boden des Sees dahin. Er betätigte nur die Schwimmflossen, während unter ihm die ehemalige Hauptstraße des Dorfes vorbeizog.

Hier war die Mühle - das Schaufelrad ein regloses Relikt in der deutlich sichtbaren Vertiefung, die einst das Flußbett gewesen war. Wie viele Hunderte, ja Tausende von Zentnern Getreide mochten durch diesen robusten, einfachen und leistungsfähigen Mechanismus zu Mehl vermahlen worden sein? Wie viele Zehntausende Laibe guten, nahrhaften Brotes hatte dieses Mehl in primitiven Öfen hier im Dorf und in benachbarten Bauernhäusern erzeugt? Bevor der ›Fortschritt‹ kam.
Es waren nutzlose, sogar gefährliche Gedanken, und er schob sie energisch beiseite, während er weiterglitt.
Er brach plötzlich seine Schwimmbewegungen ab und schwebte einen Augenblick im Wasser, hielt den Atem an. Alle Sinne waren aufs höchste gespannt. War dies eine Strömung, die er gespürt hatte - der Anfang einer Wasserbewegung? Wenn ja, mußte er sofort an die Oberfläche zurück. Und zwar schnell.
Aber der Augenblick ging vorüber, und er blieb reglos über dem Steinbau der Mühle liegen. Er zwang seine Kiefer, sich zu entkrampfen, er ließ den Atem in einem ganzen Bündel von Luftblasen ab und atmete tief aus dem Sauerstoffventil ein. Bloße Einbildung, sagte er sich. Die Nerven. Er schwamm weiter.
Hier war die Schmiede, wo der große, lederne Blasebalg betätigt worden war, um die Kohlen zu weißglühender Hitze zu bringen. Und auf jenem festen Stumpf mußte der große Amboß des Schmieds gestanden haben, von dem aus die metallischen, weithin widerhallenden Hammerschläge durch das Gebäude und die ganze Dorfstraße entlang zu hören gewesen waren und wo bei jedem Schlag ein Funkenregen niederging, dem die Dorfjugend in andächtigem Staunen zusah, wenn das Eisen in seine endgültige Form gebracht wurde. Jetzt herrschte hier lebloses Schweigen - ein Unterwassermuseum für Fische.
Hier war das erste Haus, das vom alten Jed Harper gebaut worden war. Nein, Jeds erstes Haus war aus Holz gewesen.

Jay erinnerte sich, davon in Julias Tagebuch gelesen zu haben. Dieses Steinhaus war später entstanden und bot einen guten Blick durch das Tal hinauf zu den Bergen, durch die sich ein damals noch jüngerer Jed Harper einsam den Weg gebahnt hatte.

Bei einem weiteren Tauchgang, nahm Jay sich vor, würde er sich Jeds Haus genauer ansehen. Jetzt wollte er sich nur einen allgemeinen Überblick über das ganze Dorf verschaffen und Einzelheiten erst später untersuchen - seine übliche Methode, wenn er sich in einer neuen Umgebung befand.

Als nächstes kam die Kirche; ihr bescheidener Turm war noch intakt, bis auf die Glocke, die man natürlich entfernt hatte. Glocken waren teuer. Jay fragte sich, wo sie wohl jetzt läuten mochte; darüber gab es anscheinend keine Unterlagen, und er erinnerte sich, daß ihm dieser Fall von ›Diskontinuität‹ - wie es die Geologen nannten - aufgefallen war.

Durch das Studium der Geschichte versuchen wir, große Bewegungen, Ereignisse und Trends in Verbindung zueinander zu bringen. Mit Hilfe der Genealogie erforschen wir manchmal den Werdegang von Familien und Einzelpersonen. Aber Dinge, auch wichtige Dinge wie Kirchenglocken, besondere Stühle, Schreibtische, Betten verschwinden, von seltenen Ausnahmen abgesehen, meist spurlos, sie fallen in unbekannte Hände, werden verkauft oder vernichtet und gehen so für immer verloren. Schade.

Und hinter der Kirche lag der Friedhof, eine ungleichmäßige Reihe von Grabsteinen nach der anderen; keiner der Steine war besonders kunstvoll behauen, einige wirkten sogar ziemlich primitiv. Er brauchte eine Lampe, um die Inschriften zu lesen, und die Unterwasserkamera, falls er etwas von größerem Interesse finden sollte; auch an einem klaren Tag wie dem heutigen drang zuwenig Sonnenlicht bis auf den Boden des Sees, als daß man die verwitterten Inschriften hätte entziffern können.

Aber die Grabsteine waren noch da; darauf kam es an. Viel-

leicht war auch der Stein des alten Jed darunter. Keine Strömung hatte sie herausgerissen, auch waren sie noch nicht im Schlick begraben.
Er wäre viel lieber die Dorfstraße entlang und über den Friedhof gewandert, dachte er bei sich, um den Geruch und die Atmosphäre in sich aufzunehmen, die offenbar stets an Stätten der Vergangenheit haftenbleiben, und dabei vielleicht, wie er es einmal in einer untergegangenen Geisterstadt erlebt hatte, eine durch lange Sonnenbestrahlung bläulich angelaufene Glasscherbe oder vielleicht einen handgeschmiedeten Nagel zu finden - Überreste dessen, was einmal gewesen war, greifbare Zeugen der Vergangenheit.
Während er wie ein körperloser Geist zwischen den Gebäuden herumschwamm, ergriff ihn andererseits ein Gefühl, als beobachte er die Dinge von innen und blicke, ohne selbst gesehen zu werden, durch Fenster, offenstehende Türen, sogar durch Mauern und Wände - ein Geist unter Geistern, der sich mit dem Echo der Vergangenheit verbrüdert hatte. Und ebenso wie gestern in dem Boot, als er zum erstenmal auf das Dorf hinuntergeschaut hatte, überkam ihn jene seltsame Illusion, daheim zu sein.
Er schwamm die Dorfstraße entlang. Einige der Häuser konnte er aufgrund seiner voraufgegangenen Forschungsarbeit identifizieren; andere waren verhältnismäßig neu und unbekannt; hier und da waren nur noch die Umrisse der Grundmauern zu sehen. Die Illusion, zu Hause zu sein, blieb bestehen.
Das war's also, dachte er bei sich, als vor ihm der Staudamm aufragte - Ende der Reise. Er drehte ab und schwamm schräg nach oben auf das Licht zu. Die Pilgerfahrt nach Mekka, dachte er bei sich, wirklich ein törichtes Unterfangen, aber unwillkürlich fühlte er sich besser, weil er sein Vorhaben ausgeführt hatte.
Erst als er sich wieder ins Boot gezogen, die Atemmaske abgenommen und sich auf der Heckbank niedergelassen

hatte, merkte er, wie groß die Anspannung unter Wasser gewesen war. Die Muskeln taten ihm weh, und er schwitzte trotz der Kälte. Er ließ den Außenbordmotor an; das Geräusch wirkte nach der Stille im Dorf um so aufdringlicher. Er nahm Kurs auf das Ufer, wo John Boggs bereits auf ihn wartete.

»Sie sehen aus, als könnten Sie eine heiße Dusche gebrauchen«, sagte Boggs. »Aber beeilen Sie sich. Da ist ein Mann, der mit Ihnen sprechen möchte. Ich habe ihm Ihren Namen gegeben und ihm gesagt, wo Sie abgestiegen sind. Er wird sich mit Ihnen in Verbindung setzen. Er heißt Williams, Bill Williams, und er ist ein großes Tier in dieser Gegend. Er interessiert sich für den Staudamm.«

»Soll ich für ihn nach versunkenen Schätzen tauchen? Oder ihm eine Meerjungfrau besorgen?«

»Das müssen Sie mit ihm selbst abmachen.« Boggs wandte sich zum Gehen.

Unter der Tür des Motelzimmers lag eine telefonisch übermittelte Nachricht. Sie stammte von Bill Williams und gab eine zum Ortsnetz gehörende Telefonnummer an. Vor dem Namen war in anderer Schrift die Anrede ›Mr.‹ hinzugefügt worden. Jay mußte über diesen Respektsbeweis lächeln, als er in die Duschkabine ging.

Geduscht, wieder angezogen und befreit von dem Frösteln, das die Wasserkälte in ihm erzeugt hatte, ließ er sich von dem Angestellten am Empfang verbinden. Das Gespräch kam sofort zustande. Williams ging ohne Umschweife direkt auf das Ziel los.

»Bill Williams, Harper. Ich habe eigentlich keinen besonderen Grund, aber ich möchte Sie gern kennenlernen. Sie scheinen sich für den Staudamm zu interessieren. Ich weiß genau über ihn Bescheid. Okay, ich mache Ihnen einen Vorschlag: Dort oben gibt es kein anständiges Essen, wenn Sie es sich nicht selbst zubereiten. Kommen Sie zum Abendessen zu mir herunter, dann können wir beide unseren Wissensdurst stillen.«

Williams war Cooley Parks nicht unähnlich, dachte sich Jay, dieselbe direkte Art und kein So-tun-als-Ob. Ein sympathischer Eindruck. Und Panchos Kochkünste ließen tatsächlich viel zu wünschen übrig. »Mit Vergnügen«, sagte er. »Sagen Sie mir nur noch, wo und wann.«

Die alte Plaza war noch immer Herz und Zentrum der Stadt, die Fassaden waren unverändert; aber schon nach wenigen Häuserblocks sah es überall anders aus.
Im Norden und Osten, wo das Gelände zum Gebirge hin anstieg, beherrschten die neuen hohen Bürogebäude ebenso das Bild wie die Banken, Versicherungsgesellschaften, die größeren und eleganten Einzelhandelsgeschäfte, die teuren Wohnungen, einige Hotels und von den Straßen abgesetzte Parkplätze.
Im Westen befanden sich, ebenfalls etwas höher gelegen, die Regierungsgebäude, das Gericht und das Hauptpostamt, die Büros der Anwälte und Ärzte sowie das Krankenhaus, das einst ziemlich weit außerhalb der Stadt gelegen hatte, jetzt aber in den Stadtplan einbezogen worden war.
Im Süden erstreckte sich zu beiden Seiten des Flusses der *barrio,* ein Konglomerat kleiner, aus Lehmziegeln oder Holz errichteter Häuser, Wohnwagen, schäbiger, alter, kleiner Hotels, Mietwohnungen, altmodischer Krämerläden, Gastwirtschaften und Kneipen; außerdem lag dort die alte Mittelschule, wo Bill Williams einmal eine große Nummer gewesen war; und dann stand da noch die alte Kirche, ebenfalls aus Lehmziegeln gebaut, der geistliche Mittelpunkt dieses fast selbständigen Viertels.
Vor der Erbauung des Staudamms von Harper's Park, sechshundert Meter weiter oberhalb, war der Fluß im Frühjahr während der Schneeschmelze regelmäßig über die Ufer getreten und hatte in einigen Jahren sogar die tiefer gelegenen Straßen des *barrio* überflutet. Wenn das Wasser zurückging, tauchten die überschwemmt gewesenen Straßen zwar sauberer auf, als sie vorher gewesen waren, aber schnell wa-

ren sie wieder von den üblichen Abfällen, weggeworfenem Papier, zerbrochenen Flaschen und leeren Bierbüchsen, übersät; das Leben nahm wieder seinen gewohnten Lauf.
Der Bürgermeister, José-María Lopez y Baca, war im *barrio* geboren und aufgewachsen. Er lebte jetzt in der ihm fremden Welt der ›Anglos‹ und konnte sich nicht damit abfinden. Er war entschlossen, sich gegen alle Widrigkeiten durchzusetzen. Und in einer Stadt, in der es zwei maßgebende Regierungsvertreter gab - ihn selbst und den Gouverneur -, konnten Streitigkeiten über Zuständigkeitsfragen nicht ausbleiben.
Gerade sagte er am Telefon zum Gouverneur: »Du willst die Erweiterung des Staudamms von Harper's Park durchziehen, nicht wahr?«
Der Gouverneur hätte gern gewußt, wie der Bürgermeister so schnell zu dieser Information gelangt war, aber er hielt sich zurück. Er hätte wahrscheinlich entweder gar keine Antwort oder eine Auskunft erhalten, der er sowieso keinen Glauben hätte schenken können.
»Ich bin offiziell noch nicht benachrichtigt worden«, sagte der Gouverneur, »aber es sieht so aus, als ob das Vorhaben genehmigt sei.«
»Diesmal«, sagte der Bürgermeister, »sitzen wir, du und ich, im selben Boot. Das ist auch notwendig.«
»Ich freue mich, dies zu hören.«
»Aber die Wasserpreise werden hinaufgehen. Die Arbeiten kosten Geld, und irgend jemand muß die Kosten tragen.«
»Zweifellos.«
»Okay. Ich denke an den kleinen Mann. Das Wasser kostet sowieso schon viel.«
»Stimmt.« Der Gouverneur war gespannt, worauf der Bürgermeister hinauswollte.
»Ein paar Dollar im Monat bedeuten für einen reichen Anglo nichts«, sagte der Bürgermeister. »Und sie sind für eine große Firma überhaupt nichts. Aber für eine arme Chicano-Familie bedeuten ein paar Dollar mehr im Monat weniger

Bohnen im Kochtopf. Das kommt daher, daß die Kubikmeterpreise ungerecht festgesetzt worden sind.«
Der Gouverneur dachte nach. »Was willst du damit sagen?«
»Es gibt eine unterste Preisgrenze«, sagte der Bürgermeister. »Wenn der Wasserverbrauch steigt, geht der Preis pro Wassereinheit herunter, nicht wahr? Und dennoch versuchen wir, Wasser zu sparen, nicht wahr? Warum erhöhen wir dann nicht den Tarif für die Großverbraucher und lassen sie den Aufpreis zahlen - je mehr sie verbrauchen, desto mehr müssen sie zahlen. Wir sollten dem kleinen Mann helfen und gleichzeitig Wasser sparen. Wie findest du das?«
Der Gouverneur dachte einen Augenblick nach. »Dieser Gedanke hat etwas für sich.«
»Warum sollten wir die öffentliche Verwaltung nicht unter Druck setzen?«
Er hätte es eigentlich erwarten können, dachte der Gouverneur. Er mußte mit den Gedanken woanders gewesen sein. »Die öffentliche Verwaltung ist unabhängig«, sagte er. »Das weißt du, José-Maria.«
»Verdammt noch mal!« sagte der Bürgermeister. »Du kannst die Leute jedesmal durch den Reifen springen lassen, wenn du es nur willst. Du bist ein liebenswürdiger Mann, Harry, aber es gibt eine Anzahl von Leuten, die sich am liebsten verstecken möchten, weil sie deinen Anweisungen nicht gefolgt sind. Und die Politiker in dieser Gegend wissen das nur allzugut.«
»Du überschätzt mich«, sagte der Gouverneur. »Aber ich werde darüber nachdenken, wenn die Finanzierung und Amortisierung der Staudammvergrößerung vertraglich spruchreif werden.«

Carlos García unterrichtete in der siebenten Klasse der Mittelschule und war im *barrio* außerdem Trainer für Basketball, Baseball, Fußball, Leichtathletik und Ringen. Wie der

Bürgermeister war auch er aus dem *barrio* hervorgegangen. Der Bürgermeister hatte Carlos einmal ein blaues Auge zu verdanken, aber dieser Zwischenfall hatte sie einander eher nähergebracht, wie es nicht selten bei Männern geschieht, die sich erst bekämpfen und dann entdecken, daß ihre Differenzen eigentlich nicht unüberbrückbar sind.
Carlos sprach Englisch nicht so gut wie der Bürgermeister; er hatte nie seinen spanischen Tonfall verloren. Er sagte jetzt im Arbeitszimmer des Bürgermeisters: »Die Dürre in Texas ist vorbei.«
»Na und?«
»Kam im Fernsehen, die Dürre ist vorbei. Stellenweise hatten sie fünfundfünfzig Zentimeter Regen in vierundzwanzig Stunden. Die nennen das Tropengewitter, die nach Norden und Westen ziehen.«
»Ich habe davon gehört. Na und?«
»Wir haben auch eine Dürre.«
»Carlito, worauf willst du hinaus?«
»Sie haben schwere Überschwemmungen bekommen. Und wenn wir auch Überschwemmungen kriegen? Weißt du noch, wie es immer bei der Schneeschmelze war? Es kann aber bei solchen Regenfällen noch schlimmer werden, viel schlimmer.«
»Wir haben den Staudamm. Deshalb haben wir ihn gebaut. Das war einer der Gründe.«
»Ja.« Carlos schien nicht überzeugt zu sein.
»Und er soll jetzt vergrößert werden.«
»Das wußte ich gar nicht.« Carlos dachte schweigend einige Augenblicke nach.
»Okay«, meinte er schließlich, »das weißt du wahrscheinlich am besten. Aber gesetzt den Fall, irgend etwas geht schief und es kommt tatsächlich zu einer Überschwemmung - alle die vielen Menschen im *barrio,* das Viertel liegt tief, und es sind jetzt viel mehr Menschen als damals, als wir noch Kinder waren -, nehmen wir nur einmal an, so etwas passiert.«

»Okay«, sagte der Bürgermeister. »Nehmen wir es einmal an. Was dann?«
»Haben wir einen Plan? Ich meine, haben wir irgendeine Vorstellung, wie wir die Leute in Sicherheit bringen könnten - nur im Falle eines Falles?«
Der Bürgermeister lehnte sich in seinem Sessel zurück. Dann sagte er langsam, und aus seinem Tonfall klang unverhohlenes Erstaunen heraus: »Großer Gott! Ich glaube, darüber hat sich noch niemand Gedanken gemacht. Wie findest du das?«

Brooks Thompson befand sich in nachdenklicher Stimmung, als er vom Lunch zurückkam. Er war groß und schlank, Ende zwanzig, hatte lange, braune Haare, trug eine Brille mit Plastikgestell und sprach mit dem Akzent, wie man ihn in höheren Schulen an der Ostküste lernt. Nach dem College in Princeton war er drei Jahre für eine Investmentbank in New York tätig gewesen und war dann zu dem Schluß gekommen, er habe jetzt von der Postenjägerei genug, worauf er mit Mary in den Westen gezogen war. Der Gartenbau war Marys Idee gewesen. Sie hatte Blumen immer gern gehabt und verstand eine ganze Menge von ihnen. Dann hatten sie entdeckt, daß sie noch höher hinauswollten.
»Was ist los?« fragte Mary. »Setz dich. Erzähle. Sag mir alles!« Sie war ein großes Mädchen mit langen, blonden Haaren; sie trug ihre normale Arbeitskleidung, bestehend aus kurzärmeligem Hemd, ausgebleichten Jeans und Leinenschuhen. »Also?«
Brooks setzte sich hin und streckte die Beine aus. Er machte noch immer ein nachdenkliches Gesicht. »Ich weiß nicht so recht«, sagte er. »Wenn wir noch in New York wären, würde ich sagen, daß jemand versucht, einen großen Coup zu landen.«
»Mister Gentry?« Mary schüttelte den Kopf.
»Er ist der Typ, den man in der Wall Street Kredithai nennt.

Jedenfalls würde ich ihn so einordnen, wenn er plötzlich hier erschiene, um mir eine Anleihe anzudrehen. Hier -« Brooks schüttelte langsam den Kopf. »Ich weiß einfach nicht.«
»Aber er ist Präsident der Bank!«
»Es gibt solche und solche Bankpräsidenten. Dieser hier wird aus heiterem Himmel für meinen Geschmack etwas zu freundlich. Er will uns helfen, bis wir richtig ins Geschäft gekommen sind.«
»Ist denn daran etwas auszusetzen?« Mary schüttelte wieder den Kopf. »Manchmal wünschte ich, du hättest nie in New York gearbeitet. Du traust niemandem mehr über den Weg.«
Brooks grinste und sah unvermittelt zehn Jahre jünger aus. »Das gleiche gilt für dich.«
»Also gut. Was hat Gentry vor?«
»Er will die Grundstücke oberhalb des Stausees kaufen. Wo wir uns das Wochenendhaus bauen wollen.«
Mary schwieg eine Weile. All diese Pläne, die sie gemacht hatten, dachte sie bei sich, eigentlich nur Träume, aber um so schöner.
Schließlich sagte sie: »Wenn wir es uns leisten können, finden wir sicher ein anderes Grundstück. Hat er vom Preis gesprochen?«
»Tausend Dollar für den Hektar.«
»Wieviel macht das aus?«
»Zweiundzwanzigtausendfünfhundert. Ein vernünftiger Preis. Mehr, als wir bezahlt haben.«
Mary strich sich mit beiden Händen die Haare zurück - eine automatische Geste. »Das könnten wir gut gebrauchen. Bestimmt.«
»Klar.«
»Aber du willst nicht verkaufen. Sag mir, warum nicht.«
»Warum will er das Grundstück haben?«
»Aber ich bitte dich, Brooks! Woher soll ich wissen, warum er es haben will? Was spielt das für eine Rolle?«

»Ich weiß nicht recht.« Brooks spreizte die Finger und lächelte hilflos.
»Wir könnten das Darlehen zurückzahlen.«
Brooks nickte.
»Und wir würden noch genug übrig haben, um dringend benötigte andere Dinge zu kaufen - die kleine Zugmaschine, die Sprühanlage, vielleicht diesen kleinen, gebrauchten Bagger, lauter Sachen, von denen wir immer geredet haben.«
»Gewiß.«
»Aber du findest, wir sollten es nicht tun.«
»Es ist nur so ein Gefühl. Weiter nichts.«
Mary lehnte sich mit der Hüfte gegen den mit Papieren übersäten Schreibtisch. »Wir könnten Daddy um ein Darlehen bitten.«
»Nein. Das haben wir fest verabredet. Er ist überzeugt, daß wir hier zu nichts kommen werden, und vielleicht hat er sogar recht, aber wir wollen es wenigstens versuchen - mit eigenen Mitteln.« Er sah sie prüfend an. »Einverstanden?«
Mary lächelte wenig überzeugend. »Das war unsere Absprache. Ich mache keinen Rückzieher.«
Nach längerem Schweigen erhob sich Brooks schwerfällig aus seinem Sessel. Er holte tief Atem. »Okay«, sagte er, »dann sind wir uns also einig. Ich rufe Gentry an und sage ihm, er kann das Geschäft mit mir machen.«
»Aber du willst es eigentlich nicht.«
»Nein, ich will es eigentlich nicht. Aber ich habe keine echten Gegengründe, und vieles spricht dafür, also bleibt mir keine Wahl.«
Mary schloß die Augen. Tränen brannten ihr unter den Lidern.

5

Ein eindrucksvolles Haus, dachte Jay, als er bei den Williams vorfuhr. Es war weiträumig, aus Naturziegeln errichtet und paßte zu der braunen Erde und dem schütteren Kiefern- und Wacholderbewuchs, als ob es dort aus dem Boden gewachsen wäre. So weit er sehen konnte, umgab eine niedrige Ziegelmauer den ausgedehnten Besitz. Über eine mit Kies bedeckte Auffahrt gelangte man durch einen von halb verwittertem Gebälk getragenen Torbogen in den Innenhof, wo eine ebenfalls aus Ziegeln errichtete Garage für drei Fahrzeuge mit dem Haupthaus durch einen überdachten Gang verbunden war.

Die ganze Anlage roch nach Geld, und Jay wußte nicht, ob er sich freuen sollte, überhaupt hergekommen zu sein. Der Anblick von Reichtum brachte ihn nicht aus dem Gleichgewicht. Er konnte nur die arrogante Zurschaustellung von Unfehlbarkeit nicht leiden, die oft mit einem großen Vermögen einherging.

Zwei Deutsche Schäferhunde tauchten plötzlich vor ihm auf, als er ausstieg. Sie inspizierten ihn kritisch und eskortierten ihn zur Eingangstür, die sich öffnete, bevor er den schweren schmiedeeisernen Türklopfer heben konnte. Ein Mädchen streckte ihm lächelnd eine kühle, feste Hand entgegen. »Kate Williams, Mister Harper«, sagte sie. Dann zu den Hunden in beruhigendem Tonfall: »Ist schon gut. Ein Gast.«

Jay sah den Hunden nach, die sich, offensichtlich nicht mehr interessiert, langsam entfernten. »Leibwächter?« fragte er.

»Ja, gewissermaßen.« Auch Attribute der Wohlhabenheit.

Drinnen im Haus war es angenehm kühl. Er betrachtete den durch Alter und Pflege glattpolierten Steinfußboden, die weißgetünchten Wände und nachgedunkelten Deckenbalken; und im Hintergrund öffneten sich gläserne Schiebetüren mit einem überwältigenden Blick auf das Gebirge zu einer mit Steinplatten belegten, überdachten Terrasse, wo zwei Männer, Drinks in der Hand, Platz genommen hatten.

Auf dem Boden lagen bunt gemusterte Teppiche - indianische Teppiche, dachte Jay, obwohl er nicht viel von derlei Dingen verstand. Hier, in diesem Rahmen, schienen sie am Platze zu sein. Er merkte, daß das Mädchen ihn lächelnd beobachtete.

»Sind Sie einverstanden mit dem, was Sie sehen, Mister Harper?«

Natürlich Geld, war sein erster Gedanke. Aber er mußte zugeben, daß auch Geschmack dahintersteckte.

Sehr nett«, sagte er und folgte Kate schweigend auf die Terrasse.

Ein ziemlich unwirscher junger Mann, fand Kate. War er unsicher? Schwer zu sagen. Sie nahm sich zusammen, wollte kein voreiliges Urteil fällen. »Mister Harper, Daddy«, sagte sie.

Williams erhob sich aus seinem Sessel. Er war ein kräftiger Mann, fand Jay, nicht übermäßig groß, breitschultrig und untersetzt - und da war wieder die merkwürdige Ähnlichkeit mit Cooley Parks. Auch der Händedruck von Williams, kräftig, aber nicht hart, war irgendwie vertraut.

»Schön, daß Sie herkommen konnten«, sagte Williams. Er wies mit einer Kopfbewegung auf den anderen, jüngeren, etwas größeren Mann. »Sam Martin. Sam ist mein Chefingenieur. Kate, gib dem Herrn einen Drink und setz dich zu uns.«

Wenn er später an diesen Abend zurückdachte, fielen Jay weniger wirkliche Fakten als persönliche Eindrücke ein, obgleich er sich noch genau an Gesprächsfetzen erinnern

konnte, die zwar keine Beweiskraft hatten, aber ein allgemeines Meinungsbild abgaben.
Er fand Williams sympathisch, genauso wie Cooley Parks, aber der Mann besaß jene unverhohlene Arroganz, die Reichtum mit sich bringt; dazu kam ein Charakter, der unbekümmert auf ein bestimmtes Ziel zusteuerte und dabei, wie Jay fand, manchmal auch gefährliche Situationen heraufbeschwor.
Sam Martin war ihm von vornherein unsympathisch. Als Ingenieur schien er gut beschlagen zu sein. Er verstand es, anderen zuzuhören. Er lächelte häufig, und es bestand kein Grund zu der Annahme, daß dieses Lächeln unaufrichtig sein könnte. Was konnte er also gegen diesen Mann einwenden, außer daß er ein Federgewicht war? Aber die Welt war voll von Federgewichten.
Bei Kate war er sich nicht sicher. Sie sah gut aus - war mittelgroß, schlank, hatte eine gute Figur und bewegte sich mit natürlicher Anmut. Sie sprach wenig, obwohl sie der Unterhaltung aufmerksam zu folgen schien, und sie zeigte fast ständig ein kleines Lächeln, das jeden auf die Palme bringen konnte - oder auch nicht. Sie hatte die direkte Art ihres Vaters, eine stille Bestimmtheit, die dennoch ganz weiblich und keineswegs unattraktiv war. Jay war sich nicht im klaren, ob ihm Kate gefiel oder nicht. Aber dies war jetzt auch gleichgültig. Er hatte nicht die Absicht, so lange hier zu bleiben, daß derartige Sympathien eine Rolle hätten spielen können.
Als neuer Gast bildete er ganz natürlich zunächst den Mittelpunkt des Interesses. Er hatte es erwartet. Solange die Fragen nicht zu persönlich wurden.
Bill Williams, das Glas in der Hand, sagte in seiner direkten Art:
»Sie stammen von dem alten Jed Harper ab, wie mir John Boggs erzählt hat. Es gab keine Harpers mehr, als wir den Staudamm vor zehn Jahren gebaut haben. Ich kann mich nicht einmal aus meiner eigenen Kindheit erinnern, daß es

damals in dem Tal noch irgendwelche Harpers gegeben hätte.«
»Sie zogen nach Westen. Kalifornien.«
»Goldrausch?«
Diesmal sprach Sam Martin.
Jay schüttelte den Kopf. »Später, viel später. Um neunzehnhundert, glaube ich.« In Julias Tagebuch wurde das Auseinandergehen der Familienangehörigen nur kurz erwähnt. Julia war zurückgeblieben. Das ging jedenfalls aus dem Zusammenhang hervor.
»Etwa dieselbe Zeit«, sagte Williams, »zu der meine Familie herkam. Was damals zu ihr gehörte.« Ein ziemlich heruntergekommener Haufe muß sie gewesen sein, dachte er bei sich; und er merkte, daß Kate ihn beobachtete, als könnte sie in seinen Gedanken lesen. Er lächelte ihr zu. »Ich werde kein Wort über sie verlieren, Kind«, sagte er. »Lassen wir es dabei bewenden, daß es ihnen in Kansas nicht gefiel. Aus bestimmten Gründen.« Er sah Jay wieder an. »War mal ein hübscher kleiner Ort, Harper's Park«, sagte er. »Das wollten Sie doch wissen, nicht wahr? Aber Sie haben es ja gesehen. Wie sieht es denn dort unten aus?«
»Leer und verlassen. Eine Geisterstadt. Nur Häuser.«
»Wie eine Filmkulisse?« Wieder sprach Martin.
Jay sah den Mann an, konnte aber in der Frage außer reiner Neugier nichts Besonderes entdecken. Er schüttelte den Kopf. »Filmkulissen sind nichts Wirkliches. Das dort unten ist wirklich. War es.« Etwas, dachte er bei sich, das keine Erklärung zuläßt, jedenfalls nicht mit wissenschaftlichen Methoden.
»Das Gefühl, als ob - Menschen dort gewohnt hätten?« fragte Kate plötzlich.
Jay dachte einen Augenblick nach. Langsam nickte er. »Ja, so ist es. Man erwartet, Wäsche auf der Leine hängen zu sehen. Sogar unter Wasser.«
»Ich habe es mir nie richtig angesehen«, sagte Kate. Dann zu ihrem Vater: »Wenn du den Staudamm erhöhst, wird der

See doch tiefer werden, nicht wahr? Kann man die Gebäude dann noch sehen?«
Jay blickte von einem zum anderen. »Wollen Sie den Damm vergrößern?«
»Man redet davon«, sagte Williams, aber der Unwille war ihm deutlich anzumerken; er hatte die ewige Leisetreterei sowieso satt. Wenn George Harrison davon wußte, waren auch alle anderen im Bilde. Und das Ganze war ja schließlich kein Geheimnis. »Was heißt das schon - man redet davon. Zum Teufel noch mal«, sagte er, »es ist eine beschlossene Sache. Sam hier hat schon seit achtzehn Monaten die Pläne dazu. Die Heerespioniere haben sich alles ganz genau angesehen, von oben, unten und von der Seite. Wir brauchen eine Erhöhung der Energieerzeugung für die Stadt, und wir brauchen eine gesicherte Wasserversorgung.« Er wandte sich jetzt Jay zu. »Sie sind Geophysiker, wie mir Boggs gesagt hat.«
»Öl ist mein Fachgebiet«, sagte Jay. Cooleys Telefonanruf. Ein neues Vorkommen? Es klang so. Ein riesiges Land, dieses Kanada. Viele unerschlossene Gebiete, unter der Erde konnte man so gut wie alles finden. Und Cooley kannte sein Gestein.
»Ich habe nachgeschlagen«, sagte Williams. »Die Geophysik befaßt sich praktisch mit allem, was Rang und Namen hat.«
Stimmt. Jay nahm einen Schluck und sagte nichts.
»Angenommen«, sagte Williams, »wir brauchen irgendein fachmännisches Gutachten. Sie sind nun einmal hier, und Sie sind unten auf dem Grund gewesen, wo vor Ihnen noch niemand war. Würden Sie zur Verfügung stehen?«
Daran war gar nicht zu denken; er hatte sich bereits festgelegt. »Ich gehe in ein, zwei Tagen nach Kanada.« Und dann aus reiner Neugier: »Warum muß es denn ein Geophysiker sein?«
»Ich habe vor langer Zeit gelernt«, sagte Williams, »daß alle Welt bei öffentlichen Hearings unweigerlich auf der Seite

desjenigen steht, der die meisten Experten hinter sich hat - besonders Experten, die über Dinge reden können, die sonst kein Mensch versteht. Sam glaubt, ich mache Witze. Keineswegs. So ist nun einmal das Leben, und wenn man es nicht ändern kann, muß man sich irgendwie darauf einstellen. Ein Ingenieur auf der anderen Seite hätte keine Chance, wenn wir einen Geophysiker ins Feld führen können. Das heißt, falls es Widerstände gibt, was ich nicht hoffe.«

Jay grinste und nahm einen Schluck von seinem Drink.

»Ich habe einmal in Fragen der Wasserversorgung ein Hearing gewonnen«, sagte Williams. »Die andere Seite hatte einen Hydrologen mitgebracht. Ich hatte zwei Hydrologen und eine Wasserhexe. Es war ein ungleicher Kampf.« Und dann kam jener ehrliche Kern bei ihm wieder zum Durchbruch. »Wie sich herausstellte«, setzte er hinzu, »hatte der Hydrologe der anderen Seite recht - es gab tatsächlich nicht genug Wasser, aber so geht es eben manchmal. Wie wär's noch mit einem Drink, Kind?«

Sam Martin sagte: »Die technischen Vorbereitungen sind abgeschlossen, Bill, und niemand kann hier ein Haar in der Suppe finden.«

Williams schüttelte den Kopf. »Ob ich gewonnen habe, Sam, weiß ich erst dann, wenn alle anderen die Karten auf den Tisch gelegt haben. Vorher nicht.« Er warf Jay einen abschätzenden Blick zu. »Haben Sie schon einmal einen Fehler gemacht, Harper?«

»Ich versuche, mich möglichst selten zu irren.«

»Das ist auch meine Einstellung.« Williams hob sein Glas. »Was ist mit dem Drink, Kind?«

Kate sagte leise:

»Doktor Stark -«

»Wenn Jim Stark sich hinter meinem Rücken mit dir unterhalten hat«, sagte Williams, »werde ich ihm bei lebendigem Leibe das Fell über die Ohren ziehen und die Haut draußen an der Tür annageln.«

»Du wirst nichts dergleichen tun«, sagte Kate, aber sie stand

lächelnd auf und nahm das Glas. »Einen halben Drink«, sagte sie, »und keine Widerrede.«
Das Abendessen war hervorragend - Roastbeef aus gut abgehangenem Rindfleisch, gebackene Kartoffeln mit saurer Sahne und Schnittlauch, gemischter, grüner Salat, kalifornischer Zinfandel-Wein, Käse, Salzkekse, Kaffee, Portwein oder Kognak - kaum das, was er erwartet hatte, dachte Jay. Er fragte sich, ob Kate für das Menü verantwortlich war.
Williams erklärte die Qualität des Rindfleischs. »Ich habe eine kleine Herde Angusochsen«, sagte Williams. »Der Pueblo kümmert sich darum. Wir verkaufen genug, um auf unsere Kosten zu kommen. Beinahe. Aber für den Pueblo gibt es Arbeitsplätze, und ich bekomme das Fleisch, wie ich es mag; meines Erachtens ein faires Geschäft.« Als Gastgeber beherrschte er die Konversation und sprang ohne Vorankündigung von einem Thema zum anderen über. »In ein paar Tagen nach Kanada«, sagte er jetzt und sah Jay dabei an. »Sie kommen ganz schön herum, scheint mir.«
»Mal hierhin, mal dorthin.«
»Zum Beispiel?« sagte Martin. In dieser Frage schwang eine Herausforderung mit.
Nein, dachte Jay, der Mann war ihm nicht sympathisch. »Die letzte Station war Saudi-Arabien«, sagte er leichthin. »Davor Iran und davor ein Job in der Nordsee auf einer Bohrinsel vor Norwegen. Indonesien, der Nordteil von Alaska, Lake Pontchartrain in Louisiana . . .« Er zuckte mit den Schultern. »Ich gehe immer dorthin, wo es Arbeit für mich gibt.«
»Wie Red Adair«, sagte Martin, und diesmal hatte seine Stimme einen Anflug von Feindseligkeit, vielleicht auch Neid.
Jay ignorierte den Unterton. Er schüttelte den Kopf. »Red geht überall dahin, wo Pannen auftreten. Meine Aufgabe ist es, diese zu verhindern. Pannen oder Leerlauf - beides geht Hand in Hand.« Und da er nicht widerstehen konnte, fügte er hinzu: »Wenn es keine Notfälle, keine gefährlichen

Situationen gibt, habe ich meinen Auftrag erledigt. Ich ziehe das ruhige Leben vor.«
Kate hörte aufmerksam zu und konnte nicht umhin, sich zu wundern. War es denn ein ruhiges Leben auf der Bohrinsel in der Nordsee oder im Taucheranzug auf dem Grund eines eiskalten Sees? Ich kann das nicht beurteilen, dachte sie bei sich und war gespannt, was ihr Vater sagen würde. Williams war ein guter Menschenkenner. Sie wollte ihn später fragen.
Nach dem Essen saßen sie wieder draußen auf der überdachten Terrasse. In der klaren Höhenluft verflüchtigte sich die Wärme des Tages schon bald. Ein Mädchen erschien unaufgefordert und zündete das Feuer im Kamin an - aufrecht stehende Kieferscheite, deren Duft die Luft erfüllte. Die Wärme war angenehm; und das einzige Licht - Kerzen, die in Glaszylindern auf dem Tisch standen - schuf eine gemütliche Atmosphäre. Die Sternbilder waren deutlich zu erkennen - der Große Bär, die Cassiopeia, die Plejaden, der Orion mit Rigel und Beteigeuze - sie schienen alle zum Greifen nahe zu sein.
In diesem Augenblick, dachte Jay, konnte man hier die Atmosphäre, wie sie der alte Jed gekannt hatte, sich wieder vergegenwärtigen, das Gefühl, allein zu sein und dennoch hierherzugehören; wie die Eule, deren Ruf er letzte Nacht gehört hatte, im Einklang mit der Natur und nicht dem Eindringling gegenüber feindselig gestimmt.
Kate unterbrach seine Gedanken. »Wollen Sie morgen wieder tauchen?«
»Wenn das Wetter klar ist, und es sieht im Augenblick so aus.«
Williams sagte: »Mein Gott, wir brauchen dringend Regen. Aber der wird schon noch kommen.«
Martin meinte: »Um sich Ihre Geisterstadt noch einmal anzusehen?«
»So ist es.« Heute der allgemeine Überblick und morgen das Studium einiger Details, besonders des Friedhofs. Es wäre

schön, einen Blick auf den Grabstein des alten Jed, vielleicht auch der Julia werfen zu können.
Einer plötzlichen Eingebung folgend, sagte Kate: »Wenn ich hinaufkäme, könnte ich dann mit Ihnen hinausfahren? Ich habe mir das Dorf, seit es im Wasser versunken ist, noch nie so richtig angesehen.«
Sie war schließlich seine Gastgeberin, sagte sich Jay, und das gute Abendessen brachte natürlich gewisse Verpflichtungen mit sich. »Es wird kalt sein, wenn man nur so im Boot sitzt«, sagte er. »Aber wenn Sie wollen, natürlich, warum nicht.« Es klang zwar nicht besonders begeistert, aber mehr konnte er sich nicht abringen.
Ja, es gab mancherlei, worüber er sich klarwerden mußte, bevor er in dieser Nacht einschlief.

Er wurde durch ein Geräusch geweckt, das er zunächst für schwere, in weiter Ferne stattfindende Explosionen hielt; er blieb lauschend liegen und erkannte, daß es sich um Donnerschläge handelte, die zwischen den hohen Felswänden der Wasserscheide widerhallten.
Das Ende der Trockenheit? Vielleicht. In Gebirgsgegenden wie dieser war eine genaue Wettervorhersage so gut wie unmöglich, und ein schweres Gewitter konnte entweder eine mehr oder weniger eng umgrenzte Naturerscheinung oder ein Signal sein, daß eine Regenfront heranzog. Aber wie dem auch sei - Jay war froh, in einem schützenden Haus geborgen im Bett liegen zu können, statt irgendwo da oben, wo das Gewitter niederging, im Freien kampieren zu müssen.
Gewitter im Hochgebirge waren unberechenbare Phänomene, die fast nukleare Energien freisetzten. Und wenn man sich in der Nähe befand, hatten sie etwas unentrinnbar Persönliches an sich, als ob jeder plötzlich aufzuckende Blitz und jeder sofort folgende Donner nur auf einen selbst gezielt waren, denn wer konnte sagen, was für übernatürliche Kräfte am Werke waren. Man wurde vom Blitz geblen-

det, vom Donnerschlag betäubt, und auf den offenen felsigen Hängen und in den flachen Taleinschnitten gab es keinen Schutz, keine Zuflucht.
Und der Regen, der oft in Hagel überging, war unerbittlich und von unglaublicher Urgewalt. Rinnsale wurden in Minutenschnelle zu rauschenden Sturzbächen, die ungehindert in die Tiefe rauschten und loses Gestein, sogar große Felsbrocken, mit sich rissen. Sie schleuderten das Geröll wie Schrapnellgeschosse weiter unten auf kleinere Bodenerhebungen, wo es beim Abklingen des Gewitters liegenblieb und Zeugnis von den Naturgewalten ablegte, die sich oben im Gebirge ausgetobt hatten.
Wenn der Mensch im Hochgebirge in einen solchen Gewittersturm geriet, wurde er sich unvermittelt seiner Winzigkeit bewußt, und er fühlte sich auf Tod und Leben den Elementen ausgeliefert, was vielleicht auch etwas Gutes an sich hatte, fand Jay, sofern es nicht zu oft geschah.
Behaglich in die Bettdecke eingehüllt, schloß er die Augen und verfiel wie jemand, der sich durch lange Übung an die Überraschungen fremder Gegenden gewöhnt hatte, sofort wieder in tiefen Schlaf. Am Morgen wollte er sich aus reiner Neugier selbst davon überzeugen, welche Auswirkungen das Gewitter gehabt hatte.
Vor dem Frühstück an Panchos Theke unternahm er einen Spaziergang am Ufer des Stausees entlang. Etwa einen Kilometer stromaufwärts fand er, wonach er Ausschau gehalten hatte: eine bräunliche Färbung in dem sonst so klaren Wasser; sie verstärkte sich, je weiter er ging, und stammte von Schwemmsand, der aus den verschiedenen Bächen in den Hauptfluß getragen worden war - ein Beweis für die reißende Gewalt der durch das Gewitter freigesetzten Wassermassen. Wo der den Schwemmsand mitführende Strom auf das stille Gewässer des Stausees stieß, verringerte sich die Strömung, ließ schließlich ganz nach und setzte die Stoffe, die mitgeführt worden waren, auf dem Grunde des Sees ab.

Beim Rückweg zum Motel traf er auf John Boggs. »Ich war gestern abend bei Williams zum Essen eingeladen«, sagte Jay. »Damit Sie es genau wissen: Es gab kein Blutvergießen. Und seine Tochter kommt heute vormittag herauf, um mit mir im Boot auf den See hinauszufahren. Es hat also niemand etwas dagegen, daß ich tauche.«
Boggs nickte nur, aber die amtliche Skepsis, die er bisher an den Tag gelegt hatte, war zum Teil verschwunden. Die bloße Erwähnung des Namens Williams schien ihn verändert zu haben.
»Das Gewitter in der letzten Nacht«, sagte Jay. »Haben Sie irgendeinen Wetterbericht gehört? Zieht eine Front herauf?«
»Im Westen regnet es. Ob wir davon etwas abbekommen . . .« Boggs zuckte mit den Schultern. Sein Gesichtsausdruck änderte sich. »Ich habe gehört, daß Sie uns bald verlassen werden. Calgary, nicht wahr?«
Der Motelangestellte redete also über das, was er hörte, dachte Jay, aber das spielte kaum eine Rolle. »Sie sind immer auf dem laufenden«, sagte er.
»Es ist meine Aufgabe, über alle Vorgänge Bescheid zu wissen.«
Jay blickte auf die gebogene Linie des Staudamms hinaus und mußte an die Unterhaltung des gestrigen Abends denken. »Wissen Sie eigentlich, daß der Damm größer werden soll?« fragte er.
»Wo haben Sie das gehört?«
»Gestern abend.«
Boggs drehte sich um, betrachtete die Betonwand des Staudamms und sah, daß die normale Wasserstandsmarke sieben Meter oberhalb des augenblicklichen Pegels lag. »Er ist jetzt schon zu groß.« Aus den Worten sprach nicht so sehr Protest als ehrliche Überraschung. Er sah Jay an und schien nach einer Bestätigung zu suchen. »Dadurch wird der See größer, nicht wahr?«
»Und tiefer. Eine Menge Wasser für eine durstige Stadt.

Mehr Elektrizität für mehr Haartrockner.« Jay merkte, daß die Bitterkeit, die er empfand, zum Durchbruch kam.
»Sie sind dagegen«? fragte Boggs.
»Das geht mich nichts an.«
Und trotzdem, dachte Jay, als er zum Frühstück hineinging, konnte er das Gefühl, mit dem Tal und dem in den Fluten versunkenen Dorf eine innere Verbindung zu besitzen, nicht loswerden - ein Gefühl, das tief in ihm verwurzelt war.

6

Pater Rodriguez war Seelsorger an der im *barrio* gelegenen Kirche zum Heiligen Glauben; ein kleiner Mann Ende sechzig, der gewöhnlich abgetragene schwarze Kleidung anhatte und, weil er von Eitelkeit nicht ganz frei war, meistens ein schwarzes Barett trug, um seine Kahlköpfigkeit zu verbergen.

Er lebte seit fünfundvierzig Jahren im *barrio* und war mit seinem Los zufrieden. Seine Gemeindemitglieder kamen, wie selbstverständlich, mit allen ihren Problemen zu ihm.

Angelita Leyba, dicklich und in den Fünfzigern, Mutter von elf Kindern, verwitwet, wie stets in strenges Schwarz gekleidet, hatte an diesem Tag ein besonderes Problem. Es betraf Juan Cisneros.

»Er sagt, er könne es sich jetzt leisten, fischen zu gehen«, sagte Angelita, »und bei seinem großen Wagen und seinem Laden und allem kann er es wohl auch.«

Pater Rodriguez war davon überzeugt. Nur hatte er nie gewußt, daß Juan Cisneros jemals auch nur das geringste Interesse am Fischen gehabt hätte.

»Sie wissen, daß Inocencio - Gott hab ihn selig - nach der Heimkehr aus dem Krieg, aus dem großen Krieg, eine Zeitlang dort oben über Harper's Park gelebt hat.«

»Ich erinnere mich.«

»Er baute sich dort ein Häuschen. Als wir jünger waren, fuhren wir gelegentlich zum Wochenende hinauf. Aber nie am Sonntag, Padre - wir haben nie eine Messe versäumt.«

»Ich weiß«, sagte der Priester.

»Als Inocencio abberufen wurde - Gott hab ihn selig -, sagte mir der Anwalt, daß der Besitz, das kleine Haus und das Grundstück, kein großes Grundstück, etwa fünf Hektar, glaube ich, jetzt mir gehörten. Aber was sollte ich ohne Inocencio damit anfangen? Deshalb habe ich nichts unternommen. Ich bin sogar drei oder vier Jahre gar nicht mehr oben gewesen. Und jetzt will Juan Cisneros alles kaufen; aber ich muß immer daran denken, daß es früher einmal Inocencio gehört hat - das Land, das er bearbeitet hat, das von ihm gebaute Haus. Und ich weiß nicht, was ich tun soll.«

Pater Rodriguez schwieg. Er dachte nach.

»Zweitausend Dollar«, sagte Angelita, »sind eine Menge Geld. Wir sind arme Leute. Mit zweitausend Dollar . . .« Sie zog Augenbrauen und Schultern hoch, als wäre diese Summe von geradezu furchterregender Größe. »Vielleicht ein neuer Herd. Stiefel, wie sie die Rinderhirten tragen, für Felipe. Luis wünscht sich ein Skateboard, Maria-Victoria eine von diesen neumodischen Hosen, die schon beinahe unanständig aussehen. Was soll ich tun, Padre?«

»Es besteht kein Grund zur Eile«, sagte der Priester. »Du hast nun schon so lange gewartet, auf einen Tag mehr oder weniger -«

»Juan Cisneros sagt, daß er, wenn er sich zu etwas entschlossen hat, die Sache auch rasch erledigen will. Oder überhaupt nicht.«

Das sah Juan Cisneros ähnlich, dachte der Priester. »Gib mir etwas Zeit, Angelita. Ich werde darüber nachdenken und dir Bescheid geben.«

Der Priester sah Angelita nach, die den Mittelgang der Kirche entlangging, stehenblieb, sich umdrehte, einen Kniefall machte und dann ins Sonnenlicht hinaustrat. Pater Rodriguez wandte seine Gedanken Juan Cisneros zu.

Ebenso wie der Bürgermeister war auch Juan Cisneros (DER EHRLICHE JOHNNY - FERNSEHEN - RADIO - ELEKTROGERÄTE) ein Kind des *barrio.* Für Pater Rodriguez war Johnny außerdem ein Rätsel.

Pater Rodriguez hatte Juan Cisneros heranwachsen sehen.

Immer geschäftig, immer tätig, schon mit acht Jahren ein Geschäftsmann, der auf der Plaza als Fremdenführer für die Touristen arbeitete, Einkäufe besorgte, Lokale kannte, wo man auch an alkoholfreien Sonntagen einen Drink oder, wenn es sein mußte, auch Marihuana-Joints bekommen konnte, der zweifelhafte Damenbekanntschaften zu vermitteln wußte, Silber- und Türkisschmuck (weder Silber noch Türkise) sowie echte indianische Teppiche (maschinelle Herstellung aus Mexiko) verhökerte und der ständig auf den Beinen war und es immer eilig hatte.

Junge Burschen wie Juan Cisneros strapazierten den Glauben des guten Paters an die Menschheit, und trotzdem war das Lagerhaus am Fluß und das Einzelhandelsgeschäft DER EHRLICHE JOHNNY oben nahe der Plaza, direkt am Rande des Villenviertels, augenfälliger Beweis dafür, daß solche Knaben nicht immer als verlorene Schafe gelten mußten, wie man eigentlich erwartet hätte.

Der Priester hatte für Wetten nichts übrig, aber sein langes Leben im *barrio* hatte ihn mit allerlei Wettpraktiken vertraut gemacht. Und als er Juan Cisneros heranwachsen sah, hätte er zehn zu eins gewettet, daß Johnnys letzte Ruhestätte, vielleicht sogar ein frühes Grab, untrennbar mit jeder Art von Geschäftemacherei verbunden sein würde, die bei den Insassen des Zuchthauses für besonders einträglich gehalten wurde. Statt dessen war aus ihm ein ehrenwerter Geschäftsmann geworden. Und trotzdem hielt der Pfarrer an der Überzeugung fest, daß sich hinter der Fassade des achtbaren Johnny Cisneros noch immer Juan, der Bursche von damals, verbarg, der nie sein Ziel aus dem Auge verlor und nichts ohne besonderen Grund tat, wenn es um Geld ging.

Die schwierige Lage, in der sich Angelita Leyba befand, mußte sorgfältig bedacht werden, fand der Priester. Und was geschah, wenn sich sein Rat schließlich als falsch erweisen sollte? Er war kein Geschäftsmann. Andererseits durfte er auch vor seiner Verantwortung nicht zurückschrecken.

Er war um Hilfe gebeten worden. Und er wollte alles in seiner Macht Stehende tun, um die bestmögliche Hilfe zu geben.

Pater Rodriguez begab sich von der *barrio*-Kirche zur Plaza und von dort aus weiter in das ihm fremd anmutende Viertel der besseren Geschäfte und Hochhäuser, wo der Laden DER EHRLICHE JOHNNY lag. Er blieb eine Weile vor dem Geschäft stehen und bewunderte die prächtige Auslage.

Da waren Fernsehgeräte zu sehen, die größere Bildschirme besaßen, als es der Priester je für möglich gehalten hätte; sie steckten in offensichtlich sehr teuren Gehäusen. Da standen Tuner und Verstärker sowie Hi-Fi-Empfänger, die beides in sich vereinten, jeder mit unzähligen Knöpfen und Tasten, deren Zweck der Priester nicht einmal ahnte. Dort standen Geräte, auf denen der Sprecher gleich achtmal in regelmäßigen Zwischenräumen zu sehen war; die Gesichter schienen den kleinen Mann im schwarzen Gewand und mit dem schwarzen Barett hochmütig anzustarren, als ob sie das andächtige Staunen des Paters zu würdigen wüßten.

Dieser riß sich schließlich zusammen und betrat das Geschäft. Ein Verkäufer fing ihn, skeptisch lächelnd, am Eingang ab. »Was kann ich für Sie tun, Pater?«

»Ich möchte gern mit Juan Cisneros sprechen.«

»Johnny? Gewiß. Er ist hinten im Büro.« Und dann mit breitem Grinsen: »Hat er gesündigt?«

Würde mich nicht wundern, wenn dies so wäre, dachte der Priester; er lächelte aber nur nachsichtig und folgte dem Verkäufer zwischen den Verkaufstischen hindurch in den hinteren Teil des Ladens.

Cisneros saß, den Telefonhörer am Ohr, hinter seinem Schreibtisch. Er sah den Geistlichen und bat ihn mit einer Handbewegung, Platz zu nehmen.

»Was ich sagen will«, sprach er in den Apparat, »ist folgendes: Wenn Sie das Geschäft machen wollen, halten Sie sich gefälligst an die Abmachungen. Ich kann mit Dallas oder

Denver ebenso leicht abschließen wie mit Ihnen. Sie haben gesagt, der Transport gehe heute ab. Jetzt sagen Sie, vielleicht in einer Woche. Da mache ich nicht mit, verstehen Sie mich? Wenn ich einem Kunden sage, er werde seinen Fernseher morgen früh bekommen, dann ist er besser zu Hause, denn Punkt acht Uhr wird bei ihm an der Haustür geläutet. Das ist mein Geschäftsgebaren. Und ich erwarte von meinen Lieferanten dasselbe. Okay? Und jetzt wollen wir von dem albernen Geschwätz wegen nächster Woche nicht mehr reden. Ich wünsche, daß der Laster mit den Geräten noch heute hierher abrollt.« Er legte auf und wandte sich dem Priester zu.

»Sie können von Glück reden, Padre, daß Sie Ihren Beruf haben. Hier bei mir kann man sich den ganzen Tag nur ärgern. Was kann ich für Sie tun?«

Fern von seiner Kirche und dem von ihr ausgehenden hoheitsvollen Nimbus fühlte sich Pater Rodriguez im Nachteil. Hier hatte er es mit der profanen Welt zu tun, die er nicht verstand, wo andere Regeln herrschten und wo die Wertmaßstäbe nicht von Gott, sondern vom Menschen gesetzt worden waren. Und Juan Cisneros war, wie eine Dschungelkatze in ihrer heimischen Umgebung, ein Geschöpf, das Schläue, Kraft und einen völligen Mangel an Skrupeln miteinander verband. Einen Augenblick bedauerte der Priester, überhaupt hergekommen zu sein, aber er sagte sich, dieser Augenblick der Schwäche sei ein Zeichen von Feigheit und seiner nicht würdig.

»Du hast Angelita Leyba ein Kaufangebot für ihren Besitz gemacht, Juan.« Wie immer in Augenblicken innerer Spannung, sprach er unwillkürlich spanisch.

Nichts änderte sich in Johnnys Gesichtsausdruck, auch nicht in seinen Augen; er bot weiterhin das Bild eines Mannes ohne Hintergedanken. »Klar.« Er sprach englisch, und zwar ohne jeden Akzent. »Wie ich gesagt habe, Padre, suche ich einen Platz, wo ich mal ausspannen kann. Wissen Sie, wo ich gelegentlich fischen kann, wo mich vielleicht auch mal ein paar Freunde von hier unten besuchen können und wo wir uns ein paar Drinks und etwas zu essen und eine freundschaftliche Pokerrunde gönnen können. Daran habe ich gedacht.« Er zwinkerte mit den Augen und lächelte plötzlich. »Oder wo ich ungestört sein kann, Padre, aber darüber wollen wir nicht sprechen.«

Der Priester wußte, daß der Mann im Ruf eines Schürzenjägers stand, und obwohl er dies natürlich mißbilligte, war er schon vor langer Zeit zu der Überzeugung gelangt, daß es schwerere Sünden als die des Fleisches gab. »Sind dies deine einzigen Beweggründe, Juan?«

Johnnys Lächeln war offen und freundlich. »Was denn sonst?«

Dem Priester fiel keine Antwort auf diese Frage ein, obwohl er sich seit Angelitas Besuch redlich bemüht hatte, den eigentlichen Beweggrund zu finden. Er war überzeugt, daß Juan ein ganz bestimmtes Ziel verfolgte.

Johnny beobachtete den Gesichtsausdruck des Priesters; sein Lächeln verschwand. »Zum Teufel, Padre - entschuldigen Sie den Ausdruck -, aber wenn das alte Mädchen soviel Aufhebens davon macht und Sie anscheinend vorschickt, um mehr Geld von mir zu bekommen, dann vergessen wir doch die ganze Sache. Ich habe bloß gedacht, ich täte mir und auch ihr einen Gefallen; aber ich habe keine Lust, mich mit ihr herumzustreiten. Ich habe hier schon genug Ärger. Der reicht mir.«

Juans Motive klangen plausibel, fand Pater Rodriguez, besonders die Andeutung, ungestört bleiben zu können, um seinen Fleischeslüsten zu frönen. Und Pater Rodriguez konnte Juans erklärten Beweggründen nichts als seinen unbegründeten Verdacht entgegensetzen - eine Einstellung, die sowohl hartherzig als auch unchristlich war. Und das letzte, was er tun wollte, wäre gewesen, einen ordnungsgemäßen, auch für Angelita einträglichen Geschäftsabschluß zu verhindern. »Ich werde Angelita ausrichten, was du gesagt hast.«

Johnny schienen plötzlich Zweifel zu kommen. »Ich weiß nicht so recht, Padre. Ich weiß nicht. Ich möchte nicht, daß die Alte herumtratscht, ich hätte sie übers Ohr gehauen. Vielleicht ist es besser, wenn ich überhaupt die Finger davonlasse.«

Der Geistliche glaubte, hier einen falschen Unterton herausgehört zu haben, und ging sofort darauf ein. »Ich kann mich nicht erinnern, daß du dir jemals ein Gewissen daraus gemacht hättest, was andere Menschen über dich sagen.«

Johnny lächelte unverbindlich. Ein schlauer, alter Fuchs, dachte er bei sich, der die Zusammenhänge klarer sieht, als man eigentlich hätte erwarten können, aber er hatte sofort seine Antwort bereit. »Ich bin jetzt Geschäftsmann, Padre, und ich muß auf meinen Ruf Rücksicht nehmen. Wenn die Leute erst einmal anfangen, schlecht über einen zu reden, leidet das Geschäft. Aus diesem Grunde will ich nicht, daß diese Leyba unzufrieden ist. Wenn Sie aber sagen, es sei alles in Ordnung, bleibe ich bei meinem Vorschlag. Sagen Sie ihr, mein Angebot steht. Aber ich möchte alles so schnell wie möglich unter Dach und Fach bringen, verstehen Sie? Ich hasse es, die Dinge in die Länge zu ziehen. Sie kann das Geld noch heute nachmittag haben, sobald sie die Papiere unterschrieben hat, die ihr mein Anwalt überbringen wird. Okay?«

Er befand sich auf unsicherem Boden, sagte sich Pfarrer Rodriguez. Dies war für ihn eine fremde Welt. Es war nur ein geringer Trost für ihn, daß er sich sagte, sein Bestes getan zu haben, denn irgendwie hatte er das Gefühl, versagt zu haben. Aber er konnte es jetzt nicht mehr ändern. »Ich werde es ihr sagen, Juan«, erklärte er.

Johnny schaute in den gewinkelten Wandspiegel, in dem man den gesamten Laden überblicken konnte, bis der Priester draußen auf der Straße war. Dann nahm er den Telefonhörer in die Hand und rief seinen Anwalt an. »Grünes Licht für den Landkauf, von dem ich dir erzählt habe, Manny. Besorg dir noch heute die Unterschrift für den

Kaufvertrag von der alten Tante und gib ihr das Geld. Zweitausend. Ich will, daß die Angelegenheit heute noch ins reine kommt.«
»Warum diese Eile? Kannst du es nicht mehr abwarten, fischen gehen zu können? Du magst doch keinen Fisch.«
»Manny, ich habe dir gesagt, was ich will. Muß ich dir auch noch die Gründe nennen?«
»Okay. Okay . . . Reg dich nicht auf! Die Sache geht in Ordnung.«
»Und ruf mich an, sobald du alles erledigt hast.« Johnny wollte schon auflegen, besann sich aber und fuhr fort: »Halt, Manny? Der Kaufvertrag - im Text soll es heißen ›Für einen Dollar und andere Vermögenswerte‹ - verstehst du, wie ich das meine? Kein tatsächlicher Kaufpreis.«
»Ich weiß genau, was du meinst«, sagte Manny in verständnisinnigem Tonfall. »Okay.«
Blieb nur noch ein Telefongespräch offen, und zwar mit Senator Walt Duggan, dem Versicherungsmakler. »Okay, Walt. Wir haben das Grundstück der Leyba noch heute nachmittag. Bist du wirklich ganz sicher, daß das Erweiterungsprojekt genehmigt wird?«
»Ich habe es dir doch schon gesagt, Johnny. Es ist nur noch eine reine Formalität, aber die Sache muß noch durch meinen Ausschuß gehen. Und ich wünsche nicht, daß mein Name irgendwo bei diesem Geschäft erscheint.«
»Bestimmt nicht. Nur dein Geld. Übrigens - was ich noch sagen wollte: Diese Leyba, das fette Aas, hat mir den Priester auf den Hals geschickt. Er ist gerade wieder gegangen.«
»Warum denn das?«
»Warum glaubst du wohl? Angenommen, du wärst ein Chicano aus dem *barrio* so wie sie und suchtest irgendwo Rat, dann würdest du zum Priester gehen. Die Kirche regelt alles. Einschließlich der Grundstückspreise.«
»Einen Augenblick mal, Johnny.«
»Achthundert Dollar der Hektar. Viertausend Dollar. Willst du also einsteigen oder nicht?«

»Verdammt noch mal, Johnny, wir haben uns auf zwei geeinigt!«
»Das war, bevor die Kirche auf der Bildfläche erschien. Jetzt kostet das Grundstück vier große Scheine. Ich gehe darauf ein. Wenn du mitmachen willst -«
»Zum Teufel, Johnny, das Ganze war meine Idee! Meine Information!«
»Steigst du also ein oder nicht?«
Lastendes Schweigen am anderen Ende der Leitung. Schließlich sagte Walt Duggan: »Okay. Fifty-fifty, wie abgemacht.«
»Ich erwarte also deinen Scheck über zweitausend.«
Duggans Stimme klang resigniert und verärgert, als er sagte: »Du bekommst ihn, sobald ich den Kaufvertrag gesehen habe.«
»Einverstanden, Walt.« Johnny legte auf und blieb eine Weile still sitzen; er fand, daß diese gottverdammten, hochnäsigen Anglos ebenso anfällig waren wie jeder andere Mensch. Ganz gleich, wie man die Sache ansah - der ›ehrliche Johnny Cisneros‹ hatte sich die Hälfte des Leyba-Grundstücks ergattert, und diese Hälfte war einen Batzen wert, was ihm bestimmt gut zu Gesicht stehen würde.
Auf der Basis dieses Triumphes führte er noch ein drittes Telefongespräch. »Ich lade dich heute zum Abendessen ein, Baby«, sagte Johnny. »Wie wär's mit dem Hilton?«
»Nanu!«
»Okay?«
»Okay.«
»Hoffentlich bist du in Stimmung. Ich habe nämlich nach dem Essen noch allerlei vor.«
Als das Mädchen leise, beinahe gurrend lachte, mußte Johnny an diese herrlichen Brüste und die seidig-glatten Schenkel denken. »Hast du denn jemals etwas anderes vorgehabt?« sagte das Mädchen. »Ich komme.«
Johnny legte auf. Alles in allem, fand er, hatte er an diesem Vormittag gute Arbeit geleistet.

Der Himmel war von einem tiefen Blau, wie es häufig der Fall ist, wenn man in größerer Höhe durch die dünne Luft zu ihm hinaufschaut; scharf und klar hoben sich die Konturen der Berge gegen ihn ab. Nur das heisere Geräusch des Außenbordmotors störte die friedliche Szene, fand Jay, und als er ihn abstellte und das Boot dahintreiben ließ, atmete er in der plötzlich eintretenden Stille erleichtert auf.
Langsam glättete sich die Seeoberfläche, und das Wasser wurde wieder durchsichtig. »Dort liegt es«, sagte er und wies nach unten. »Ein totes Museum. Dort ist die Kirche, ohne ihre Glocke. Dort ist die Mühle, die Schmiede, Häuser, Scheunen . . .« Er sah Kate an und versuchte, in ihren Gedanken zu lesen.
»Sie ärgern sich darüber, nicht wahr?« fragte Kate mit ruhiger, ausdrucksloser Stimme.
»Das hat nichts mit mir zu tun. Eigentlich nicht. Ich wollte den Ort nur einmal sehen.« Das war ursprünglich sein Plan gewesen, gewiß, aber jetzt war schon etwas mehr daraus geworden.
Zunächst hatte Pancho ganz nebenbei das Beben und die Wasserbewegung erwähnt; dann hatte Bill Williams von dem Ausbau des Staudamms gesprochen; und schließlich hatte er drei ziemlich weit auseinander liegende Erdbebenwarten angerufen, wo er, Jay, Freunde hatte, die ebenfalls Geophysiker waren. Und jetzt war es mehr als bloße Neugier, die ihn antrieb und gleichzeitig beunruhigte - auch mehr als der einfache Wunsch, der alle diese Touristen jedes Jahr veranlaßte, nach Europa zu reisen, um die Gräber ihrer Vorfahren aufzusuchen - falls sie sie finden konnten.
Kate sah ihm zu, als er die Schwimmflossen anlegte, sich die Ausrüstung mit der Sauerstoffflasche umschnallte und den Gürtel mit den Gewichten festzog. Sie fand, daß er an diesem Vormittag eine Entschlossenheit an den Tag legte, die sie gestern abend an ihm nicht bemerkt hatte; aus allen seinen Bewegungen sprach eine gewisse Zielstrebigkeit, als ob

jeder Handgriff von ganz besonderer Bedeutung wäre. »Ist etwas nicht in Ordnung?«

Jay warf ihr einen flüchtigen Blick zu und schüttelte den Kopf. »Alles in Ordnung.«

»Ich hatte vorhin nicht daran gedacht, aber taucht man gewöhnlich nicht zu zweit? Ich habe es irgendwo gelesen.«

»Das Kumpelsystem.« Jay nickte. »Manchmal. Aber hier gibt es keinen Grund zur Sorge. Ich werde in keines dieser Gebäude hineinschwimmen, wo ich vielleicht Hilfe brauchen könnte, wenn ich mich einklemme.«

Kein Grund zur Sorge, dachte er bei sich, solange kein weiteres Beben kam. Drei Komma neun auf der Richterskala, hatten die seismographischen Unterlagen ausgewiesen. Gewiß kein größeres Erdbeben, aber schwer genug, um das Wasser des Stausees in starke Schwingungen zu versetzen und ihn wie in einer Stromschnelle mit sich fortzureißen. Okay, dieses Risiko mußte er eben eingehen, wenn er überhaupt hinuntertauchen wollte.

Er tauchte seine Gesichtsmaske ins Wasser, entleerte sie, bespuckte sie flüchtig, rieb die Vorderseite ab und setzte sie auf. Er stellte die Armbanduhr ein, um die Luftzufuhr zu regeln. »Dreißig Minuten«, sagte er mit hohlklingender Stimme, »keinesfalls länger, eher weniger.« Er rückte sich das Mundstück zurecht, legte die Hand über die Gesichtsmaske, um diese fest anzudrücken, und ließ sich, die Unterwasserlampe in der anderen Hand, über die Bordkante ins Wasser gleiten. Kate sah ihm nach, als er in dem kalten, klaren Wasser allmählich an Tiefe gewann.

Sie konnte sich noch an die Zeit erinnern, als es den Damm noch nicht gab und das Dorf noch bewohnt war, aber ihre Erinnerungen waren vage. Harper's Park war damals bloß eine Ortschaft gewesen, die man passierte, wenn man weiter oben im Gebirge ein Picknick abhalten oder kampieren wollte. Und einen besonderen Reiz hatte das Dorf für sie nicht, denn sie hatte damals genug damit zu tun, erwachsen zu werden.

Sie blickte durch das Wasser nach unten und sah Jay scheinbar mühelos wie ein großes Seeungeheuer zwischen den Gebäuden hindurch bis zum Friedhof schwimmen; plötzlich wünschte sie, sie hätte sich früher die Zeit und Mühe genommen, das Dorf und seine Bewohner besser kennenzulernen, bevor alles im Wasser des Stausees versank.
Natürlich wußte sie von dem alten Jed Harper, denn wer hatte in dieser Gegend noch nichts von ihm gehört? Er war zu einer Art Mythos geworden, der Inbegriff des Gebirglers, eine Gestalt, die durch zahlreiche Geschichten überlebensgroße Proportionen angenommen hatte, aber auch ohne jegliche Schönfärberei jedem höchste Achtung abverlangte, wenn man sich vorstellte, wie er, ganz auf sich allein gestellt, diesen Bergriesen die Stirn geboten hatte.
Sie kam sich ziemlich lächerlich und sentimental vor, weil sie nach so flüchtiger Bekanntschaft einige Charaktermerkmale des alten Jed auf einmal auf seinen Ururenkel übertrug, aber die Versuchung war nun einmal da; sie hatte mehrere Ursachen.
Das wichtigste war wahrscheinlich die Reaktion ihres Vaters. Vom ersten Augenblick an hatte Kate gestern abend bei ihrem Vater ein gewisses Gefühl der Hochachtung für Jay empfunden - etwas, das er nur wenigen Männern schenkte und auch dann nur nach längerer Bekanntschaft.
»Kind«, hatte ihr Vater einmal gesagt, »du arbeitest mit einem Mann zusammen, vielleicht gehst du mit ihm fischen oder auf die Jagd oder du spielst mit ihm Poker, und schließlich lernst du ihn kennen. Und die meisten Männer werden deinen Erwartungen nicht gerecht. Du kannst dich glücklich schätzen, wenn du irgendwann einmal einen solchen Menschen findest.«
Aber gestern abend hatte ihr Vater positiv auf Jay reagiert, und zwar sofort und ohne Zögern. Vielleicht war zwischen ihnen ein chemischer Prozeß abgelaufen. Auch Jay, dachte sie, hatte das gleiche Gefühl gehabt. Trotz des Altersunter-

schiedes war zwischen den beiden unvermittelt eine Art von Sympathie entstanden.
Sam hatte Jay andererseits ganz offensichtlich nicht leiden können, und zwar wahrscheinlich gerade deshalb, weil ihr Vater von Anfang an für ihn eingenommen war. Warum? Jay bildete keine Konkurrenz; er war heute hier und morgen vielleicht schon wieder fort. Warum sollte Sam unnötigerweise seine Energie mit persönlichem Übelwollen vergeuden? Aber so fragte wahrscheinlich nur eine Frau; Männer dachten darüber vermutlich ganz anders.
Sie konzentrierte ihre Aufmerksamkeit wieder auf die Dorfhäuser, die sie klar umrissen auf dem Grunde des Stausees sehen konnte. Nur wenige Menschen hatten dort noch gelebt, erinnerte sie sich, als der Staudamm geplant wurde. Die Leute hatten sich natürlich dem Verlust ihrer Häuser und Grundstücke widersetzt; und sie konnte sich noch des stillen Mitgefühls erinnern, das sie damals empfunden hatte, als sie sich vorstellte, wie schrecklich es sein müßte, wenn ihr eigenes Heim plötzlich vernichtet werden würde.
Jetzt gewann das Dorf dort unten auf dem Seegrund für sie plötzlich eine Bedeutung, die es bislang nicht gehabt hatte. Während sie aufmerksam durch das klare Wasser hindurch die verlassenen Straßen, die Gebäude, die Kirche, die Schmiede - kurz, alles das betrachtete, was sie seit langer Zeit kannte, konnte sie fast körperlich spüren, was Jay gestern abend gesagt hatte - daß man nicht einmal erstaunt wäre, dort unten noch Wäsche auf der Leine zu finden, denn die ganze Ortschaft wirke noch irgendwie belebt.
Aber angesichts der Bedürfnisse der Stadt mußten die Gefühle der Leute in dieser winzigen Siedlung in den Hintergrund treten; jedenfalls war man zu diesem Schluß gekommen, als die Stelle für den Bau des Staudamms ausgewählt und genehmigt worden war, und sie hatte diese Entscheidung natürlich hingenommen, wie sie alle Entscheidungen der Erwachsenen hinnahm, wenn sie von ganz oben kamen.

Jetzt war sie allerdings nicht mehr so fest überzeugt, daß es letztlich nur darauf ankam, möglichst vielen Menschen möglichst viel Gutes zu tun. Aber war dies nicht genau das, was die Umweltschützer wollten und damit den Blutdruck ihres Vaters nicht selten in die Höhe trieben?
»Zum Teufel, wenn es nach denen ginge«, sollte Williams einmal gesagt haben, »würden wir noch in Höhlen hausen und mit Pfeil und Bogen auf die Jagd gehen, um genug zu essen zu haben. Selbstverständlich bringt man vieles durcheinander, wenn man ein größeres Projekt in Angriff nimmt. Man braucht doch nur einen Brunnen zu graben oder die Fundamente für ein Haus auszuheben, dann kommt einem sofort irgendeine sogenannte Ökologie in die Quere - und zu guter Letzt bleibt man noch auf einem Haufen Schutt sitzen, den man irgendwie loswerden muß. Worauf es ankommt, ist: Lohnt sich das Ganze? Und wenn es um mehr Elektrizität und die gesicherte Wasserversorgung für eine Stadt von einer halben Million Einwohnern geht, dann muß die Antwort, verdammt noch mal, in jedem Falle ›ja‹ lauten.«
Sie wandte den Blick wieder in die Tiefe und beobachtete Jay, der sich dem Ende des Friedhofs näherte; die Lampe leuchtete in kurzen Abständen auf, während er von einem Grabstein zum anderen schwamm. Ich glaube nicht, dachte sich Kate, daß er die Ansichten meines Vaters teilen würde, und trotzdem verbringt er anscheinend sein Leben damit, in allen möglichen Gegenden nach Öl und Gas zu suchen - und bringt das nicht auch in vielen Fällen grundlegende Veränderungen mit sich? Eine von vielen interessanten Fragen, die Jay Harper galten und die ihr immer wieder durch den Kopf gingen.

Jay beleuchtete den nächstgelegenen Grabstein und unterbrach für einen Augenblick seine Schwimmbewegungen. Die ungelenk eingemeißelte und verwitterte Inschrift lautete schlicht ›Jedediah Harper 1801-1888‹.

Kein Grabspruch, dachte Jay; nach allem, was er über den Alten erfahren hatte, hatte es Jed wahrscheinlich so gewollt. Er war ohne viel Aufhebens in dieses Gebiet gekommen, ganz auf sich allein gestellt, und hatte niemanden um Hilfe gebeten. Er wollte das Land in derselben Weise wieder verlassen und hatte zweifellos entsprechende Anweisungen gegeben.

Angesichts des Grabes wurden zahlreiche Erinnerungen in Jay wieder wach, und die Worte, die der alte Jed damals gesprochen hatte und die von Julia wortgetreu in ihrem Tagebuch festgehalten worden waren, gingen Jay jetzt wieder durch den Sinn:

»Ich habe ein gutes Leben gehabt und nur das getan, was ich tun wollte«, hatte der Alte nicht lange vor seinem Tod gesagt. »Nicht viele können dies von sich behaupten. Warum verbringen einige Menschen ihr ganzes Dasein in Lebensangst und fürchten sich dann vor dem Sterben? Könnt ihr mir sagen, was für einen Sinn das hat? Ich bin meiner Wünschelrute gefolgt und habe jede einzelne Minute meines Lebens genossen. Ich habe nichts zu bedauern. Mehr kann man sich nicht wünschen.«

Nein, dachte Jay bei sich, das kann man wirklich nicht. In gedrängter Form beschrieben diese Worte ein ganzes, langes Leben, und als Jay die Tagebücher las, hatte er lange und intensiv über diesen Text nachgedacht, bis er sicher war, dessen Bedeutung begriffen zu haben.

»Wohin mich meine Wünschelrute führte« war der Schlüssel zu diesem Verständnis und zur Lebensanschauung des Alten. Er hieß soviel wie: Folge deinem Wissensdurst, deinen Wünschen und deinem Gewissen. Große Worte; große Gedanken. Etwas, was ein Knabe nicht so schnell vergißt. Etwas, woran er auch jetzt wieder denken mußte. Mit seiner freien Hand machte Jay eine Bewegung, als sage er dem Grab Lebewohl, und schwamm weiter.

Julias Grabstein war jüngeren Datums, weniger verwittert und von einer kundigeren Hand herausgemeißelt. Die Inschrift lautete: »Julia Hopkins Harper, 1855-1930, unsere geliebte Gattin und Mutter, R. I. P.« Auch sie, dachte Jay, war ihrem Schicksal gefolgt, war von der geordneten Ostküste in dieses Gebirgstal gelangt, und hier war sie auch geblieben. Für sie war keine weitere Grabinschrift erforderlich; ihre Tagebücher sprachen für sich.

Er spürte wieder die innere Spannung in sich aufsteigen, so wie es gestern gewesen war, als er mit einem Teil seiner Gedanken und Sinne das Einsetzen der ersten Wasserbewegung geradezu erwartet hatte. Er hatte keine Ahnung, wieviel Zeit inzwischen vergangen war. Er richtete den Lichtstrahl seiner Lampe auf seine Armbanduhr. Er hatte noch zwölf Minuten Luft. Er mußte sich jetzt entscheiden.

Die Wahl war nicht schwer: Entweder ließ er sich jetzt auf die Sache ein, die ihn eigentlich nichts anging, oder er kehrte sofort zum Boot zurück. Er hatte so viel von dem Dorf gesehen, wie er sich vorgenommen hatte. Er hatte die Gräber von Jed und Julia gefunden und ihnen seine Ehrerbietung erwiesen. Wie es im Militärjargon hieß: Auftrag ausgeführt - oder nicht? Nein. Noch nicht.

Denn, um mit Jed zu reden, seine Wünschelrute wies jetzt in eine andere Richtung - gewiß, es war nicht seine Schuld, aber er täte gut daran, dieser Richtung zu folgen, wie es Jed in seinem Leben getan hatte, oder er riskierte, sich sein ganzes Leben Vorwürfe zu machen, daß er es nicht getan hatte.

Er bog ab und schwamm auf die rechts von ihm liegende Uferseite zu, wo sich der Damm an die Felswand lehnte.

Vom Boot aus sah Kate, wie er verschwand, und sie fragte sich, wohin er geschwommen sein mochte, und aus welchem Grunde. Nach wenigen Minuten kam er schattenhaft auf dem Boden des Sees wieder in Sicht; er schwamm an der Vorderseite des Dammes entlang auf die linke Seite zu und verschwand erneut.

Sie sah ihn erst wieder, als er plötzlich nur wenige Meter vom Boot entfernt wieder an die Oberfläche kam, die Gesichtsmaske abnahm und, wassertretend, die Lampe über die Bordkante ins Boot hineinreichte. Mit einer geschickten Bewegung zog er sich selbst ins Boot, ließ den Außenbordmotor an und nahm Kurs auf den Landungssteg. Erst jetzt spürte er, wie die innere Spannung in ihm nachließ. Zwei Tauchgänge und keinerlei Ärger, dachte er, keine plötzlich auftretende Strömung, die ihn mitgerissen hätte. Er hatte Glück gehabt. Er wollte sein Glück nicht noch einmal strapazieren.

»Sie klappern ja mit den Zähnen«, sagte Kate so laut, daß ihre Worte trotz des Motorengeräuschs zu hören waren. »Ich habe das Wasser angefühlt. Es ist fast auf dem Gefrierpunkt.« Aber da war noch etwas anderes, dachte sie, etwas, das ihn zutiefst beunruhigte. »Was ist los? Es ist doch mehr als nur die Kälte.«

Er konnte wieder lächeln, aber es wirkte nicht überzeugend. »Sie sollten einmal die Nordsee erleben.« Jay schüttelte den Kopf. »Die Taucher, die dort auf dem Meeresboden arbeiten und die Kabel und Anker verlegen, verdienen ihren Lohn zu Recht.« Und dann, als folgte er einer plötzlichen Eingebung: »Können Sie noch einen Augenblick dableiben? Ich lade Sie zu einer Tasse Kaffee ein. Zwanzig Minuten in Panchos Kneipe.«

»Selbstverständlich. Wollen Sie mir dann sagen, was los ist?«

Er konnte immer noch alles auf sich beruhen lassen, sagte er sich, und allen eventuellen Verwicklungen aus dem Wege gehen. Aber was konnte es denn eigentlich schon schaden, lediglich zu berichten, wovon er jetzt so gut wie überzeugt war? »Ich werde es Ihnen teilweise sagen«, antwortete er. »Aber ich habe noch etwas zu erledigen, bevor ich in die ganze Sache einsteige.«

7

An diesem Tag lud George Harrison den Senator Walt Duggan zum Mittagessen ins Hilton ein. George fand Duggan nicht sehr sympathisch; er mißbilligte dessen Mangel an Bildung, und ebensowenig gefielen ihm die übertriebene Eßlust und der derbe Humor seines Gesprächspartners. Andererseits war ein Senator von Duggans Bedeutung in dieser höchst unvollkommenen Welt nicht selten von Nutzen, und George hatte stets darauf geachtet, daß er sich Duggan gegenüber möglichst wenig verpflichtete.
Als Aperitif bestellte George einen Martini aus Beefeater-Gin, mit einer Zitronenschale. Duggan nahm einen Bourbon, spülte mit Ginger Ale nach - eine Kombination, die George abscheulich fand - und machte alles noch dadurch schlimmer, daß er beim Trinken den kleinen Finger abspreizte und sich hinterher mit der Zunge über die Lippen fuhr. George versuchte, so gut er konnte, dieses Benehmen zu übersehen. »Mit Volldampf voraus in Sachen Staudammerweiterung von Harper's Park, wie ich höre«, sagte George als Einleitung.
Duggan schüttelte bewundernd den Kopf. »Du hörst wirklich das Gras wachsen, George. Ich habe es selbst erst soeben erfahren.«
»Ich habe Freunde. Ich hörte es gestern aus Washington.«
»Und jetzt«, sagte Duggan, »reibst du dir die Hände, weil deine Grundstücke am Seeufer liegen werden, wenn der neue Wasserspiegel erreicht ist. Ganz schön smart, George.«
»Gerade darüber«, sagte George, »wollte ich mit dir sprechen.« Es fiel ihm schwer, sich eine leichte Verärgerung

nicht anmerken zu lassen. Während des ersten Drinks, des zweiten und dann während des Hauptgangs - gemischter Salat für George, T-Bone-Steak und gebackene Kartoffeln für Duggan - erläuterte George seine mißliche Lage und seine Überzeugung, daß Bill Williams ihn hintergangen habe.

Duggan dachte über Johnny Cisneros, den Besitz der Leyba und seine eigenen Profithoffnungen nach; schließlich sagte er: »Ich weiß nicht recht, was ich für dich tun könnte, George. So gern ich es auch täte.«

»Ich weiß«, sagte George, »daß alle Formalitäten erfüllt worden sind, daß Untersuchungen durchgeführt und alle Umweltfragen berücksichtigt wurden.«

»Ja, bis ins kleinste.«

»Hast du aber daran gedacht, daß es eventuell zu einer Untersuchung kommen kann, Walt?«

Duggan legte Messer und Gabel hin, als ob er plötzlich den Appetit verloren hätte. »Warum? Ich meine, was bringt dich auf diese Idee?«

»Es riecht nach abgekartetem Spiel, findest du nicht auch? Bill Williams macht aus seinem Herzen keine Mördergrube. Aber du und ich, wir beide wissen, daß es andere gibt, die einen ganz schönen Profit aus dem Projekt ziehen werden. Und hier geht es um Bundesmittel, was bedeutet, daß sich der Oberste Rechnungshof für diese Gewinne und die Nutznießer interessieren wird.«

Duggan holte tief Atem. »Du liebe Güte, George«, sagte er, »nur weil jemand Glück hatte und Land im richtigen Augenblick gekauft hat -«

»Glück hatte oder skrupellos vorgegangen ist, Walt. So etwas kommt heutzutage immer ans Tageslicht.«

Duggan kaute nachdenklich an seinem Steak. »Was erwartest du eigentlich von mir, George? Du willst Bill Williams eins auswischen. Das ist mir klar. Aber was kann ich dabei tun?«

»Du kannst wenigstens dafür sorgen, daß Williams nicht

den Auftrag für die Vergrößerung des Staudamms erhält. Daß er neben seinem aus Skrupellosigkeit erzielten Gewinn auch noch an dem Bauauftrag verdienen soll, ist einfach zuviel. Bist du nicht auch dieser Meinung?«
»Ach, du großer Gott!«
»Was meinst du damit?«
Duggan legte Messer und Gabel wieder hin. Während er jetzt sprach, betonte er jedes seiner Worte, indem er mit der Handfläche leicht auf die Tischplatte schlug. »Erstens: Sich mit Bill Williams anzulegen ist wie ein Kampf gegen Windmühlenflügel. Man kann ganz schön dabei draufzahlen. Zweitens: Bill besitzt im ganzen Staat die einzige Bauunternehmung, die groß genug ist, einen solchen Auftrag zu übernehmen, und wenn wir jemanden von außerhalb heranzögen, wäre die Hölle los. Und drittens: Dieser Harry Wilson da oben im Gouverneurspalast und Bill Williams sind seit langem dicke Freunde, und wenn du glaubst, daß Harry nicht hundsgemein werden könnte, wenn er meint, jemand wolle ihm an den Wagen fahren, dann hast du noch nicht versucht, ihn auf die Hörner zu nehmen. Aber ich habe es versucht.« Duggan schüttelte den Kopf und schlug noch einmal auf die Tischplatte. »Nein, George. Ich würde dir gern den Gefallen tun, wirklich gern. Aber aus dieser Sache halte ich mich lieber raus.« Und sichere mir meinen eigenen Gewinnanteil, dachte Duggan, sprach dies aber nicht aus.
Alles in allem, dachte sich George beim Rückweg in sein Büro, war das Mittagessen eine reine Zeitverschwendung. Aber er besaß andere, einflußreiche Beziehungen, und dieser erste Rückschlag hatte ihn nur in dem Entschluß bestärkt, alles daranzusetzen, daß Bill Williams wenigstens teilweise ein Strich durch die Rechnung gemacht würde.

Wieder saß Jack Marble bei Tom Gentry in der Bank. Diesmal war ihm nicht wohl zumute. »Hm, zweiundzwanzigtausend«, sagte er, »und ohne Sicherheiten? Sie wissen doch, wie genau die Rechnungsprüfer diese Art von Darlehen unter die Lupe nehmen. Seit dem Fall Lance -« Er brach ab. Er war im Begriff gewesen, sich zu wiederholen, und diese kalten, grauen Augen ihm gegenüber brachten ihn zur Besinnung. »Wie lange soll dieses Darlehen laufen? Ich meine, manchmal wissen wir im voraus, wann die Rechnungsprüfer kommen, gewiß, aber manchmal wissen wir es auch nicht.«

»Ich kaufe einigen Grundbesitz, Jack«, sagte Tom Gentry. »Dieser Grundbesitz wird die Sicherheit für das Darlehen sein.«

»Aha.« In diesem Wort lag spürbare Erleichterung. »Darf ich fragen, wo das Grundstück liegt? Ich meine, vielleicht sollten wir erst einen Lageplan und den Kaufvertrag einsehen können.«

»Fünfundzwanzig Hektar, Jack«, sagte Tom Gentry. »Oben in der Nähe vom Staudamm von Harper's Park. Neunhundert Dollar der Hektar.«

»Das Land von Brooks Thompson?« Jack bedauerte die Frage, sobald sie gestellt war.

»Haben Sie etwas dagegen, Jack?«

»Nein, natürlich nicht. Überhaupt nicht.«

»Gut.«

Jack stand auf. »Sie werden das Geld haben wollen, nicht wahr? Ich meine, einen Scheck?«

»Ja, Jack.«

»Dann befasse ich mich am besten sofort mit der Papierarbeit.« Diese verdammt kalten Augen, dachte Jack; man konnte sich geradezu vorstellen, wie sie einen anschauen und nur darauf warten würden, daß man nach der Pistole greift. Die kleinste Bewegung und bestimmt auch deine letzte.

»Ich mache mich gleich an die Arbeit.«

»Ausgezeichnet.«

Bürgermeister José-María Lopez y Baca saß in seinem Arbeitszimmer; er hatte die Jacke ausgezogen, die Hemdsärmel aufgekrempelt und die Krawatte gelockert. Es war heiß, und in den Büros der Altstadt gab es keine Klimaanlagen.
Der Bürgermeister konnte sich lebhaft daran erinnern, was für eine erdrückende Hitze im Sommer unten im *barrio* geherrscht hatte, wo die Blechdächer in der Sonne die elenden Hütten in Backöfen verwandelt hatten; und auch wenn es draußen nach Sonnenuntergang etwas kühler wurde, blieb es in den Häusern heiß. Man schwitzte die ganze Nacht, sehnte sich nach dem Morgen und nahm in jungen Jahren an, daß dies nun einmal das normale Schicksal der Menschen sei. Deshalb achtete er jetzt kaum auf die Hitze, sondern konzentrierte sich ganz auf die zur Debatte stehende Angelegenheit.
»Was hier vorliegt«, sagte er in seinem akzentfreien Englisch, »ist einer jener verdammten Fälle, wo jeder glaubt, irgend jemand anders sei zuständig, und sich niemand verantwortlich fühlt. Carlito hier« - er wies mit einer Kopfbewegung auf den Lehrer Carlos García - »hat mir die Sache vorgetragen.« Sein Blick wanderte vom Polizeichef zum Kommandanten der Feuerwehr. »Was passiert, wenn irgendeine Katastrophe über uns hereinbricht? Sind besondere Maßnahmen vorbereitet?«
Der Polizeichef hieß Bud Henderson. Er war ein großer, massiger Typ, ein aus dem Südwesten stammender Anglo, dem es zuwider war, einen Chicano als offiziellen Vorgesetzten zu haben; aber so war das Leben nun einmal, und da er nichts daran ändern konnte, machte er gute Miene zum bösen Spiel. Aber er konnte auch sticheln. Er sagte: »Was für eine Art von Katastrophe?«
Der Bürgermeister schüttelte den Kopf. »Ich weiß es nicht. Ein Großbrand. Eine von den Überschwemmungen, wie man sie in Texas immer wieder hat. Vielleicht ein Tornado.« Er breitete die Hände aus. »Etwas, das sich nicht voraussehen läßt, aber ein Unglück, das eine wenigstens teil-

weise Evakuierung der Stadt erforderlich machen würde. Wie können wir uns darauf einstellen?«
Der Feuerwehrkommandant, Rudy Smith, war ebenfalls Anglo, aber ein stillerer und nachdenklicherer Mann als Henderson; außerdem fehlte ihm jegliches rassische Vorurteil. Er sagte: »Vor einiger Zeit gab es eine Planung für die Zivilverteidigung. Offen gestanden weiß ich nicht, was aus diesen Plänen geworden ist. Wahrscheinlich sind sie in irgendeinem Aktenschrank verschwunden. Aber Sie haben recht, Bürgermeister, wir sollten wenigstens für den *barrio* irgendeine Katastrophenplanung haben. Er ist ein Feuerloch und wimmelt von Menschen.« Er blickte zu Carlos García hinüber. »Tut mir leid, aber es ist die reine Wahrheit.«
»Verdammt noch mal«, sagte García, »ich kenne das Viertel besser als Sie, Rudy. Der *barrio* reicht bis zum Fluß hinunter, und deshalb habe ich mir meine Gedanken gemacht, als ich von den Flutkatastrophen in Texas las. Dieser Stadtteil ist auch eine Todesfalle.«
»Wir haben die Nationalgarde«, sagte der Bürgermeister. »Wir könnten sie anfordern. Aber wir sollten uns schon vorher unsere Gedanken über alle erforderlichen Maßnahmen machen. Einverstanden, Rudy?«
»Einverstanden.«
»Bud?«
»Ich schließe mich der Mehrheit an. Aber da ist noch etwas.« Der Polizeichef ließ sich Zeit. »Sie sprechen von einer Evakuierung des *barrio.* Ausgezeichnet. Dann kommt es zu Plünderungen.« Er wies mit einer Kopfbewegung auf Carlos García. »Er weiß, was ich meine. Diese überschlauen Chicanos, denen er in der Schule etwas beibringen will, werden alles stehlen, was nicht niet- und nagelfest ist, und wenn sie eine Drahtschere finden, werden sie auch die mitgehen lassen.«
Der Bürgermeister wollte etwas sagen, besann sich aber eines Besseren. Er sah Carlos García an und wartete. García

sagte langsam, bedächtig, und sein spanischer Tonfall war nicht zu überhören: »Aus Gründen, die Sie nicht begreifen werden, Chef, ist es leider so, wie Sie sagen.«

»Okay«, meinte der Bürgermeister und verhinderte jede weitere Provokation, »wir müssen eben eventuelle Plünderungen in unsere Überlegungen einbeziehen.« Sein Tonfall war etwas härter geworden. »Was ich von Ihnen, Rudy, und von Ihnen, Bud, haben will, sind Katastrophenpläne. Legt den Schwerpunkt auf den *barrio,* aber vergeßt auch die übrige Stadt nicht. Wir wollen nächste Woche hier wieder zusammenkommen. Dann möchte ich etwas Schriftliches sehen.«

Und als die beiden Chefs gegangen waren: »Es ist nicht immer leicht, mit ihnen auszukommen, nicht wahr, Carlito?« sagte der Bürgermeister.

»Auch bei uns gibt es solche Typen«, meinte García. »Manchmal sind sie sogar noch schlimmer.«

»Wie beispielsweise der ehrliche Johnny Cisneros?«

»Er ist ein gutes Beispiel.«

Wie bei seinem ersten Besuch erschienen die beiden Schäferhunde, als Jay vor dem Haus der Williams aus dem Wagen stieg. Es war später Nachmittag, und in dem Dämmerlicht betrachteten ihn die Hunde mit offensichtlicher Skepsis. »Wollt ihr mich auf Waffen untersuchen?« fragte Jay.

Er hatte einen langen, arbeitsreichen Tag hinter sich und war müde, aber heute abend fühlte er sich gelöster und sicherer als gestern. Vielleicht lag dies daran, daß sein jetziger Besuch ausschließlich Dingen galt, von denen er etwas verstand; er wußte, daß er bei rein gesellschaftlichen Anlässen nie eine besonders gute Figur abgab. In wenigen Minuten konnte er mit reinem Gewissen, wie der alte Jed, schnurgerade dem Weg folgen, den ihm seine innere Wünschelrute wies.

Kate öffnete die Tür. Sie verzog keine Miene. Sie sagte etwas zu den Hunden, worauf diese sich langsam entfernten.

»Daddy erwartet Sie«, meinte sie und ging durch die Eingangshalle bis zu einer geschnitzten Tür, die Jay vorher nicht gesehen hatte. »Ich wußte nicht recht, was ich ihm berichten sollte. Sie haben mir nicht viel erzählt.«
»Sie werden es jetzt hören, wenn Sie sich dafür interessieren.«
Sie wandte sich ihm zu und sah ihn prüfend an, als wäre sie noch unentschlossen. Schließlich nickte sie, klopfte und öffnete die Tür. »Ich bin interessiert«, sagte sie und betrat das Arbeitszimmer. Jay folgte ihr. Zu ihrem Vater sagte sie: »Ich bin zum Bleiben aufgefordert worden. Ich bin ganz still, das verspreche ich dir.«
Jay setzte sich in einen bequemen Ledersessel und sah Williams an, der hinter seinem Schreibtisch saß. Kate nahm auf dem Ledersofa Platz und zog die Beine unter sich herauf.
»Jetzt sind Sie an der Reihe«, sagte Williams zu Jay. Er war heute nicht mehr der liebenswürdige Gastgeber von gestern abend. Die Veränderung war geringfügig, aber sie war deutlich zu spüren. Er betrachtete diesen Besuch als rein geschäftlich.
»Okay«, sagte Jay. »Ich will hier keinen Vortrag improvisieren. Ich habe keine Karten oder Computerausdrucke bei mir. Offen gestanden besitze ich nur wenige Daten, aber diese scheinen mir schlüssig zu sein. Ich habe mir heute vormittag die Enden des Staudamms genauer angesehen, sowohl auf dem Seegrund als auch ein wenig darüber. Die Felswände, die den Staudamm stützen, zeigen einige Druckstellen. Es gab hier ein Erdbeben -«
»Aber nur ein ganz schwaches«, sagte Williams. »Wir haben es kaum gespürt.«
Jay nickte. »Hier unten. Aber dort oben ist das Wasser des Stausees nach Erzählungen von Einheimischen herumgeschwappt wie Kaffee in einer Tasse, die man ungeschickt auf einer Untertasse trägt. Das nennt man *Seiches,* und es weist darauf hin, daß es in der Nähe zu mehr als nur einem kleinen Beben gekommen sein muß. So war es auch. Ich

habe ein paar Leute angerufen, die ich kenne. Die Richterskala auf dem Seismographen zeigte drei Komma neun, und das Epizentrum lag genau in diesem Gebiet; deshalb haben Sie das Beben hier unten auch nicht so stark gespürt.«

»Habe es kaum bemerkt.«

Wieder nickte Jay. »Sind Ihnen die anderen aufgefallen?«

»Welche anderen? Es hat keine gegeben.«

»Ich habe nach meinem Tauchgang von heute vormittag noch ein paar weitere Telefongespräche geführt«, sagte Jay. Er lächelte schief. »Ich bin einigen Leuten damit wahrscheinlich auf die Nerven gefallen, aber so habe ich wenigstens die seismographischen Aufzeichnungen der letzten fünf Jahre erhalten. Während dieser Zeitspanne haben sich in dem fraglichen Gebiet, im Harper's Park Valley, dreiundzwanzig meßbare Beben ereignet, von denen dieses letzte mit seinen drei-neun auf der Richterskala das stärkste war.« Jay breitete die Hände aus. »Ich dachte, Sie sollten das wissen.« Wieder dieses schiefe Lächeln. »Gratis.«

Williams' Gesicht blieb ausdruckslos. »Und Ihre Schlußfolgerung?«

Das Lächeln war verschwunden. Jay sagte langsam: »Die Vergrößerung des Staudamms scheint mir keine sehr gute Idee zu sein. Der Damm dürfte nicht einmal in seinem gegenwärtigen Zustand sicher sein.

Die Pioniere führen routinemäßig Unterlagen über alle nennenswerten Staudämme und dürften diesen als ›höchst bedenklich‹ in ihren Listen haben. Damit soll nicht gesagt sein, daß sie ihn für unsicher halten. Dies tun sie offenbar nicht, sonst hätten sie nicht grünes Licht für das Vergrößerungsprojekt gegeben.

›Höchst bedenklich‹ heißt in ihrem Sprachgebrauch, daß sich der Staudamm oberhalb eines dicht besiedelten Gebiets befindet, und wenn irgend etwas passieren sollte - vielleicht ein Krieg, Raketenangriffe, Bomben oder so etwas -, könnte der Damm, falls er bricht, einer großen Anzahl von

Menschen das Leben kosten. Und bei ›höchst bedenklichen Staudämmen‹, das heißt, bei Dämmen, die oberhalb von Ballungszentren liegen, darf man meines Erachtens überhaupt kein Risiko eingehen.«

Williams dachte einen Augenblick nach, bevor er sagte: »Viele Menschen redeten von den Gefahren, als wir den Staudamm bauten. Aber er steht noch immer. Und zwar trotz aller Erdbeben, die, wie Sie behaupten, stattgefunden haben.«

Jay sagte nichts. Williams reagierte etwa so, wie er erwartet hatte. Unangenehme Nachrichten schmecken selten gut, und Widerstand war fast unvermeidlich. Er war sich bewußt, daß Kate ihn beobachtete, aber er hielt den Blick auf Williams gerichtet.

Williams schlug einen Haken und verlagerte seinen Widerstand auf ein anderes Thema. Er sagte: »Wenn Sie vor zehn Jahren hier gewesen wären –«

»Wäre ich gegen den Bau eines Staudamms gewesen«, sagte Jay, »der ein Dorf überflutet und eine schöne Tallandschaft zerstört. Aber ich hätte wahrscheinlich nur mit den Zähnen geknirscht und nichts unternommen. Ich spreche jetzt von etwas anderem.«

»Angenommen«, sagte Williams, »Sie hielten den Staudamm für vollkommen sicher. Wie würden Sie sich dann zur Frage der Vergrößerung stellen?«

Diese Frage, dachte Jay, war auch nur ein Rückzugsgefecht. »Um mehr Elektrizität zu gewinnen, damit mehr Trockenhauben und elektrische Büchsenöffner betrieben werden können?« sagte er. »Und um mehr Wasser zu haben, damit das abgeschnittene Gras von grünen Rasenflächen weggeschwemmt werden kann, von Rasenflächen, die in diesem Teil der Welt sowieso nichts zu suchen haben?« Er schüttelte den Kopf. »Ich wäre dagegen.« Er lächelte müde. »Aber ich würde auch in diesem Fall zähneknirschend zusehen. Der Götze ›Fortschritt‹ ist anspruchsvoll und unersättlich.«

Williams beobachtete ihn schweigend und mit ausdruckslosem Gesicht.
»Wenn Sie also«, sagte Jay, »zum Ausdruck bringen wollen, daß mein Gutachten voreingenommen sei, dann kann ich Ihnen nur sagen, daß ich Ihnen nach bestem Wissen den Rat eines Fachmannes und nicht meine persönliche Einstellung wiedergegeben habe. Aufgrund der Daten, die ich besitze und die allerdings unvollständig sind, bildet der Staudamm, so wie er jetzt existiert, geschweige denn nach einer eventuellen Vergrößerung, eine potentielle Gefahr, die man sicherheitshalber ganz genau überprüfen sollte.«
Im Zimmer war es still. Schließlich sagte Williams: »Die Juristen verwenden gern das Wort ›arguendo‹, was soviel heißt wie: nehmen wir einmal an. Okay, ›arguendo‹, Ihre Sorgen sind berechtigt. Was könnte passieren? Und warum ist es nicht schon längst passiert?«
Jay nickte. Hier hatte er etwas Greifbares, das sich erklären ließ. Er setzte sich in seinem Sessel zurecht, um seinen Standpunkt klarzumachen. »Zunächst ein paar Fakten. Der Pegel des Staudamms liegt jetzt fast sieben Meter unter dem Normalwert. Sagen wir, vorsichtig geschätzt, daß der See eine Fläche von zehn Quadratmeilen hat. In Wirklichkeit ist es etwas mehr, aber das macht nichts. Zehn Quadratmeilen sind sechstausendvierhundert Acres. Ein Acre-Foot Wasser ist genau das, was der Begriff ausdrückt: diejenige Wassermenge, die erforderlich ist, um einen Acre bis zu einem Fuß hoch mit Wasser zu bedecken. Haben Sie mir folgen können?«
Nichts änderte sich in Williams' Gesicht. »Das Rechenexempel ist mir klar.«
»Schön, ein Acre-Foot Wasser«, sagte Jay, »wiegt nicht ganz drei Millionen Pfund. Ich hatte mir schon gedacht, daß dieser Punkt zur Sprache kommen würde, deshalb habe ich mir die Zahlen ausgerechnet. Wenn man das Wassergewicht eines einzigen Acre-Foot mit der Anzahl der Acres der Wasseroberfläche multipliziert und das Ergebnis dann

noch mit der Wassermenge multipliziert, die jetzt am Normalstand fehlt, gelangt man zu einer Menge von knapp unter einhundertundfünfundsiebzig Millionen Tonnen - nicht Pfund! - von zusätzlichem Wassergewicht, das der Staudamm halten muß, wenn das Becken wieder bis zum Normalpegel aufgefüllt ist. Dies mag der Grund dafür sein, daß bis jetzt nichts passiert ist; wegen der Trockenheit ist es bis jetzt nicht zu diesem zusätzlichen Wasserdruck gegen die Staumauer gekommen.«

Kate schloß die Augen. Ziemlich unwirklich, dachte sie bei sich; und doch auch wieder nicht, wenn der Mann wußte, wovon er sprach. Sie schlug die Augen auf und sah ihn wieder an.

»So«, sagte Jay, »wenn die Dürre aufhört, kann dies allmählich geschehen - oder auch nicht. Das Gewitter von gestern abend hat irgendwo im Gebirge in ganz kurzer Zeit zu schweren Regenfällen geführt.«

Williams sagte: »Woher wissen Sie das?«

»Weil der Zufluß zum Stausee heute vormittag Schwemmsand mitgeführt hat, was darauf hindeutet, daß die Niederschläge heftig gewesen sein müssen, denn sonst wäre das Wasser ungetrübt und normal in den Bachbetten heruntergeflossen.«

Williams nickte kaum wahrnehmbar; er akzeptierte nur widerwillig diesen Gedankengang.

»Nehmen wir aber einmal an«, sagte Jay, »daß die Trockenheit nicht ganz allmählich, also mit leichten Regenfällen, unterbrochen wird, sondern daß im Gebirge urplötzlich acht, zwölf, fünfzehn Zentimeter Regen fallen, wie es in Texas der Fall gewesen ist. Dann erleben wir hier statt eines langsamen Ansteigens des Wasserpegels einen plötzlichen Zustrom, der völlig unberechenbar ist. Sie sind hier aufgewachsen. Sie wissen, was solche plötzlich eintretenden Wasserfluten anrichten können.«

Wieder dieses kaum merkliche Kopfnicken, das nicht mehr anzudeuten schien, als daß er verstanden hatte.

»Das Wasser«, sagte Jay, »ist, wie jede andere Flüssigkeit, nicht komprimierbar. Dies ist die Grundlage aller hydraulischen Systeme.«
Williams schüttelte den Kopf. »Ich sehe hier keine Verbindung.«
»Angenommen, Sie haben einen Behälter voll Wasser«, sagte Jay, »und Sie schlagen seitlich mit einem Hammer gegen die Wand. Dann gibt die Flüssigkeit nicht wie ein Sofakissen nach und absorbiert den Schock. Statt dessen gibt sie die Kraft dieses Hammerschlages in jede Richtung weiter, ohne daß sie auch nur etwas von ihrer Stärke einbüßte. Wenn Sie eine schwache Stelle in dem Behälter haben, zum Beispiel ein Glasfenster auf der anderen Seite, wird es wahrscheinlich zu Bruch gehen.«
Williams nickte nachdenklich. »Ich glaube, ich weiß jetzt, worum es geht.«
Jay fuhr fort: »Wenn also ein plötzlich auftretender Wasserzustrom von, sagen wir, ein paar Millionen Tonnen Gewicht sich in den See ergießt, dann wäre dies genau dasselbe, als wenn er direkt gegen die Staumauer prallte, denn das Wasser des Stausees würde, da es nicht komprimierbar ist, den Aufprall genauso weitergeben wie der Hammerschlag in unserem Beispiel.«
Kate rückte sich auf dem Sofa zurecht, sagte aber nichts. Ihre Augen waren beinahe hypnotisch auf Jays Gesicht gerichtet.
»Und wenn es schwache Stellen in der Felsstruktur, die den Damm abstützt, gibt«, sagte Jay, »und wenn die Bruchstellen, die ich heute vormittag gesehen habe, die Bedeutung haben, die ich ihnen beimesse, und wenn die Beben, die von den Seismographen aufgezeichnet worden sind, das Gestein erschüttert oder verschoben haben sollten, dann wäre Ihr Staudamm nicht in der Lage, der Wucht einer plötzlich einsetzenden Flut standzuhalten.«
Williams sagte mit tonloser Stimme: »Weiter. Sprechen Sie zu Ende.«

»Falls der Staudamm auch nur an einer einzigen Stelle nachgibt«, sagte Jay, »dann bricht er vollends zusammen, denn seine Stärke liegt in seinem Zusammenhalt. Der Ausdruck ›höchst bedenklich‹ wäre dann nicht mehr bloß ein Wort auf einem Stück Papier. Denken Sie an Johnstown achtzehnhundertneunundachtzig, bloß wäre hier alles viel schlimmer, weil die ganze Stadt flußabwärts liegt.«

Kate saß regungslos da; sie hatte den Blick jetzt auf ihren Vater gerichtet. Er hatte sich in seinem Sessel nicht gerührt, und sein Gesichtsausdruck war völlig unverändert geblieben. Nicht einmal seine starken Hände, dachte sie, hatten eine jener kleinen, verräterischen Bewegungen ausgeführt, aus denen eine innere Erregung zu entnehmen gewesen wäre. In diesem Augenblick wirkte er wie ein Fremder, fast nicht mehr als Mensch, und er schien von der Möglichkeit einer Katastrophe unberührt geblieben zu sein.

Williams sagte schließlich: »Wie gesagt - ›arguendo‹. *Wenn* dies und *wenn* das eintritt - Sie malen ein eindrucksvolles Bild. Aber wie Sie gestern abend sagten, versuchen Sie, sich nicht öfter zu irren als unbedingt notwendig.«

»Ich könnte mich irren«, sagte Jay. »Hoffentlich tue ich es in diesem Fall.«

»Aber . . .« Kate konnte ihr Schweigen nicht länger aufrechterhalten. »Aber Sie sind überzeugt, daß Sie sich nicht irren.«

Auch Jay machte ein ungerührtes Gesicht, und seinem Tonfall war nichts zu entnehmen. »In diesem Fall, glaube ich, irre ich mich nicht.« Er stand auf. »Um Ihnen dies zu sagen, bin ich hergekommen. Und nochmals vielen Dank für das gestrige Abendessen.«

Williams rührte sich noch immer nicht. »Was jetzt?«

»Auf mich wartet ein Job in Alberta.« Jay lächelte Kate zu. »Ich finde selbst den Weg hinaus, und die Wachhunde werden mich zum Wagen begleiten.«

»Ich habe Ihnen noch nicht für den heutigen Vormittag gedankt, das Dorf, die -«

»*De nada.* Es war mir ein Vergnügen.« Er war gegangen. Sie hörten, wie die Eingangstür leise geschlossen wurde, und irgendwie fühlten sich Kate und ihr Vater verlassen in dem leeren, großen Raum.

»Du -«, begann Kate und brach ab; sie schüttelte den Kopf und hielt die Augen auf ihren Vater gerichtet, aber sie wußte nicht, was sie unter diesen Umständen sagen sollte.

»Stehst du im Zweifelsfall noch immer auf meiner Seite, Kind?« fragte Williams. Sein Lächeln wirkte gezwungen, fast schmerzlich. »Wir wollen nichts überstürzen.« Er hob die Hand, als Kate aufstehen wollte. »Nein, bleib noch hier, während ich versuche, mir über unsere Situation klarzuwerden.« Er entnahm der Schreibtischschublade ein Adressenverzeichnis, blätterte darin, zog sich den Telefonapparat näher heran und wählte eine zehnstellige Nummer.

Während er auf die Verbindung wartete, blieb er bewegungslos sitzen, schaute aus dem Fenster auf das Gebirge hinaus und versuchte, die Möglichkeit einer Katastrophe, wie sie Jay angedeutet hatte, aus seinen Gedanken zu verbannen.

Es gab immer Schwarzseher, die einem einzureden versuchten, die Welt werde am nächsten Dienstag genau um halb elf untergehen. Und es gab immer diese Neunmalklugen, die sich ausgerechnet hatten, daß sich das Universum entweder auflösen oder in einer gewaltigen Explosion selbst vernichten werde, und es war eigentlich gleichgültig, was diese Leute sagten, denn hinterher würde sowieso nichts mehr übrigbleiben - in zwei- oder dreihundert Millionen Jahren. Und dann gab es noch -

Zu der ruhigen Stimme, die er plötzlich in der Leitung hörte, sagte er: »J. G.? Hier ist Bill Williams. Wo, zum Teufel, steckst du eigentlich?«

Kate saß mit untergezogenen Beinen still auf dem Sofa und beobachtete das Gesicht ihres Vaters; sie lauschte seiner Stimme, die plötzlich gar nicht mehr die seinige zu sein schien, sondern eher einem Schauspieler gehörte, der die

von falscher Kameraderie triefenden Zeilen eines anderen spricht - oder vielleicht war die Stimme doch echt, aber dann gehörte sie in diesem Augenblick nicht hierher.
Nach den ersten Begrüßungsworten sagte Williams: »Ein junger Mann ist hier, ein Geophysiker, arbeitet in der Ölbranche. Ich hätte gern gewußt, ob du jemals von ihm gehört hast. Harper ist sein Name, Jay Harper. Er -« Er brach ab und hörte schweigend seinem Gesprächspartner zu.
Kate beobachtete das Gesicht ihres Vaters; plötzlich trafen sich ihre Blicke; seine Augen wirkten wie die eines Fremden. Sie wollte zur Seite blicken, aber es gelang ihr nicht.
Eine Ewigkeit schien vergangen zu sein, bevor Williams schließlich sagte: »Vielen Dank, J. G. Ich weiß nicht, ob mir die Auskunft gefällt oder nicht, aber das habe ich in Erfahrung bringen wollen. Nein, es hat überhaupt nichts mit Öl oder Erdgas zu tun. Ich wünschte, es wäre so. Flieg doch mal in den nächsten Tagen herüber, dann gehen wir zusammen fischen. Bis bald.« Er legte den Hörer auf und lehnte sich in seinem Sessel zurück.
Kate sagte: »Kennt er ihn? Jay?«
»Er hat für sie gearbeitet.« Williams zwang sich zu einem Lächeln, das nicht überzeugend wirkte. »J. G. meint, er sei einer der besten, einer der neueren Generation, von der ich nicht viel verstehe, Computer und Seismographen und Schwerkraftmessungen und Gott weiß was alles, dazu noch eine Art von Mathematik, die man nicht einmal lesen, geschweige denn begreifen kann, Symbole anstelle von Zahlen -« Er brach plötzlich ab. »Ich rede dummes Zeug.«
Es war ein Eingeständnis, das ihrem Vater so gar nicht ähnlich sah, und Kate empfand plötzlich einen Anflug von Mitleid mit ihm. »Was willst du jetzt tun?« fragte sie.
Williams nahm sich zusammen. Er produzierte ein neues Lächeln, das sogar fast natürlich und überzeugend wirkte. »Weißt du, Kind, wenn man ihn auf einem Ölfeld einsetzt und ihm die ganze Ausrüstung zur Verfügung stellt, die er braucht, mitsamt einem Computer, um alles auszurechnen,

dann ist er unschlagbar. Aber unten auf dem Grunde eines Sees, wo er sich die Felswände ansieht, ist er wahrscheinlich nicht besser als jeder andere. Deshalb werde ich auch nicht auf halbem Weg stehenbleiben und anfangen, laut Zeter und Mordio zu schreien. Noch nicht. Noch lange nicht.«
»Du willst also - überhaupt nichts tun?«
»Doch, natürlich tue ich etwas, Kind.« Seine Stimme gewann an Selbstvertrauen, während er weitersprach. »Ich werde mit Sam Martin reden, und wir werden die Pioniere einschalten, und wir werden uns vergewissern, daß alles in Ordnung geht. Vielleicht müssen wir hier und da kleine Korrekturen vornehmen; damit kann sich Sam befassen, aber das Wichtigste -«
»Du wirst das Projekt also nicht abblasen, bevor du ganz sicher bist - du willst andere Experten, Geologen und Leute, die davon etwas verstehen, nicht mehr hinzuziehen?«
Williams legte die Hände flach auf die Tischplatte. »Kind«, sagte er, »es hat fast zwei Jahre gedauert, bis wir die Vorbereitungen so weit vorangetrieben haben. Brichst du ein Vorhaben an diesem Punkt ab, bringst du es um. Dann ist es mausetot. Glaub mir, ich weiß es.« Er schüttelte den Kopf. »Wir werden weitermachen. Wir werden auf der Hut sein, aber wir machen weiter. Es kann nicht so schlimm sein, wie Harper meint. Viele Gründe sprechen dagegen.« Das Lächeln erschien zum drittenmal. »Was ist jetzt mit deinen Zweifeln, na? Du wirst sehen, dein alter Herr weiß, was er tut.«
Er sah, wie Kate ihre langen Beine ausstreckte und, ohne ihn anzusehen, langsam aufstand. Sie ging stumm zur Tür und verließ das Zimmer, wobei sie die Tür leise hinter sich schloß.
Sie glaubt meinen Zusicherungen nicht, sagte sich Williams. Und das Dumme ist, daß ich selbst auch nicht an sie glaube.

8

Die Pfeifhasen, kleine, flinke, eichhörnchengroße Vettern der Kaninchen, sonnten sich an diesem klaren Nachmittag zwischen den Felsen oben im Gebirge und bewachten das mit viel Mühe zusammengetragene Gras, das sie zum Trocknen ausgebreitet hatten und später als Winternahrung verzehren wollten.

Ein Geier segelte auf breiten Schwingen hoch über sie hinweg; er wiegte sich in den unterschiedlichen Aufwinden, aber die Pfeifhasen waren vor ihm nicht auf der Hut. Er war für sie keine Gefahr; Geier interessierten sich nur für Aas. Adler oder Habichte, gewiß, das war etwas anderes.

Irgendwo auf dem Berghang stieß ein Murmeltier seinen Pfiff aus; er klang so schrill, als ob ein Mensch zwei Finger in den Mund gesteckt und gepfiffen hätte. Die Tiere auf dem Steilhang waren sofort alarmiert. Der Geier sah interesselos zu.

Ein schmaler, kaum erkennbarer Pfad führte hier herauf. Er war stellenweise ausgebrochen und stieg in scharfen Kehren zum Grat empor. Ein Mann folgte ihm mit dem langsamen, aufmerksamen Schritt des erfahrenen Bergsteigers.

Er trug Shorts und Bergstiefel über die dicken, aufgerollten Wollsocken, ein Khakihemd mit aufgekrempelten Ärmeln und einen zerknautschten, breitrandigen Hut, an dem die blaue Feder eines Hähers steckte. Er trug einen prall gefüllten Brotbeutel und einen langen Bergstock sowie an Tragegurten vor der Brust eine Kleinbildkamera und ein leichtes Fernglas.

Sein Name war Pete Otero. Aus einiger Entfernung und ohne Vergleichsmöglichkeiten hätte man ihn für einen muskulösen, gutgebauten Mittelgewichtsboxer halten können. Er war in Wirklichkeit fast zwei Meter groß und wog noch immer, wie in seiner Zeit als aktiver Sportler, über hundert Kilo. An seinem rechten Knie zog sich eine zwanzig Zentimeter lange Operationsnarbe entlang, und es gab Zeiten, wo er sich fragte, ob sich diese Narbe nicht auch in seinen Gedanken erhalten hatte.

Er hatte es an diesem Nachmittg nicht eilig. Die Feuerwache vom Mount Union würde ihn über Nacht, warm und gemütlich, bei sich unterbringen. Genaugenommen widersprach diese Art von Gastfreundschaft den Bestimmungen der Forstverwaltung, aber Bernie war ein patentes Mädchen, und sie und Pete hatten sich schon häufig auf diese Weise zusammengefunden, was beiden Freude machte; es war mehr als nur eine flüchtige Beziehung, aber beide hatten sich ihre Freiheit bewahrt, und wen ging es, außer sie selbst, etwas an?

Das Murmeltier ließ seinen Warnpfiff noch einmal ertönen. Pete grinste und wartete, bis das Echo in dem Hochtal erstorben war. Dann schob er zwei Finger in den Mund und pfiff genau denselben Ton, worauf die in der Nähe befindlichen Pfeifhasen eiligst in ihren kleinen Höhlen verschwanden, um alles Weitere abzuwarten.

»Ich bin harmlos, Kerlchen«, sagte Pete laut und wanderte weiter. »Ehrlich.«

Der Pfad war steil, und hier in einer Höhe von etwa viertausend Metern enthielt die Luft nur noch wenig Sauerstoff, aber Petes Schrittempo blieb gleichmäßig, und sein Atem ging tief, aber leicht. Seine Lunge war in Ordnung, und das Knie war so gut wie eh und je - fast. Manchmal war er sogar versucht, es noch einmal zu probieren und unangemeldet in einem Trainingslager aufzutauchen, aber er wußte nur zu gut, daß er zwar manchmal ziemlich töricht war, aber doch nicht so töricht, dieses Risiko einzugehen, denn der beste hierzulande verfügbare Orthopäde hatte keinen Zweifel daran gelassen, daß Pete nach einer nochmaligen Verlet-

zung mit genageltem Knie und steifem Bein bis an das Ende seiner Tage würde herumlaufen müssen.
Und so mußte er sich von Zeit zu Zeit immer wieder vorhalten: Der Traum ist aus. Es ist zu gefährlich. Und das tat ihm am meisten weh.
Aus diesem Grunde fühlte er sich zu Bernie Adams manchmal nicht nur rein körperlich hingezogen. Diese Tatsache konnte er sich am besten damit erklären, daß zwischen ihm und Bernie eine Anziehungskraft wie unter Gleichgestimmten bestand.
Während der Sommermonate entschied sich Bernie absichtlich für das einsame Leben auf einem Viertausender, wenn sich die meisten jungen Leute ihres und seines Alters an den Wochenenden irgendwo vergnügten. Auch er, Pete Otero, hatte, vielleicht wegen seiner Größe, dieses Bedürfnis, sich in die Einsamkeit zurückzuziehen, sein ganzes Leben hindurch empfunden.
Das war tiefsinniges Zeug, wie es einem die Psychiater weiszumachen versuchten. Und Pete sah keinen Grund, Motive und Gefühle voneinander zu trennen. Es war, als ob man die Blütenblätter von einer Blume abreißt, um zu sehen, was sie zusammengehalten hat.
Im Grunde fühlte er sich bei Bernie ebenso wohl wie in diesen hohen Bergen, mit der Sonne auf seinem Rücken und einem Himmel, der sich von hier bis in die Ewigkeit erstreckte. Ja, und ebenso lieb war ihm der Bussard, der dort oben in der klaren Luft seine weiten Kreise zog. Warum also dies alles in seine Bestandteile zerlegen und damit vielleicht zunichte machen?
Seit seiner letzten Rast war eine Stunde vergangen; es war Zeit, eine Pause einzulegen. Er setzte sich auf einen flachen, von der Sonne durchwärmten Felsbrocken, nahm den Rucksack ab und zog die kleine Plastikdose mit Nüssen, Rosinen und Schokolade heraus - schnell wirkende Kraftnahrung. Im Kauen nahm er automatisch das Fernglas von der Brust und schaute in die Runde.

Von Bernies Aussichtspunkt auf dem Mount Union aus ging der Blick ungehindert in die Weite, und trotz der vielen im Umkreis liegenden Gipfel schaute er auf ein schier unendliches Land hinaus; ein Teil war bewaldet, ein anderer Teil bestand nur aus nacktem Fels; hier und da blitzte Wasser auf, fließendes oder stehendes, außerdem sah er die Ausläufer der Großstadt und dahinter die bis zum fernen Horizont reichenden Ebenen.

Im Vordergrund erfaßte er mit dem Glas drei Bergziegen, die sich auf einem trügerischen, schmalen Felsabsatz so leichtfüßig bewegten, als wäre es eine flache Wiese. Er sah ihnen einige Augenblicke zu und bewunderte die Art, wie sie graziös das Gleichgewicht bewahrten. Und er mußte lächeln, wenn er daran dachte, wie der eine von ihnen, der große Bursche mit dem mächtigen Gehörn, jeden Angreifer an der Nase herumführen würde, indem er einen Haken nach dem anderen schlug.

Pete hatte oft belustigt darüber nachgedacht, wie eingebildet die Menschen oft mit ihren körperlichen Leistungen prahlen, wo man sich doch bloß die Geschwindigkeit, Kraft und Behendigkeit der Tiere anzusehen brauchte, um zu erkennen, wie winzig und kümmerlich der Mensch in Wirklichkeit war.

Er wollte das Fernglas schon wieder absetzen, als etwas anderes seine Aufmerksamkeit erregte: das Aufblitzen eines stehenden Gewässers, wie er es in dieser Höhe bisher nie gesehen hatte. Er betrachtete es eine Zeitlang und versuchte, der Sache auf den Grund zu gehen.

Die wolkenbruchartigen Regenfälle, die während des Gewitters der letzten Nacht niedergegangen waren, dachte er bei sich, hatten Gestein in den steilen Bergwänden gelokkert, dieses war heruntergestürzt und am Rande einer Mulde liegengeblieben, wodurch sich eine Art von Damm gebildet hatte, hinter dem ein kleiner See entstanden war, der durch zahlreiche kleine Rinnsale aus weiter oben liegenden Felsspalten gespeist wurde.

Pete hatte manchmal den Eindruck, als ob sich die Berge alles nach eigenem Gutdünken arrangierten - manchmal böswillig, wenn sie zum Beispiel Bergrutsche oder Schneelawinen niedergehen ließen, um unvorsichtige Menschen einzuschließen oder zu vernichten; manchmal eigensüchtig, wie beispielsweise Denali, der Große Berg, den einige Mount McKinley nannten, der sich selbst eine Wolkenhaube aufsetzte, um nicht gesehen zu werden; manchmal, wie hier, indem sie einfach die Landschaft nach eigenem Belieben veränderten . . . Gewiß, dies war sicher eine kindliche Vorstellung, aber wenn man die Berge näher kennenlernte, schienen sie lebendige Wesen zu werden.

Er hängte sich das Fernglas wieder um, verstaute den Essensvorrat und rüstete sich zum Weitergehen. Als er von der Felsplatte aufstand, war sein rechtes Knie etwas steif geworden, aber er ärgerte sich darüber nicht mehr.

Vielleicht, überlegte er sich, als er den Pfad weiter hinaufstieg, vielleicht lernte er doch allmählich mit der Erkenntnis zu leben, daß Pete Otero nicht der Supermann war, wie er es sich im stillen eingebildet hatte.

Berge, auch junge, schroffe Berge, haben selten scharfgezackte, spitze Gipfel. Der Mount Union beherrschte mit seiner Höhe von 4275 Metern das gesamte Gebiet, aber sein Gipfel glich eher einer riesigen, unregelmäßig geformten Tischplatte, die sehr gut als Landeplatz für Hubschrauber dienen konnte, wenn Bernie Adams auf ihrem einsamen Beobachtungsposten mit Nachschub versorgt werden mußte.

Pete Otero kam in seinem gleichmäßigen, langsamen Schrittempo über den Rand der Gipfelplatte, winkte Bernie in ihrem rundum verglasten Felsennest zu und blieb, wie stets, einen Augenblick stehen, um kurz zurückzuschauen. So, hatte er sich oft gedacht, müssen die Götter vom Olymp herabgeschaut haben.

Er konnte jetzt den Fluß mit allen seinen Nebenarmen, der in Harper's Park einmündete, in seiner gesamten Länge er-

kennen, außerdem den See mit dem Staudamm, die gewundene Schlucht, die der Fluß unterhalb des Staudamms in das Gelände eingeschnitten hatte, die verstreuten breiten, grünen Weideflächen, den weiteren Verlauf des silbrigen Wassers, wo es um die *Bend* herumführte und in das eigentliche Stadtgebiet eintrat.
Die von Ost nach West führenden Eisenbahnschienen schimmerten jetzt in der untergehenden Sonne, und der Widerschein aus tausend Fenstern blinkte zu ihm herauf. Am Horizont, klar umrissen gegen die untergehende Sonne zu erkennen, erhob sich der symmetrisch geformte Gipfel des Teta in einer Entfernung von einhundertfünfzig Meilen beherrschend über den Ebenen im Westen.
Von Nordwesten nach Südosten zogen sich die kleineren Gipfel dieser Gebirgsmasse ins Unendliche fort; ihre tieferen Hänge lagen bereits im Schatten.
Nach Westen hin hingen schwere Wolken am Himmel. Sie schienen wie Zweige geformte Fühler auszustrecken - Niederschlag, der bereits verdunstete, bevor er den Boden erreichte. Nach Norden hin hatte sich der Himmel verdunkelt; graue Wolkenmassen, hier und da vom Widerschein des Sonnenuntergangs erglühend, ballten sich drohend zusammen. Rosa leuchteten die schneebedeckten Berggipfel auf, von den Spaniern Sangre de Cristo, Blut Christi, genannt.
Bernie war auf den überdachten Rundgang ihres Beobachtungspostens hinausgetreten. Sie trug wie immer, wenn sie überhaupt etwas anhatte, verschossene Jeans, Wollsocken, lederne Mokassins und ein Flanellhemd. Ein großer Eskimohund war neben ihr aufgetaucht. Er stand regungslos da und beobachtete. Bernie lächelte. »Bist du bloß heraufgekommen, um den Ausblick zu bewundern?«
Pete nickte ernst. »Ja, mehr oder weniger.«
»Dann schau dich um und marschier gleich wieder hinunter.«
»Es wird schon dunkel, meine Dame.«

»Dein Pech.«
»Wo soll ich das Steak braten, das ich mitgebracht habe?«
»Aha.«
»Und den Wein trinken?«
»Keine Martinis?«
»Gin und Vermouth. Ich dachte mir, die könnten wir zusammenschütten. Vorsichtig natürlich. Ich habe sogar eine Zitrone mitgebracht.«
»Unter diesen Umständen«, sagte Bernie, »werden wir uns wohl mit dir abfinden müssen.« Sie schnippte mit den Fingern und sagte zu dem Hund: »Lauf hinunter und bring ihn rauf, Sam.«
Innerhalb des Aussichtsturms war es warm, obwohl draußen schon die Abkühlung eingesetzt hatte. »Eine wunderbare Sache, diese Sonnenwärme«, sagte Bernie. »An manchen Tagen muß ich alle Fenster aufmachen, um sie wieder loszuwerden. Wenn die Sonne durch diese Doppelfenster scheint -« Sie brach ab. Sie war plötzlich verlegen und merkte, daß auch Pete diese Verlegenheit spürte. Einige Augenblicke herrschte Schweigen zwischen ihnen. »Sag mal«, meinte Bernie, »willst du nicht den Rucksack abnehmen?«
Pete ließ den Rucksack von den Schultern gleiten und gab ihn ihr. Sie hatte Mühe, das schwere Stück zur Spüle zu tragen. Sie lächelte wieder. »Nicht einmal ein Lastesel würde dieses Gewicht auf dem Pfad herauftragen. Auch kein Maultier.«
»Ich bin nicht so smart wie die beiden.«
»Halt den Mund. Hörst du?« Sie schüttelte den Kopf und ärgerte sich plötzlich über sich selbst. »Verzeihung.« Das Lächeln erschien wieder, aber es wirkte diesmal nicht überzeugend. »Wie geht es dem Knie?«
»Gut.«
Bernie sah ihn unverwandt an.
»So gut, wie es jemals wieder werden wird«, sagte Pete, »und das genügt für alles, wofür ich es brauche.«

Bernie sagte gedehnt: »Ich habe gelesen, du wärst in Hollywood gewesen.«
»So bin ich nun einmal.« Er lächelte spitzbübisch. »Alte Fußballspieler sterben nie; sie verschwinden einfach in einer Scheinwelt. Man sieht dort eine Menge alter Freunde: Jimmy Brown, Karras. O. J. Dandy, Woody Strode; ich habe sie alle beobachtet, als ich ein Kind war.« Pete schüttelte den Kopf.
»Aber du bist zurückgekommen.«
Da nickte er. »Da war jemand, den ich gerne sehen wollte.« Es war eine Feststellung, keine Frage, aber er war innerlich ganz ruhig, während er auf ihre Reaktion wartete.
Bernies Finger zitterten etwas, als sie den Rucksack auspackte. Schließlich sagte sie: »Ich bin froh, sehr froh, Pete.« Und dann rasch: »Willst du die Martinis mixen, oder soll ich es tun?«
Sie saßen mit den Drinks in der Hand gemütlich nebeneinander auf der Bettcouch und beobachteten, wie die letzten glühenden Sonnenstrahlen verblaßten und dann ganz verschwanden.
»Ich könnte das Radio anstellen«, sagte Bernie. Sie sprach ein wenig zu schnell. »Das Leben hier oben hat auch sein Gutes: Ich bekomme fast jeden Sender und alle Fernsehkanäle in Sichtverbindung ohne Außenantenne herein. Willst du etwas Musik hören?«
»Jetzt nicht.« Pete beobachtete das Mädchen aufmerksam und versuchte, es sich nicht anmerken zu lassen. In ihren Worten schwangen irgendwelche Untertöne mit, die er nicht zu deuten verstand. »Was ist los, Bernie?«
»Was meinst du damit?« Sie lächelte nachsichtig.
Pete zögerte. »Vielleicht bin ich bloß dumm -«
»Du bist nicht dumm! So etwas darfst du nicht sagen! Nie!«
»- aber«, fuhr Pete fort, als ob sie ihn nicht unterbrochen hätte, »irgend etwas ist nicht in Ordnung. Was quält dich denn?«

»Nichts.« Bernie schüttelte energisch den Kopf - etwas zu energisch. »Das heißt -« Sie schwieg und saß reglos da; dann fing sie plötzlich zu zittern an. »Ich habe Angst«, sagte sie mit einer Stimme, aus der jede Selbstsicherheit verschwunden war. »Das ist alles. Hast du schon einmal Angst gehabt, Pete?« - »O ja.«

»Ich habe mich noch nie gefürchtet«, sagte Bernie. »Hier oben, meine ich. Ich habe Stürme und Blizzards und Gewitter durchgemacht - aber nie so wie letzte Nacht, nie so. Hagelkörner« - sie machte mit Daumen und Zeigefinger einen Kreis -, »so groß. Donner, der kein Donner mehr war, er klang wie Explosionen. Ich konnte die Blitze beinahe einschlagen sehen. Ich - wir waren mittendrin, Sam und ich. Er kam zu mir ins Bett gekrochen, und wir zogen uns die Bettdecke über den Kopf und hielten uns fest, und es ging immer weiter und nahm kein Ende -«

»Ruhig Blut«, sagte Pete. Er legte seine große Hand auf die ihrige und drückte sie sanft. »Ruhig Blut. Es ist ja alles vorbei.«

Bernie schüttelte den Kopf. »Und dann träumte ich«, sagte sie. »Es war ein Alptraum, wirklich. Den ganzen Sommer haben wir Waldbrände gehabt. Ich habe sie gar nicht mehr gezählt . . . Manchmal klang es so, als hätte ich dem Kompaß ständig Püffe versetzt, um immer neue Richtzahlen durchgeben zu können. Kein Regen. Und dann gestern nacht - das Gewitter und der Traum.« Sie schaute Pete ins Gesicht. »Ich habe mich nie für ein hysterisches Frauenzimmer gehalten, Pete.«

»Das bist du auch nicht.«

»Jetzt bin ich es. Die letzte Nacht war nur eine - Vorwarnung. Ich weiß es. Diese Trockenheit und die vielen Waldbrände. Früher oder später ist jede Trockenperiode einmal zu Ende, Pete. Immer. Und wenn diese zu Ende geht -« Sie schüttelte den Kopf und schwieg.

»Sprich weiter«, sagte Pete. »Rede dir alles vom Herzen. Du hast Angst vor dem, was hier oben passieren könnte?«

»Nein.« Sie sah ihm jetzt unverwandt in die Augen. »Hier oben passiert nichts. Auch noch so ein Gewitter wie gestern nacht -« Sie hob die Schultern und ließ sie wieder sinken. Sie rang sich ein schwaches Lächeln ab. »Ich ziehe mir die Decke wieder über den Kopf. Das Gebäude ist verankert. Wir haben einen Blitzableiter. Hagelschlag kann diese Fenster nicht einschlagen. Darum geht es gar nicht, Pete. Ich bin hier oben in Sicherheit. Wir sind hier sicher. Darum ging es in meinem Traum auch nicht.«

Pete wartete schweigend.

»Dieser Blick, den du so bewundert hast«, sagte Bernie. »Ich bewundere ihn auch. Jeden Tag. Ich schaue auf die wirkliche Welt hinab und sehe, wie schön sie ist. Ich sehe sie gern aus einiger Entfernung. Aber was muß wohl Noah empfunden haben, als er von jenem Berg hinabschaute, als der Regen aufgehört hatte und die Wasser zurückgegangen waren? Das war mein Traum - ich schaute, nachdem alles vorbei war, von hier hinunter und sah - nichts!«

9

Kate Williams fuhr nicht ganz so schnell wie sonst am Fluß entlang zu Harper's Park hinauf. Es war fast dunkel, und die Scheinwerfer ihres kleinen Sportwagens schienen einen Tunnel in das Zwielicht zu graben.

Das Abendessen mit ihrem Vater war eine ruhige Angelegenheit gewesen; immer wieder traten Gesprächspausen ein, in denen das Geräusch von Silber auf Porzellan überlaut zu sein schien.

Mutter hätte gewußt, was in dieser neuen Situation zu tun gewesen wäre, sagte sich Kate; sie empfand es als einen ausgesprochenen Mangel, daß sie es nicht wußte.

Daddy konnte störrisch wie ein überladener Lastesel sein; das wußte sie seit langem. Aber das gleiche galt auch für sie, denn sie trug ja schließlich die Erbanlagen von beiden in sich.

»Ich finde, du solltest den Gouverneur davon unterrichten, Daddy«, hatte sie im Laufe des Essens einmal gesagt und sich nicht einmal die Mühe gemacht, das Wort ›Staudamm‹ zu erwähnen, denn seit Jays Erklärungen dachten sie beide kaum noch an etwas anderes.

»Vorläufig gibt es nichts, was ich ihm sagen könnte. Reden wir also nicht mehr davon, Kind.«

»Hältst du es für fair, darüber zu schweigen? Dein Freund J. G. sagt, Jay sei ein Experte.«

»Ich habe dir doch gesagt, daß wir die Sache untersuchen werden.«

»Sam Martin.« Sie war selbst erstaunt, den spöttischen Unterton in ihrer Stimme zu hören.

»Du hast Sam einmal für einen feinen Kerl gehalten.«

Zögernd, aber wahrheitsgemäß sagte sie: »Das stimmt.«
»Er hat sich nicht geändert.«
»Nein«, sagte Kate, »aber ich.«
Stille.
»Es war die Idee deiner Mutter, dich an die Ostküste zu schicken«, sagte Bill Williams. Seine Stimme besaß einen defensiven Unterton.
»Ich weiß. Wir haben schon früher darüber gesprochen. Ich wollte gerne hin. Aber es war nicht nur der Osten, der mich verändert hat. Es war Mutters Tod.«
»Er hat so gut wie alles verändert.«
»Du wolltest mich nicht nach Hause kommen lassen.«
»Du hättest hier sowieso nichts tun können, Kind. Es war wirklich nicht nötig, dir all das - Schlimme zuzumuten.«
Wieder trat ein langes, unbehagliches Schweigen ein.
Schließlich sagte Kate: »Damals habe ich mich verändert, Daddy. Als ich erkannte, daß ich zu nichts nutze war.«
»Verdammt noch mal, du bist nicht nutzlos!«
»Ich war es.«
Und vielleicht bin ich es noch heute, dachte sie jetzt, denn dieses Gespräch fiel ihr wieder ein, als sie in der hereinbrechenden Dunkelheit die Gebirgsstraße hinauffuhr. Aber jetzt kann ich wenigstens tun, was ich für richtig halte.

Jays Gummianzug war völlig getrocknet. Er staubte ihn sorgfältig mit Puder ein und verstaute ihn gefaltet in dem Beutel. Der Himmel mochte wissen, wann er ihn wieder brauchen würde; jedenfalls würde es sicher nicht hier sein, wo stets die Gefahr eines weiteren Erdbebens über ihm hing, während er unten im Stausee herumschwamm.
Hätte er von diesen dreiundzwanzig früheren Beben gewußt, sagte er sich jetzt, wäre er nie zum zweiten Tauchgang hinuntergegangen. Aber dann hätte er auch die Risse in der Felswand, die den Damm abstützte, nicht gesehen, und bloße Verdachtsgründe hätten keinerlei Gewicht gehabt. Andererseits hatten aber auch seine Ausführungen

auf Williams offenbar wenig Eindruck gemacht. Deshalb war die ganze Mühe wahrscheinlich umsonst gewesen.

Aber er hatte es versucht, sein Gewissen war rein, und er empfand sogar eine gewisse Erleichterung darüber, daß er nicht weiter in diese Angelegenheit hineingezogen worden war. Wie der alte Jed Harper war er seiner Wünschelrute gefolgt - und war auf einem Abstellgleis gelandet. Jetzt wies ihn die Rute nach Alberta.

Er sah sich in dem Motelzimmer um. Aus alter Gewohnheit hatte er alle Schubladen und den Kleiderschrank geöffnet, um ganz sicher zu sein, daß er beim Packen nichts vergessen hatte. Er ging in das winzige Badezimmer, blickte noch einmal hinter die Tür und machte den Toilettenschrank auf. So wie die Katzenmutter, wenn sie ihre Jungen ausführt, vergaß er nie, noch einen zusätzlichen Check einzulegen.

Dann setzte er sich aufs Bett, griff zum Telefonhörer und bat den Mann unten am Empfang, eine Verbindung mit der Nummer in Alberta herzustellen.

Cooley war sofort am Apparat, als ob er am Schreibtisch gesessen und auf den Anruf gewartet hätte. »Bist du jetzt abkömmlich, Junge? Dann komm ins Palliser Hotel in Calgary. Ich hinterlasse dir dort eine Nachricht. Alles, was du brauchst, können wir hier bereitstellen. Hast du gefunden, was du dir in den Kopf gesetzt hattest?«

Jay lächelte die Wand an. Jeds Grabstein und der Julias, dazu noch Warnsignale, auf die niemand achtete - eine schöne Mischung, dachte er bei sich. »Ja und nein«, sagte er, »aber ich habe zwei interessante Tauchgänge hinter mir.«

»Es gibt Zeiten«, meinte Cooley bedächtig, »da habe ich den Eindruck, daß du kein ganz offenes Spiel treibst. Du -«

»Augenblick mal«, sagte Jay, als an der Tür geklopft wurde. Dann rief er laut: »Herein!«

Die Tür öffnete sich, und Kate Williams stand im Eingang. Sie wirkte ernst. »Ich störe. Es tut mir leid.« Sie machte ein besorgtes Gesicht. »Bitte. Es ist wichtig.«

Jay zögerte nur einen kurzen Augenblick. Dann in den Hörer: »Ich rufe zurück.«
»Aber nun hör mir doch mal zu, Junge!«
»Es dauert nicht lange«, sagte Jay und legte auf. Er stand vom Bett auf und trat dem Mädchen entgegen. »Kommen Sie herein. Lassen Sie die Tür offen, wenn Sie wollen.«
Sie kam langsam ins Zimmer und machte die Tür hinter sich zu. »So sehr bin ich nun auch wieder nicht um meinen guten Ruf besorgt.«
Nein, das glaubte er ihr, dachte er bei sich. Sie besaß die Selbstsicherheit ihres Vaters, vielleicht auch seinen Eigensinn. ›Arroganz‹ war wohl der richtige Ausdruck für jenen Charakterzug, der sich hinter ihrem Lächeln verbarg. »Es war kein Mädchen, mit dem ich eben gesprochen habe«, sagte er. »Sie zerstören also kein Liebesverhältnis. Setzen Sie sich. Sagen Sie mir, was Sie wollen.«
Sie setzte sich auf den einzigen vorhandenen Stuhl und blickte in die Runde. »Sie haben gepackt. Reisen Sie jetzt ab?«
»Um zehn Uhr geht ein Flugzeug.«
»Alberta«, sagte Kate.
»Mein Beruf.«
»Werden Sie reich, durch diesen Beruf?« Eine seltsame, beiläufige Frage.
Jay zuckte mit den Schultern. »Darüber habe ich noch nicht nachgedacht. Ich bekomme mein Gehalt. Und ich bin nicht billig.«
»Das glaube ich Ihnen.« Sie kannte bereits die erste Beurteilung ihres Vaters. Jetzt kam eine neue dazu. »Als Sie gegangen waren«, sagte sie, »hat Daddy mit Houston telefoniert. Mit einem seiner Freunde. J. G. Harkness. Kennen Sie ihn?«
»Jeder im Ölgeschäft kennt J. G.«
»Er hat Daddy gesagt, Sie seien einer der Besten.«
»Ich habe für ihn gearbeitet.« Jay zuckte wieder mit den Schultern. »Ich glaube, er braucht sich über meine Leistun-

gen nicht zu beklagen. Aber ich weiß noch immer nicht, warum Sie hier sind.«

»Um Sie zu bitten, noch etwas zu bleiben.«

»Einfach so?«

Kate saß stumm und regungslos da. Sie hielt den Blick fest auf ihn gerichtet.

»Hat Ihr Vater Sie geschickt?«

»Er weiß nicht einmal, daß ich hier bin.«

»Jetzt verstehe ich überhaupt nichts mehr. Ich habe Ihnen alles gesagt, was ich weiß.«

»Ich war dabei. Und ich glaube Ihnen.«

»Ihr Vater nicht?«

»Nein, aber ich. Fliegen Sie?«

»Manchmal beruflich. Ich bin kein Pilot.«

»Ich bin einer.«

Ja, dachte Jay. Das wundert mich nicht. Du hast wahrscheinlich noch eine ganze Anzahl anderer kostspieliger Hobbys. »Na und?«

»Ich weiß, wie der Fluß steigt. Ich habe die Hunderte kleiner Nebenflüsse gesehen. Das plötzliche Hochwasser, wie Sie es beschrieben haben, könnte eintreten.«

Das war es also. »In diesem Teil der Welt kann es immer zu derartigen Überschwemmungen kommen«, sagte Jay. »So sind alle diese Trockenbetten entstanden.« Er spürte plötzlich eine geradezu perverse Lust, ihre These, die doch auf seinen eigenen Worten beruhte, zu entkräften.

Kate saß lange da und schwieg, als ob sie verstanden hätte. Dann sagte sie schließlich: »Sie wissen ganz genau, daß ich nicht von irgendeiner Überschwemmung spreche. Ich rede von der Art - ich hasse das Wort ›Katastrophe‹ -, die Sie beschrieben haben. Wenn Sie alles aus der Luft sehen könnten -«

»Ich habe die Luftbildaufnahmen gesehen.«

Kate nickte zustimmend. »Dann ist Ihnen alles völlig klar. Das gesamte Wasser aus diesen Bergen fließt in Harper's Park zusammen, so wie Sie gesagt haben.«

Er zuckte mit den Schultern. »Und das kann ich auch nicht ändern. Also?«
Kate sagte langsam: »Ich versuche, Sie zu mögen oder Sie doch wenigstens nicht unsympathisch zu finden, obwohl es darauf für Sie nicht ankommt. Aber ich gehe Ihnen auf die Nerven -«
»Was soll ich Ihrer Meinung nach tun?«
»Nur noch einmal hier übernachten.«
»Warum?«
»Und morgen vormittag mit mir fliegen.«
»Warum denn? Ich habe doch die Karten gesehen.«
Kate saß aufrecht und vollkommen ruhig da. »Ich bettele nicht gern um etwas -«
»Nein, das haben Sie auch gar nicht nötig.« Er war noch immer von jenem geradezu perversen Widerspruchsgeist besessen, und plötzlich ärgerte er sich darüber. »Und ich bin auch nicht der, für den Sie mich halten«, sagte er. »Verzeihung.«
»Werden Sie bleiben?«
»Sagen Sie mir, warum.«
»Also gut«, sagte Kate. »Weil ich Vertrauen zu Ihnen habe. Fragen Sie mich nicht, warum. Ich habe Vertrauen zu Ihnen, wie ich zu es zu den anderen, Sam Martin oder zu meinem Vater, nicht habe. Die sind schon zu weit gegangen, um jetzt zugeben zu können, daß sie sich geirrt haben, und sie werden andere überzeugen - sie haben bereits andere überzeugt, daß alles in schönster Ordnung, daß alles in Butter ist.« Es klang bitter.
»Und von mir verlangen Sie nicht mehr und nicht weniger, als daß ich alle vom Gegenteil überzeuge.« Jay schüttelte zornig den Kopf. »Herrgott noch mal, seien Sie doch vernünftig!« Er breitete die Hände aus. »Ich tue meine Arbeit, ich stelle meine Berechnungen an. Dann schreibe ich meinen Bericht und formuliere meine Empfehlungen. Das habe ich auch hier getan. Gewiß, nicht besonders gründlich, aber man hatte mich ja auch nicht darum gebeten, des-

halb habe ich, glaube ich, mehr getan, als man von mir erwarten konnte.«

»Sie wollen damit sagen«, antwortete Kate, »daß Sie Ihr Gewissen beruhigt haben, nicht wahr?«

Zum Teufel mit dieser Frau, dachte Jay. Sie sah zu tief. »Nennen Sie es so, wenn Sie wollen.«

»Erinnern Sie sich, was Sie zu Daddy und mir gesagt haben: ›Denken Sie an Johnstown von achtzehnhundertneunundachtzig, bloß wäre hier alles viel schlimmer, weil die ganze Stadt flußabwärts liegt.‹«

»Wenn Sie erst einmal losgelassen sind, gibt's kein Halten mehr, stimmt's?«

»Werden Sie bleiben? Und morgen früh mit mir fliegen?«

»Aber warum denn, zum Teufel noch mal?«

»Ich weiß nicht. Ich kann nur hoffen, daß Sie etwas sehen, was auf keiner Karte steht, etwas, was bisher noch niemandem aufgefallen ist - etwas, was Ihnen als Fachmann einen bestimmten Rückschluß ermöglicht. Ein weiteres Beweisstück, um Daddy zu überzeugen. Mehr kann ich nicht sagen.«

»Oje!« Jay warf einen Blick auf das Telefon. Er konnte Cooleys Stimme förmlich hören, wenn er davon erfuhr. Er sah Kate wieder an. »Sie werden schrecklich enttäuscht sein.«

»Sie werden also bleiben?« Sie lächelte halb, fast verlegen.

»Okay.« Aus dem kurzen Wort klang Resignation. »Ich werde bleiben. Ich tue Ihnen den Gefallen, nur um Ihnen zu zeigen, daß ich nichts tun kann.«

»Vielen Dank. Ich danke Ihnen sehr.« Es lag keinerlei Spott in ihrer Stimme, und aus ihren Augen war jener schwer faßbare Ausdruck verschwunden. Sie sah ihn jetzt offen an und machte keine Anstalten, aufzustehen.

»Sagen Sie mir nur noch, wo und wann ich Sie morgen früh treffen kann«, sagte Jay. Er war wütend über sie und über sich selbst.

Er stand in der Tür seines Motelzimmers und sah Kate nach, wie sie zu ihrem Wagen ging. Zum erstenmal, dachte er bei sich, waren sie quitt, und er konnte jetzt in ihr nicht mehr nur ein Symbol oder die Tochter des großmächtigen Bill Williams, sondern nur die Frau sehen - eine sehr attraktive Frau, die in jenem flüchtigen Augenblick, als er sein Einverständnis erklärt hatte, aus reiner Dankbarkeit ihm vielleicht noch ein wenig mehr als bloße Freundlichkeit geboten hätte, und vielleicht wäre es ganz nett gewesen, der Sache auf den Grund zu gehen.

Er ging hinein, schloß die Tür und begab sich zum Telefon, um Cooley wieder anzurufen. Er hatte das unbestimmte Gefühl, nicht mehr Herr der Situation zu sein und daß die Ereignisse im Begriff waren, über ihn hinwegzugehen - aber das war natürlich Unsinn.

Und irgend etwas von diesem Gefühl mußte sich auch Cooley mitgeteilt haben, denn dieser erwiderte auf die plötzliche Terminverschiebung nur: »Bist du dir eigentlich genau im klaren darüber, was du tust, Junge?«

Jay legte auf und wußte selbst nicht, was er auf diese Frage hätte antworten sollen.

Frisch gebadet und in einem Kleid statt der Jeans, die sie gewöhnlich trug, erwartete Mary Thompson Brooks im Wohneßzimmer des kleinen Hauses, das sie am Rande des *barrio* gemietet hatten.

Sie hatte den Tisch mit dem Silber ihrer Großmutter gedeckt, und zwei der schönen Baccarat-Weingläser standen neben der Kristallkaraffe, die mit dem billigsten roten Landwein gefüllt war, den sie im *barrio* hatte auftreiben können.

Sie hatte an Gin und Vermouth für Martinis gedacht, dann aber gefunden, dieser Genuß sei zu extravagant. Das Steak hatte bereits den Rest ihres Wirtschaftsgeldes für diese Woche verschlungen.

Sie saß mit ausdruckslosem Gesicht auf dem Sofa und hatte die Abendausgabe der Zeitung gefaltet vor sich auf den Tisch gelegt. »Wie ist es gegangen?«

»Eines muß ich ja sagen«, meinte Brooks. »Auf Gentry ist Verlaß. Die Papiere waren fertig und in Ordnung - Lageplan, Kaufvertrag, alles, was dazu gehört. Und ein von der Bank als gedeckt bestätigter Scheck lag ebenfalls bereit. Jack Early trat als Zeuge auf.« Sein Blick fiel auf den Tisch. »Nanu, warum denn dieser Aufwand?«
Mary sagte gedehnt: »Ich dachte, dies sei ein Anlaß - zum Feiern. Ich meine, ein Toast auf die Zukunft mit etwas - Kapital, das uns weiterhilft.«
»Okay. Ganz meine Meinung.« Brooks setzte sich neben sie auf das Sofa und legte ihr den Arm um die Schultern. »Früher in New York, da schienen zweiundzwanzigtausendfünfhundert Dollar kein großer Reichtum zu sein. Aber hier, nach den letzten beiden Jahren, betrachte ich die Sache etwas anders, gewissermaßen aus der Froschperspektive. Ich glaube, jetzt schaffen wir es.«
Mary nickte.
»Und wir werden uns wieder ein Grundstück beschaffen - wenn wir es uns leisten können.«
Sie nickte wieder.
»Und inzwischen ist da noch der kleine Traktor. Ich glaube, wir könnten einen Erdbohrer an ihn anschließen, außerdem ein Schaufelblatt, um junge Bäume zu pflanzen. Und eventuell -«
Marys Schultern bebten, obwohl sie keinen Ton von sich gab.
Brooks faßte ihr unter das Kinn und hob ihren Kopf. »Was ist los? Habe ich etwas Falsches gesagt?«
Sie blieb stumm, aber die Tränen liefen ihr zu beiden Seiten der Nase herab und tropften in ihren Schoß. Sie wies auf den Tisch und die zusammengefaltete Zeitung. »Ich -« Sie brach ab und nahm einen neuen Anlauf. »Ich - versuchte, dich zu erreichen. Aber die Telefonvermittlung in der Bank war - nicht besetzt!«
Brooks ließ sie los und griff nach der Zeitung. Er entfaltete sie langsam und starrte schweigend auf die Schlagzeile, die

die ganze Titelseite einnahm: VERGRÖSSERUNG DES STAUDAMMES GENEHMIGT.
Er faltete das Blatt wieder zusammen und legte es bedächtig auf den Tisch. »Der Grund und Boden, für den er gerade zweiundzwanzigtausendfünfhundert bezahlt hat«, sagte er leise, »wird also zehnmal soviel wert sein, wenn der Stausee größer geworden ist. Mindestens zehnmal soviel.« Er legte den Arm wieder um Marys Schultern. »Ich hatte recht, nicht wahr? Er ist das, was man in der Wall Street eine Kredithyäne nennt. Ich wüßte auch noch eine bessere Bezeichnung für diesen Gauner.«
Brooks schüttelte den Kopf und drückte ihre Schulter. »Niemand ist schuld. Wie die Versicherungsanwälte immer sagen. Niemand ist schuld, deshalb ist auch niemand verantwortlich. Es ist bloß ein Schaden eingetreten. Bei uns.«

Es war lange nach dem Abendessen, als sie in Johnny Cisneros großem, auf Hochglanz poliertem Wagen zum Appartement des Mädchens fuhren. Der Name des Mädchens war Linda, aber, wie Johnny einmal gesagt hatte: »Du hast zwar einen Chicana-Namen, aber du bist bestimmt keine Chicana. Du bist Anglo - da fresse ich einen Besen!«
Ihre angelsächsische Abstammung war vermutlich der größte Reiz für Johnny. Ihr Verstand war es gewiß nicht; aber sie besaß jene Figur, wie man sie bei jungen Chicana-Mädchen, wenn überhaupt, nur in der Pubertät antraf, und auch dann war es nicht dasselbe.
Die jungen Mädchen aus dem *barrio,* mit denen es Johnny getrieben hatte, als er ebenso jung war, waren zwar - wenigstens einige von ihnen - schlank gewesen und hatten zarte Rundungen gehabt, aber schon ziemlich bald waren sie dick und fett geworden und hatten sich diese vollen Brüste zugelegt, die er so liebte, wenn sie auch frühzeitig erschlafften. Außerdem wußte Johnny jetzt etwas Besseres, als sich mit den ganz Jungen abzugeben.
Linda, obwohl schon über zwanzig, war noch immer

schlank, und ihre großen, festen Brüste - diese Wunderwerke der Natur, an denen er mit Vorliebe herumspielte - traten prall und eindrucksvoll hervor, wie der Mount Teta weit drüben am Horizont. Teta war das spanische Wort für Brust. Linda war nicht zu verachten.

Im Appartement ließ sich Johnny auf das Sofa fallen und schleuderte die Halbschuhe mit einer schnellen Handbewegung weg. »Hast du noch etwas von dem französischen Brandy, den ich dir das letzte Mal mitgebracht habe?«

»Klar.« Linda ging hinaus und kam schon nach wenigen Augenblicken mit der Flasche Courvoisier und zwei Kognakschwenkern wieder zurück. Sie goß die Gläser voll und reichte ihm das eine hinüber. »Wie heißt es bei euch? *Salud?*«

»Es bedeutet ›Gesundheit‹: *Salud, amor y pesetas, y tiempo para gustarlas.* Gesundheit, Liebe und Geld, und Zeit, sie genießen zu können.« Johnny hob das Glas. »Du weißt, worauf wir trinken?« Er war etwas beschwipst, aber was machte das schon aus!

»Ich dachte, wir stoßen auf uns beide an.«

»Das auch.«

Linda dachte angestrengt nach und runzelte die Stirn. »Worauf denn noch?«

»Nicht worauf - auf wen. Zieh das Kleid aus, und ich sag's dir, okay?«

»Siehst du mich gerne an?« Lindas Ton klang kokett.

»Das weißt du doch. Los, mach schnell.«

Linda stellte ihr Glas ab. Sie griff mit der Hand nach hinten über die Schulter und zog den Reißverschluß ein Stück herunter; dann beugte sie sich ein wenig nach vorn, faßte den Reißverschluß von unten und machte ihn ganz auf. Sie richtete sich auf, zog das Kleid von den Schultern und ließ es auf den Boden fallen. Sie trug jetzt nur noch Schuhe und ein winziges Höschen. Sie schüttelte die Schultern ein wenig und lächelte Johnny zu, während sie ihr Glas wieder in die Hand nahm. »So, auf wen trinken wir jetzt?«

»Auf ein altes Weib.«
Wieder das nachdenkliche Stirnrunzeln. »Deine Mutter?«
»Nein.« Johnny lächelte noch immer. »Sie war zwar auch ein altes Weib, aber wir trinken auf ein anderes. Wir haben heute ein Geschäft miteinander gemacht.«
»Du und das alte Weib?« Die Furchen auf Lindas Stirn schienen sich vertieft zu haben. »Was für ein Geschäft?«
»Ein sehr einträgliches Geschäft, Baby. Und das ist immer die beste Art von Geschäften, nicht wahr?«
Die Stirn war wieder glatt, und Linda lächelte glücklich. »Eine Menge Geld?«
»So ist es, Baby. So ist es.« Johnny trank seinen Kognak auf einen Schluck aus. »So, jetzt wollen wir nicht an die Alte denken, sondern uns ganz auf dich und mich konzentrieren, okay?«
Noch immer lächelnd, schob sich das Mädchen langsam auf ihn zu. »Klar, Johnny. Ganz, wie du willst. Ich mag's immer so, wie's dir am liebsten ist. Das weißt du doch.«
Diese herrlichen Brüste, diese weichen, seidigen Schenkel und diese langen Anglo-Beine. Johnny genoß den Anblick in vollen Zügen. »So, fangen wir an«, sagte er schließlich, »fangen wir an.«

10

Bill Williams saß hinter seinem Schreibtisch, Sam Martin hatte auf einem der Besucherstühle ihm gegenüber Platz genommen. Sam hatte Rollen mit Bauzeichnungen auf dem Tisch ausgebreitet, aber Williams hatte sie keines Blickes gewürdigt.

»Bilder interessieren mich nicht, Sam. Ich vertraue deinen technischen Fähigkeiten ebenso wie die Leute von der Armee. Aber was ist mit der Geologie - mit den Rissen in der Felswand, die Harper angeblich gesehen hat?« Williams hatte eine lange, ruhelose Nacht hinter sich. Zwei Valiumtabletten hatten ihm geholfen, und es war zu keiner dieser Unregelmäßigkeiten des Herzschlags gekommen, was die Sache nur noch verschlimmert hätte, aber seine Gedanken waren wie eine führerlose Lokomotive, deren Dampfregler sich festgeklemmt hat, weitergerast und ließen sich nicht zum Halten bringen. »Die ganze Sache läuft doch auf die Frage hinaus: Wie fest ist dieser verfluchte Staudamm eigentlich?«

Sam war gar nicht behaglich zumute. In dieser Verfassung war Williams unberechenbar. »Wir haben ihn ordnungsgemäß entworfen«, sagte Sam, »und die Bauarbeiten sauber ausgeführt - was soll ich sonst dazu sagen, Bill? Wir reden ja auch nicht von einem Flugzeug, wo Gewichtsprobleme zu lösen sind und der Entwurf die gewünschte Ladekapazität zu berücksichtigen hat. Wir haben einen Sicherheitsfaktor eingebaut -«

»Das war damals. Seither haben wir nicht nur ein, sondern laut Harper dreiundzwanzig Erdbeben gehabt, und woher wollen wir wissen, was sie angerichtet haben?« Williams

war sich bewußt, daß er Jays Argumente wiederholte, und hoffte im stillen, daß Sam sie widerlegen würde.
»Der Staudamm weist keine schwachen Stellen auf«, sagte Sam. »Ich bin unten auf der Außenseite gewesen und habe dort nichts Ungewöhnliches entdecken können.«
Ein gutes Argument. Flußabwärts war das Bauwerk in seiner ganzen Ausdehnung zu sehen, ganz anders als auf der Seeseite, wo man erst tief hinuntertauchen mußte, um an die Mauer heranzukommen. Aber trotzdem . . . »Der Wasserspiegel des Stausees liegt jetzt sieben Meter unter dem Normalwert«, sagte Williams und zitierte Jays Ziffern aus dem Gedächtnis. »Nehmen wir einmal an, daß der See eine Gesamtfläche von zehn Quadratmeilen hat, und das ist noch eine vorsichtige Schätzung - weißt du eigentlich, Sam, wieviel ein Acre-Foot Wasser wiegt?«
»Ich habe es nie ausgerechnet, aber das ist nicht schwer - 43,560 Quadratfuß mal etwa 62 -«
»Fast drei Millionen Pfund«, sagte Williams. »Das ist ein verdammtes Gewicht, Sam, und wenn man das dann multipliziert mit - ach, verdammt noch mal, ich rede bloß und beweise damit gar nichts.« Er schob seinen Sessel zurück, stand auf, ging zum Fenster und blieb dort stehen, seinen breiten Rücken dem Arbeitszimmer zugekehrt. Er schaute auf das Gebirge hinaus. »Wir haben viel Arbeit in dieses Vergrößerungsvorhaben investiert, Sam«, sagte er, ohne sich umzudrehen. Seine Stimme klang ruhig und nachdenklich.
»Und Geld, Bill. Und du wirst alles zurückbekommen, und noch einiges dazu, wenn wir die Arbeiten, wie vorgesehen, durchführen.«
Williams drehte sich um und sah Sam prüfend an. »Was meinst du damit?«
Etwas in Williams' Verhalten gebot Sam, noch mehr als bisher auf der Hut zu sein.
»Ist es ein Geheimnis, Bill? Daß du Harrison die Grundstücke abgekauft hast? Okay, wenn ich nichts davon wissen

soll, habe ich es schon wieder vergessen. Es geht mich sowieso nichts an.«

Williams trat an den Schreibtisch zurück, ließ sich langsam in seinen Sessel nieder und legte die Hände flach auf die Tischplatte. Seine Bewegungen wirkten gezielt und wohlüberlegt. Er hatte den Blick nicht von Sams Gesicht gewandt. »Es ist kein Geheimnis, Sam«, sagte er in verändertem Tonfall, »aber ich frage mich nur, wo du davon gehört hast.«

Sam zuckte mit den Achseln. Er hoffte, einen gleichgültigen Eindruck zu machen. »Ach Gott, irgendwo.«

Williams wiegte den Kopf langsam hin und her. »Das genügt mir nicht, Sam. Mit wem hast du gesprochen? Oder genauer gesagt: Wer hat mit dir gesprochen?« Natürlich, dachte er, natürlich. »George Harrison?«

»Er hat mich gestern zu einem Drink eingeladen.«

»Dagegen ist nichts einzuwenden, Sam.«

»Im Territorial Club. Ich war noch nie dort gewesen.«

Williams lächelte schief und meinte: »Eins zu null für dich. Ich bin nämlich auch noch nicht dort gewesen. Weiter, Sam, was hatte George auf dem Herzen? Die Vergrößerung des Staudamms?«

»Er wollte wissen, wie die Sache läuft. Ich sah keinen Grund, nicht darüber zu sprechen, Bill. Hätte ich schweigen sollen?«

»Warum denn? Und dann hat er sicher rein zufällig den Grundbesitz erwähnt, den er an mich verkauft hat.«

»Ja, ich glaube, davon sprach er.«

»Was hat er von dir gewollt?«

Sam schüttelte mit Nachdruck den Kopf. »So war es keineswegs. Er hat mich um nichts gebeten. Wir haben bloß - miteinander gesprochen. Ich meine, er fragte mich, was ich von der ganzen Idee halte, den Staudamm zu vergrößern - ob es notwendig und ungefährlich sei, das wollte er wissen.«

Williams' Lächeln war wieder nach innen gerichtet, als ob er über sich selbst spottete. »Es geht also wieder von vorn

los, nicht wahr? Bestehen Sicherheitsbedenken? Und was hast du ihm gesagt, Sam?«
»Dasselbe, was ich dir gesagt habe.« Sams Hand bewegte sich automatisch auf die Konstruktionszeichnungen zu, als ob er Kraft aus den exakten Linien und Dimensionen, die sie enthielten, zu ziehen versuchte. »Nur weil irgendein Bursche, den wir nicht einmal kennen, mit Taucherausrüstung auf den Seegrund hinuntersteigt, Bill«, sagte er, »fangen wir plötzlich an, alle Berechnungen, die wir angestellt haben, alle technischen Vorbereitungen und Planungen in Zweifel zu ziehen - das ergibt doch keinen Sinn.«
Williams saß lange Zeit schweigend da und hielt den Blick auf die gegenüberliegende Wand gerichtet, als ob die Antwort irgendwie dort abzulesen wäre. Schließlich sagte er: »Vielleicht nicht, Sam. Vielleicht nicht. Laß uns noch darüber nachdenken.« Er hob die Hand, als wollte er zur Vorsicht mahnen. »Und wir wollen nicht darüber sprechen, solange wir noch darüber nachdenken. Mit niemandem. Ist das klar?«
»Ich halte den Mund.« Damit war das Gespräch beendet. Sam rollte seine Pläne wieder ein und stand auf. Während er zur Tür ging, hatte er das Gefühl, noch einmal mit einem blauen Auge davongekommen zu sein, aber er wußte nicht genau, wo der Gefahrenpunkt gelegen hatte. »Bis später, Bill«, sagte er und verließ tief erleichtert den Raum.

Von der Station auf dem Mount Union aus gesehen, bestand die Welt an diesem Morgen aus zahlreichen Inseln in einem weißen Meer, das sich bis ins Unendliche ausdehnte. Der Himmel darüber war klar, blau, direkt über ihnen fast purpurfarben, und obwohl noch ein kühler Luftzug herrschte, begann die Sonne bereits den Tag zu erwärmen.
»In den frühen Morgenstunden wie jetzt«, sagte Bernie, »bilde ich mir manchmal ein, ich sei der letzte auf der Erde lebende Mensch. Aber nicht lange. Und« - sie lächelte plötzlich gewinnend - »so gefällt es mir auch viel besser,

wenn noch ein anderer Erdenbewohner übriggeblieben ist, vorzugsweise groß und männlich.« Das Lächeln verschwand. »Ich möchte nicht, daß es zur Gewohnheit wird. Das habe ich mir fest vorgenommen.« Und dann rasch, als sei sie verlegen: »Wie wär's mit einem Frühstück? Ein Mann von deiner Größe muß etwas Anständiges essen.«
»Schau«, begann Pete, »wegen gestern nacht -«
»Nein«, fiel ihm Bernie ins Wort, »Eva lieferte den Apfel, und ich wette, daß Adam sich, nachdem er ihn gegessen hatte, große Sorgen machte und versuchte, alles wiedergutzumachen. Lassen wir es dabei sein Bewenden haben.«
Der Radiolautsprecher erwachte plötzlich zu neuem Leben; eine Männerstimme sprach, was in Petes Ohren wie Kauderwelsch klang, und Bernie lächelte, als sie Petes Gesichtsausdruck sah. »Das ist Charlie Hunt«, sagte sie, »drüben im Rainy. Man muß sich an seine Sprechweise erst gewöhnen.« Sie hörte einige Augenblicke zu. »Ein Tiefdrucksystem - die Millibars sagen dir nichts, aber der Druck ist wirklich stark gefallen - bewegt sich auf hundertfünfzehn Grad, das heißt in unserer Richtung; es führt einen vollen Eimer mit, womit Charlie meint, daß wir Niederschläge zu erwarten haben.«
Die Stimme brach mit einem lakonischen »Ende der Durchsage« ab, und Bernie mußte wieder lächeln. »Charlie redet heute wie ein echter Rundfunkansager. Weißt du, wenn du allein auf einem Berggipfel sitzt, dann überkommt es dich manchmal. So ging es mir gestern abend, als ich dich über die Kante heraufkommen sah.«
»Du hast dich rasch erholt«, sagte Pete.
»Die Behandlung war genau das, was ich nötig gehabt hatte. Ich bin wieder ganz gesund. So, und jetzt das Frühstück.«
Sie saßen bei der zweiten Tasse Kaffee draußen auf dem überdachten Balkon und sahen zu, wie der weiße Dunstschleier sich auflöste und darunter die Täler und Canyons sichtbar zu werden begannen. »Ich sehe es immer wieder gern«, sagte Bernie. »Es ist stets eine Überraschung, wie die

Päckchen unter dem Weihnachtsbaum. Die Luft erwärmt sich, der Wasserdampf verdunstet, und dann kommt die Welt wieder zum Vorschein, genauso wie man sie am Vorabend verlassen hat.« Sie sah Pete lächelnd an. »Na ja, nicht ganz so, wie ich sie gestern abend verlassen habe. Heute früh sieht sie schon viel besser aus.«
»In meinen Augen auch.« Pete hatte seine langen Beine ausgestreckt. Sein Blick ruhte auf der Operationsnarbe an seinem Knie. Dann wandte er den Blick rasch wieder ab. Er merkte, daß Bernie ihn beobachtete, aber sie sagte nichts.
»Dort drüben steigt Rauch auf«, sagte Pete, um von etwas anderem zu reden. »Mußt du das nicht melden?«
»Das ist eine Sägemühle. Früher oder später soll sie renoviert werden. So hofft man jedenfalls.« Bernie sah auf ihre Armbanduhr. »Zeit für den ausführlichen Wetterbericht.« Sie stand auf. »Bleib doch noch etwas hier in der Sonne sitzen und laß es dir gutgehen.« Sie ging hinein, und kurz darauf war im Lautsprecher eine Stimme zu hören.
Bernie hatte ihren Lebensrhythmus gut in Ordnung gebracht, dachte Pete bei sich, was er von sich selbst leider nicht sagen konnte. Und obwohl er bisher eigentlich noch nie darüber nachgedacht hatte, war es wahrscheinlich ein unbestimmtes Schuldgefühl, gepaart mit einem durchaus verständlichen Sexualtrieb, was ihn gestern den langen Aufstieg hatte unternehmen lassen, so daß er jetzt hier sitzen, auf die Welt unter ihm hinausschauen und versuchen konnte, über seine Lage nachzudenken.
Er sah die Narbe wieder an. Natürlich hätte er sich früher oder später mit der Frage auseinandersetzen müssen, was er jetzt anfangen sollte. Nicht einmal ein George Blanda konnte ewig weitermachen. Aber dieses ›früher oder später‹ schien bisher noch in weiter Ferne zu liegen; jetzt war plötzlich der Zeitpunkt gekommen, einen Entschluß zu fassen - viel früher, als er erwartet hatte.
Ehemalige Aktive wurden entweder Trainer, oder sie gingen zum Fernsehen; einige versuchten es mit dem Theater;

oder sie verkauften Autos oder Versicherungspolicen; andere wurden Türsteher vor Restaurants - die Liste war endlos. Und einige versuchten, bis an das Ende ihrer Tage von ihrem früheren Ruf zu leben und endeten meistens in der Gosse.

Manche hatten natürlich von Anfang an gewußt, wohin der Weg führte, und nie den Blick für die Zukunft verloren. Der Baseballspieler Bobby Brown von den Yankees war jetzt Arzt, Eddie LeBaron Anwalt, und Whizzer White war Richter am Obersten Gerichtshof und Mo Udall Abgeordneter im Kongreß.

Aber so etwas würde Pete Otero nie in den Schoß fallen. Ihm fiel überhaupt nie etwas in den Schoß, Punktum; keine gute Fee würde einen Zauberstab heben und ihn irgendwo zum Millionär machen. Es würde auch weiterhin so sein, wie es immer gewesen war: Alles, was Pete Otero haben wollte, mußte er sich schwer erkämpfen.

Tim Bernstein von Flatbush, der beste Verteidiger, mit dem Pete je gespielt hatte, pflegte zu sagen: Wenn man es zu etwas bringen will, muß man erst einmal einen festen Stand gewinnen, jedem die Stirn bieten und dann versuchen, sich über alle Widerstände hinwegzusetzen. So werde auch ich es halten, sagte sich Pete und fühlte sich plötzlich wesentlich besser.

Er blieb ruhig und gelöst in der Sonne sitzen und schaute hinunter auf die Stadt. Er beobachtete, wie ein kleines, schlankes rotes Flugzeug zum Ende der Rollbahn auf dem städtischen Flugplatz rollte, er sah sich den Start an, wie die Maschine elegant vom Boden abhob, das Fahrgestell in ihren Bauch einzog und dem Himmel zustrebte. Er fragte sich, wer wohl die Insassen waren und welches Ziel sie hatten.

»Ein Wetter zieht auf«, sagte Bernie an seiner Schulter. »Es ist natürlich nicht sicher. In den letzten Monaten hat es bei vielen Gewittern so ausgesehen, als ob sie direkt auf uns zukämen, und dann haben sie sich anscheinend anders ent-

schlossen und sind abgebogen. Aber dieses jetzt, das vom Norden heraufzieht, sieht ziemlich ernst aus, und wenn es mit Charlies vollem Eimer zusammenprallt, können wir uns auf etwas gefaßt machen.« Ihre Stimme klang ernst.
»Sprich ruhig weiter«, sagte Pete. Er blickte zu ihr hinauf. »Du wolltest doch noch etwas sagen, oder nicht?«
»Ich wollte nur sagen«, meinte Bernie, »daß du dich entweder sofort auf den Weg machst oder noch eine Weile hierbleiben mußt. Du willst sicher nicht beim Abstieg in ein Unwetter geraten.« Sie legte ihm die Hand zaghaft, aber liebevoll auf die Schulter. »Und ich will nicht, daß du gehst. Noch nicht.«
»Du gehst wohl gern mit mir ins Bett?« Pete grinste sie an.
»So bin ich nun einmal. Ich habe dir ja gesagt, daß mir die Behandlung von gestern nacht gefallen hat.«
»Es ist dann also entschieden«, sagte Pete und legte seine Hand auf die ihrige. Seine eigenen Probleme konnten noch etwas warten. Er blickte wieder zu dem roten Flugzeug hinüber, das sich gerade in einer weiten Steigkurve befand. »Sieht hübsch aus, nicht wahr?«
Bernie lächelte sehnsüchtig. »Ich möchte auch einmal so fliegen, du nicht?«
»Meine Dame, im Augenblick gefällt es mir hier oben auf dem Berg am besten.«

Kate flog die Maschine fast mit der Kunstfertigkeit eines Profis, dachte Jay, was sicher auch für andere Dinge galt, mit denen sie sich befaßte. Man konnte sich gut vorstellen, daß sie ebenso gut aussehen würde, wenn sie ritt, schwamm, ein Auto steuerte, Tennis oder Golf spielte - es geschah immer mit derselben scheinbar mühelosen, lässigen Anmut.
Er war sich nicht sicher gewesen, wieviel Zeit er für die Fahrt zum städtischen Flugplatz brauchen würde; deshalb war er schon zehn Minuten vor dem verabredeten Zeitpunkt dort eingetroffen. Kate war noch nicht da, aber das

rote Flugzeug war bereits aus dem Hangar herausgerollt worden und stand wartend da. Kate kam pünktlich auf die Minute an, und obwohl Jay Pünktlichkeit normalerweise zu schätzen wußte, wäre es ihm beinahe lieber gewesen, Kate hätte sich etwas verspätet und damit erkennen lassen, daß auch sie wenigstens eine kleine Schwäche hatte.
Jetzt, da die Stadt unter ihnen lag, sagte Kate plötzlich: »Ich habe Daddy erzählt, daß ich heute vormittag mit Ihnen über den Staudamm fliegen würde.« Sie wandte den Kopf und lächelte ihn an. »Ich habe ihm gesagt, es sei meine Idee, nicht die Ihrige.«
»Haben Sie ihm auch gesagt, daß ich es für eine Zeitverschwendung halte?«
»Auch das habe ich ihm gesagt.«
Das Gefühl, die Ereignisse rollten über ihn hinweg, hatte ihn zwar noch nicht verlassen, aber er schob es beiseite. Er war nun einmal hier und hatte keine Ausrede, sich gegen den Lauf der Dinge zu stemmen. Er schaute hinunter, um das Gelände zu studieren.
Dabei fiel ihm ein, einmal gelesen zu haben, Napoleon habe einen seiner Offiziere gefragt, wie die Insel mit Namen Haiti - das ›Bergige Land‹ - aussehe, und der Offizier habe daraufhin ein Stück Papier in der Faust zerknüllt und es mit den Worten auf Napoleons Schreibtisch fallen lassen: »So sieht die Insel aus, Sire.« Man hätte das jetzt unter ihnen liegende Land nicht besser beschreiben können.
Jay hatte sich die topographischen Karten angesehen, wie er Kate erzählt hatte, und jetzt lag eine ausgebreitet auf seinem Schoß, aber die Wirklichkeit, besonders Licht und Schatten, schuf eine andere Dimension. Dicht beieinanderliegende Höhenlinien bedeuteten auf einer Karte Steilhänge oder sogar Felswände; aber ins Dunkel abfallende Felsformationen, schier bodenlose Canyons, in die das Sonnenlicht jeden Tag nur wenige Stunden oder sogar nur Minuten eindringen konnte - sie legten Zeugnis von einer ganz anderen Welt ab.

In nach Norden hin offenen Spalten und Mulden lag noch der Schnee des Vorjahres. Auf einer steilen Geröllhalde hatten Hitze und Kälte, Expansion und Kontraktion dazu geführt, daß sich das Sickerwasser während der Nacht in Eis verwandelte und eine erbarmungslose Erosion erzeugte. An einer anderen Stelle sah Jay eine Kiefer; die Hälfte ihrer Äste waren abgestorben, und das freigelegte Wurzelwerk rang verzweifelt ums nackte Leben, aber der Baum klammerte sich verbissen an einen Felsabhang, der so steil war, daß ein Mensch auf ihm keinen Halt gefunden hätte.

»Sauerstoff«, sagte Kate und reichte ihm eine leichte Maske. Sie hatte selbst schon eine aufgesetzt, und ihre Stimme klang dumpf und gedämpft. »Wir gehen auf über fünftausend Meter hinauf, und dort können Sie sie brauchen.«

Wortlos setzte Jay die Maske auf und hielt dabei den Blick auf das unter ihnen liegende Gelände gerichtet, dessen Konturen durch das schräg einfallende Sonnenlicht scharf hervortraten.

Aus dieser Höhe wirkten Damm und Stausee wie Spielzeugmodelle. Da war der Fluß, der den See speiste, und da waren - wie Kate gesagt hatte und wie sich Jay vom Kartenstudium her erinnern konnte, jetzt aber mit eigenen Augen sah - die zahllosen Zuflüsse des Flußlaufes; in einigen schimmerte fließendes Wasser, andere waren zwar ausgetrocknet, aber leicht an der Art zu erkennen, wie sie sich, den Ästen eines Baumes vergleichbar, vom Hauptstrom aus nach oben hinzogen.

Auf der Gipfelplatte der höchsten Erhebung erkannte er die Feuerbeobachtungsstation. Jemand winkte von dort herauf, und er konnte der Versuchung, zurückzuwinken, nicht widerstehen, obgleich er bezweifelte, daß seine Handbewegung innerhalb des Flugzeugs dort unten zu sehen sein würde. Kates Augen oberhalb der Maske machten einen belustigten Eindruck.

Er hatte sie gewarnt, sich keinerlei Hoffnungen zu machen, sagte sich Jay von neuem, und dennoch rebellierte sein Berufsstolz gegen den Gedanken, mit völlig leeren Händen auf die Erde zurückzukehren.

Wo sie sich jetzt befanden - dreihundert Meter über den höchsten Berggipfeln -, bot sich dem Auge ein hinreißender Blick. Soweit es die Sicht zuließ, zog sich die Gebirgskette, teilweise schneebedeckt, in nordwestlicher Richtung ins Unendliche dahin. Jay mußte unwillkürlich daran denken, daß sich der alte Jed Harper und andere durch dieses unbekannte, zerklüftete Massiv ganz allein ihren Weg gebahnt hatten. Was sie auch gewesen sein mochten - und manche von ihnen waren vermutlich ziemlich anrüchige Gestalten gewesen -, sie hatten es geschafft, weil sie harte Männer waren.

Aber das war für den Augenblick ohne Belang, denn all diese Berge, die man aus dieser Höhe erkennen konnte, gehörten nicht zur näheren und weiteren Umgebung von Harper's Park. Kate schien auf irgendein Signal, auf eine Reaktion seinerseits, zu warten, und das ärgerte ihn. Denn ich habe ihr nichts zu bieten, dachte Jay bei sich, überhaupt nichts. Aber jener Anflug von Berufsstolz veranlaßte ihn, mit der Hand eine Kreisbewegung auszuführen, und er sagte mit Mühe am Rand der Maske vorbei: »Halten Sie diese Höhe, aber überfliegen Sie noch einmal den Stausee und den Damm.« Er sah, wie sie nickte; ihre Augen hatten den belustigten Ausdruck verloren, und sogleich hob sich der Horizont, als sie die Maschine in eine weite Kurve legte.

Die Erde zog langsam unter ihnen vorbei - natürlich eine Illusion, die aber für die Beobachtung hilfreich war. Jay entdeckte das Schimmern stehenden Wassers nahe der Oberkante eines hochgelegenen Canyons, denselben neuen See, den Pete Otero gestern während seines Aufstiegs bemerkt hatte; das Wasser hatte sich hinter einem natürlichen Damm, den das Gewitter geschaffen hatte, gestaut.

Jay richtete die Karte auf seinem Schoß nach der Beobachtungsstation auf dem Mount Union und dem See hinter dem Staudamm aus, suchte aber auf der Karte vergebens nach einem kleineren See, wo er das stehende Wasser erkannt hatte.

Er markierte die Stelle auf der Karte und nahm die Beobachtung des Geländes wieder auf.

Sie flogen jetzt über den Staudamm und den See, und obwohl ihm selbst nicht klar war, wonach er eigentlich Ausschau hielt, suchte er aufmerksam jeden Hang, jeden Canyon, jeden steilen Felsabbruch ab - und sah nichts, was irgendeine Bedeutung haben könnte.

Der Damm lag jetzt hinter ihnen, und vor ihnen waren die Biegung der *Bend* und dahinter die ausgedehnte Stadt in der Morgensonne zu erkennen. Kate beobachtete sein Gesicht, und Jay wünschte, sie täte es nicht. Aus reiner Verzweiflung wiederholte er noch einmal die kreisende Bewegung seiner Hand, um anzudeuten, daß sie den Staudamm noch einmal überfliegen sollten. Sofort folgte Kate seiner Anweisung, der Flügel senkte sich, und sie gingen wieder in die Kurve.

In der frühen Morgenstunde fiel die Sonne schräg ein und erzeugte lange Schatten und seltsame, fast surrealistisch wirkende Effekte. Der gebogene Staudamm schien sich über den Rand der Schlucht hinweg fortzusetzen, als ob Sam Martin bei seinem Bauentwurf vergessen hätte, einen Schlußpunkt zu setzen; eine optische Täuschung, weiter nichts. Und auf der gegenüberliegenden Seite der Schlucht gab es eine entsprechende Linie, ebenfalls eine reine Illusion.

Oder war es keine optische Täuschung?

Kate schaute ihn erwartungsvoll an und sagte mit durch die Maske gedämpfter Stimme: »Haben Sie etwas gesehen?«

Jay schüttelte stumm den Kopf. Er sah auf die Karte. Es gab keinen Anhaltspunkt, der für diese Illusion gesprochen hätte oder den Schatten hätte erklären können, der in einer fast geraden Linie verlief. Er blickte auf seine Armbanduhr und überprüfte die Zeit: 8.22 Uhr, Flughöhe: 5000 Meter, dann hielt er die Daten auf der Karte neben dem Staudamm fest.

Kates fragender Blick lag noch immer auf seinem Gesicht.

»Verdammt noch mal«, sagte Jay, »ich weiß nicht.« Es war jetzt nicht die Zeit, halb ausgegorene Theorien auszusprechen. »Ich will noch darüber nachdenken.« Sie befanden sich jetzt über dem Staudamm. »Machen wir noch einen letzten Anflug von stromabwärts her.«

Nach Jays Uhr dauerte es sieben Minuten, bis sie gewendet, zurückgeflogen und wieder einen Anflug auf den Staudamm begonnen hatten. Das Schattenspiel war vorbei.

»Okay«, sagte Jay, »das wär's. Wir können jetzt zusammenpacken. Ich habe alles gesehen, was es zu sehen gibt.« Falls ich überhaupt etwas gesehen habe, dachte er mit wachsender Verärgerung.

Sie landeten auf dem städtischen Flugplatz und rollten zum Hangar, wo die kleine, rote Maschine untergestellt war. Schweigend stiegen sie aus, Jay mit seiner Karte in der Hand. Sie hat mich wenigstens nicht mit Fragen bestürmt. Aber dabei sollte es nicht bleiben.

Kate meinte ironisch: »Wenn Sie sich entschlossen haben«, sagte sie, »oder wenn Sie sich ein Bild gemacht haben - ganz gleich, wie es aussehen mag -, dann geben Sie mir vielleicht Bescheid, was für Schlußfolgerungen Sie gezogen haben. Trotzdem vielen Dank, daß Sie noch geblieben und mitgeflogen sind.« Sie schritt zu ihrem Wagen, stieg mit gestrecktem Rücken ein, betätigte den Anlasser und fuhr mit aufheulendem Motor davon.

Jay begab sich langsam zu seinem eigenen Auto. Ein widerborstiges, unberechenbares Frauenzimmer, dachte er bei sich, das daran gewöhnt ist, ihren eigenen Kopf durchzusetzen - meinetwegen, sei's drum.

Er hatte ihr gesagt, daß dieser Flug zu nichts führen würde, und wahrscheinlich war es auch so. Eigentlich hätte er es damit sein Bewenden haben lassen und unverzüglich zum Hotel in Calgary fliegen müssen. Aber da meldete sich wie-

der sein Berufsstolz, und das rätselhafte Verschwinden jener optischen Illusion ließ ihn nicht los; doch er war sich nicht einmal sicher, ob er wußte, worum es sich überhaupt handelte.
Irrtum, redete er sich ein; es waren Haarspaltereien wie bei einem berufsmäßigen Moralisten. Denn er war ziemlich überzeugt, daß er genau wußte, was hinter dieser verschwindenden optischen Täuschung lag. Und erneut überkam ihn das Gefühl, daß die Ereignisse über ihn hinweggingen. Er hatte sich vorgehalten, daß, um mit Jed zu reden, seine Wünschelrute nach Alberta zeigte. Und jetzt, verdammt noch mal, war er plötzlich unsicher geworden und -
Ein Wagen kam mit hoher Geschwindigkeit auf den Parkplatz des Flughafens gefahren, schleuderte in einer engen Kurve Kies in die Luft und kam neben ihm zum Stehen. Sam Martin sprang aus dem Wagen, bevor dieser noch ganz zum Halten gekommen war. Sam war nach der Szene mit Bill Williams noch immer nicht ganz wohl zumute, und jetzt hatte sein Ärger ein neues Opfer gefunden. »Ich sah Kates Flugzeug in der Luft«, sagte er. »Und ich bin ihr gerade begegnet, als sie wegfuhr. Sind Sie mit ihr geflogen?« Ein großer, untersetzter, fast brutal wirkender Mann. »Stimmt's?«
Jay schob die topographische Karte in sein Auto und sagte über die Schulter hinweg: »Warum fragen Sie sie nicht selbst?« Er öffnete die Wagentür.
»Ich frage Sie. Zum Teufel, stehen Sie still und antworten Sie mir!« Sam ergriff Jays Arm dicht über dem Ellbogen, und dann ging alles so schnell, daß Sam nicht sofort merkte, wie ihm geschah.
Jay fuhr wie ein Tänzer herum, schüttelte die Hand ab, erfaßte Sams Handgelenk in der Luft und versetzte Sams Unterarm einen Hieb, der diesen vom Ellbogen bis zu den Fingerspitzen lähmte. Dann sagte er gelassen: »Fassen Sie mich nie wieder an.« Eine Überreaktion, sagte er sich, seine Fru-

stration brauchte ein Ventil. Okay. Er sah keinen Grund, sich zu entschuldigen. »Ist das klar?«

Sam hielt sich den schmerzenden Arm mit der freien Hand. Wut und Verblüffung schienen ihn übermannt zu haben. Er war sprachlos.

»Wenn Sie der Tochter des Chefs nachstellen«, sagte Jay, »dann ist es Ihre Angelegenheit, nicht meine. Aber was ich tue, geht nur mich etwas an. Vergessen Sie das nicht.« Er stieg in seinen Mietwagen, machte die Tür zu, ließ den Motor an und fuhr gemächlich davon. Sam hielt sich noch immer den schmerzenden Arm und sah ihm nach.

Jay fuhr auf derselben Straße zurück, auf der er heute früh hergekommen war, vorbei an der *Bend* mit ihren schönen, villenartigen Häusern, und gelangte auf der gleichmäßigen Steigung schließlich nach Harper's Park Valley; hier hielt er am Straßenrand und betrachtete prüfend den Staudamm mit den beiden Felswänden.

Er konnte nichts erkennen, was geeignet gewesen wäre, die aus der Luft beobachtete optische Täuschung zu erklären. Aber ich weiß trotzdem, worum es sich handelt, sagte er sich, und ich brauche jetzt nichts weiter als eine Bestätigung meiner Vermutung.

Aber der Zwischenfall mit Sam Martin war wirklich zu ärgerlich. Er bewies ihm nur, wie leicht er sich aus dem Gleichgewicht bringen lassen konnte.

Okay, so sah also die Lage aus. Nur noch einen einzigen Schritt, dachte er beim Weiterfahren, und ich verabschiede mich, um in meine eigene Welt zurückzukehren.

Er fuhr zum Motel und ließ sich zum viertenmal von dem Mann am Empfang mit der Nummer in Alberta verbinden. Cooley war gleich am Apparat, hörte ihm nach der ersten, geräuschvollen Begrüßung schweigend zu. Dann: »Ach du lieber Himmel, Junge! Was ist eigentlich in dich gefahren? Willst du dort oben Wurzeln schlagen?«

»Ich brauche Hilfe, Cooley, und du bist der beste Gesteinsfachmann, den ich kenne.«

»Mit Schmeicheleien erreichst du bei mir gar nichts. Wir sitzen hier auf einem Meer von Öl, oder ich bin völlig verrückt geworden. Ich verstehe von Staudämmen überhaupt nichts, und ich will auch von Staudämmen nichts verstehen. Ich will nichts weiter als -«

»Vielleicht hast du mich nicht richtig gehört, Cooley. Ich brauche Hilfe.«

Längeres Schweigen trat ein. Schließlich sagte Cooley: »Okay, ich bin dir noch etwas schuldig. Aber dies ist wirklich der blödeste Zeitpunkt, mich daran zu erinnern. Komm erst her und dann -« Er brach plötzlich ab. »Okay, okay. Ich komm runter. Du sagst, es gibt dort einen Flugplatz?«

»Und ein hübsches Mädchen, das dich morgen früh zu einem Erkundungsflug herumfliegen wird.« Jay mußte plötzlich lächeln. »Du kannst direkt neben ihr sitzen und so weiter.«

»Um Gottes willen, jetzt hast du dich wohl auch noch verknallt, oder? Okay, ich geb dir Bescheid, wann ich dort bin. Heute noch, irgendwann.«

Noch ein weiterer Anruf, diesmal bei den Williams. Kates Stimme klang kühl.

»Können wir morgen früh noch einmal fliegen?« fragte Jay. »Ich meine, zu dritt.«

»Darf ich wissen, mit wem und warum?«

»Mit dem besten Gesteinsspezialisten, den ich kenne. Ich möchte, daß er selbst sieht, was ich heute früh gesehen habe, falls es wirklich existiert.«

In der Leitung trat eine längere Stille ein. Schließlich sagte Kate: »Auf dem Flugplatz. Selbe Uhrzeit.« Sie legte auf.

11

In das große, klimatisierte Arbeitszimmer mit seinen getäfelten Wänden über der Pine Street drangen die Geräusche des New Yorker Verkehrs gedämpft herauf.
Nur gelegentlich war der durchdringende Ton eines Martinshorns wie aus einer anderen Welt zu hören.
In der Sprechanlage auf seinem Schreibtisch summte es, und die Stimme seiner Sekretärin sagte: »Mrs. Brooks Thompson ist am Apparat, Mr. Willoughby.«
»Vielen Dank.« Spencer Willoughby nahm lächelnd den Hörer ab. »Hallo, Liebling. Machst du die Wüste zu einem blühenden Rosengarten?«
»Wir versuchen es, Daddy, aber ich fürchte, wir haben die Welt noch nicht in Brand gesetzt.«
»Hat auch etwas Gutes. Gerade diese Redewendung besitzt heutzutage einen drohenden Beigeschmack. Wolltest du mich nur einmal anrufen, oder kann ich etwas für dich tun?«
Er hatte immer in ihren Gedanken lesen können, dachte Mary bei sich. Auch jetzt, zweitausend Meilen entfernt, hatte er sofort erfaßt, daß sie in eine Klemme geraten war.
»Was tust du, Daddy, wenn du - betrogen worden bist?«
Willoughby betrachtete die gegenüberliegende Wand und das dort hängende Bild von Eric Sloane, das er so liebte. Das Bild hatte etwas Unmittelbares an sich - es war ehrlich und schön zugleich. Man konnte sich der Betrachtung rückhaltlos hingeben und neue Kräfte schöpfen. »Das ist eine schwierige Frage, Liebling«, sagte er. »Aber du hast mir ja immer schwierige Fragen gestellt.«
»Und du hast sie mir immer beantwortet.«

Willoughby lächelte liebevoll. Warmherzige Worte, dachte er. »Ich würde sagen, du hast die Wahl. Du kannst entweder lachen und dich geschlagen geben und dabei hoffen, daß du für die Zukunft etwas dazugelernt hast. Du kannst versuchen, das Glück zu wenden und deinen Verlust wieder wettzumachen. Oder du kannst rein menschlich reagieren und zurückschlagen, wo es geht. Letzterer Weg bringt dir zwar nicht viel ein, aber er bietet dir eine innere Genugtuung. Und das ist es manchmal wert, weil man seinen Seelenfrieden wiederfindet.«

»Es geht um Brooks, Daddy. Ich mache mir Sorgen um ihn.«

»Ich nehme an, er ist im Augenblick nicht da?«

»Nein. Ich bin zu Hause. Er ist in der Baumschule. Ich habe heute früh ganz die Frau gespielt und so getan, als hätte ich Kopfschmerzen.«

Willoughby hielt den Blick noch immer auf das Gemälde gerichtet. »Willst du mir nicht alles erzählen?« Er hörte schweigend und mit ausdruckslosem Gesicht zu, und als Mary geendet hatte, sagte er: »Ja, ich verstehe, warum ihr aufgebracht seid, du und Brooks.«

»Es ist unsere Schuld. Das kann ich nicht leugnen.«

Eins zu null für dich, dachte Willoughby bei sich. Zu diesem Eingeständnis gehörte Mut.

»Das Dumme ist«, fuhr Mary fort, »ich habe mehr Schuld als Brooks. Ich habe ihn angestachelt. Aber er schiebt alles auf sich selbst. Er sei wie ein Rohr im Wind, meint er. Er habe Mister Gentrys Beweggründen von Anfang an mißtraut, sich aber dann von mir umstimmen lassen. Wir hatten den Grund und Boden übrigens von deinem Hochzeitsgeschenk gekauft.«

»Dann habt ihr bereits einen Gewinn erzielt, mein Kind. Mein Scheck war nicht so hoch.«

»Ja, diesen Trost haben wir wenigstens.« In ihrer Stimme lag fast der Anflug eines Lächelns. Er verschwand. »Ich habe mit Mister Gentry gesprochen, kurz bevor ich dich anrief.«

Willoughby sagte ruhig: »Und?«
»Er war nicht sehr - liebenswürdig. Er meinte, wir hätten an der Ostküste bleiben sollen. Ich glaube, er hat recht.«
Ich nicht, dachte sich Willoughby. »Weiß Brooks davon?«
»Nein. Und ich werde es ihm auch nicht sagen. Ich fürchte, er könnte - etwas Übereiltes tun.«
»Gut. Ich finde, du hast dich großartig benommen. Und es tut mir leid, daß ich dir keinen Ausweg vorschlagen kann.«
»Ich fühle mich schon besser, nur weil ich mit dir gesprochen habe.«
»So etwas höre ich gern. Ich will noch eines hinzufügen, mein Kind. Es wird dir zwar nicht viel helfen, kann aber trotzdem ein zusätzlicher Trost sein. Folgendes: W. C. Fields These stimmt nicht. Man *kann* einen ehrlichen Menschen betrügen; das geschieht immer wieder, wie auch in deinem Fall. Viel erfahrenere Leute als du und Brooks haben sich hinters Licht führen lassen.«
»Vielen Dank, Daddy.«
»Es ist verdammt wenig, mein Kind. Tut mir leid.«
Willoughby legte auf und lehnte sich in seinem Sessel zurück. Er blickte noch immer auf den Sloane. Wunderschöne Berge, dachte er, ein herrlicher Himmel, genau die Art von Landschaft, in die Mary und Brooks gezogen waren, und im stillen konnte er ihnen keinen Vorwurf daraus machen. Der Westen mit seinen Mythen und Traditionen war ihm nicht ganz unbekannt.
Gentry kannte er nicht, aber dessen kurze, gegenüber Mary gemachte Bemerkung, sie und Brooks hätten an der Ostküste bleiben sollen, sprach Bände. Der verweichlichte Osten, wollte Gentry damit sagen, im Gegensatz zum Westen, wo Männer noch Männer waren, und so weiter, und so weiter. Gewiß, manchmal war es so, Ivy League und das alles, aber wir verstehen auch harten Football zu spielen, dachte Willoughby bei sich, und er beugte sich vor, um den Knopf an der Sprechanlage zu drücken.

»Ja, Mister Willoughby?«
»Ich möchte mit Mister Thomas Gentry sprechen. Er ist Direktor der First National Bank . . .«
Die Verbindung kam rasch zustande. »Hier Gentry.«
»Hier Spencer Willoughby in New York, Mister Gentry. Ich will gerade einen alten Freund von mir in Los Angeles anrufen. Sein Name ist Henry Warfield. Kennen Sie ihn?«
»Ich bin ihm einmal begegnet.« Aus Gentrys Stimme sprach vorsichtige Zurückhaltung, die für ihn nicht typisch war.
»Er ist Präsident und Hauptaktionär der Holdinggesellschaft, zu der, neben zahlreichen anderen, auch Ihre Bank gehört. Ich sage dies nur, um Ihr Gedächtnis aufzufrischen.«
»Ich weiß, wer er ist. Aber –«
»Ich werde Henry eine kleine unsaubere Geschichte über einen seiner Bankdirektoren erzählen. Sie betrifft die anrüchige Verwendung vertraulicher Nachrichten, die vorsätzliche Benachteiligung eines Kunden der Bank, und es würde mich nicht überraschen, wenn es nicht auch um das eilige Arrangement jener Art von verschleiertem Darlehen ginge, die der Währungskommissar, der ebenfalls ein Freund von mir ist, gerade jetzt bei den Nationalbanken, die er von Amts wegen zu kontrollieren hat, mit erheblichem Mißvergnügen betrachtet. Ich dachte mir nur, Sie würden es gerne wissen. Ich kann mir Henrys Reaktion gut vorstellen. Sie auch?«
»Wer, zum Teufel, sind Sie eigentlich?«
»Ich habe es Ihnen doch gesagt, Mister Gentry. Ich heiße Spencer Willoughby. Mein Büro liegt an der Pine Street in New York City.«
»Ich meine, was geht Sie das überhaupt an?«
»Mrs. Brooks Thompson, Mister Gentry, ist meine Tochter. Wenn Sie sich nach einem neuen Job umsehen und persönliche Referenzen brauchen, würde ich Ihnen nicht raten, sich an sie oder ihren Mann zu wenden, aber Sie sollten sie auch nicht vergessen. Auf Wiedersehen.«

Gentry legte wütend auf und zwang sich, einige Minuten still dazusitzen, um seine Gedanken zu ordnen. Er war sich darüber im klaren, daß er sich entgegen allen vernünftigen Erwägungen zu einer Unbedachtsamkeit hatte hinreißen lassen. Die Vorstellung, daß ihm irgendein Kerl von der Ostküste drohen könnte, war mehr, als er ertragen konnte. Er -

Sein Telefonapparat summte, und er nahm ruckartig den Hörer ab. »Ja?«

»Mister George Harrison ist hier, um mit Ihnen zu sprechen, Mister Gentry.«

»Ich habe im Augenblick keine Zeit. Und er hat auch keinen Termin, nicht wahr? Verdammt noch mal, er kann doch nicht einfach hier hereinspazieren! - Warten Sie - Sagen Sie ihm, nein, bitten Sie ihn, ein paar Minuten zu warten, klar? Ich bin gleich soweit.«

Er legte auf und dachte vernünftig nach. Irgend jemand wollte ihn bluffen. So war es. Ein Anruf aus New York, und irgendein Mensch mit Harvard-Akzent behauptete, er kenne Henry Warfield und werde mit diesem sprechen - das bedeutete an sich noch gar nichts. Gentry hatte schon an vielen Pokertischen gesessen. Er hatte ein besseres Gefühl, als er sein privates Telefonverzeichnis herausnahm und den Direktanschluß seines guten Freundes in der Zentrale der Holdinggesellschaft in Los Angeles nachschlug. Er wählte die Nummer mit ruhiger Hand.

»Joe? Tom Gentry hier. Wie geht's dir?«

»Kann nicht klagen. Was ist los?«

»Ich bekam gerade einen Telefonanruf aus New York. Ein gewisser Spencer Willoughby. Du kennst doch die New Yorker Szene. Sagt dir der Name irgend etwas?«

Kurze Pause. Als Joes Stimme wieder zu hören war, klang sie beinahe ehrfürchtig. »Großer Gott, Tom!« sagte Joe. »Du spielst anscheinend in der Ersten Liga mit. Spencer Willoughby? Ich kenne ihn zwar nicht persönlich, habe aber, weiß Gott, eine Menge von ihm gehört.«

»Mach keine Witze.«
»Okay, ich mache Witze. Du hast sicher von der Chase-City Bank gehört, Nummer Zwei in der Welt und weiter auf dem Vormarsch? Schön, Spencer Willoughby ist ihr Justitiar, unter anderem. Er sitzt mit im Vorstand und außerdem noch in einem halben Dutzend anderer kleiner Aufsichtsräte wie General Motors und der American Telephone and Telegraph Company und IBM, und er spielt oft Golf unten in Augusta mit J. Paul Austin von Coca-Cola - lauter Kleinkram, wie du siehst. Schau im ›Who's Who‹ nach, wenn du mir nicht glaubst.«
»Willst du mich auf den Arm nehmen, Joe?«
»Ich sage dir, wie es ist, Tom. Warum?«
»Spielt keine Rolle. Vielen Dank.« Gentry legte auf.
Für fünfzig lausige Acres Gebirgsgelände, dachte er, und den Gewinn, den er eventuell aus zweiundzwanzigtausendfünfhundert kümmerlichen Dollars herausschlagen könnte, war er in diese Klemme geraten. Verdammt!
Und George Harrison wartete draußen wahrscheinlich mit irgendwelchen belanglosen Bagatellen. Andererseits konnte er, Tom Gentry, es sich nicht leisten, sich Leute zu Feinden zu machen. Wahrscheinlich würde er noch jeden Freund bitter nötig haben.
Er nahm den Hörer ab und drückte auf den Knopf. »Bitten Sie George Harrison herein«, sagte er und hoffte, als er vom Schreibtisch aufstand, daß er so aussehe, als sei überhaupt nichts Beunruhigendes geschehen.

Als er später daran zurückdachte, fand der dickliche, rotgesichtige George Harrison, daß über seinem ganzen Gespräch mit Tom Gentry an jenem Vormittag ein seltsamer Hauch von Unwirklichkeit gelegen habe. Es war zwar nicht so, als ob er den Löwenkäfig betreten und statt dessen ein Kätzchen mit Samtpfötchen angetroffen hätte, aber irgendwie herrschte eine Atmosphäre von Heuchelei und Verstellung.

George gehörte zum Direktorium der Bank - eine Stellung, die er von seinem Vater ererbt hatte; dieser hatte einen Teil des Gründungskapitals der Bank zur Verfügung gestellt. Georges Foto hing in Toms Büro neben den Fotos der anderen Direktoren an der Wand, und diese Tatsache hatte ihn zwar bisher immer mit einem gewissen Stolz erfüllt, aber jetzt wünschte George merkwürdigerweise fast, das Bild hinge dort nicht. Er hätte nicht erklären können, warum.

»Der langen Geschichte kurzer Sinn ist der«, sagte er, ein wenig peinlich berührt, »daß Bill Williams mich übers Ohr gehauen hat. Mein Stolz ist verletzt. Ich gebe es zu. Aber ich mache mir außerdem Sorgen über die prinzipielle Seite der Angelegenheit.«

Gentry, dessen Gedanken noch in eine ganz andere Richtung gingen, sagte: »Ich glaube, ich kann dir nicht ganz folgen, George.« Du lieber Gott, dachte er bei sich, ich muß hier herumsitzen und mir dieses Moralgeschwätz anhören, während dieser Schuft, dieser Willoughby, wahrscheinlich Nägel in meinen Sarg hämmert, indem er mit Warfield in Los Angeles telefoniert.

Gentry hatte Warfield bei verschiedenen Gelegenheiten nur kurz gesehen, aber er kannte seinen Ruf. Zum Teufel noch mal, Warfield ahmte Herbert Hoover sogar in der Kleidung nach und stand in dem Ruf, dieselben altmodischen Moralgrundsätze zu haben. Er - »Was sagst du da, George?« fragte er. »Ich war leider nicht ganz bei der Sache.« Er rang sich ein Lächeln ab und fügte hinzu: »Eine Alterserscheinung, zweifellos.«

»Vielleicht bist du überarbeitet«, sagte George. »Was ich gesagt habe, war folgendes: Ich bin empört, wenn jemand wie Bill Williams bestimmte vertrauliche Informationen zu seinem persönlichen Vorteil ausnutzt. Geht es dir nicht ebenso?«

Gentrys Pokergesicht zeigte keine Regung. »Eigentlich«, meinte er, »muß ich dir recht geben - ja, wirklich.«

»Williams wird für den Bauauftrag ein Angebot vorlegen«, sagte George, »und damit bestimmt durchkommen. Wie ich erfahren habe, ist seine Baufirma die einzige im Staat, die in der Lage wäre, den Auftrag auszuführen. Und aus politischen und sonstigen Gründen werden die Behörden den Auftrag nur ungern an ein auswärtiges Unternehmen vergeben.«

»Das stimmt wahrscheinlich, George.«

»In derartigen Fällen ist ein Baudarlehen üblich, nicht wahr?«

»Allerdings.«

»Und die Gewährung einer Leistungsprämie?«

»Ebenfalls richtig.«

»Wird man diese Bank um finanzielle - Rückendeckung ersuchen, vielleicht um das Baudarlehen?«

»Das nehme ich an, George.«

»Was wäre nötig, um unsere Ablehnung zu gewährleisten?«

An diesem Punkt reagierte Gentry eigenartig, fand George. Er hatte von Gentry nicht erwartet, daß dieser ebenso rundweg sich gegen seinen Vorschlag stellen würde, wie es Walt Duggan mit dem Mund voll Steak getan hatte. Aber er hatte von Tom Gentry ebensowenig eine so freundliche, beinahe positive Antwort erwartet.

Gentrys graue Augen weiteten sich ein wenig, was George zum erstenmal an ihm bemerkte. Und Gentry schien intensiv über etwas nachzudenken, was George nicht einmal erahnen konnte, und ließ sich Zeit, als ob er verschiedene Faktoren gegeneinander abwägte. Merkwürdig.

Schließlich sagte Gentry: »Dazu wäre lediglich ein Mehrheitsbeschluß der Direktoren erforderlich. Du besitzt einen erheblichen Einfluß, vielleicht einen größeren, als du weißt. Und wenn du entschlossen bist -«

»Das bin ich.«

»Dann könnte es zu einem Kopf-an-Kopf-Rennen kommen.«

Und wenn ich Warfield zeigen könnte, wie knapp das Abstimmungsergebnis war, dachte Gentry, und ihn überzeugen könnte, daß ich tatsächlich versucht habe, den Thompsons aus ihrem finanziellen Dilemma zu helfen, indem ich ihr Land kaufte, statt es ihnen mit unlauteren Mitteln abzunehmen, könnte alles noch zu einem guten Ende kommen.

Natürlich, dachte sich Gentry, kann es auch dazu kommen, daß dieses gottverdammte Bauvorhaben ins Wasser fällt, weil Bill Williams sein Baudarlehen nicht erhält; dann würde er, Tom Gentry, auf fünfzig Acres Land sitzenbleiben, die für ihn so überflüssig sein würden wie ein Kropf, und außerdem hätte er ein Darlehen von zweiundzwanzigtausendfünfhundert Dollar abzuzahlen. Aber sogar das wäre noch besser als vor die Hunde zu gehen, nur weil der Vater dieser Thompson zufällig ein großes Tier in New York ist, der sein liebes Kind vor den Tücken dieser schlechten Welt bewahren will.

»Darlehen«, sagte George, »werden normalerweise nicht vom Direktorium entschieden, Tom.«

Das war richtig, aber Gentry hatte sofort eine Erklärung parat. »In einer Angelegenheit von solcher Bedeutung, George«, sagte er, »wo es um viel Geld geht, kann ich entscheiden, ob der Darlehensantrag routinemäßig behandelt oder, wie eine grundsätzliche Frage, vom Direktorium entschieden werden muß.«

»Und du würdest diesen Fall dem Direktorium zur Entscheidung vorlegen?«

»Unter den gegebenen Umständen würde ich dies wahrscheinlich tun.«

»Ich weiß dies zu schätzen, Tom«, sagte George.

Gentry lächelte etwas mühsam, denn gewöhnlich blieb sein Gesicht ausdruckslos. »Ich werde im besten Interesse von uns allen handeln«, sagte er.

Merkwürdig.

Bill Williams kam zum Mittagessen nach Hause, was er in diesen Tagen selten tat. In den Jahren vor Marthas Tod hatte er es sich - außer wenn seine Anwesenheit in der Stadt wegen eines Bauvorhabens oder einer wichtigen Geschäftsbesprechung dringend benötigt wurde - zur Gewohnheit gemacht, mittags nach Hause zu fahren, um vor dem Lunch mit Martha einen Drink zu sich zu nehmen und in geselliger Atmosphäre über die Geschehnisse des Vormittags zu plaudern; dies bewies erneut, wie sehr er sich auf sie eingestellt hatte, eine Tatsache, die ihm erst dann bewußt wurde, als sie nicht mehr da war. Er spürte auch heute das Bedürfnis nach menschlicher Nähe und hoffte, Kate würde zu Hause sein. Sie war es.

Sie saßen auf der Veranda und blickten, den Drink in der Hand, auf die Berge hinaus, während das Hausmädchen stumm den Tisch für zwei Personen deckte. »Ich habe heute morgen dein Flugzeug in der Luft gesehen, Kind«, sagte Williams. »War der junge Harper bei dir?«

»Ja. Er hat etwas gesehen, aber ich weiß nicht, was es war, und er meint, er sei sich auch nicht ganz sicher. Ich weiß nicht, ob ich ihm glauben soll oder nicht. Wir werden morgen noch einmal fliegen und einen Mann mitnehmen, den er ›den besten Gesteinsexperten, den ich kenne‹ nannte - was immer das heißen mag.«

»Ein Geologe.« Williams dachte einen Augenblick nach. »Ich möchte gern wissen, was sie sich denken. Sag das dem Harper, hörst du?«

Kate beobachtete das Gesicht ihres Vaters. »Du machst dir Sorgen.«

»Eigentlich nicht.« Williams lächelte wie am Pokertisch. »Ich habe immer zu denjenigen gehört, die gleichzeitig Hosenträger und Gürtel tragen. Das weißt du doch.«

Kate wußte nichts dergleichen, eher das krasse Gegenteil. Ihr Vater hatte sich häufig sehr abfällig über die Übervorsichtigen geäußert. Aber darauf kam es jetzt nicht an. Von ihrer Mutter hatte Kate gelernt, daß es nicht genügte, ei-

nem Mann auf die Schliche zu kommen, um ihm Vorhaltungen zu machen. Sie schwieg einige Augenblicke und blickte hinaus auf die Schlucht, wo der Fluß aus dem Gebirge heraustrat. Sie fröstelte plötzlich. »Was würde passieren, falls der Damm tatsächlich bricht?« Sie wandte sich um und beobachtete, wie ihr Vater auf diese Frage reagierte.
Sein Pokerlächeln veränderte sich nicht. »Aber ich bitte dich, Kind, an so etwas denken wir nicht einmal. Was uns jetzt beschäftigt, ist die Frage, ob wir die Erweiterungspläne für den Staudamm ausführen sollen oder nicht. Wenn wir weitermachen - und ich glaube, wir werden es tun -, werden wir langsam und bedächtig zu Werke gehen und absolut sicherstellen, daß alles in Ordnung ist. Darüber brauchst du dir keine Sorgen zu machen.«
»Bei der Abfahrt vom Flughafen«, sagte Kate, »suchte ich die Bibliothek auf und nahm mir ein Buch mit über die Flutkatastrophe von Johnstown. Damals brach der Staudamm auseinander.« Sie blickte wieder hinaus auf den Canyon, den der Fluß gegraben hatte. »Jay Harper sagte, hier würde ein solches Unglück noch viel schlimmere Folgen haben, weil die gesamte Stadt flußabwärts liegt.«
»Gott im Himmel, Kind, er wollte sich nur aufspielen, das ist alles.« - »Glaubst du das wirklich?«
»Meinst du etwa, ich würde überhaupt an eine Fortsetzung dieser Planung denken, wenn ich anderer Ansicht wäre? Und da ist noch etwas anderes, Kind. Eine Panikstimmung auszulösen, ist das leichteste von der Welt. Auf diese Weise entstehen Runs auf die Banken und Börsen, und Menschen werden in vollbesetzten Theatern zu Tode getrampelt, wenn sich irgendwo etwas Rauch zeigt, der nichts zu bedeuten braucht.«
»Ich habe noch nie daran gedacht«, sagte Kate, fast als hätte Williams gar nicht gesprochen, »aber mit jener Schutzmauer sind wir hier in der *Bend* ziemlich sicher -«
»Wahrscheinlich.«
»Aber die Menschen unten in der Stadt -«

»Kind, du träumst dir etwas zurecht, wie damals, als du noch ein kleines Mädchen warst und Alpträume hattest - weißt du noch? Der Himmel mochte wissen, warum dies so war. Vielleicht tun es alle Kinder.«
Kate sah ihn aufmerksam an. Manchmal glaubte sie, ihn gut zu kennen, und dann gab es wieder Zeiten, so wie jetzt, wo sie das Gefühl hatte, ihn eigentlich überhaupt nicht zu kennen. »Hast du jemals Alpträume gehabt, Daddy?«
Williams schaute hinaus auf die Berge und lächelte in Erinnerung an alte Zeiten. »Nur einmal«, sagte er. »Ich träumte, ich wäre nicht in der Lage, dich und deine Mutter zu unterhalten. Dieser Traum kam lange Zeit immer wieder vor.« Er blickte auf, als sich das Hausmädchen auf leisen Sohlen näherte. »Alles angerichtet, Carmen? Okay. Dann wollen wir essen, Kind, und von erfreulicheren Dingen reden. Zum Beispiel«, fügte er hinzu, als sie sich hinsetzten, »daß ich heute früh einen Brief von Bud Wilks bekommen habe. Du erinnerst dich an Bud? Er lebt jetzt in Honolulu und meint, ich sollte einmal hinüberkommen und ein paar Wochen bei ihm bleiben. Möchtest du mitkommen?«
Kate ging bereitwillig auf den Themawechsel ein. »Du und Mutter«, sagte sie, »ihr habt häufig eine Urlaubsreise unternommen. Auch lange Reisen. Zwei, drei Monate in Europa, so etwas, aber eigentlich wolltest du gar nicht wegfahren, und ich bin mir nicht ganz sicher, ob es Mutter wollte.«
Williams betrachtete seine vollbeladene Gabel und legte sie dann unberührt wieder hin. »Ich habe dich gestern abend beobachtet«, sagte er, »als Harper über die Gebiete sprach, wo er schon gewesen ist - Norwegen, den Nahen Osten, Indonesien -«
»Ich gehöre nicht zu denen, die im Leben zu kurz gekommen sind, Daddy.«
»Du bist hier angebunden.«
»Hier bin ich zu Hause, und ich habe mich freiwillig hier anbinden lassen.«
»Mit Rücksicht auf mich.«

»Manche Menschen«, sagte Kate, »haben nicht einmal ein Zuhause. Zum Beispiel Jay Harper. Er hat so etwas angedeutet, als er zum Abendessen herkam. Du siehst also« - sie lächelte strahlend -, »ich bin ein Glückspilz, Daddy, und bleibe genau da, wo ich am liebsten sein möchte.«
»Du brauchst einen Mann.«
»Männliche Überheblichkeit.«
»Sam Martin möchte dich heiraten.«
»Ich weiß.«
»Das wäre gar nicht so schlecht.«
»Klingt aber wenig überzeugend.«
»Okay, verdammt noch mal«, sagte Williams und lächelte. »Auch bei deiner Mutter habe ich mich nie durchsetzen können. Aber wir reden wenigstens nicht mehr über diesen - Staudamm.«
»Aber wir denken beide daran, nicht wahr? Wir kommen von dem Damm nicht mehr los.«
Das Essen, obwohl es von seiner Köchin hervorragend auf mexikanische Art gewürzt war, verlor plötzlich jeden Reiz. Williams nahm einen kleinen Schluck Eiswasser. Eiswasser, um Himmels willen! Dieser gottverdammte Jim Stark hatte ihm sogar verboten, zum Mittagessen ein Glas Bier zu trinken; nur ein einziger Drink vor dem Lunch, mehr nicht. Immer wieder wurde er daran erinnert, daß er nicht mehr der Mann war, der er einmal gewesen war. »Was sollte ich deiner Ansicht nach tun, Kind, das ganze Projekt fallenlassen? Nach all der Zeit und der Arbeit und, ja, dem vielen Geld, das wir schon hineingesteckt haben?«
Kate sah ihn schweigend an.
»Sam hat heute früh den Nagel auf den Kopf getroffen«, sagte Williams. »Nur weil irgendein Kerl auftaucht und mit Taucherausrüstung im Stausee herumschwimmt und *glaubt,* er habe etwas gesehen, bekommen wir plötzlich Zweifel an den technischen Vorbereitungen, die wir getroffen haben. Aber ergibt dies irgendeinen Sinn? Weiß Gott nicht.«

»Aber du möchtest trotzdem gern wissen, was sich Jay Harper und sein Geologe denken, wenn sie morgen vormittag mit mir geflogen sind?«
Williams nahm wieder das Glas mit Eiswasser in die Hand und setzte es, ohne zu trinken, wieder hin. Er nickte langsam. »Ich wäre ein Narr, wenn ich mich nicht dafür interessierte, Kind«, sagte er in ruhigerem Tonfall. »Ich bin vielleicht schon jenseits von Gut und Böse, aber so senil bin ich, glaube ich, noch lange nicht.«
»Du und auf dem absteigenden Ast?« Kate schüttelte lächelnd den Kopf und versuchte zu verbergen, wie schmerzlich ihr der bloße Gedanke war. »Red doch keinen Unsinn. Iß deinen Lunch. Es tut mir leid. Wir wollten uns über angenehmere Dinge unterhalten.«
Williams aß gehorsam, bedächtig und ohne zu schmecken, was er zu sich nahm. Er schwieg nachdenklich, konnte aber die Gedanken, die ihn ständig bewegten, nicht loswerden. Wieder legte er die Gabel nieder, diesmal jedoch entschlossen und endgültig. War er deshalb heute zum Mittagessen nach Hause gekommen und hatte gehofft, Kate sei da? Die Gedanken spielten einem manchmal merkwürdige Streiche. Langsam sagte er: »Manche Dinge verschwinden nicht einfach deshalb, weil man sie ignoriert, Kind. Wenn ich dies nicht schon selbst erfahren hätte, hätte ich es von deiner Mutter gelernt, und wahrscheinlich war sie es letzten Endes, die mir die Augen geöffnet hat. Was wirst du tun, wenn ich nicht mehr da bin?«
»Daddy!«
»Schieb diesen Gedanken nicht einfach beiseite«, sagte Williams. »Ich lebe nicht ewig. Und ich werde schon irgendwie dafür sorgen, daß ich nicht wie einige, die ich kenne, als menschliches Wrack herumhänge. Worüber ich mir Gedanken mache, ist: Was wirst du dann tun?«
»Dich vermissen. Genauso, wie ich Mutter vermisse. Aber laß uns jetzt nicht über solche Dinge sprechen.«
Williams schüttelte den Kopf. »Wenn wir vernünftig sind,

müssen wir früher oder später sowieso darüber reden, ob wir wollen oder nicht. Ich will die Sache nicht aufbauschen, denn das verdient sie nicht, aber in einem Punkt pflichte ich Jim Stark, diesem verdammten alten Weib, bei. Wenn man merkt, daß man ein Herz hat, wo man früher nicht einen einzigen Gedanken daran verschwendet hat - dann muß man sich, wohl oder übel, darüber klar sein, daß man nicht ewig leben wird, und man fängt an, sich Gedanken über Dinge zu machen, die man bisher immer nur vor sich her geschoben hat, weil man glaubte, noch viel Zeit zu haben. Verstehst du, was ich damit sagen will?«

Kate war plötzlich den Tränen nahe. Sie nickte schweigend.

»Okay«, sagte Williams. Er nahm zum drittenmal das Glas mit dem Eiswasser in die Hand, betrachtete es wütend und setzte es geräuschvoll wieder hin. Seine Stimme blieb sanft und liebevoll. »Es geht natürlich in erster Linie um dich. Ich finde, das bedarf keiner weiteren Erklärung. Ich möchte noch erleben, daß du heiratest.« Er hob rasch die Hand. »Laß mich ausreden. Ich möchte erleben, daß du verheiratet bist - und zwar glücklich. Sonst lieber nicht. Das ist die Hauptsache. Okay?«

Wieder konnte Kate nur nicken.

»Und jetzt, dieses Haus«, sagte Williams. »Du nennst es dein Zuhause. Das ist großartig. Aber es war *unser* Zuhause, meines und das deiner Mutter. Wir haben es geplant und gebaut und so oft verändert, bis es so war, wie *wir* es wollten, und es wäre mir gar nicht recht, wenn du dich bis an das Ende deiner Tage an dieses Haus gebunden fühlen solltest, obwohl du lieber woanders leben würdest. Wenn du hierbleiben willst - schön. Wenn nicht, trenn dich von ihm. Falls wir irgendwo sind, wo wir davon erfahren können, werden wir dich verstehen.«

Sie war jetzt ihrer Tränen Herr geworden und konnte sich auf ihre Stimme verlassen. »Ich werde daran denken. Das verspreche ich.«

»Gut. Und jetzt - ich bin mir im Zweifel über die Firma. Sie wird dein Eigentum sein, aber wer wird sie führen? Sam nicht. Sam ist Ingenieur, und Ingenieure denken mit ihren Rechenschiebern oder, wie es heute üblich ist, mit ihren Taschenrechnern. Man muß Sam sagen, was er zu tun hat; dann ist er großartig, aber zunächst muß ihm jemand einen Auftrag geben. Schön, hierzu wird mir schon noch etwas einfallen.« Williams machte plötzlich einen etwas verlegenen Eindruck. »Und jetzt ist da noch etwas anderes - es ist vielleicht das Allerwichtigste.«
»Daddy, bitte, du redest, als ob -«
Williams schüttelte wieder den Kopf und unterbrach ihren Protest. »Ich habe viel darüber nachgedacht, Kind«, sagte er, »und ich habe es dir immer schon sagen wollen, statt es nur niederzuschreiben, damit du es lesen kannst, wenn ich nicht mehr bin. Ich war ein Stümper, wenn es darum ging, meine Gefühle zu Papier zu bringen. Ich habe es nie gekonnt. Deine Mutter wußte das. Wir haben oft gemeinsam über die Briefe gelacht, die ich ihr schrieb, wenn ich auf eine Geschäftsreise gehen mußte, das einzige, was mir einfiel, war, ihr zu schreiben, wie das Wetter war und was ich gegessen hatte. Du läßt mich ausreden, okay?«
Kate war wieder den Tränen nahe. Sie rang sich das Wort »okay« ab und blieb dann wieder stumm sitzen.
»Du wirst nicht das reichste Mädchen im ganzen Westen sein, Kind«, sagte Williams in ernstem Tonfall, »aber du wirst einen ganz schönen Haufen Geld besitzen. Ich habe seit meinen Tagen als Zeitungsjunge alles, was ich konnte, auf die hohe Kante gelegt. Und darüber wollte ich mit dir sprechen. Genieße es! Darauf kommt es an. Gib es mit vollen Händen aus, wenn du willst, obwohl du es vielleicht gar nicht schaffen wirst - aber *genieße* es, laß es sich nicht nur wie einen Käfig voller Mäuse vermehren und für niemanden als für die Bankiers gut sein. Nach dem Tod deiner Mutter erkannte ich zu spät, was für ein verdammter Narr ich gewesen war, weil ich mich immer mehr für die Ver-

mehrung meines Vermögens interessiert hatte als dafür, das zu genießen, was ich bereits besaß. So war es auch mit den Urlaubsreisen, von denen du gesprochen hast. Ich weiß nicht, ob deine Mutter wirklich wegfahren wollte. Ich habe nicht einmal versucht, dies festzustellen, und sie wollte es mir auch nicht sagen. Und jetzt werde ich es nie mehr wissen. Mach bloß nicht denselben Fehler. Der Mann hatte völlig recht, der einmal gesagt hat, er sei reich und er sei arm gewesen, aber das Reichsein habe ihm besser gefallen. Aber nur, wenn man sich dadurch Freuden gönnen kann. Denk daran. Okay?«
Kate nickte, schluckte und rang sich ein schwaches Lächeln ab. Ihre Stimme klang etwas unsicher. »Okay«, sagte sie.

Cooley Parks stieg aus dem Flugzeug; er hatte eine mit Leder abgesetzte, abgenutzte Leinentasche in der Hand. Jay hätte wetten können, daß sich in der Tasche ein Geologenpickel, eine Unterhose, ein Paar abgetragene leichte Stiefel, Toilettengegenstände, ein sauberes Hemd, ein Paar Socken, Cooleys Paß und eine Flasche Whisky befanden. Mit dieser Reisetasche, dem Anzug, den er anhattte, dem Hut und dem Regenmantel über dem Arm war Cooley für jede Weltreise gerüstet.
»Was ist denn hier so geheimnisvoll, Junge?« Cooleys Stimme hallte im Flughafengebäude wider.
»Hoffentlich ist nichts Besonderes daran. Dann werde ich mich entschuldigen, und wir fliegen so schnell wie möglich nach Kanada.«
Cooleys Augen blickten aus einem zerfurchten, sonnengebräunten Gesicht. Sie sahen Jay lange und prüfend an. »Und wenn es nicht so ist?« Seine Stimme klang jetzt ruhiger.
»So weit habe ich nicht vorausgedacht. Hast du schon gegessen?«
Cooley nahm die ausweichende Antwort hin.
»Da ich hier mit gutem Rindfleisch rechnen konnte«, sagte

er, »habe ich noch etwas gewartet.« Er hielt Daumen und Zeigefinger etwa fünf Zentimeter auseinander. »Ein Steak, etwa so, schön gebraten und innen noch rosa? Und dazu einen Drink? Und dazu vielleicht ein gemütliches Gespräch?«

»Einverstanden.« Sie gingen zu Jays Wagen hinaus. »Übrigens vielen Dank, daß du gekommen bist«, sagte Jay.

Cooleys Stimme übertönte dröhnend den Verkehrslärm. »Wegen einer solchen Kleinigkeit? Mein Gott, es sind doch bloß zwölf- oder fünfzehnhundert Meilen, mehr nicht.«

Die Steaks waren groß und saftig und gut. Cooley aß, hörte zu und trank dänisches Bier in großen Mengen. Schließlich sagte er: »Ich habe mich immer gefragt, woher du eigentlich stammst. Jetzt weiß ich es. Dein Urgroßvater, nicht wahr?«

»Kalifornien«, sagte Jay, »von dort stamme ich her. Das weißt du doch.«

»Nein. Los Angeles hat irgendwie nie gepaßt. Zu deiner Familie gehörten hohe Berge wie diese. Aber lassen wir das, Junge, ich soll hier den Wundertäter spielen. Willst du mir jetzt vielleicht einmal sagen, was du heute früh vom Flugzeug aus gesehen haben willst?«

»Ich möchte, daß du es dir selbst ohne vorgefaßte Meinung ansiehst.«

»Du bist kein Amateurgeologe, der noch nicht trocken hinter den Ohren ist. Du weißt verdammt gut, was du von oben gesehen hast.«

»Mag sein, aber ich will deine Meinung hören.«

»Gibt es einen Anhaltspunkt auf dem Meßtischblatt?«

Jay schüttelte den Kopf. »Die üblichen Höhenlinien. Kleinere Differenzen sind natürlich nicht eingezeichnet.«

»Ich habe dir gesagt, daß ich von Staudämmen überhaupt nichts verstehe.«

»Sie stauen Wasser zurück, viel Wasser.«

»Was du nicht sagst!« Cooley trank sein Bier aus, hielt einen Finger hoch und sah zu, wie der Kellner nickte und davon-

eilte. »Und ab und zu«, sagte Cooley, »wird einer an den Nähten undicht. Das ist es, was dir Sorgen macht.«
»Eigentlich«, meinte Jay, »geht mich das Ganze überhaupt nichts an.«
Cooley lächelte belustigt. »Nein? Wenn es so ist, laß mich noch das nächste Bier austrinken, und dann können wir zum Flugplatz fahren und uns nach Verbindungen nach Calgary erkundigen.«
»Verdammt noch mal, das habe ich damit nicht gemeint.«
»Das merke ich. Das Land deines Urgroßvaters hat dich vereinnahmt. Und das Mädchen wahrscheinlich auch. Ist sie hübsch?«
»Jetzt hör mal -«
»Oder ist sie etwa reich? Es kommt immer auf das eine oder das andere an. Aber vergiß nie, daß in den meisten Fällen Geld dauerhafter als Schönheit ist.«

Es war noch hell genug, um die Landschaft erkennen zu können, als sie aus der Stadt hinausfuhren, die *Bend* umrundeten und am Fluß entlang in den Canyon kamen, der zu Harper's Park hinaufführte. Cooley saß schweigend und gelöst auf dem Beifahrersitz. Er ließ die Augen automatisch, fast wie ein Metronom, von einer Seite zur andern wandern und betrachtete aufmerksam die Felsformationen, den Flußlauf, die Steilhänge und die gelegentlich auftretenden grünen Wiesenflächen mit ihren verstreut daraufstehenden Häusern. »Eine nette, junge Landschaft«, sagte er. »Als sich diese Berge vor gar nicht so langer Zeit auffalteten, muß hier allerhand los gewesen sein, falls es damals schon jemand gegeben hat, der dabei zugesehen hat.«
Jay sagte nichts. Cooley war kein Mann, der nichtssagende Reden führte.
»Eruptives und metamorphes Gestein«, sagte Cooley. »Kein Sedimentgestein in dieser Gegend.«
»Dazu habe ich es mir noch nicht genau genug angesehen«, sagte Jay.

»Ich habe eine geologische Karte von diesem Gebiet mitgenommen und im Flugzeug einen Blick darauf geworfen.«
Was bedeutete, dachte Jay, daß Cooley bereits eine klare Vorstellung von den geologischen Strukturen besaß und morgen im Flugzeug genau wissen würde, was er vor sich sah und vielleicht sogar, was er suchte. Lange bevor es Computer gab, existierten Gehirne wie das von Cooley, die aufnehmen und speichern konnten und jederzeit unglaubliche Mengen kleinster Daten auf Abruf bereithielten, die sich dann zu einem geologischen Lagebild zusammensetzen ließen.
Ich mache es mit Instrumenten, Maschinen und Mathematik, dachte Jay, er handelt intuitiv, und wenn meine Methode präziser ist, so ist die seinige bei weitem schneller und umfassender. Wir ergänzen uns gegenseitig.
Sie fuhren durch die letzte Biegung der Bergstraße und gelangten zu dem Staudamm, der die Schlucht abschloß und hoch über dem Flußbett und der Generatorenanlage aufragte.
Cooley pfiff leise vor sich hin. »Ich kann nur sagen, mein Junge, daß ich, wenn dieses Ding hier zu Bruch geht, lieber oberhalb als unterhalb sein möchte. Wie tief ist das Wasser, hast du gesagt?«
»Etwa vierundzwanzig Meter, sieben Meter unter dem Normalstand.«
»Und das Gefälle des Wassers oberhalb des Stausees?«
»Stellenweise kommt es fast senkrecht herunter«, sagte Jay. »Weiter stromaufwärts gibt es einige Wasserfälle und hoch gelegene steile Täler und Schluchten, die dann plötzlich senkrecht abbrechen.«
»Ich muß mich berichtigen«, sagte Cooley. »Wenn dieser Damm zu Bruch geht, möchte ich nicht oberhalb von ihm sein - ich möchte noch viel lieber fünfzehnhundert Meilen entfernt in Kanada sitzen.«
»Warte, bis du morgen alles aus der Luft gesehen hast.«

12

Wieder eimal saß Bill Williams, ein Glas Bourbon in der Hand, auf der Terrasse des Gouverneurs. Der Mondschein ließ die nahe gelegenen Berge geisterhaft und unwirklich erscheinen. Leise Musik, die Williams »schöngeistig« zu nennen pflegte, war, nicht unangenehm, aus dem Hintergrund zu hören.

»Es ist nicht deine Art, mit deinen Ansichten hinter dem Berg zu halten, Bill«, sagte der Gouverneur. »Du hast immer gesagt, was du dir dachtest, und hast aus deinem Herzen nie eine Mördergrube gemacht. Jetzt gehst du wie die Katze um den heißen Brei und redest wie diese Leisetreter in der Politik, mit denen ich jeden Tag zu tun habe. Du hast etwas von deiner Begeisterung für das Erweiterungsprojekt beim Staudamm verloren. Warum?«

»Das habe ich nicht gesagt.« Aber jener ihm eigene Kern von Aufrichtigkeit war nicht zu überhören. »Nicht genau so.«

Der Gouverneur seufzte. Er schätzte Bill Williams sehr, und ihre langjährige Freundschaft dämpfte seine Ungeduld. »Also gut«, sagte er, »gehen wir davon aus, daß du es nicht genau mit diesen Worten ausgesprochen hast, aber warum denkst du so? Nenn mir die Gründe.«

»Ich habe keine Gründe. Keine echten.«

»Um Himmels willen, jetzt fängst du an, erst recht wie ein Politiker zu reden.«

Er hätte nicht herkommen sollen, sagte sich Williams; es war ein törichter Entschluß gewesen, wahrscheinlich auch wieder ein Anzeichen dafür, daß er alt wurde. Schweigend schlürfte er seinen Bourbon.

»Bill«, sagte der Gouverneur, »ich brauche es dir eigentlich gar nicht erst zu sagen, aber ich möchte dir trotzdem meine Position erklären. Abgesehen von der Tatsache, daß ich keine Lust habe, als alberner, wankelmütiger oder einfältiger Mensch dazustehen, kann ich es mir auch gar nicht leisten. Wir haben dieses Projekt auf dem Behördenweg in Washington durchgezogen und einen dringenden Bedarf geltend gemacht. Wir haben mit der Faust auf den Tisch geschlagen und Leute unter Druck gesetzt und alle Schliche angewandt, die in solchen Fällen angebracht sind. Wir haben Leuten auf die Schulter geklopft und Gefälligkeiten erwiesen und alte Schulden für verfallen erklärt. Wir haben die Bodenschätze des Staates ins Feld geführt und gedroht, wir würden unsere eigene Energiepolitik verfolgen und bis zum Obersten Gerichtshof gehen, wenn wir nicht die Unterstützung der Regierung für dieses Vorhaben bekommen. Bevor ich jetzt aber meine Einstellung ändere, Bill, brauche ich dazu eine hieb- und stichfeste Begründung. Sonst sieht es so aus, als hätte ich von vornherein nicht gewußt, was ich eigentlich wollte - und so etwas kann sich ein Politiker einfach nicht leisten.«
»Gestern abend«, sagte Williams, »warst du es, der gefragt hat, ob wir auf dem richtigen Weg sind.«
»Das stimmt«, sagte der Gouverneur. »Ich gebe es zu. Ich hoffte, ich vertraute sogar darauf, daß du mit deiner vorwärtsstürmenden Art alle meine Zweifel vom Tisch fegen würdest. Was du auch getan hast. Jetzt möchte ich wissen, was sich inzwischen geändert hat.«
Williams zog sein Pillenschächtelchen aus der Tasche. Er schob sich eine gelbe Valiumtablette in den Mund und spülte sie mit Bourbon hinunter. Er hätte nicht herkommen sollen, sagte er sich wieder, aber da er nun einmal hier war, gab es keinen anderen Ausweg, als die Karten auf den Tisch zu legen - und vielleicht war dies sowieso das beste.
»Irgend jemand ist mit Taucherausrüstung in den Stausee gestiegen«, sagte er. »Er wollte sich lediglich das Dorf Har-

per's Park ansehen, weil es nämlich nach seinem Ururgroßvater benannt ist und er schon seit Kindesbeinen davon gehört hatte. Ich habe nie den Wunsch verspürt, in Kansas die Orte aufzusuchen, wo meine Familie gelebt hat, und zwar wahrscheinlich deshalb, weil ich vielleicht dabei festgestellt hätte, daß man sie davongejagt hatte. Aber das gehört nicht zur Sache. Er tauchte, und er sah sich um, und er hat etwas gefunden, meint er, unten auf dem Grunde des Sees bei dem Staudamm, wo sich dieser an die Felswände anlehnt . . .«

Der Gouverneur hörte schweigend zu, was ihm aus langer Erfahrung zur Gewohnheit geworden war, und als Williams geendet hatte, blieb er stumm und reglos eine Weile sitzen. Schließlich sagte er: »Und wie beurteilst du die Sache, Bill?«

»Ich wünschte, ich wüßte es.«

»Du machst dir Sorgen.«

Kate hatte dasselbe beim Mittagessen gesagt, und er hatte es abgestritten. Jetzt sagte er: »Ich weiß nicht, Harry, und das ist die Wahrheit. Aber bevor wir weitermachen, sollten wir uns ganz genau vergewissern.«

»*Falls* wir weitermachen.«

»Okay, *falls.*« Williams nahm noch einen kleinen Schluck vom mild ausgereiften Bourbon des Gouverneurs. Für ihn hatte er fast sein ganzes Aroma verloren.

»Angenommen, wir ziehen ein paar Geologen hinzu«, sagte der Gouverneur, »veröffentlichen ihre Gutachten und beweisen, daß wir ein reines Gewissen haben und nichts hinsichtlich der öffentlichen Sicherheit riskieren wollen.«

Williams schüttelte den Kopf. »Du bist kein solcher Dummkopf, Harry. Du bist Anwalt, du hast dir Gutachten von Experten anhören müssen, die behauptet haben, schwarz sei weiß, und die Experten der Gegenseite haben behauptet, schwarz sei grün. Du kannst Experten finden, die dir gerne nach dem Munde reden. So ist es nun leider einmal.«

Der Gouverneur lächelte plötzlich, aber er schien keineswegs erheitert zu sein. »Dein Sarkasmus ist nicht zu überhören, Bill.«
»Okay, nur handelt es sich für mich um reinen Realismus.«
»Aber du scheinst Harper, den du kaum kennst, ein erhebliches Vertrauen entgegenzubringen.«
»Ich habe J. G. Harkness in Houston angerufen und mich nach ihm erkundigt. J. G. kennt ihn und sagt, er sei einer der Besten, und das genügt mir. Aber beinahe ebenso wichtig ist die Tatsache, daß er, soviel ich weiß, hier keine alte Rechnung zu begleichen hat. Was hier passiert, geht ihn persönlich eigentlich gar nichts an. Er will nach Kanada, und ich vermute, daß er bereits dorthin unterwegs wäre, wenn Kate ihn nicht bearbeitet hätte. Warum sollte er uns also nicht ehrlich sagen, was er denkt?«
Der Gouverneur verfiel in ein nachdenkliches Schweigen. Schließlich sagte er: »Darum geht es ja gerade, nicht wahr, Bill? Um Ansichten, meine ich. Aber wie sehen die Fakten aus?«
Williams schüttelte wieder den Kopf. »Ich bin kein Geologe, aber ich habe in vielen Gegenden eine ganze Menge gebaut, und ich würde sagen, daß es in Situationen wie dieser leider keine sogenannten Fakten gibt, Harry. Es gibt nur persönliche Meinungen - bis man mit eigenen Augen sieht, was tatsächlich passiert. In Kalifornien hat man, soweit ich mich zurückerinnern kann, auf das große Erdbeben gewartet, das von allen Experten vorausgesagt worden ist, und es ist bis auf den heutigen Tag nicht eingetreten. Oder frag doch J. G., wie viele Fehlbohrungen er durchgeführt hat, obwohl die besten Experten erklärten, er werde Öl finden. Solange man keine Ergebnisse in der Hand hat, ist man auf Vermutungen angewiesen.«
Der Gouverneur war mit seinen Gedanken schon woanders.
»Wir sitzen hier und reden, Bill, über etwas, was in der

Stadt eine Panik auslösen und alles in ein Tollhaus verwandeln könnte. Ist dir das klar?«
Er hatte Kate fast dasselbe gesagt. Williams nickte nur.
»Die große Überschwemmungskatastrophe im Thompson Canyon«, sagte der Gouverneur, »als der Teton-Staudamm brach - diese letzte Überschwemmung in Johnstown weckt böse Erinnerungen . . .« Er schüttelte den Kopf. »Ich verlange eine ehrliche Antwort, Bill. Verzichten wir vorläufig auf die Vergrößerung des bestehenden Dammes? Besteht deines Erachtens schon jetzt eine Gefahr?«
Dieser Gedanke war ihm im Kopf herumgegangen, und er war sich wie ein Eichhörnchen vorgekommen, das in seinem Käfig auf dem Sprossenrad läuft und läuft und keinen Zentimeter Boden gewinnt. Er sagte: »Ich weiß es nicht, Harry, und das ist die reine Wahrheit. Und dieser Punkt ist genau das, was mir allmählich Angst macht.« Er trank seinen Bourbon mit einem Schluck aus, setzte das Glas ab und stand auf. »Ich glaube, es war doch gut, daß ich hergekommen bin«, sagte er. »So habe ich es mir wenigstens von der Seele reden können.«
»Und jetzt habe ich den Schwarzen Peter. Vielen Dank.« Der Gouverneur stand ebenfalls auf. »Setz dich, Bill. Ich hole uns noch einen Drink. Du kannst mich jetzt nicht einfach hier sitzenlassen.«

Flankiert von den beiden Schäferhunden, stand Sam Martin vor der Eingangstür, als Kate auf den Widerhall des schweren Türklopfers hin öffnete. Sie lächelte. »'s ist ein Freund«, sagte sie zu den Hunden, die daraufhin sofort jedes Interesse verloren und sich zurückzogen. »Komm herein, Sam. Du willst mit Daddy sprechen? Er ist im Augenblick nicht hier, aber er sagte, er würde nicht lange ausbleiben.«
Sam kam langsam in die Eingangshalle herein und wartete, bis Kate die schwere Tür wieder geschlossen hatte. »Ich bin nicht gekommen, um mit Bill zu sprechen«, sagte er dann. »Ich weiß, wo er ist. Ich bin deinetwegen gekommen.«

Kate lächelte wieder. »Ich fühle mich geschmeichelt. Du -«
»Das ist es ja gerade«, sagte Sam. »Du fühlst dich gar nicht geschmeichelt. Eigentlich nicht. Und das ist es, worüber ich mit dir sprechen wollte.« Er hatte sich auf diese Besprechung vorbereitet und sogar versucht, den Dialog zu proben, obwohl er wußte, daß sich das Gespräch nicht an den vorbereiteten Text halten würde und er von Anbeginn an improvisieren mußte. So etwas lag ihm gar nicht. Aber er konnte es nicht ändern. Und als er jetzt sah, daß Kates Lächeln seinen strahlenden Glanz zu verlieren begann, wurde ihm klar, daß er in der Eröffnungsphase des Gesprächs keine besonders gute Figur machte.
»Was ist mit deiner Hand los?« fragte Kate plötzlich besorgt. »Du bewegst dauernd die Finger. Hast du dir weh getan?«
»Es ist alles in Ordnung. Ich bin nur - mit dem Arm irgendwo angestoßen.« Sie hatte immer diesen Trick, einen aus dem Gleichgewicht zu bringen, dachte Sam, wie ein Boxer mit einer guten Linken gab sie einem nie Gelegenheit, den besten Schlag anzubringen. Und jetzt befand er sich plötzlich in der Rolle des Bittstellers, statt, wie er gehofft hatte, Herr der Situation zu sein. »Können wir miteinander sprechen? Du weißt schon, nur dasitzen und - miteinander sprechen?« Er mußte wahrscheinlich bis in seine Jahre auf der höheren Schule und die erste Tanzstunde zurückgehen, um in der Erinnerung eine Situation zu finden, in der er noch verlegener gewesen war. »Verdammt noch mal, Kate -«
»Das klingt schon besser.« Ihr Lächeln erstrahlte wieder. »Viel besser. Wir setzen uns auf die Veranda.« Ohne die Antwort abzuwarten, drehte sie sich um und ging durch das große Wohnzimmer voraus. Sam folgte und versuchte vergeblich, den Blick vom rhythmischen Schwingen ihrer Hüften zu wenden.
Während er auf der Veranda saß und die gewaltigen Berge auf ihn herabschauten, kam Sam zu dem Schluß, daß seine

vorbereitete Rede plötzlich lächerlich, fehl am Platze und ungehobelt wirken mußte. Aber auch die schlechteste Rede war vermutlich noch besser als ein langes, peinliches Schweigen. Er holte tief Luft und begann: »Früher einmal«, sagte er, »gab es etwas zwischen uns beiden. Weißt du noch?«

»Ja, Sam.« Kate lächelte zwar nicht mehr, aber ihr Gesichtsausdruck war nicht unfreundlich; in ihren Augen lag vielleicht sogar eine gewisse Zuneigung - oder war es Mitleid? »Eine echte Jugendliebe, von der man so viel liest und die sich immer wiederholt, nur leider nicht oft genug.«

»Vielleicht - haben wir uns zu weit gehenlassen.«

»Nein, Sam, bestimmt nicht.«

»Ich meine, damals in jener Nacht -«

»In jener Nacht ist nichts geschehen, was - irgend etwas zerstört hätte. Das kannst du mir glauben.« Ihr Lächeln erschien plötzlich wieder, als bräche die Sonne durch eine Wolkenwand. »In jener Nacht, Sam, hat meine Seele keinen Schaden genommen, ich habe nicht einmal unangenehme Erinnerungen daran. Im Gegenteil, an einige Einzelheiten erinnere ich mich sogar sehr gern.« Wieder das Lächeln. »Und wenn ich dadurch - wie man früher sagte - einen verworfenen und sinnlichen Eindruck hinterlassen haben sollte - meinetwegen.«

»Ich kenne dich nicht mehr, Kate, wirklich nicht. Früher hatte ich geglaubt, dich ganz genau zu kennen -«

»Dies zu wissen wäre damals für mich wenig schmeichelhaft gewesen, Sam.« Kate sprach jetzt leichthin, beinahe spöttisch. »Kein Mädchen hört so etwas gern. Wir glauben gern, geheimnisvolle Wesen zu sein. Wir sind es natürlich nicht, aber wir halten uns gern dafür.«

Seine vorbereitete Rede war unwiederbringlich dahin, aber er sprach verbissen weiter: »Du gingst ins College. An die Ostküste, wo ich nie gewesen bin. Ich kenne die dort herrschenden Sitten und Gebräuche nicht. Ich meine -«

»Und dann ist noch etwas geschehen, Sam«, sagte Kate, und

der Spott war aus ihrem Tonfall verschwunden. »Mutter starb, und ich war nicht hier, und Daddy wollte mich nicht nach Hause holen, in eine Atmosphäre der Schatten und der Düsternis, wie er es nannte. Er sagte, es gehe ihm gut, ausgezeichnet, aber das stimmte nicht, er war - völlig aus dem Gleichgewicht geraten; es dauerte nur eine gewisse Zeit, bis ich dies erkannte. Dann merkte ich, daß ich überflüssig war, ein Nichts, eine Unperson. Wahrscheinlich war dies der Zeitpunkt, als ich anfing, erwachsen zu werden. Du siehst, Sam, ich verheimliche dir nichts. Als ich schließlich zurückkam, hatte sich alles verändert.«

»Ich nicht.«

»Nein. Aber ich hatte mich verändert.«

Ein langes Schweigen trat ein. Im Mondschein schauten die Berggipfel, unberührt und unverändert, auf sie herab, dachte Sam bei sich - wie jener gottverdammte Old Man River in dem Schlager. Es kostete ihn Mühe, den Blick von den Bergen zu wenden. »Was willst du, Kate? Worauf wartest du?«

»Bewußt warte ich auf nichts. Vielleicht versuche ich sogar, allen Gedanken an die Zukunft aus dem Wege zu gehen. Beim Mittagessen hat Daddy mir auseinandergesetzt, was ich zu tun habe werde, wenn er stirbt. Seither möchte ich das Gespräch am liebsten vergessen, aber ich kann es nicht. Was willst du denn, Sam?«

»Ganz einfach: dich.«

»Wie? Mit dir ins Heu gehen? Ich bin dazu bereit, wenn du das suchst. Bist du jetzt entsetzt? Tut mir leid. Ich wollte dich nicht kränken. Aber du willst mich nicht ganz haben, Sam. Du weißt es vielleicht nicht, aber ich würde dir das Leben zur Hölle machen.«

»Weil ich kein Genie bin, das sich sehen lassen kann?«

»Sam, hör endlich auf, dich selbst zu zerfleischen.«

»Weil ich noch keinerlei Wunderdinge auf einer Bohrinsel in der Nordsee oder in Indonesien oder im Nahen Osten vollbracht habe? Weil ich nur ein ganz gewöhnlicher Ingenieur bin und nicht etwas Ausgefallenes wie Geophysiker, womöglich noch mit Doktorhut? Weil -« Ihm gingen plötzlich die Worte aus. Sam verstummte und schämte sich ein wenig seines Ausbruchs.

Kate sah ihn unverwandt an, und der mitfühlende Ausdruck auf ihrem Gesicht schmerzte ihn mehr als alles andere. »Jay Harper bedeutet mir nichts«, sagte Kate. Wahrheit? Lüge? Hierüber muß ich mir selbst erst noch klarwerden, sagte sich Kate und ließ sich keinerlei Unentschlossenheit anmerken. »Er flog heute früh mit mir über den Staudamm -«

»Ich weiß.« Sam schloß und öffnete die Finger seiner noch teilweise gefühllosen Hand. »Daher habe ich das. Der Herr Supermann sah es nicht gern, daß man ihn anfaßte. Es war meine Schuld. Ich verlor die Beherrschung und wurde aufs Plätzchen verwiesen. Ich spiele nicht in seiner Liga mit, Kate. Ich habe dich beobachtet, als du dies beim Abendessen hier klar zum Ausdruck gebracht hast. Ich mußte mir heute vormittag dasselbe noch einmal von Bill sagen lassen. Ich bin nur ich, und du hast dich, wie du sagtest, geändert, du bist erwachsen geworden und erwartest vom Leben etwas Größeres, als ich je werde erreichen können; du hast also wahrscheinlich recht, und ich bleibe lieber bei meinem Leisten.«

Kate schloß kurz die Augen. Als sie sie wieder öffnete, schimmerten Tränen darin. »Es tut mir leid, Sam.«

»Ist schon gut.« Sam stand auf. »Jetzt wissen wir, wo wir stehen, nicht wahr? Weißt du, es war kein leichter Tag für mich. Erst Bill, dann Harper und jetzt dieses Gespräch. Mir fehlt jetzt nur noch eine gehörige Tracht Prügel und ohne Abendessen ins Bett geschickt zu werden. Gute Nacht, Kate.«

George Harrison saß an diesem Abend allein in seiner geliebten Bibliothek; die zerlesene erste Ausgabe von C. L. Sonnichsens 1951 erschienenem hervorragendem Buch ›I'll

Die Before I'll Run‹ lag zugeklappt auf seinem Schoß, während er noch über sein Gespräch mit Tom Gentry nachdachte. Hier, in der vertrauten Umgebung, mit den Bücherregalen an den Wänden und dem duftenden Kiefernholzfeuer im Kamin sowie dem bauchigen Glas mit Kognak Marke Hine auf dem Tischchen neben seinem Ellbogen - hier konnte er sich noch immer nicht von dem merkwürdigen Gefühl befreien, das Tom Gentrys Reaktion bei ihm ausgelöst hatte.

Da trat eines der Hausmädchen mit einer weiteren Überraschung ein. »Mister Sam Martin ist hier, Señor.«

George empfing nur selten Besucher, aber er hoffte, keinen allzu erstaunten Eindruck zu machen. »Führ ihn herein.«

Sam war etwas unbehaglich zumute, und er wunderte sich über sich selbst, daß er hergekommen war. Er war nach dem schmerzlichen Gespräch mit Kate vom Haus der Williams weggefahren, hatte Georges Toreinfahrt gesehen und war, einer Eingebung folgend, eingebogen. Er hatte seine Meinung zwar geändert, fand aber in der langen Auffahrt keinen geeigneten Platz, den Wagen zu wenden, bis er die Garagen und den Parkplatz erreicht hatte. Da er fürchten mußte, man habe ihn vielleicht schon gesehen, blieb er bei seinem Vorsatz, stellte den Motor ab, stieg aus und ging zu Fuß bis zur Eingangstür. Bill Williams wäre dieser Besuch wahrscheinlich gar nicht recht, aber Sam hatte an diesem Tag von den Williams mehr als genug, und was Bill sich eventuell dabei dachte, war ihm in diesem Augenblick völlig gleichgültig.

George war die Liebenswürdigkeit selbst. »Ich freue mich sehr, daß Sie vorbeigekommen sind«, sagte er und beauftragte das Mädchen, Drinks zu servieren - Bourbon und Wasser für Sam und einen neuen Schwenker mit Kognak für sich selbst.

Sie saßen in tiefen Klubsesseln zu beiden Seiten des Kamins.

»Haben Sie sich Ihren Arm verletzt?« fragte George höflich

und besorgt, als er sah, daß Sam die Finger ständig bewegte.
Wenn es eines Anstoßes bedurft hätte, so lieferte ihn diese Frage, die Sam an jene unerfreuliche Szene am Flugplatz erinnerte. »Alles in Ordnung«, sagte er, holte tief Atem und ging auf das einzig mögliche Thema los, das seine Anwesenheit hier rechtfertigen konnte. Er begann: »Sie wissen, daß die Vergrößerung des Staudamms genehmigt worden ist. Wir haben darüber gesprochen.«
George nickte stumm und nahm einen Schluck von seinem Kognak. Er fragte sich, warum Sam so aufgebracht war, und er war sich klar darüber, daß er, auch wenn er Sam nach dem Grund fragte, keine befriedigende Antwort erhalten würde.
»Hm«, sagte Sam, »vielleicht hat die Sache einen Haken.«
George setzte seinen Kognakschwenker bedächtig ab. »Würden Sie mir dies, bitte, näher erläutern, Sam?«
»Wir haben jetzt diesen Supermann in der Stadt«, sagte Sam, »und er hat Bill Williams so aus dem Gleichgewicht gebracht, wie ich es bei ihm noch nie erlebt habe. Bill fürchtet sich vor Schatten.«
»Tatsächlich?« Der unerschrockene Bill Williams, dachte George, sollte sich vor irgend etwas fürchten? Das schien unwahrscheinlich. »Wovor hat er Angst?« sagte er. »Und warum?«
Sam ging in Gedanken noch einmal alles durch und trank dabei sein Glas aus. »Vielleicht sollte ich Ihnen das gar nicht erzählen«, sagte er, »aber -«
»Unsinn«, sagte George und drückte den Klingelknopf neben seinem Sessel. Das Mädchen erschien prompt, und George wies auf Sams leeres Glas. »Es geht doch uns alle an, oder nicht? Wovon wir sprechen, Sam, ist eine Frage der öffentlichen Sicherheit, und solche Dinge sollten nicht vertuscht werden.«
Der Drink, den er gerade ausgetrunken hatte, erwies sich als hilfreich, und die Gemütsverfassung, die ihn hierherge-

führt hatte, war noch die gleiche, aber plötzlich paßte Sam die Richtung nicht mehr, die dieses Gespräch zu nehmen schien. Bill Williams hatte großen Wert darauf gelegt, daß die Sache unter Verschluß bleiben sollte, solange die Überlegungen nicht abgeschlossen seien, und jetzt erklärte George Harrison, man müsse ganz offen darüber sprechen. Das Mädchen erschien mit Sams vollem Glas, und er nahm es ihr begierig ab. »Es ist noch nicht entschieden«, sagte er. »Ich will damit sagen, die Angelegenheit befindet sich erst im ersten Diskussionsstadium.« Er nahm einen langen Schluck aus seinem Glas.

»Ich verstehe«, sagte George. »Und ich bin Ihnen sehr dankbar, daß Sie mich darauf hingewiesen haben.«

»Sehen Sie, Mister Harrison -«

»Meine Freunde nennen mich George.«

»Okay. George. Ich - äh - arbeite für Bill Williams.« Seine Erregung verebbte rasch, und der Alkohol war kein Ersatz. »Und wenn er wüßte, daß ich deswegen hergekommen bin, würde er mir den Kragen umdrehen. Bill Williams kann böse wie ein Tiger werden, wenn er glaubt, er sei hintergangen worden, und er hat mich ausdrücklich angewiesen, den Mund zu halten.« Es war ein peinliches Eingeständnis, aber unter den gegebenen Umständen hielt es Sam für ratsam, die Wahrheit zu sagen.

Die im Kamin brennenden Kiefernscheite knisterten leise. Es war das einzige Geräusch. George hielt den Kognakschwenker zwischen beiden Handflächen, um ihn etwas anzuwärmen, aber er achtete nicht auf das Aroma, während ihm die Angelegenheit durch den Kopf ging. »Ich begreife Ihr Dilemma«, meinte er schließlich.

Er befand sich nicht nur in einem Dilemma, sagte sich Sam, sondern in einer völlig verfahrenen Lage; er mußte jetzt den Mund halten, denn er hatte ohnehin zuviel gesagt.

»Es ist also noch nichts entschieden«, meinte George, »habe ich Sie richtig verstanden?«

Sam empfand eine gewisse Erleichterung. »Genauso ist es.

Bill redet noch immer mit sich selbst, was er immer tut, bevor er einen Entschluß faßt.«
Als ob es nur auf Bills Entschluß ankäme, dachte George und fühlte, wie der Zorn in ihm hochstieg. Der arrogante Bill Williams. Vielleicht war er diesmal in die Grube gefallen, die er anderen gegraben hatte - etwas, was George mit echter Schadenfreude mit angesehen hätte. »Und Harper? Wie steht es mit ihm?«
Sam schüttelte den Kopf. »Ich weiß nicht. Er ist heute mit Kate Williams über den Damm geflogen. Soweit ich weiß, ist er noch da, vielleicht aber auch nicht.«
»Etwas erstaunt mich«, sagte George. »Warum schenkt Bill dem, was Harper ihm sagt, so viel Beachtung?«
»Bill hat sich in Houston nach ihm erkundigt.« Ehre, wem Ehre gebührt, dachte Sam. »J. G. Harkness sagt, Harper verstehe etwas von seinem Geschäft.«
Es wird immer besser, dachte George. Die Geschichte war also glaubwürdig. J. G. Harkness war ein Mann, der Spitzengehälter zahlte und nur die besten Leute beschäftigte. Diese Tatsache war im ganzen Südwesten bekannt. George nahm einen Schluck von seinem Kognak. Er hatte ihm selten so gut geschmeckt. »Wenn oder falls eine Entscheidung getroffen wird«, sagte er, »werden Sie doch wohl informiert, nicht wahr, Sam?«
»Das setze ich voraus. Wenn wir weitermachen, werde ich der leitende Ingenieur sein. Wenn wir das Vorhaben abbrechen, werde ich es nicht leichthaben, den Pionieren die Gründe zu erklären, denn ich habe das Militär seit achtzehn Monaten für das Projekt zu gewinnen versucht.«
George nickte. »Gut.«
Irgendwie gefiel Sam diese kurze Bemerkung nicht. Er schwieg und wartete ab.
»Sie können mich also auf dem laufenden halten«, sagte George, »nicht wahr, Sam?«
»Das weiß ich nicht«, sagte Sam. »Das hängt davon ab, was Bill mir sagt -«

»Aber Sie sind heute abend hergekommen«, sagte George. »Sie sind Ihrem Gewissen gefolgt, das ist mir völlig klar, und es hat Mut dazu gehört.«

Und, sagte sich Sam im stillen, es war das Dümmste, was er hatte tun können, denn jetzt war er nicht mehr sein eigener Herr und gehörte auch irgendwie nicht mehr zu Bill Williams; er diente jetzt zwei Herren, und dies war eine verteufelte Situation.

Halte dich weiter an George, sagte er sich, und erzähl ihm, was er über die weitere Entwicklung wissen möchte, und George wird bestimmt nicht über das Gespräch von heute abend reden. Wenn du dich aber weigerst, George auf dem laufenden zu halten, braucht George nur ein Telefongespräch mit Bill zu führen und ihm zu sagen, daß Sam Martin seine Schweigepflicht verletzt hat, und Sam wagte nicht einmal daran zu denken, was dann auf ihn zukommen würde. Er hatte nicht übertrieben, als er sagte, daß Bill Williams böse wie ein Tiger sein konnte, wenn man ihn hinters Licht führte.

So war die Lage nun einmal, und Sam fand, er müsse sich allmählich an sie gewöhnen. Er nahm noch einen großen Schluck von seinem Bourbon. Er konnte sich ebensogut einen antrinken, fand er; morgen früh hatte er sowieso einen Kater.

Man konnte Sam Martins etwas mühevolle Gedankengänge, dachte George, ebensoleicht auf Sams Gesicht verfolgen, als wenn man sie gedruckt gelesen hätte. Er war mit Sams Schlußfolgerungen zufrieden und hob sein Glas. »Wie ich schon gesagt habe, Sam, bin ich sehr froh, daß Sie vorbeigekommen sind. Wollen Sie noch einen Drink?«

13

Während der Nacht fielen in über dreitausend Meter Höhe vereinzelte Schneeschauer. Lange nachdem die Stadt unten in der Ebene schon fast in Dunkelheit versunken war, beobachteten Bernie und Pete von ihrem über viertausend Meter hoch gelegenen Standort aus den Wetterumschlag. Bei ihnen schien noch die Sonne.

»Zuerst kommen die Zirruswolken«, hatte Bernie erklärt. »Siehst du sie? Wolkenfetzen. Ich stelle sie mir immer - wie ich irgendwo einmal gelesen habe - als die Vorreiter der eigentlichen Sturmtruppe vor, die ihre Alarmzeichen vor sich her trägt.« Sie wurde plötzlich verlegen. »Ein alberner Gedanke. Es sind doch bloß Wolken.«

»Mir gefällt die Idee«, sagte Pete. »Vielleicht gibt es dort oben auch Musikkapellen mit Trompeten und so. Wie sieht die eigentliche Armee aus?«

Bernie lächelte wieder, ihre Verlegenheit war verflogen. »Dort drüben. Siehst du's? Das sind die Truppen, Infanterie, Panzer, Artillerie - alles zusammen. In diesen großen, dunklen Massen liegt die Stoßkraft, die ganze Feuchtigkeit und der Wind. Und wenn sie wollen - vielleicht wenn sie glauben, daß eine große Demonstration der Stärke notwendig sei -, können sie den Blitz entfesseln« - sie hielt, plötzlich ernst geworden, inne und schüttelte beinahe andächtig den Kopf -, »und mit mehr Energie, als du für möglich halten würdest. Wir haben Zeitlupenaufnahmen von großen Gewittern gesehen. Du weißt, man belichtet jedes Bild mehrere Sekunden und läßt dann den Film bei normaler Geschwindigkeit durch den Projektor laufen, so daß die Vorgänge in ihrem natürlichen Ablauf sichtbar werden.«

Pete nickte. »Ich verstehe.«
»Schön, diese großen, schwarzen Wolken sind nicht statisch. In ihrem Inneren kochen sie und wirbeln durcheinander, und man kann sich die gewaltigen Kräfte vorstellen, die hier am Werke sind, die Auf- und Abwinde, plötzliche Abkühlung, plötzliche Erwärmung, eine Elektrizität, die ausreicht, die ganze Stadt dutzendfach zu beleuchten, vielleicht hundertfach, und diese Energie wird durch die Blitzschläge erzeugt und freigesetzt.«
Pete hörte still zu und hielt den Blick auf die Wolken in der Ferne gerichtet.
»Kleine Staubteilchen«, sagte Bernie, »auf denen die Feuchtigkeit innerhalb der Wolken kondensiert, und wenn es im Aufwind in die Höhe zieht, verwandelt sich alles in Eis. Dann fällt es vielleicht wieder herunter, nimmt mehr Feuchtigkeit auf und steigt wieder hoch, wodurch noch mehr Eis entsteht. Auf und ab, und es nimmt ständig an Umfang zu. Auf diese Weise entstehen Hagelkörner von der Größe eines Hühnereies.« Bernie hielt inne. »Und dieser ganze Abkühlungs- und Gefriervorgang bedeutet, daß enorme Hitzemengen freigesetzt werden, und Hitze ist Energie.«
Pete meinte lächelnd: »Du hast all dies genau studiert.«
»Ich bin ein Feuerposten«, sagte Bernie. »Das ist mein Hauptberuf, aber ich gebe auch Wetterberichte weiter, Temperaturen, Luftfeuchtigkeit, Barometerstand, Windrichtung und Windgeschwindigkeit - und ich möchte eben gern wissen, welche Rolle alle diese Werte spielen, und ich beobachte das Wetter gern und möchte wissen, wie dies alles zusammenpaßt . . .« Wieder wurde sie verlegen. »Viel weiß ich eigentlich gar nicht. Aber Sam und ich beobachten gern, wie sich das Wetter entwickelt.« Sie rieb dem Eskimohund die Ohren.
»Ich auch«, sagte Pete. »Besonders gern von hier oben.«
Sie sahen zu, wie die Sonne schließlich unterging, die Nacht heraufzog und die Luft kälter wurde. Sterne erschienen und

wurden wieder verdeckt, während die Wolken ihren Vormarsch fortsetzten. Bernie und Pete gingen hinein und hatten ganz andere Dinge im Sinn.

Die Schneeschauer in der Nacht waren zum Teil nur leichtes Gestöber, das sich aber trotzdem auf dem unterkühlten Boden und den Felsbändern hielt. An anderen Stellen fielen jedoch bis zu zehn Zentimeter trockenen Schnees, der sich hier und da zu kleinen Verwehungen auftürmte. Kleine Alpenpflanzen wurden unter der Schneedecke begraben. Geröllhalden verloren unter der glatten, weißen Decke ihr abweisendes Aussehen. Es entstand eine Illusion von Gleichförmigkeit, die mit der Wirklichkeit nichts mehr zu tun hatte.

Pete Otero blickte an diesem Morgen auf die veränderte Welt hinunter, spürte den Frost, der unangekündigt mit dem Schnee hereingebrochen war, und sagte: »Willst du noch immer, daß ich eine Weile hierbleibe? Ich könnte jetzt gefahrlos den Abstieg antreten.«

Bernie fürchtete sich am meisten davor, daß sie sich an ihn klammern würde, wenn sie nicht mehr erwünscht war, und sich schließlich Vorwürfe machen müßte, weil sie selbst zerstört hatte, was einmal so schön gewesen war. »Möchtest du gern dableiben, Pete?«

»Du darfst eigentlich keine Pensionsgäste beherbergen, nicht wahr?«

»Laß das meine Sorge sein. Möchtest du bleiben? Es könnte mehrere Tage dauern, wenn es wirklich zum Wettersturz kommt. Und die Berichte deuten darauf hin.«

»Verdammt noch mal«, sagte Pete, »ich fühle mich pudelwohl, gutes Essen, süßes Nichtstun und turbulente Nächte.« Er beobachtete ihr Gesicht, und was er da sah, ließ ihn plötzlich verstummen und dann einen unerwartet ernsten Ton anschlagen. »Ich möchte dableiben, Liebes. Ich habe von dir noch längst nicht genug und glaube allmählich, daß ich nie von dir genug haben werde.«

»Pete! Du darfst so etwas nicht sagen.«
»Du unterschätzt dich.«
Bernie wollte das Gespräch beenden, bevor es ihrer Kontrolle entglitt. »Laß uns frühstücken.«
Die Kraft in Petes Hand war erstaunlich, als er ihren Arm ergriff und sie mühelos, aber trotzdem sanft umdrehte, so daß sich ihre Blicke wieder trafen. Seine Stimme klang ganz ruhig und immer noch ungewohnt ernst, als er sagte: »Ich weiß, was ich bin, Bernie, ein großer Schafskopf, der früher einmal mit Bravour den Gegner auf dem Footballfeld über den Haufen gerannt hat. Jetzt muß ich mir darüber klarwerden, was ich sonst noch tun kann, und dazu kann ich, glaube ich, Hilfe gebrauchen. Aber aus diesem Grunde bin ich nicht heraufgekommen. Oder vielleicht doch. Ich weiß es nicht. Aber -«
»Bitte, Pete. Sag es nicht. Lassen wir alles so, wie es ist!« Sie drehte sich wieder um, riß sich los und rannte ins Haus.
Pete sah ihr nach; er wußte nicht recht, ob er ihr folgen sollte, beschloß dann aber, es nicht zu tun. Er blieb draußen, damit sie eine Weile allein sein konnte. Es ging über sein Begriffsvermögen, warum Frauen immer weinen mußten.
Die Sonne beschien schon die Berggipfel und ließ den Neuschnee rosa schimmern. Das Dunkel der weiter unten liegenden Canyons und Täler trat dadurch stärker hervor. Unten am städtischen Flugplatz, auf der bereits voll im Sonnenlicht liegenden Ebene, sah Pete wie gestern früh das kleine, rote Flugzeug zum Start rollen, abheben und in den klaren Himmel hinaufsteigen. Er sah ihm nach, während er sich Gedanken über Bernie machte - und über sich selbst.

Cooley Parks saß im Flugzeug vorne rechts, Jay hinter ihm. Kate, die mit der Maschine eine Einheit zu bilden schien, flog mit selbstverständlich wirkender Gelassenheit und versuchte, sich über diesen ›Experten‹ klarzuwerden, den Jay Harper von wer weiß wo herangeholt hatte. Sie hätte nicht

sagen können, was sie erwartet hatte, aber Cooley paßte irgendwie nicht ins Bild. Er wirkte auf sie viel zu lässig.
In Gedanken an Jay hatte Kate, als sie auf das Flugzeug zugingen, gefragt: »Keine Karte, Mister Parks?«
»Ich heiße Cooley, Verehrteste - nein, ich habe die Karte vorher studiert. Hübsche Gegend. Scheint auf dem Kopf zu stehen, finden Sie nicht auch? Wie die Alpen, bloß ist hier mehr dran.« Aus Höflichkeit hielt Cooley seine Stimme absichtlich weit unterhalb des bei ihm sonst üblichen Gedröhns.
Nach dem Start wandte sich Kate über die Schulter an Jay und fragte: »Direkt zum Staudamm?«
Jay warf einen Blick auf seine Armbanduhr. »Wir haben noch ein paar Minuten gut. Wie wär's mit einem weiten Kreis, damit sich Cooley einen allgemeinen Eindruck verschaffen kann? Dann folgen wir am besten dem Flußlauf aufwärts.«
Unter ihnen lag die Stadt; die Gebäude standen wie Klötze aus einem Kinderbaukasten im Sonnenlicht da; auf Brükken und Durchgangsstraßen herrschte bereits dichter Verkehr - die Fahrzeuge sahen wie Spielzeugautos aus. Cooley schaute schweigend hinab und hing seinen eigenen Gedanken nach.
Sie vollendeten den weiten Kreis, und Jay sah wieder auf die Uhr. »Ich glaube, wir sollten jetzt stromaufwärts fliegen.«
Es klang nicht geradezu wie ein Befehl, dachte Kate, und trotzdem schwang in Jays Stimme etwas mit, das keinen Widerspruch zu dulden schien; er erwartete offenbar sofortigen Gehorsam. Sie zog die Maschine abrupter, als es nötig gewesen wäre, in eine Steilkurve. Keiner der beiden Männer schien dies zu bemerken.
Sie folgten dem Flußlauf bei der *Bend.* »Nette kleine Biegung da unten«, meinte Cooley und blickte mit neu erwachtem Interesse hinunter.
Jay schob den Kopf fast zwischen die beiden Vordersitze nach vorn. »Dasselbe habe ich mir gestern gedacht.«

Der eine schien in den Gedanken des anderen zu lesen, fand Kate, und sie sprachen in einem Telegrammstil, der sie beeindruckte und gleichzeitig auch ärgerte. In gewisser Weise war es wie damals, als sie drei Tage in der Woche als Schwesternhelferin im Krankenhaus gearbeitet hatte; auch dort hatten sich die Ärzte, besonders die Chirurgen, durch knappe, lakonische Bemerkungen miteinander verständigt. Als Laie hatte sie die Bedeutung der kurzen Gesprächsinhalte nicht immer erfassen können, aber aus dem Fehlen besonderer Betonungen hatte sie geschlossen, daß es sich keineswegs nur um Belanglosigkeiten handelte.
»In normalen Jahren«, sagte Cooley, »erfüllt diese Mauer an der Flußbiegung ihren Zweck, nicht wahr?«
»Es kam gelegentlich zu Überschwemmungen«, sagte Kate. »Deshalb -« Sie brach ab und sah plötzlich die Flußschleife mit ganz neuen Augen an. Sie hatte natürlich gewußt, daß die Betonmauer in der *Bend* errichtet worden war, um die angrenzenden Gebiete vor den im Frühjahr immer wieder auftretenden Überschwemmungen zu schützen, aber auf einmal mußte sie jetzt an die Berichte über das Hochwasser von Johnstown denken, als eine zehn Meter hohe Wasserwand durch die Schlucht nach unten gedonnert war . . .
»Das Wasser«, meinte Cooley wie nebenbei, »fließt im allgemeinen in gerader Linie bergab, falls es nicht zu einer Kursänderung gezwungen wird. Es würde mich wundern, wenn es hier nicht vulkanische Veränderungen gegeben hat, die zur Entstehung der Flußschleife beigetragen haben.« Er warf über die Schulter einen Blick auf den hinter ihm sitzenden Jay. »Auch deine Meinung?«
»Mag sein«, sagte Jay. Er sah wieder auf seine Uhr. »Wir sind etwa noch im Zeitrahmen, hoffe ich. Gegenüber gestern habe ich eine Minute zugelegt. Das dürfte ausreichen.«
Wieder diese Art von Telegrammstil, dachte Kate und merkte, daß Cooley sie ansah und lächelte, als ob er verstünde, was er offenbar tat, denn er sagte: »Er gleicht den in vierundzwanzig Stunden eingetretenen Wechsel im Ein-

fallswinkel der Sonne aus. Würde mich nicht wundern, wenn wir Schatten suchten.«

»Da ist er«, sagte Jay.

Plötzlich tauchte der Staudamm deutlich sichtbar vor und unter ihnen auf. Das Wasser des Stausees glitzerte in der Sonne. Wie gestern schien sich die Krone des Staudamms über seine Begrenzung hinaus nach beiden Seiten auszudehnen. Jay sagte: »Siehst du was?«

»Ja.« Cooleys Stimme klang ausdruckslos. »Ich habe mir schon gedacht, was du im Sinn gehabt haben könntest. Denkst du an Horst?«

»Könnte sein. Was meinst du?«

»Man müßte es untersuchen. Hast du herumgestochert?«

»Deshalb habe ich dich hergerufen.«

»Schliffflächen?«

»Ich habe keinerlei Beweise gefunden. Aber deshalb wollte ich dich hier haben.«

Kate riß plötzlich die Geduld. Sie sagte: »Horst! So-und-so-Flächen! Wovon reden Sie eigentlich?« Sie versuchte, die Ungeduld und Erregung in ihrer Stimme zu dämpfen, aber es gelang ihr nicht. »Oder ist das Ganze für mich viel zu schwer zu begreifen?«

Cooley sagte mit nachsichtigem Lächeln: »Sie haben doch sicher schon von Verwerfungen gehört, Verehrteste, von Bewegungen der Erdkruste?«

»Natürlich.« Dann schalt sie sich selbst und sagte: »Tut mir leid. Ich hätte Sie nicht anzuschreien brauchen.«

»Ich bin schon von vielen Menschen an vielen Orten dieser Erde angeschrien worden«, sagte Cooley. »Ich mache mir nicht mehr viel daraus. Aber um eine Ihrer Fragen zu beantworten: Ein Horst ist ein aufgefaltetes Gebiet, das von zwei oder mehr Verwerfungen begrenzt ist. So steht es in den Lehrbüchern. Manchmal ist es fast eine gerade Linie, die höher liegt. Dadurch könnten diese schnurgeraden Schattenlinien zu beiden Seiten des Staudamms entstanden sein. Immerhin möglich.«

»Aha.« Kates Stimme klang kleinlaut. »Und das andere, diese So-und-so-Flächen?«
»Schliffflächen.« Wieder gab Cooley die Erklärung: »Wenn es zu Verwerfungen kommt, reiben sich die Gesteinsmassen, meistens unter gewaltigem Druck, aneinander. Und die Gesteinsflächen werden so glatt, daß sie wie poliert aussehen. Okay?«
Kate schwieg. Sie blickte auf das zerklüftete Gebirge, den schimmernden See und den Staudamm, der aus dieser Höhe wie ein Kinderspielzeug aussah. Sie fröstelte. »Und was bedeutet das?«
»Vielleicht nichts.« Jay wandte sich jetzt an Cooley: »Einverstanden?«
»Selbstverständlich, Junge, das ist auch meine Meinung. Andererseits -« Cooley brach mitten im Satz ab.
»Andererseits was?« fragte Kate. Sie wartete, aber es kam keine Antwort. »Na? Sie werden es doch Daddy sagen, nicht wahr? Warum sagen Sie es dann nicht auch mir?«
»Wir wissen noch nichts Genaueres«, sagte Jay. »Wir erwägen nur gewisse Möglichkeiten.«
»Sie haben sich über alle möglichen Eventualitäten immerhin so viele Gedanken gemacht«, sagte Kate, »daß Sie Mister Parks -«
»Cooley, Verehrteste.«
»- von wer weiß wo hergebracht haben.«
»Calgary. Netter kurzer Flug. Ausgezeichnetes Steak gestern zum Abendessen. Hübsche Gegend.«
»Andererseits was?« fragte Kate noch einmal. Sie blickte über die Schulter zu Jay zurück. »Sie waren derjenige, der von den vielen Menschen sprach, die stromabwärts in der Stadt wohnen. Andererseits was? Was könnte das alles bedeuten?«
»Na ja«, meinte Cooley schließlich, »es wäre nicht das erste Mal, daß ein Staudamm genau auf einer solchen Verwerfung, wo er nichts zu suchen hat, errichtet worden wäre. Aber ich an Ihrer Stelle, Verehrteste, würde diese Möglich-

keit vorläufig noch für mich behalten, bis wir genauer wissen, wovon wir reden.«
»Ich glaube, wir sollten jetzt zurückfliegen«, sagte Jay. »Wir haben alles gesehen, was es zu sehen gibt.«
»Es ist für mich auch höchste Zeit«, meinte Cooley, »mich an die Arbeit zu machen.«

Bürgermeister José-María Lopez y Baca hielt diese Angelegenheit für so wichtig, daß er nicht zum Telefon griff, sondern persönlich im Arbeitszimmer des Gouverneurs erschien. Dort setzte er sich aufgebracht in einen der ledergepolsterten Besuchersessel. »Als wir über die Vergrößerung des Staudamms und die Wasserpreise sprachen«, sagte er ohne Einleitung, »glaubte ich schon fast, daß du menschliche Züge hättest, Harry. Jetzt bin ich mir dessen nicht mehr so sicher. Jedesmal, wenn ich anfange, einem Anglo zu trauen, bekomme ich eins aufs Dach.«
»Früher oder später«, sagte der Gouverneur, »wirst du mir vielleicht sagen, wovon du überhaupt redest, Joe. Dann können wir darüber sprechen.«
»Du weißt ganz genau, wovon ich rede, von dem Staudamm. Er ist in seinem gegenwärtigen Zustand ein Sicherheitsrisiko, und das weißt du auch.«
»Aha?« Er hielt einen Augenblick inne, um seine Gedanken zu sammeln. Erst gestern abend hatte er mit Bill Williams über die Sicherheitsprobleme des Staudamms diskutiert.
»Wenn der Damm bricht, Harry«, sagte der Bürgermeister in einem ruhigeren, aber noch eindringlicheren Tonfall, »dann weißt du, wer in erster Linie betroffen sein wird. Es werden nicht die reichen Halunken in der *Bend* sein, auch du nicht weiter oben im Gouverneurspalast oder alle die Anglos mit ihren Hundertfünfzigtausend-Dollar-Villen oben am Hang. Es sind die armen, elenden Chicanos unten am Fluß und in der Altstadt, in den Mietshäusern und Wohnwagen und Hütten und kleinen Hotels - sie werden wie die Ratten im Keller ersaufen. Davon rede ich jetzt.«

»Hör mal zu, Joe -«

»Dies ist keine politische Debatte, Harry. Du kannst dem Parlament weismachen, was du willst. Das versteht keiner besser als du, das gebe ich jederzeit zu. Aber jetzt geht es nur dich und mich an. Ich habe dich nie besonders gemocht. Das weißt du. Aber ich habe dich nie für einen solchen Halunken gehalten, der dieses Problem vertuschen und viele Menschen in Lebensgefahr bringen könnte, nur um sein verdammtes Ansehen zu retten.«

In dem großen Arbeitszimmer trat Stille ein. Schließlich sagte der Gouverneur: »Hast du dich jetzt abgeregt, Joe? Bist du bereit, mir zuzuhören, statt mit schäumendem Mund deiner Wut freien Lauf zu lassen? Dann will ich dir sagen, daß ich gestern abend zum erstenmal gehört habe, daß der Staudamm problematisch sein könnte - sein *könnte.* Was würdest du dazu sagen?«

Der Bürgermeister betrachtete schweigend seine Handflächen und rang offenbar um Selbstbeherrschung, dann ballte er die Hände zu harten, braunen Fäusten. Er blickte dem Gouverneur ins Gesicht. »Ich wäre versucht zu sagen ›Scheiße!‹« Er sprach jetzt ganz ruhig. »Aber was ich tatsächlich sagen möchte, ist folgendes: Hoffentlich sprichst du die Wahrheit. Tust du es?«

»Es ist die Wahrheit, Joe. Bill Williams suchte mich auf und hat es mir erzählt.«

»Bill ist einer der wenigen Anglos, denen ich glaube. Wie lange weiß er schon davon?«

»Vorgestern abend hat ihm ein Mann, ein Fremder, erzählt, er *vermute,* daß der Damm gelitten haben könnte, als wir das Erdbeben hatten.«

»Dieses Erdbeben hat nichts anrichten können. Bei mir zu Hause sind nicht einmal die Bilder von den Wänden gefallen.«

»So war es hier unten«, sagte der Gouverneur. »Oben beim Staudamm war das Beben offenbar stärker.«

Wieder trat Stille ein. Die braunen Augen des Bürgermei-

sters blickten den Gouverneur prüfend an. »Willst du mir etwas vormachen, Harry? Ist es tatsächlich so gewesen? Du hast erst gestern abend und Bill erst am Abend davor zum erstenmal davon gehört?«
»So ist es. Und jetzt möchte ich gerne wissen, wo du davon gehört hast - und von wem?«
Der Bürgermeister hob die Hände. »Was spielt das schon für eine Rolle? Heute früh wurde drüben im Hilton beim Kaffee davon gesprochen. Jemand fragte mich, was ich davon hielte, und ich sagte, es sei reiner Blödsinn, und dann bin ich sofort hierhergekommen. Ich fand, du müßtest Bescheid wissen. Was ist also wirklich los? Was willst du unternehmen?«
Der Gouverneur lehnte sich in seinem Sessel zurück und schaute aus dem Fenster. Da waren die Berge, immer diese Berge, unwandelbar, ungerührt, in gewissem Sinne unverletzlich. In ihrer Gegenwart kam man sich klein und unbedeutend vor, aber dadurch wurde die Lösung der anstehenden Probleme um kein Jota leichter. »Ich wünschte, ich wüßte es, Joe«, sagte er. »Wir warten noch auf weitere Informationen, aber auch wenn diese eintreffen sollten, dürften sie kaum einen definitiven Rückschluß zulassen, fürchte ich, und zu guter Letzt werden wir uns selbst ein Urteil bilden müssen.« Er richtete sich auf. »Bevor es soweit ist«, sagte er, »gebe ich dir Bescheid. Das verspreche ich. Mehr kann ich im Augenblick nicht tun.«
Der Bürgermeister stand auf. »Dir trauen zu müssen«, sagte er, »und mich auf dich zu verlassen, ist mir zuwider. Aber mir bleibt wohl vorläufig nichts anderes übrig.«
Auch der Gouverneur erhob sich. Sein Lächeln wirkte wenig überzeugend. »So ist die Lage, Joe.« Er wurde plötzlich ernst. »Wir wollen vermeiden, daß unnötig viel davon durchsickert, ich denke dabei an Presse, Radio und Fernsehen - du hast auf dem Gebiet Beziehungen, die ich in diesem Umfang nicht besitze.« Er ließ es bei dieser Andeutung bewenden.

Der Bürgermeister nickte. »Falls es notwendig ist«, meinte er, »werde ich einigen Personen so viel Angst einjagen, daß sie den Mund halten, und wenn ich den Burschen finden sollte, der das Gerede in Umlauf gesetzt hat -«
»Als Anwalt werde ich dich dann beim Mordprozeß verteidigen«, sagte der Gouverneur. »Gratis. Und wenn wir verlieren, werde ich dich als Gouverneur begnadigen. Auch das ist ein Versprechen.«

Als ihnen nach der Landung auf dem Flugplatz das Motorengeräusch des roten Flugzeugs nicht mehr in den Ohren dröhnte, sagte Kate: »Und jetzt?«
Cooley seufzte. »Ich fange an, herumzustochern. Eines Tages werde ich dann versuchen, die ganze Zeit zusammenzurechnen, die ich auf den Knien oder noch unbequemer zugebracht habe, weil ich wie ein einbeiniger Dachs in der Erde herumgewühlt habe, um zu sehen, was unter der Oberfläche liegt. Ich habe mir keinen besonders würdevollen Beruf ausgewählt.«
Jay sah Kate an. »Haben Sie Zeit? Können Sie ihn zum Staudamm hinauffahren?«
»Wohin fährst du denn, Junge?« Dann begriff Cooley. »Flußabwärts? Um dich auch dort umzusehen?« Er nickte. »Gute Idee. Wie steht's, Verehrteste, können Sie mich nach oben mitnehmen?«
Sie redeten wieder im Telegrammstil, dachte Kate, und wieder drängte sich ihr der Vergleich mit Chirurgen auf, die eine kritische Operation besprechen. »Selbstverständlich. Mein Wagen steht dort drüben.«
Bei der Fahrt aus der Stadt heraus in Richtung *Bend* sagte Kate: »Sie und er -?« Sie ließ die Frage unvollendet.
»Wir kennen uns schon eine ganze Weile, Verehrteste.«
»Bitte, hören Sie auf, mich dauernd ›Verehrteste‹ zu nennen. Sie wissen, wie ich heiße.«
»Die reizbare Kate, wie in dem Schauspiel von Shakespeare. In gewisser Hinsicht ähneln Sie ihr oder versuchen es we-

nigstens. Aber jetzt springen Sie mir bitte nicht ins Gesicht. Ich bin ein alter Mann, wahrscheinlich älter als Ihr Daddy, und das Alter bringt gewisse Vorrechte mit sich - jedenfalls war es früher so. Um Ihre Frage zu beantworten: Ich kenne Jay, seit er als junger Hüpfer ins Ölgeschäft eintrat, mit Doktortitel und allem, was dazu gehört - ein aufgeweckter, strammer junger Mann, der große Rosinen im Kopf hatte, und wir, die wir schon lange dabei waren, warteten auf den Moment, wo er auf den Hintern fallen würde. Entschuldigen Sie, bitte, den Ausdruck, aber so war es.«
Kate mußte unwillkürlich lächeln. »Und tat er es?«
»Nein. Im Gegenteil, er trat uns allen in den Hintern und hielt uns davon ab, wahllos in die Erde zu bohren, wie wir es bisher immer getan hatten, wodurch sicherlich ergiebige Ölfelder ruiniert und Ölvorkommen zusammen mit Erdgas unwiederbringlich verlorengegangen waren. So war es zum Beispiel draußen in Indonesien.«
Kates Lächeln war verschwunden. Sie konzentrierte sich jetzt ganz auf das Fahren.
»Verstehen Sie mich nicht falsch«, sagte Cooley. »Er ist kein Übermensch mit Flügeln an den Füßen, und auch er macht manchmal Fehler, wie wir alle. Aber er macht nur verdammt wenige, verdammt wenige. Es mag vielleicht bessere als ihn geben, aber ich bin fast auf der ganzen Welt herumgekommen und habe noch keinen gesehen.«
»Sie sind ein guter Freund.« Kate schaute neugierig auf das sonnengebräunte, zerfurchte Gesicht. »Er rief Sie an, und Sie ließen alles stehen und liegen und kamen her?«
»Ich trage meine Schulden ab, und ich bin ihm allerlei schuldig.« Cooley lächelte freudlos. »Da war mal eine Nacht in Aberdeen, an die ich mich nicht gern erinnere. Man kommt nach drei Wochen auf einer Bohrinsel in der Nordsee wieder an Land, und dann spielt man vielleicht ein bißchen zu wild, und alle anderen tun dasselbe. Dann führt eines zum anderen.« Er zuckte mit den Achseln.
Eine Männerwelt, dachte Kate. Ihr Vater, der sein ganzes Le-

ben im Baugewerbe zugebracht hatte, würde darüber Bescheid wissen. Ihr war das alles fremd. Sie wechselte das Thema. »Warum fährt er flußabwärts, um sich dort, wie Sie es nennen, einmal umzusehen?«
»Ach, das meinen Sie.« Cooleys Stimme nahm wieder einen schulmeisterlichen Ton an. »Nur, um sich eine Vorstellung davon zu verschaffen, was auf uns zukommen könnte. Dieser Fluß hat lange gebraucht, bis er sein Bett ins Gebirge eingeschnitten hat. Sehen Sie sich nur einige dieser Schluchten an. Man kann ruhig davon ausgehen, daß es in den letzten Jahrmillionen große Überschwemmungskatastrophen gegeben hat. Ich meine, wirklich riesige. Es würde mich nicht wundern, wenn dort unten in der Ebene Felsbrocken, zum Teil in Hausgröße, herumlägen, die vom Wasser aus den Bergen heruntergeschwemmt worden sind. Sie dürften inzwischen abgeschliffen und zum Teil im Schwemmsand begraben sein. Aber wenn es sie dort gibt, und ich habe keinen Zweifel daran, dann können sie nur aus den Bergen stammen, vom Wasser losgerissen und bergab gespült worden sein.« Cooley sah Kate an. »Und daran denken wir im Augenblick alle - habe ich recht?«
Kate fröstelte. »Ich habe etwas über die große Flutkatastrophe von Johnstown gelesen. Es klang - unglaublich.«
»Lady, was Wasser anrichten kann, *ist* unglaublich. Drüben in Kalifornien hatten sie während des Goldrausches eine Methode des Goldwaschens, die später verboten wurde. Man verwendete eine Art von Wasserkanonen, mit denen ganze Berghänge heruntergewaschen wurden, so daß man an das darunterliegende Gold herankam. Stellen Sie sich einmal auf den Rand des Grand Canyon; dann können Sie sehen, was der Colorado River zustande gebracht hat, und Sie werden eine Vorstellung von der Urgewalt des Wassers bekommen.«
»Und dieser Staudamm, der für uns zur Selbstverständlichkeit geworden ist . . .?« fragte Kate. Wieder brach sie mitten in der Frage ab.

»Tja«, meinte Cooley und schwieg.
»Was können Sie sagen?« fragte Kate. »Und wenn Sie etwas sagen können, was können Sie tun?«
»Ich bin Geologe, Gesteinsfachmann.«
»Aber Sie verstehen doch etwas von diesen Dingen.«
»Nein.« Cooley sprach jetzt mit Entschiedenheit. »Niemand versteht etwas von diesen Dingen - bis sie passieren. Und dann ist's meistens zu spät. Wir versuchen, in die Zukunft zu schauen, aber in Wirklichkeit blicken wir zurück, denn von dort gewinnen wir unsere Erkenntnisse. Alles übrige ist eine Frage der Urteilsfähigkeit. Und Glückssache. Meistens Glückssache.«

14

Senator Walt Duggan legte den Telefonhörer auf, lehnte sich in seinem Sessel zurück und starrte die Zimmerdecke an. Dies war jetzt schon der dritte Anruf innerhalb einer Stunde gewesen, und jedesmal hatte sich der Anrufer nach dem Staudamm von Harper's Park erkundigt. Könnte er gefahrlos vergrößert werden? Sei er denn sicher, so wie er jetzt war?

Der Senator war privat im Versicherungsgeschäft tätig, aber dies war bestimmt nicht der Grund für diese Anrufe. Die Fragesteller suchten keine finanzielle Absicherung, sondern die Gewißheit von einem der gewählten Staatsvertreter, daß alles in Ordnung sei und daß die Regierung (die sie häufig verächtlich machten und beschimpften) in Zeiten eventueller Gefahr Herr der Situation und bereit sei, notfalls zu handeln.

Und der Senator hatte natürlich auch ein persönliches Interesse an dieser Frage, denn er hatte erst gestern von Angelita Leyba gemeinsam mit Johnny Cisneros zehn Acres gekauft - ein Grundstück, das ihn nur belasten würde, wenn die Vergrößerung des Staudammes abgeblasen werden sollte. Dem Senator kam der Gedanke, daß er vielleicht Johnny Cisneros, bevor dieser wußte, worum es ging, überreden könnte, ihm seinen Anteil wieder abzukaufen.

Der Senator richtete sich auf und drückte den Knopf seiner Sprechanlage. »Verbinden Sie mich, bitte, mit Bill Williams«, sagte er zu seiner Sekretärin. »Wenn er nicht in seinem Büro ist, suchen Sie ihn, okay?«

Bill Williams war in seinem Büro. »Auch du, Walt?« sagte er, als er die erste Frage gehört hatte.

»Was geht hier eigentlich vor, Bill?«

»Wenn ich das nur wüßte! Ich würde einigen Leuten den Hals umdrehen. Diese Art von Geschwätz ist höchst gefährlich.«

Der Senator konnte ihm nur beipflichten, aber was er im Augenblick suchte, war eine Antwort. »Ist an dem Gerede irgend etwas dran? Ist der Damm sicher?«

»Du lieber Gott, Walt, ich kann dir auch nur das sagen, was ich allen anderen auch erzählt habe. Wir haben einen guten und soliden Staudamm gebaut. Er steht bereits fast zehn Jahre. Der Stausee liegt weit unter dem Normalpegel - was kann also für eine Gefahr bestehen?« Keine direkten Lügen; nur ausweichende Halbwahrheiten. Die einzige Alternative war, die offenbar wachsende Besorgnis noch zu erhöhen, wenn das Vernünftigste gewesen wäre, diese zu entkräften. Falls dies möglich war. »Wo hast du dieses - dieses gottverdammte Gerücht gehört? Es ist, als hätte jemand behauptet, der Himmel würde morgen einstürzen.«

Der Senator verstand es dank seiner langjährigen politischen Erfahrung, auf Zwischentöne und Nuancen zu hören. Bill Williams war zwar ein anständiger Mensch, aber manchmal war der Senator überzeugt gewesen, daß Bill, wie jeder andere vernünftige Mann, beim Poker geblufft hatte, wenn er nur zwei kümmerliche Gleiche oder vielleicht einen unvollständigen Flush in der Hand hatte. Dem Senator kam der Gedanke, daß Bill auch jetzt bluffte, aber er würde es niemals zugeben. »Okay, Bill«, sagte der Senator, »vielen Dank. Was du sagst, ist einleuchtend. Wie geht's sonst? Was ist mit deiner hübschen Tochter?«

»Du alter Schwerenöter«, sagte Bill. Eine gewisse Erleichterung schwang in seinem Tonfall mit, zwar schwach, aber für ein aufmerksames Ohr unüberhörbar.

»Bis bald«, sagte der Senator und legte auf. Ihm war nicht ganz wohl zumute. In die Sprechanlage sagte er: »Verbinden Sie mich mit dem Gouverneur. Sagen Sie Clara, es sei wichtig.«

Der Gouverneur war am Apparat. »Ich trage zwei Hüte, Harry«, sagte der Senator. »Ich will dich etwas als Vorsitzender eines Senatsausschusses und als Versicherungsmann fragen, für den viel auf dem Spiel steht.« In Wirklichkeit trug er drei Hüte, aber er sah keinen Grund, seine Privatinteressen zu erwähnen. »Was ist mit dem Staudamm von Harper's Park wirklich los?«
Auch dem Gouverneur war Pokertaktik nicht fremd. Er tat so, als wäre er erstaunt. »Nanu, was hast du denn gehört, Walt? Ist irgend etwas nicht in Ordnung?«
Aber in diesem Fall besaß der Senator ein Druckmittel. »Harry, ich bin nicht irgendwer. Wenn ich es darauf anlege, kann ich dich und deine Verwaltung unmöglich machen, was die Vergabe von Aufträgen betrifft, und das weißt du auch. Und wenn tatsächlich etwas passiert und ich im Senat *nach* dem Ereignis aufstehe und erkläre, ich hätte dich um Auskunft gebeten und du hättest sie mir vorenthalten, dann ist der Teufel los, und man reißt dich in Stücke. Ich verlange eine klare Antwort.«
Nach kurzem Schweigen sagte der Gouverneur:
»Ich glaube, du solltest lieber einmal herüberkommen, Walt. Ich habe zwar noch zwei Termine, aber die können warten.«
»Ich bin gleich da.«

Sam Martin saß auf einem der Besucherstühle am Konferenztisch in Bill Williams' Büro. Er hatte einen leichten Kater und fühlte sich sichtlich unbehaglich. Wieder war er mit allerlei Zeichnungen und technischen Daten erschienen, und wieder nützte ihm das Material nichts.
»Dort oben ist jetzt ein Geologe, der sich alles genau ansieht«, sagte Williams. »Und Harper sieht sich unten in der Ebene um - was er sucht, ist mir schleierhaft.« Kate hatte ihn von Harper's Park aus angerufen und kurz berichtet. »Weißt du, was sie für möglich halten? Vorläufig nur eine Möglichkeit, gewiß, aber Gott sei uns gnädig, wenn sie sich

bewahrheiten sollte. Sie glauben, daß wir den Damm eventuell auf einem Horst errichtet haben.«

»Ausgeschlossen.«

»Sag mir, warum. Es ist auch früher schon geschehen.«

»Verdammt noch mal, Bill, das Pionierkorps -«

»Tja. Auch die haben sich schon einmal geirrt.«

Sam fiel ein anderes Argument ein, das schon einmal gewirkt hatte; vielleicht würde es wieder wirken - wenigstens als Ablenkung. »Hör mal, Bill«, sagte er so überzeugend, wie er konnte, »es ergibt doch keinen Sinn, daß wir alle aus dem Gleichgewicht geraten, nur weil zuerst ein Typ und jetzt noch einer erscheint; sie platzen aus heiterem Himmel hier herein und wiegen sorgenvoll den Kopf, als ob morgen früh die Welt unterginge. Was für Leute sind das eigentlich, die sich hier als Experten für unsere Gegend aufspielen?«

»Ich habe dir doch gesagt, daß ich mich bei J. G. in Houston nach Harper erkundigt habe. Und gerade habe ich auch diesen Parks, den Geologen, bei J. G. überprüft. Sie sind erste Klasse, alle beide.«

»Okay, wenn sie so gut sind - warum treiben sie sich dann ausgerechnet hier herum? Ohne Bezahlung? Ich sehe keinen Grund, warum sie sich für unsere Gegend interessieren sollten.« Außer vielleicht Kate, dachte Sam, aber er brachte es nicht über sich, diesen Namen laut auszusprechen.

»Sam«, sagte Williams, »es spielt überhaupt keine Rolle, wer sie sind oder woher sie kommen oder warum sie hier sind. Das alles ist im Augenblick völlig gleichgültig. Worauf es ankommt, ist das Problem, das sie aufgeworfen haben, und was wir tun werden, *falls* sie recht behalten sollten. Können wir das Wasser aus dem Stausee ablassen?«

»Sicher. Dauert drei, vier Wochen, vielleicht länger. Der Wasserspiegel liegt zur Zeit unterhalb der Schußrinne, und die einzigen Grundablässe führen durch das Kraftwerk; sie sind dazu da, die Turbinen zu treiben, nicht den See zu entleeren.« Er schnipste mit den Fingern. »Einen Augenblick. Da ist noch der alte Ablaß. Beim gegenwärtigen Wasser-

stand müßten wir bis zu ihm einen Kanal in den Felsen sprengen, aber -«
»Und wenn tatsächlich ein Horst da ist, wie würden sich solche Sprengungen dann auswirken?«
»Ich glaube nicht, daß es sich um einen Horst handelt.«
»Ich glaube es eigentlich auch nicht«, sagte Williams. »Aber trotzdem - wenn nachgewiesen werden sollte, daß der Damm auf einem Horst steht, richten wir uns besser auf allerlei Fragen ein, für deren Beantwortung wir nicht drei oder vier Wochen brauchen. Es wird bereits geredet. Hast du davon gehört?«
»Nein.«
Etwas an der prompten und entschiedenen Antwort fiel Williams auf. Er sah Sam prüfend an. »Das kam etwas zu schnell, Sam. Hast du keine Anrufe bekommen? Aber ich. Den ganzen Vormittag. Auch der Gouverneur.« Williams schob plötzlich seinen Sessel zurück, stand auf und ging ans Fenster, wo er schweigend eine Weile mit dem Rücken zum Zimmer stehen blieb. Über die Schulter sagte er langsam und betont: »Ich halte dich nur sehr ungern für einen Lügner, Sam.« Dann drehte er sich um und stand breitbeinig da, den Kopf gesenkt und die Schultern ein wenig hochgezogen, als wolle er zum Angriff übergehen. »Und du hast keine Ahnung, woher dieses Gerede, von dem du nichts weißt, stammen könnte?«
»Nein.«
»Du hast auch nicht noch einmal mit George Harrison gesprochen, Sam, oder?«
»Ich hatte mit ihm einen Drink.«
»Den im Territorial Club - oder noch einen?«
»Ich - habe ein Glas in seinem Haus getrunken. Gestern abend.« Eine ganze Anzahl von Gläsern, um genau zu sein.
»Und heute fangen die Gerüchte an.« Williams nickte, es war fast traurige Resignation, mehr nicht, und die Spannung in seinen hochgezogenen Schultern sackte zusammen. »Du bist Ingenieur, Sam, du hast gelernt, zwei und

zwei zusammenzurechnen. Was würdest du jetzt an meiner Stelle denken?«

»Schau, Bill -«.

»Ich habe dich etwas gefragt, Sam. Ich verlange eine Antwort.«

Der Trotz stieg kurz in ihm hoch. »Verdammt noch mal -« Der Trotz wurde lahm und erstarb. Ich bin dreißig Jahre jünger als er, dachte Sam, acht Zentimeter größer und zwanzig Pfund schwerer - und ich kann mich ihm gegenüber nicht behaupten. Ich habe es nie gekonnt. Ein beschämendes Eingeständnis, aber es ist die Wahrheit. »Okay«, sagte er, Schuldbekenntnis, Bitte um Verzeihung und Nachsicht in einem, »ich habe Harrison erzählt, was Harper gesagt hat, nämlich, daß wir verrückt sein müßten, an eine Vergrößerung des Staudamms überhaupt nur zu denken, und daß der Damm vielleicht so, wie er jetzt ist, nicht einmal sicher sei. Aber ich habe ihm gesagt, dies sei nur die Ansicht eines Einzelgängers und durch nichts bewiesen, und wie sollte ich denn wissen -?«

»Das genügt, Sam.« Williams' Stimme klang plötzlich müde, er sprach zwar leise, aber in seinem Arbeitszimmer trat völlige Stille ein. »Nimm deine Spielsachen, deine Bilder und deine Papiere und verschwinde.«

Wie auf ein Stichwort summte der Telefonapparat auf dem Schreibtisch. Williams griff nach dem Hörer, ohne Sam aus den Augen zu lassen. »Du hast gehört, was ich gesagt habe«, erklärte er, setzte sich hin und nahm den Hörer ab. Dann drehte er seinen Schreibtischsessel herum, um wieder die Berge vor sich zu haben. Er hörte kurz zu. »Okay«, sprach er in den Apparat. »Schicken Sie ihn herein. Wir sind hier fertig.« Seine Worte hatten etwas Abschließendes.

Sam begann, seine Papiere und Zeichnungen vom Tisch einzusammeln. Er versuchte vergebens, sich noch etwas, was er hätte sagen können, einfallen zu lassen. Williams drehte sich nicht mehr nach ihm um.

Die Tür öffnete sich, und Jay Harper trat ein.

Sam hob sein Material auf, ging stumm hinaus und schloß die Tür hinter sich.

Williams drehte seinen Schreibtischstuhl wieder herum. Mit ausdruckslosem Gesicht wies er auf den Stuhl, auf dem Sam gesessen hatte, und wartete, bis Jay sich gesetzt hatte.

»Kate hat mich angerufen«, sagte Williams. »Sie hat mir erzählt, was Sie und Parks sich denken.«

»Eine Eventualität. Cooley sieht sich die Sache jetzt genauer an. Wenn es Hinweise gibt, wird er sie finden.«

»Und was haben Sie getan?« Die Frage klang unverblümt und herausfordernd.

Jay fragte sich, was zwischen Williams und Sam Martin vorgefallen sein konnte, daß Williams plötzlich so schroff reagierte, aber er kam zu dem Schluß, daß ihn dies nichts angehe. »Ich habe mich etwas umgesehen. Sind Ihnen schon einmal diese großen Felsbrocken hinter Ihrem Haus aufgefallen? Die grauen, die teilweise im Boden eingebettet liegen? Manche sind über sechs Meter breit und sieben Meter hoch.«

»Ich habe oft zwischen ihnen gespielt, als ich noch ein Kind war.« Williams schloß kurz die Augen. Dieser Sam Martin soll sich zum Teufel scheren. Sams Treuebruch traf ihn schwerer, als er für möglich gehalten hätte. Vor zwanzig Jahren, dachte sich Williams, hätte er sofort scharfe Maßnahmen ergriffen und dann den Fall ad acta gelegt. Jetzt konnte er nur noch versuchen, die Selbstbeherrschung zu bewahren. Als Harper aber diese groben Felsbrocken erwähnte, traten Kindheitserinnerungen vor ihm auf, und eine nostalgische Saite klang an. »Ich beschloß damals«, sagte er, »daß ich mir eines Tages ein Haus bauen würde, das einen Ausblick geben konnte, wie ich ihn als Kind von diesen Felsbrocken hatte.«

Jay nickte. »Ich verstehe Sie sehr gut.«

»Was ist mit diesen Felsbrocken?«

»Haben Sie sich jemals darüber Gedanken gemacht, woher sie stammen könnten?«

»Das ist eine komische Frage. Kinder denken über so etwas nicht nach. Warum?«
»Sie sind aus den Bergen heruntergekommen«, sagte Jay. »Etwas Derartiges findet sich in der Erdstruktur sonst nirgends. Der Fluß brachte sie herunter. Bei einer riesigen Flutkatastrophe.«
Williams ließ sich Zeit. Schließlich meinte er: »Sie sind der Fachmann oder gelten wenigstens als ein solcher. Aber haben Sie eine Vorstellung vom Gewicht dieser Felsbrocken? Ich habe zeit meines Lebens viele Gesteinsarbeiten ausführen müssen.«
Jay lächelte freudlos. »Ich kann es recht gut schätzen. Und sie waren damals, als sie vom Wasser heruntergeschwemmt wurden, noch schwerer, denn sie liegen schon eine lange Zeit hier unten und sind der Erosion und Verwitterung ausgesetzt gewesen; einige sind sogar durch Vegetationseinflüsse aufgespalten worden, und so etwas geschieht nicht über Nacht.«
In dem großen Arbeitszimmer war es ganz still. »Sie bringen die unmöglichsten Dinge zur Sprache«, sagte Williams. »Weiter - was wollen Sie damit sagen?«
»Ich meine den normalen Ablauf dieser alten Flutkatastrophen«, sagte Jay, »natürlich nur der großen. Vielleicht wissen Sie, daß die Ingenieure von Jahrhundertüberschwemmungen und manchmal sogar von Jahrtausendüberschwemmungen sprechen, womit sie Katastrophen meinen, die vielleicht einmal in hundert oder tausend Jahren auftreten. Ich denke in noch längeren Zeiträumen - in zehntausend oder hunderttausend Jahren. Mindestens eine solche Katastrophe muß sich ereignet haben. Beweis dafür sind jene großen Felsbrocken und der alluviale Fächer ähnlichen Gesteins weiter unterhalb. Und als das Unglück geschah, suchte es genau die Gebiete heim, wo jetzt Ihre großen Häuser stehen.«
In die Stille hinein sagte Williams: »Reden Sie weiter. Worauf läuft das alles hinaus?«

»Damals stand hier noch kein Staudamm aus Beton«, sagte Jay, »der all das Seewasser zurückhält. Dieses könnte sich in einer einzigen, riesigen Flutwelle durch den Canyon ins Tal ergießen; wir reden also jetzt von ganz anderen Größenordnungen. Das ist Punkt eins.«

»Und Punkt zwei?«

»Damals gab es an jener Flußschleife auch noch nicht den Schutzwall aus Beton. Eine große Flutwelle könnte jetzt ganz oder teilweise von diesem Wall um die Biegung herumgeleitet werden. Das war es, wonach ich Ausschau gehalten habe.«

Williams hatte die breiten Hände flach auf die Tischplatte gelegt. Es kostete ihn Mühe, sie dort reglos liegen zu lassen, als er langsam sagte: »Direkt hinunter in die Stadt? In die Altstadt? In die Niederungen, wo die Wohnwagen und die Hütten am Flußufer stehen? Denken Sie an so etwas? Glauben Sie, daß eine große Flutwelle von der Stärke, die früher einmal diese Felsbrocken in Bewegung gesetzt hat, die tiefer gelegenen Stadtviertel mit sich fortreißen könnte? Wollen Sie das damit sagen?« Er wollte kein Mißverständnis aufkommen lassen.

»So ist es.«

Williams schloß wieder die Augen. Er dachte an alle Konsequenzen, die eine solche Katastrophe mit sich bringen könnte. Ihm wurde plötzlich schwindlig, als ob der Boden unter seinen Füßen zu schwanken begänne. Automatisch nahm er mit immer noch geschlossenen Augen das Pillenschächtelchen heraus, suchte nach einer Valiumtablette, schob sie sich in den Mund und schluckte sie trocken, ohne Wasser, hinunter. Er fand, daß sich die bloße Einnahme der Pille psychologisch sofort auswirkte, denn das Schwindelgefühl verschwand sogleich, und er hatte wieder festen Boden unter den Füßen. Er schlug die Augen auf. Jay beobachtete ihn. »Nichts Ernstes«, meinte Williams und steckte die Schachtel wieder ein.

»Ich bin mir nicht ganz so sicher.«

Williams runzelte die Stirn. »Was meinen Sie damit?«
»Haben Sie es nicht gespürt?«
Das Stirnrunzeln vertiefte sich. »Mir war etwas schwindlig, als ob sich der Boden bewegt hätte. Aber woher wissen Sie das?«
»Der Boden hat sich tatsächlich bewegt«, sagte Jay. »Wir hatten soeben wieder ein Beben, ein Erdbeben, wenn Sie so wollen. Und vielleicht lag das Epizentrum, wie auch bei den früheren, weiter oben in der Nähe von Harper's Park, und man hat es dort deutlicher gespürt.« Er erhob sich. »Ich glaube, wir sollten hinauffahren und selbst nachsehen.«

Wieder saß der Bürgermeister in Hemdsärmeln, die Krawatte gelockert, hinter seinem Schreibtisch. Bud Henderson, der Polizeichef, Rudy Smith von der Feuerwehr und Carlos García, der Lehrer, saßen ihm gegenüber. »Okay«, sagte der Bürgermeister, »bei unserem letzten Zusammentreffen war alles noch reine Theorie. Jetzt wissen wir wenigstens, was für ein Problem auf uns zukommen kann. Ihr habt sicher davon gehört. Ich weiß, Carlito, du schon. Aber Bud? Rudy?«
»Ich weiß nicht einmal, wovon Sie sprechen«, sagte Bud Henderson. Nach seiner persönlichen Meinung wußten Chicanos nur selten, wovon sie überhaupt redeten, aber er hielt es für klüger, diese Ansicht für sich zu behalten. Mit dem Bürgermeister war nicht gut Kirschen essen. Er konnte zurückschlagen und tat es auch.
»Okay«, sagte der Bürgermeister, »ich will es euch ohne Umschweife sagen. Es besteht die Möglichkeit - wohlgemerkt, nur die Möglichkeit -, daß der Staudamm von Harper's Park nicht mehr sicher ist. Was haltet ihr davon?«
Rudy Smith sagte leise: »Jesus Maria!« und verstummte.
Bud Henderson erklärte unverblümt: »Soll das ein Witz sein? Dieser riesige, gottverdammte Betonbau, und der Wasserspiegel liegt sieben Meter unter dem Normalwert?« Er schüttelte den Kopf. »Ausgeschlossen.« Dann brach er ab

und schluckte einmal kurz, als ihm die volle Bedeutung der Sachlage klarwurde. »Sie machen nur einen Witz, nicht wahr? Ich meine, Sie wollen nur erreichen, daß wir unsere Evakuierungsplanung entsprechend aufstellen? Ist es das?«

Die Tür ging auf, und die Sekretärin des Bürgermeisters erschien. »Entschuldigen Sie die Störung«, sagte sie auf spanisch, »aber der Gouverneur ruft gerade zurück.«

»Bueno.« Der Bürgermeister schob seinen Stuhl zurück. »Entschuldigt mich einen Moment.« In der Tür wandte er sich noch einmal um. »Erklär den anderen, daß ich keine Witze mache, Carlito.« Er ging hinaus, schloß die Tür hinter sich und setzte sich am Schreibtisch der Sekretärin neben das Telefon. Er sprach absichtlich leise. »Ich weiß, wo die Geschichte mit dem Damm angefangen hat, Harry. George Harrison. Im Hilton heute vormittag. Niemand achtet auf einen Pikkolo - zudem, wenn dieser außerdem noch Chicano ist -, und ein Vetter meiner Frau hat alles mitgehört. Es waren fünf, sechs Personen am Tisch.« Er nannte Namen und konnte sich nicht die Bemerkung verkneifen: »Natürlich lauter Anglos.«

»Vielen Dank für die Information.« Die Stimme des Gouverneurs klang förmlich und steif; er mußte sich offenbar beherrschen.

»Das Kind ist nun einmal in den Brunnen gefallen«, sagte der Bürgermeister. »Wenn es die Spatzen nicht jetzt schon von den Dächern pfeifen, werden sie es bestimmt bald tun, und die Leute werden wissen wollen, ob etwas dran ist oder nicht. Jemand muß ihnen irgend etwas sagen. Harrison ist mehr dein Typ als der meinige, deshalb dachte ich, ich überlasse ihn besser dir. Aber wenn du ihn an seinen Eiern aufhängen willst, besorge ich dir mit Vergnügen den Strick.«

»Vielen Dank, Joe.« Der Tonfall des Gouverneurs war frei von Ironie. »Was willst du jetzt tun?«

»Ich werde mir überlegen, wie wir die Altstadt und den *bar-*

rio evakuieren können, und werde dann deinen Bescheid abwarten.« Wenn die Politik seltsame Bettgenossen hervorbringt, wie es in der Redensart heißt, dachte der Bürgermeister, dann führten Krisen zu noch größeren Merkwürdigkeiten. »Diesmal«, sagte er, »werden wir beide unsere Differenzen vergessen müssen, Harry, okay?«
»Ich habe mir gerade dasselbe gedacht, Joe.«
Der Bürgermeister legte auf und kehrte in sein Arbeitszimmer zurück. Rudy Smith machte ein ernstes, nachdenkliches Gesicht. Bud Henderson wirkte verängstigt. Carlos García sagte: »Willst du, daß ich dableibe?«
»Ja.« Der Bürgermeister ließ sich in seinen Sessel fallen. »Du kennst den *barrio,* und die Leute im *barrio* kennen dich.« Er richtete sich auf und zog sich die Krawatte noch weiter auf. »So, jetzt gehen wir an die Arbeit.«
In diesem Augenblick schwankte das alte Gebäude bei dem Beben, das Williams und Jay ebenfalls gespürt hatten, leise hin und her. Der Bürgermeister konnte ein kleines, bitteres Lächeln nicht unterdrücken und sagte mit einem Blick zur Zimmerdecke: »Schon gut, o Herr, wir haben deine Botschaft empfangen.«

Tom Gentry war einer derjenigen gewesen, die an diesem Vormittag im Hilton bei einer Tasse Kaffee mit George Harrison zusammen gewesen waren, und er hatte dem, was George zu sagen gehabt hatte, aufmerksam zugehört. Als die Gruppe wieder auseinanderging, trat Tom neben George ins Sonnenlicht hinaus.
»Ich muß dir diese Frage stellen, George«, sagte er im Gehen. »Wie du weißt, wird die Bank wahrscheinlich mit hineingezogen, wenn das Vergrößerungsprojekt Gestalt annimmt.« Und ich hänge - so oder so - mit drin, dachte er, behielt es aber für sich. »Meine Frage lautet: Was du uns erzählt hast, ist nicht nur reines Wunschdenken, oder? Du hoffst einfach, daß Bill Williams endlich einmal auf die Nase gefallen ist, habe ich recht?«

»*In vino veritas*«, sagte George. »Im Wein liegt die Wahrheit. Sam Martin trank Bourbon, nicht Wein, aber ich glaube, er hatte einen zuviel. Ich bin überzeugt, daß er die Wahrheit gesagt hat. Es geht ihnen nicht nur um die Vergrößerung des Staudamms, sondern sie machen sich große Sorgen um den Damm in seiner gegenwärtigen Form.«
»Das«, sagte Tom Gentry, »eröffnet alle möglichen Eventualitäten, die ins Kalkül gezogen werden müssen.«
George sah ihn scharf an.
»Hinsichtlich der Bank, natürlich«, sagte Tom Gentry.
Jetzt, in der Abgeschiedenheit seines Arbeitszimmers in der Bank, versuchte sich Gentry darüber klarzuwerden, wo er stand. Er hielt die Augen geschlossen, während er nachdachte. Jedesmal, wenn er aufschaute, hatte er die Vorstellung, daß die Vorstandsmitglieder auf den Fotos an den Wänden ihn beobachteten, als säße er auf der Anklagebank, und das erweckte in ihm ein unbehagliches Gefühl.
Falls George recht hatte, und davon mußte Gentry ausgehen, und falls auch Sam Martin recht hatte, und auch hier bestand kein Grund, etwas anderes anzunehmen, dann war das Vergrößerungsprojekt so gut wie vom Tisch. Dies war die einzig mögliche Schlußfolgerung, sowenig sie Gentry auch passen mochte.
So war er also belastet mit fünfzig Acres Land, das er nicht brauchen und wahrscheinlich nicht verkaufen konnte, und mit einem Darlehen von zweiundzwanzigtausendfünfhundert Dollar, die er zurückzahlen mußte. Auch dies war unvermeidlich.
Wenn er aber Brooks Thompson das Land genau zum Kaufpreis wieder anböte? Natürlich bevor Thompson von den mit dem Staudamm zusammenhängenden Problemen erfuhr.
Wie würde er bei dem Verkaufsangebot vorgehen? Er habe es sich anders überlegt? Konnte er behaupten, er habe seit Mary Thompsons Anruf darüber nachgedacht und wolle bei den Thompsons nicht den Eindruck erwecken, daß er

sie absichtlich übervorteilt habe? Würden sie ihm das abnehmen?
Wahrscheinlich nicht.
Gentry hatte klar erkannt, daß Mary Thompson der Liebling ihres Vaters war. Und was wäre für Spencer Willoughby natürlicher, als seiner Tochter beim nächsten Gespräch zu sagen: »Ich habe übrigens diesen Gentry auf die Hörner genommen, Kind. Dadurch wirst du zwar dein Land nicht zurückbekommen, aber du hast wenigstens die Genugtuung zu wissen, daß Gentry sicher nicht viel Freude an diesem Geschäft haben wird.« Deshalb würde er mit der Begründung, er habe es sich anders überlegt, wahrscheinlich nicht weit kommen.
Aber wie wäre es, wenn er, Tom Gentry, einfach zugäbe, er befinde sich in großen Schwierigkeiten, und wenn er sich gewissermaßen dem Richterspruch ausliefern und als Wiedergutmachung den Rückkauf des Grundbesitzes anbieten würde? Würde er damit durchkommen? Zweifelhaft, aber möglich.
Der Haken lag natürlich darin, daß Brooks Thompson, der kein Dummkopf war, ein Haar in der Suppe finden könnte. Infolgedessen würde Thompson, der sich schon einmal die Finger verbrannt hatte, mit ziemlicher Sicherheit erst einmal genau darüber nachdenken. Und es würde nicht lange dauern, bis er erfuhr, daß der Plan, den Staudamm zu vergrößern, abgeblasen worden war und daß diese fünfzig Acres kaum die Summe wert waren, für die er sie verkauft hatte.
Verdammt noch mal, dachte Gentry und schlug die Augen auf, um den starren Blicken der Fotos an den Wänden die Stirn zu bieten - irgendwie mußte es einen Ausweg aus dieser Klemme geben. Er war Bankdirektor und angeblich ein erfahrener Fachmann; er konnte sich das hämische Grinsen der Leute gut vorstellen, wenn bekannt würde - was unvermeidlich war -, daß er selbst in die Grube gefallen war, die er anderen gegraben hatte. Er -

Er spürte, wie der Fußboden leise zu schwanken begann. Zwei oder drei Fotos hingen plötzlich schief an der Wand, und es sah aus, als hätten die dargestellten Herren fragend den Kopf zur Seite gelegt.

Gentry fluchte in sich hinein. Das war sicherlich der Grund, warum sich die Leute den Kopf zerbrachen, dachte er bei sich. Auch die Götter waren gegen ihn. Sie -

Diesmal war die Störung nicht ein weiteres Beben, sondern der Summton des Telefons. Er nahm rasch den Hörer ab. »Ja?«

Es war die Vermittlung. Sie sprach mit gedämpfter Stimme, als säße sie in der Kirche. »Da ist ein Ferngespräch mit Voranmeldung für Sie, Mister Gentry.«

»Gut, woher kommt es und wer ist am Apparat?«

»Es kommt aus Los Angeles.«

Gentry schluckte und wartete.

»Mister Henry Warfield«, sagte das Mädchen an der Vermittlung. »Ist das nicht -?«

»Der Mann, der uns alle in der Tasche hat, ja«, sagte Gentry. Er holte tief Luft. »Okay, verbinden Sie mich.«

15

Jay und Williams waren hinaufgefahren und standen jetzt oben an einem Punkt, von dem aus sie den Stausee bis zum Damm überblicken konnten. Kate stand neben ihnen; sie verhielt sich ruhig, abwartend, und hörte lediglich zu, während Cooley Parks, in Arbeitsstiefeln, schweißgebadet, die Ärmel aufgekrempelt und die Knie seiner Hose dick verstaubt, über dieses letzte Beben sagte: »Ja, wir haben es gespürt.« Er wies mit der Faust, in der er seinen Geologenpikkel hielt, aufs Wasser. »Auch das Seewasser. Ich habe es beobachtet -«

»Seiches?« fragte Jay. »Schwingungen?«

»Wie es im Lehrbuch steht. Das Wasser schwappte gegen die Staumauer bis zu einer Höhe von etwa drei Metern. In der Seemitte entstand fast keine Bewegung.«

»Wo warst du?« sagte Jay.

»Draußen an der rechten Felswand.« Cooley machte eine entsprechende Handbewegung.

Jay nickte. »Die Coriolis-Beschleunigung. Es hat am rechten Ufer sicher noch mehr Reibewirkung gegeben, als der Fluß noch durch diese Schlucht strömte. Etwas gefunden?«

Cooley hielt ihnen die linke Hand hin und öffnete sie. In der Handfläche lagen ein größeres und ein halbes Dutzend kleinerer, grauer Gesteinsstücke, deren Oberflächen sich in der Sonne spiegelten.

Kate trat näher, um besser sehen zu können. »Ist es das, was Sie die So-und-so-Flächen nennen?«

Jay nickte nur. Sein Gesicht blieb ausdruckslos.

»Schliffflächen«, sagte Cooley. »Ja.«

»Einer soll mir das mal erklären«, meinte Williams. »Was

soll dadurch bewiesen werden?« Er hörte sich Cooleys Erklärung an.
»Okay«, sagte Williams dann, »ich verlasse mich auf Ihr Wort. Es hat eine Verwerfung gegeben. Wann? Vor kurzem? Vor einer Million Jahren? Wovon reden wir überhaupt?«
Cooley zuckte mit den Achseln. »Wir könnten es in gewissen Grenzen feststellen, falls wir uns Zeit nehmen und die Mühe machen. Aber -«
»Wie würden Sie das feststellen?« Williams' Stimme klang zwar nicht aufgebracht, aber sie verlangte nähere Erläuterung.
»Das Gestein ist nicht gleich alt und hat nicht dieselbe Struktur.« Es war jetzt Jay, der in ruhigem Ton eine kurze Vorlesung hielt. »Ein Teil sieht mehr oder weniger noch so aus, wie er damals war, als er durch Abkühlung des ursprünglichen, geschmolzenen Magmas entstand; dieses ist eine dicke Suppe aus Mineralien und anderen Feststoffen. Dies nennen wir Eruptivgestein, und es handelt sich um Urgestein.
Gestein, das durch Ablagerung entstanden ist, gewöhnlich durch Absinken kleiner Teilchen unter Wasser, die dann zu etwas Festem - zum Beispiel Sandstein - komprimiert wird, nennen wir Sedimentgestein.
Und wenn sowohl Eruptiv- als auch Sedimentgestein durch gewaltige Hitze und enormen Druck verändert wird, nachdem es wieder im Erdinnern eingeschlossen ist, heißt das Metamorphgestein - der Marmor ist hierfür ein Beispiel.
Wenn wir also jetzt feststellen wollten, wann diese Verwerfung eintrat, müssen wir zunächst herausfinden, um welche Gesteinsarten es sich handelt, um Eruptiv-, vielleicht teilweise auch um Sedimentgestein und um metamorphes. Durch ihre Lage und das ermittelte Alter anderer, ähnlicher Proben könnten wir feststellen, welches Altersverhältnis zwischen ihnen besteht, das heißt, welches Gestein bereits an Ort und Stelle war, als die eine oder andere Art auf es einzuwirken begann. - Verstehen Sie jetzt einigermaßen,

wie kompliziert die Materie ist? Ein Rätsel, aber es ließe sich lösen.«

Williams nickte stumm.

»Aber es ist gar nicht so wichtig«, sagte Jay. »Wenn es eine Bruchzone, einen durch Verwerfung entstandenen Horst gibt - und diese kleinen Gesteinsproben in Cooleys Hand sind ein ganz guter Beweis dafür, daß es so ist -, dann haben wir es mit einem geologisch schwachen Gebiet zu tun; die San-Andreas-Linie in Kalifornien ist ein Beispiel. Und wenn es dann in diesem Gebiet zu einer Bewegung der Erdkruste kommt, findet sie eher in dem schwächeren Gebiet als an anderer Stelle statt. Eigentlich ganz einfach. Aber abgesehen von früheren Fällen - erst ganz vor kurzem hatten wir genau in dieser Gegend zwei Bewegungen der Erdkruste, Beben, Erdbeben, wie Sie wollen. Jetzt erkennen Sie vielleicht das Problem, vor dem Sie stehen, denn der Staudamm ist auf dieser mehr oder weniger unstabilen Zone errichtet worden.« Kate beobachtete ihren Vater. Er stand fest und ungerührt da; man sah ihm an, daß er die Fakten, ohne mit der Wimper zu zucken, akzeptierte. »Okay«, sagte er. »Was können wir dagegen tun?«

»Das«, meinte Cooley, »ist etwas anderes. Ich bin nun einmal hier. Ich könnte noch weiter herumstochern, das hätte aber meines Erachtens wenig Sinn. Aufgrund der schon jetzt vorhandenen Erkenntnisse könnte ich zwar keine detaillierte geologische Karte dieses Gebiets zeichnen, aber die hätten Sie auch nicht nötig, denn ich kann Ihnen auch so sagen, daß der Staudamm Strukturschwächen aufweist, die ich Ihnen teilweise demonstrieren kann. Ich könnte jetzt ebensogut die nächste Maschine zurück nach Calgary nehmen.«

Williams sah Jay an und sagte: »Wir sind also wieder da, wo wir angefangen haben, nicht wahr? Sie sind hergekommen, um sich etwas anzusehen, und haben etwas anderes entdeckt. Sie haben uns davon berichtet, und jetzt haben Sie es bewiesen. Dadurch stehen wir in Ihrer Schuld.« Nach kur-

zem Nachdenken fügte er hinzu: »Und ich pflege meine Schulden zu begleichen.«
Cooley Parks, dachte sich Kate, hatte dasselbe gesagt. Merkwürdig.
»Schicken Sie mir eine Rechnung«, sagte Williams. »Ich werde dafür sorgen, daß sie bezahlt wird.«
»Eines könnte ich noch tun«, sagte Jay. Vielleicht kommt nichts dabei heraus, aber dann hätte er wenigstens sein Bestes getan, er wäre jedem Fingerzeig nachgegangen, und er könnte dann mit dem beruhigenden Gefühl wieder abreisen, einen Job ordnungsgemäß durchgeführt zu haben, obwohl er eigentlich gar keinen Auftrag dazu hatte. »Ich werde noch einmal tauchen und sehen, ob ich nach diesem letzten Beben irgendwelche Veränderungen feststellen kann.«
»Sei kein Idiot, Junge!« sagte Cooley. »Du weißt nicht, was das Beben angerichtet und wie tiefgreifend es die Felsstruktur in Mitleidenschaft gezogen hat. Ich habe dir gesagt, wie hoch das Wasser gegen die Mauer des Staudamms angeschwappt ist. Dahinter lag eine große hydraulische Kraft. Du weißt genau wie ich, daß der Damm jeden Augenblick bersten kann, und wenn du dich dann unten im Wasser befindest -«
»Oder er hält noch Jahre«, sagte Jay. »Ich werde also nachsehen, ob ich mir etwas mehr Klarheit über seinen augenblicklichen Zustand verschaffen kann.«
Cooley stieß einen explosiv anmutenden Seufzer aus. »Ich habe mit Mauleseln zu tun gehabt«, sagte er, »und ich habe mich mit Kamelen auseinandergesetzt und ein paarmal mit Elefanten, aber die sind alle nichts gegen dich.«
»Außerdem«, sagte Jay, »möchte ich mir das Dorf noch ein letztes Mal ansehen. Falls der Damm brechen sollte, wird auch das Dorf mit fortgerissen werden, und dann habe ich nie wieder Gelegenheit, es noch einmal zu sehen. Vielleicht ist es albern -« Er zuckte mit den Achseln, wandte sich ab und machte sich auf den Weg zum Motel.

Kate sah ihm nach. Nein, sagte sie sich, es war gar nicht albern; wenn ihn sonst keiner begriff - sie glaubte, ihn verstanden zu haben.

In der Beobachtungsstation auf dem Mount Union hatten sie das Beben auch gespürt. »Manchmal«, sagte Bernie, »erschüttern böige Winde die Station. Sie erschüttern sie nicht richtig, aber sie lassen sie vibrieren, verstehst du? Aber dies ist schon das zweite Beben innerhalb einer Woche, das irgendwie anders war, es scheint aus den Bergen, aus dem Gestein zu kommen. Irgendwie unheimlich, nicht wahr?«
»Machst du eine Meldung darüber?« fragte Pete.
»Eigentlich nicht. Wenn etwas Derartiges passiert, schalten wir gewöhnlich das Funkgerät ein und setzen die Nachricht blind ab; dann telefoniert irgend jemand mit einem anderen, den er im Seismographischen Institut der Universität kennt, und dann wird die Nachricht verbreitet. Wenn wir zum Beispiel sehen, daß irgendwo ein Steinschlag auftritt -«
»Oder eine Lawine?«
»Klar, dann melden wir das. Die Forstverwaltung ist daran interessiert. Unser Auftrag lautet, nicht nur über Brände, sondern über alles zu berichten, was sich auf die Umwelt auswirken könnte. Abgesehen vom Wetter, natürlich. Pete, wie kann ich vernünftig reden, wenn du so etwas tust?«
»Soll ich aufhören?«
Bernie lächelte sinnlich. »Nein. Dann rede ich lieber nicht vernünftig.«
Es fiel Pete schwer, sich daran zu gewöhnen, daß sie oben auf einem Berg mit Blick auf die ganze weite Welt wie in einem Glashaus saßen und trotzdem so ungestört waren, als befänden sie sich in einer Höhle, deren Eingang blockiert war. Es sei denn, natürlich, ein Flugzeug flog vorbei, aber das geschah nicht allzuoft, und auch dann war es ganz einfach, in eine Ecke zu treten, wo man nicht gesehen werden konnte.

Noch etwas anderes fand Pete merkwürdig. Sie waren hier auf einer Höhe von über 4000 Metern, und das abgeschirmte Thermometer zeigte eine Temperatur von ungefähr zehn Grad Celsius, aber im Windschatten und in der Sonne war ihnen angenehm warm, obwohl sie meistens, so wie jetzt, splitternackt herumliefen. Pete war im Begriff, wie Bernie eine so goldbraune Sonnenbräune zu bekommen, die nicht durch jene blassen Flecken oder Streifen verunstaltet wurde, wie sie auch der knappste Bikini hinterließ.

Ein Leben in einer Traumwelt, sagte sich Pete immer wieder, und es war höchste Zeit, daß er aus seinem Wolkenkuckucksheim herunterstieg und in die Wirklichkeit zurückkehrte, aber irgend etwas - er hätte nicht sagen können, was es war - trat ständig dazwischen und hinderte ihn, den endgültigen Entschluß zu fassen.

»Meine Großmutter war eine bruja«, hatte er Bernie einmal erzählt und dabei gelächelt, »eine Hexe, und etwas muß auf mich abgefärbt haben, als ich klein war, oder ich habe es geerbt. Ich kann zwar nicht die Zukunft voraussagen, wie sie es manchmal konnte, aber ich habe zuweilen Vorahnungen, und wenn ich sie nicht beachte, bereue ich es hinterher meistens.« Wie bei diesem gottverdammten Knie zum Beispiel, denn als er an jenem Morgen aufwachte, hatte er die Vorahnung, daß ihm an diesem Tag etwas zustoßen würde, und so war es dann auch gekommen.

»Pete!« Bernies Stimme klang atemlos. »Hör jetzt auf damit! Es ist Zeit für die Wetterberichte!« Sie befreite sich lachend aus seinen Armen. »Aber ich bin gleich wieder da. Bestimmt.«

»Du kannst mir erzählen, wie es mit all den kleinen Hochs und Tiefs steht«, sagte Pete, »und was aus dem Schnee und Regen geworden ist, den wir eigentlich bekommen sollten.«

Er legte sich, die Arme hinter dem Kopf verschränkt, zurück und schaute in den tiefblauen Himmel hinauf. Er kam zu dem Schluß, daß er wußte, was ihn hier festhielt, und es hatte nichts mit der Hellseherei seiner Großmutter zu tun. Es war die einfache Tatsache, daß ihm ein Mädchen aus Fleisch und Blut auf einmal näherstand, als er es je für möglich gehalten hätte. Sich vorzustellen, daß Pete Otero tatsächlich verliebt sein sollte - in voller Lebensgröße! Unglaublich!

Er blieb reglos liegen, blickte grinsend zum Himmel hinauf, als die Funkgeräusche innerhalb der Station abbrachen und Bernie wieder herauskam. Sie lächelte nicht mehr, und ihr ernster Gesichtsausdruck stand in seltsamem Gegensatz zu ihrer nackten Schönheit. »Es zieht herauf, Pete, und ich glaube, du solltest jetzt lieber gehen, solange du noch kannst.«

»Weißt du«, sagte Pete, »ich habe mich nie für das romantische Leben im Grünen erwärmen können, aber ich finde, daß es vielleicht doch etwas für sich hat. Es gibt einen Burschen in Santa Monica -«

»Pete, hör mir bitte zu.«

»Das tue ich ja, und er hat es, jedenfalls behauptete er es, ausprobiert. Er besitzt diese Ladenkette für Sportartikel -«

»Pete, du hörst mir doch nicht zu.«

»- und das Besondere liegt darin, daß sie sich auf Übergrößen spezialisiert haben. Auf Ungetüme wie mich. Ich meine, auf große und dicke Männer, die sonst nirgends passende Stiefel oder Golfschuhe oder Pullover finden können -«

Bernie war neben ihm in die Knie gegangen. »Bitte, Pete.«

»Du hast zwei entzückende Beine, Baby. Ich werde nicht müde, sie immer wieder anzusehen, und -«

Bernie ergriff seine Hände, die er nach ihr ausstreckte. »Willst du mir nicht zuhören? Diesmal kommt der Wettersturz bestimmt. Zwei Fronten, die bei uns zusammenstoßen werden.«

Petes Hände tasteten sich weiter vor, als ob Bernie nicht einmal versucht hätte, ihm Einhalt zu gebieten. Er berührte

ihre Brüste und streichelte sie mit einer solchen Zartheit, wie man sie von einem Mann seiner gewaltigen Kraft nicht erwartet hätte. »Ich brauche gar nicht zuzuhören«, sagte Pete, »weil ich nämlich gar nicht weggehen werde. Jedenfalls nicht ohne dich. Nie wieder. Das habe ich gerade beschlossen. Die einzige Frage ist nur, wann wir von hier weggehen - zusammen?«
Bernie atmete tief ein. »Pete -« Dann brach sie ab.
»Um Gottes willen«, sagte Pete. »Was habe ich denn jetzt wieder gesagt, daß du weinst?«

Es war natürlich nicht zu umgehen, überlegte sich der Senator, daß Johnny Cisneros von dem Gerücht erfahren und sich sofort bei ihm erkundigen würde. Johnny hörte immer das Gras wachsen und wußte, wo sein Weizen blühte. Deshalb war jeder Gedanke, seine Hälfte des Leyba-Besitzes an Johnny zu verkaufen, inzwischen völlig abwegig geworden. Jetzt stand er vor einem weiteren Dilemma.
»Ich möchte wissen«, sagte Johnny, »ob es wahr ist. Geht dieser verdammte Staudamm womöglich in die Brüche?«
Aus einem lange vergessenen Englischkurs ging dem Senator ein Zitat durch den Kopf. ›Schlecht lügt der Kopf, der die Krone trägt.‹ Alles gut und schön, dachte er. Aber wie ist es dann mit dem Kopf, der zwei Hüte trägt? Dann entstehen erst die echten Probleme.
»Bist du noch am Apparat, Walt?« sagte Johnny. »Du weißt, wo mein Lagerhaus liegt, unten im *barrio,* direkt neben dem verfluchten Fluß. Und ich erwarte eine ganze Wagenladung mit Fernsehgeräten. Die neuesten Modelle - bei einigen würdest du die Preisschilder für unmöglich halten. Wir entladen sie und verstauen sie in meinem Lagerhaus, und weißt du was? Sie gehören dann mir und nicht mehr dem Hauptverteiler. Und wenn irgend etwas mit diesem Staudamm passiert und eine Überschwemmung eintritt, gehören sie plötzlich dir - du verstehst, wie ich das meine?«
Der Senator wußte genau, was Johnny meinte. Er hatte sich

seit dem Gespräch mit dem Gouverneur kaum noch über etwas anderes und ähnliche Fälle Gedanken machen können. Er hatte die Versicherungspolice für das Lagerhaus des Ehrlichen Johnny einschließlich aller Vorräte selbst ausgestellt, ebenso wie ähnliche Versicherungsunterlagen anderer Kunden, an die er lieber nicht mehr denken wollte. »Ich bin im Bilde, Johnny.«

»*Bueno.* Und was soll ich jetzt tun? Wenn ich die Lieferung abzublasen versuche - was soll ich denn dann sagen? Und was geschieht mit meinem halbjährlichen Ausverkauf, mit dem die Leute rechnen? Ich lasse meine Kundschaft ungern sitzen, Walt. Ich habe fünfzehn Jahre gebraucht, um mir einen guten Ruf aufzubauen, und so etwas könnte alles zunichte machen. Deshalb glaube ich, ich sollte die Fernsehapparate ruhig kommen lassen und sie auf Lager nehmen, und wenn der Staudamm bricht und die Überschwemmung kommt, von der alle reden, dann wissen die Leute wenigstens, daß der Ehrliche Johnny sein Wort halten wollte und versucht hat, den halbjährlichen Ausverkauf durchzuführen, daß ihm aber der liebe Gott einen Strich durch die Rechnung gemacht hat; also ist es nicht Johnnys Schuld. Und du zahlst mir den Schaden, den das Wasser anrichtet, und ich verliere lediglich etwas Zeit und natürlich die Einnahmen aus dem Ausverkauf - was meinst du dazu?«

»Nein«, sagte der Senator. »Das ist nicht der richtige Weg, Johnny. Halte die Lieferung auf.« Und mach auch das Lagerhaus leer, dachte er im stillen; aber er wollte nicht so weit gehen, dies offen auszusprechen.

»Woher soll ich wissen, daß diese Gerüchte wirklich etwas bedeuten? Sag mir das, bitte. Ich würde mit dummem Gesicht dastehn, wenn ich eine Lieferung storniere, einen Ausverkauf ruiniere, und dann passiert gar nichts - verstehst du?«

»Johnny«, sagte der Senator, der nicht wußte, welchen Hut er im Augenblick trug, »Johnny, glaube mir, es ist das beste, wenn du diese Lieferung absagst.«

Ein kurzes Schweigen trat ein. Der Senator hatte das bestimmte Gefühl, daß alles, was Johnny bis jetzt gesagt hatte, auf eine einzige Frage hinauslief. Und diese kam auch. »Was weißt du genau, Walt? Du bist Senator, du hörst Dinge, die uns gewöhnlichen Sterblichen entgehen. Du willst diese Fernsehapparate nicht in meinem Lagerhaus sehen. Schön, dann sag mir aber auch, warum nicht.«
Der Senator wußte, was der Gouverneur an seiner Stelle tun würde. Der Gouverneur würde auf die Frage eine ausweichende, hübsch formulierte Antwort geben und etwas sagen, was zwar überzeugend klang, aber in Wirklichkeit nichts bedeutete. Aber der Gouverneur war nicht auch gleichzeitig Versicherungsmakler mit erheblichen finanziellen Interessen an Johnny Cisneros' Entscheidung.
»Nun komm schon, Walt«, sagte Cisneros. »Entweder weißt du etwas, oder du rätst nur herum. Wenn du nur auf Sicherheit setzen willst, ist mit mir kein Geschäft zu machen. Ich nehme die Lieferung an und packe mein Lagerhaus mit diesen Fernsehapparaten voll. Wenn du etwas weißt, dann sag es mir lieber.«
Der Kopf, der die Krone trägt, sollte auch einmal vor solchen Entschlüssen stehen, dachte der Senator. »Hör zu, Johnny«, sagte er, »die Sache bleibt unter uns, okay?«
»Klar. Klar. Nur du und ich. Also, was weißt du, Walt?«
»Ich *weiß* nicht mehr als du, Johnny. Aber es besteht die Möglichkeit, daß der Damm nicht sicher ist.«
»Das höre ich hier und da«, sagte Johnny. »Vielleicht ist es so, vielleicht auch nicht, *quién sabe!* Aber es geht jetzt nicht darum, was man so auf der Straße hört, Walt. Wo hast du es gehört?«
»Aber Johnny, genügt dir denn nicht mein Wort?«
»Du bist Geschäftsmann, Walt. Ich auch. Mag sein, daß man früher ein mündlich abgeschlossenes Geschäft mit Handschlag besiegelte. Aber jetzt nicht mehr. Du mußt mir schon mehr sagen, sonst nehme ich es dir nicht ab.«
Was ich auch tue, dachte der Senator, ich sitze auf jeden

Fall in der Klemme. Meine gegenüber Harry übernommene Schweigeverpflichtung gegen eine Lkw-Ladung mit Fernsehgeräten. Aber er hatte von vornherein gewußt, wie das Endergebnis aussehen würde. Das Geld behielt immer die Oberhand. Er seufzte. »Ich habe mit dem Gouverneur gesprochen, Johnny«, sagte er. »Aber das muß unbedingt zwischen uns beiden bleiben, verstanden? Es darf sonst niemand erfahren, daß er beunruhigt ist. Das siehst du doch ein. Wenn die Leute hören, daß man sich an der Spitze der Regierung Sorgen macht, drehen sie womöglich durch und -«

»Klar, klar.« Johnnys Tonfall hatte sich kaum merklich verändert. »Ich habe verstanden, Walt. Es bleibt zwischen uns beiden. Okay. Ich werde versuchen, die Lieferung aufzuhalten. Ich bin nicht sicher, ob es mir gelingt, aber ich werde es jedenfalls versuchen.«

»Vielen Dank, Johnny.« Der Senator legte auf. Komisch, er hatte jetzt ein schlechteres Gefühl als vorhin, als er sich den Kopf zerbrach, ob er Johnny nicht lieber von sich aus anrufen sollte.

Der Schneefall begann in den Bergen fast zögernd; zunächst fielen große Flocken, die langsam heruntertrieben und bei der Berührung mit dem Boden sofort wegschmolzen.

Schon nach wenigen Minuten wurde das Schneegestöber dichter, und der Boden begann sich weiß zu färben. Von der Beobachtungsstation aus gesehen entstand ein zauberhafter Effekt: Im Wirbel der Schneeflocken änderten sich die Lichtverhältnisse von Minute zu Minute; die nahe gelegenen Berggipfel, die scheinbar unergründlichen Schluchten und Canyons, der Fluß, der See mit dem Staudamm und die weit unterhalb liegende Stadt waren mal verhüllt, mal wieder ganz klar sichtbar.

»Ein großes Schauspiel«, sagte Pete. »Arrangierst du so etwas häufig?«

»Gegen Ende des Jahres«, sagte Bernie lächelnd. »Wir machen bald zu. Wieder ist ein Jahr vergangen.« Aber dieses Jahr hatte ihr ein Wunder beschert, an das sie noch nicht so recht glauben wollte, und sie hatte Angst davor, sich näher damit zu beschäftigen, damit es sich nicht plötzlich in Schall und Rauch auflöste. Wie würden sie unten in der Wirklichkeit miteinander auskommen?

»Hallo, Schöngesicht!« erklang die Stimme aus dem Lautsprecher. »Schöngesicht, bitte kommen! Ende.«

Barfuß lief Bernie zum Funkgerät und hob das Handmikrophon an den Mund. »Bernie hier. Ich verstehe dich, Charlie. Ende.«

»Schneit es bei dir schon?«

»Ja. Es fängt gerade an.«

»Mach alle Luken dicht und hol das Großsegel ein, oder wie man sagt. Wir werden diesmal ganz schön etwas abbekommen, und es heißt, daß eine Warmfront folgt. Vielleicht verstehst du, was das bedeutet, ich jedenfalls nicht, aber so wird's behauptet. Erst Schnee, dann wahrscheinlich Regen, auch auf deiner Höhe. Ende.«

»Vielen Dank, Charlie. Wir halten durch.«

»Hast du die Beben gespürt?«

»Ja.«

»Waren unbedeutend, unter drei auf der Richterskala, behaupten die Leute bei den Seismographen, und das Epizentrum soll in deinem Gebiet gelegen haben. Nichts als Fensterklirrer, falls du Angst gehabt haben solltest.«

»Vielen Dank, Charlie. Mir geht es prima.«

»Irgendwann will ich dich kennenlernen, um zu sehen, wie du aussiehst.«

Bernie blickte an ihrer sonnengebräunten Nacktheit herab. Sie sah Pete an und lächelte. »An mir ist nicht viel dran, Charlie. Du findest sicher etwas Besseres. Ende.« Sie stellte das Handmikrophon ab und legte es wieder hin.

»Der arme Kerl«, sagte Pete, »hat keine Ahnung, was ihm entgeht.«

16

Cooley saß im Heck, die Hand auf der Ruderpinne; der gedrosselte Außenbordmotor trieb das Boot langsam in Kreisen um die Stelle herum, wo Jay über Bord gegangen war.

»Ich werde unter gar keinen Umständen den Motor ganz abstellen«, hatte er zu Jay gesagt. »Wenn wir so schnell wie möglich ans Ufer gelangen müssen, muß er bereits warmgelaufen sein. Hör mal zu, nur noch dieses eine Mal - wirst du dann diesen verdammten Irrsinn endgültig aufgeben?«

»Bis gleich«, sagte Jay, rückte die Tauchermaske zurecht, schob sich das Mundstück zwischen die Lippen und ließ sich mit Lampe und Kamera über die Bordkante fallen; er schwamm mit raschen Bewegungen durch das klare, kalte Wasser nach unten.

Williams und Kate standen am Ufer und schauten zu. Kate sagte: »Was willst du tun, Daddy?« Sie sah ihn dabei nicht an, denn sie wußte, was sie sehen würde, und es konnte nur schmerzlich für sie sein. Williams war fast vor ihren Augen gealtert. Er hielt sich zwar noch aufrecht und sah den Tatsachen ins Gesicht, wie er es sein ganzes Leben hindurch getan hatte, aber das Selbstvertrauen, das er immer ausgestrahlt hatte, war verschwunden, und für Kate war es, als ob ein Lichtstrahl, durch den sie sich immer hatte leiten lassen, plötzlich ausgelöscht worden war.

»Ich weiß es nicht, Kind.«

»Vielleicht wird er feststellen, daß - alles in Ordnung ist.«

Williams zog eine Grimasse. »Du weißt es besser. Auch diese aberwitzige Hoffnung haben wir längst begraben.«

»Sie könnten sich geirrt haben. Du hast Jay selbst gefragt, ob er gelegentlich einen Fehler macht. Erinnerst du dich?«

Lag der Abend mit dem Abendessen wirklich erst zwei Tage zurück? Oder waren es drei? Die Zeitbegriffe waren ins Schwimmen geraten, und die Tage hatten ihre Individualität verloren.

»Er hat gesagt, er bemühe sich wenigstens, nicht zu viele Fehler zu machen. Aber dies könnte einer sein.«

»Hör auf, mir etwas einreden zu wollen, Kind.« Martha hätte ebenso gesprochen, mußte Williams unwillkürlich denken, und das Gefühl der Vereinsamung überkam ihn plötzlich.

»Du machst dir Vorwürfe«, sagte Kate, »aber es ist nicht deine Schuld.«

»Falsch.« Einen Augenblick kehrten Kraft und Selbstvertrauen in ihn zurück. »Der Mann an der Spitze trägt die Verantwortung. Immer. Er mag sich drehen und wenden, wie er will; er mag vorschützen, er habe von nichts gewußt oder sei von Leuten, denen er vertraut habe, hintergangen worden. Du hast das erlebt, wir haben es alle erlebt, und zum Schluß steht man vor einem verdammten Scherbenhaufen.« Er sprach nicht nur zu seiner Tochter, sondern er sprach in Gedanken auch zu allen denjenigen, die nach ihm kommen würden und der Versuchung, den Weg des geringsten Widerstands zu gehen, erliegen würden. »Das ist mein Damm. Ich habe ihn gebaut. Und wenn er an der falschen Stelle steht, dann ist es meine Schuld, Punktum. Nicht Sams Schuld, auch nicht die Schuld der Pioniere - der einzig Schuldige bin ich.«

Kate schob ihren Arm unter den ihres Vaters und blieb stumm neben ihm stehen. Sie hatte keine Worte mehr. Da waren nur noch der See und die Ringe auf dem Wasser neben dem kreisenden Boot und die Zeit des Wartens, die kein Ende zu nehmen schien.

Sie schaute gebannt auf den Staudamm, der sich hoch - viel zu hoch - über dem Wasserspiegel erhob, und konnte sich nur mit Mühe eines Schauders erwehren. Sie hatte in dem Damm immer ein gewaltiges Bauwerk gesehen, das Ewigkeiten überdauern würde. Jetzt war er, wie ihr Vater, plötzlich verletzlich geworden; seine Lebensspanne schien begrenzt, seine Schwächen vielleicht verborgen, aber dennoch vorhanden und bekannt. Im Gegensatz zu ihm standen die Berge im Umkreis da, wie sie immer dagestanden hatten, aber ihre drohenden Steilhänge, die tiefen Einschnitte und glatten Felswände wirkten plötzlich weniger schön als bedrohlich.

Und der Fluß, den sie immer wegen seines klaren Wassers, seiner Stromschnellen, seiner Forellen und Picknickplätze, weiter oben wegen seiner Wasserfälle und versteckten Höhlen geliebt hatte (und sie mußte unwillkürlich auch an einen vor Jahren mit Tragtieren durchgeführten Ausflug denken, als sie im Grünen einen Biberteich entdeckt hatten und die Biber eiligst ins Wasser gestürzt waren) - all dies schien jetzt Teil einer unwirklichen, lebensfeindlichen Umwelt zu sein.

Sie versuchte sich vorzustellen, wie Jay jetzt, ebenso wie gestern, als sie ihn vom Boot aus beobachtet hatte, zwischen den Grabsteinen auf dem versunkenen Friedhof hindurchglitt, seine Lampe wie ein im Wasser lebendes Glühwürmchen aufblitzen ließ. Gestern war ihr sein Tauchgang nicht gefährlich vorgekommen.

Als sie jetzt das langsam kreisende Boot und Cooleys gespannte Aufmerksamkeit beobachtete, war auf einmal alles anders. Cooley war kein Angsthase; sie kannte ihn jetzt gut genug, um das zu wissen. Er gehörte nicht zu den Menschen, die überall sofort Gefahren wittern. Aber jetzt hatte er Angst, es könne etwas geschehen, solange Jay im See war, und das rückte die ganze verzweifelte Angelegenheit für Kate plötzlich in ein neues Licht. Aber sie konnte jetzt nichts anderes tun, als neben ihrem Vater am Ufer stehen und aufpassen und warten.

Als Williams schließlich das Schweigen brach, wurde offenkundig, daß ihrer beider Gedanken in die gleiche Richtung gewandert waren. »Das ist ein guter Mann dort unten«, sagte Williams, »ein verdammt guter Mann. Auch der andere. Man kann nicht einfach hingehen und sich solche Männer kaufen. So viel Geld gibt es gar nicht. Sie werden tun, was ihrer Überzeugung nach getan werden muß, und die Bezahlung hat nichts damit zu tun.«

Sprach er nur, um die Wartezeit zu verkürzen? fragte sich Kate. Einerlei - was er sagte, war die Wahrheit; sie hatte bereits dieselbe Erkenntnis gewonnen. »Du bist auch so ein Mann, Daddy.«

»Vielleicht. Ich habe jedenfalls immer versucht, so einer zu sein.«

Kate drückte seinen Arm. »Du warst es. Du bist es.« Und wiederum trat Schweigen ein; sie standen da, beobachteten und warteten.

Im Boot sah Cooley auf seine Armbanduhr. Komm hoch, dachte er; *komm hoch!* Er starrte den Damm an, als wäre dieser sein persönlicher Feind. »Willst du etwa nachgeben? Der Teufel soll dich holen!« Er sprach die Worte laut, aber doch so leise wie ein Mann, der die Einsamkeit und seine eigenen Monologe gewohnt ist. »Die Leute haben dich sozusagen auf Sand gebaut, auf Felsgestein, das sie auf seine Festigkeit angeblich vorher untersucht haben. Haben sie eigentlich Wunder erwartet?« Dann sah er noch einmal auf die Uhr. »Verdammt noch mal, Junge, komm jetzt endlich wieder hoch, damit wir uns an Land in Sicherheit bringen können.«

In dreißig Meter Tiefe war es kälter, als Jay in Erinnerung hatte; aber das war bloße Einbildung, sagte er sich. Oder Angst. Durchhalten, sagte er, dir gefällt die ganze Sache ebensowenig wie Cooley, und du müßtest schon ein ausgemachter Idiot sein, wenn du keine Angst hättest. Er fand in dieser Logik nur einen schwachen Trost.

Er befand sich bereits jenseits des Dorfrands und berührte fast den Boden des Staudammes. Der eine, letzte Blick auf das Dorf konnte warten. Jetzt schwamm er an der Stau-

mauer entlang und ließ das Licht ständig über die von Algen und Moosen überwucherte Fläche wandern.
Er erwartete nicht, einen sichtbaren Riß zu finden. Noch nicht. Falls er einen solchen sähe, würde er so schnell wie möglich wieder auftauchen, denn auch die kleinste Bruchstelle würde bedeuten, daß der Damm bereits im Begriff war, zusammenzubrechen.
Vielleicht, dachte er, könnte er an den Seiten, wo sich der Damm an die Felswände anlehnte, Bruchstellen in den Stützflächen des Gesteins entdecken - die, auch wenn sie noch so klein waren, im Hinblick auf Cooleys Analyse nur eine einzige Schlußfolgerung offenlassen konnten: daß nämlich der Staudamm gar nicht mehr instand gesetzt werden konnte.
Er wünschte, er hätte Aufnahmen von den kleinen Rissen gemacht, die er vor zwei Tagen zum erstenmal gesehen hatte. Dann ließe sich durch Vergleiche mit den Bildern, die er jetzt machen würde, eine genaue und nüchterne Beurteilung eventueller Verfallserscheinungen erstellen. Aber er hatte keine Aufnahmen gemacht, und daran war nun nichts zu ändern. Er mußte sich für eventuelle Vergleiche auf sein Gedächtnis verlassen.
Er schwamm höher hinauf und hielt sich weit oberhalb des Grundablasses, der in die Kraftstation hinunterführte; trotzdem spürte er den Sog des ausströmenden Wassers und dachte im stillen, wie leicht er gegen das Schutzgitter am Ablaß gedrückt werden könnte, wo er sich mit eigener Kraft nicht mehr würde befreien können. Komisch, daran hatte er vor zwei Tagen kaum gedacht. Jetzt zielten seine Gedanken beinahe unwillkürlich in eine andere und doch irgendwie logisch erscheinende Richtung.
Er erwartete instinktiv, Anzeichen dafür zu finden, daß die Stabilität des Staudamms zumindest fragwürdig war. Unmittelbar unterhalb des Dammes drehten sich die Turbinen in dem Kraftwerk, als ob alles völlig in Ordnung wäre, und erzeugten Strom für die Stadt, wie sie es seit zehn Jahren ta-

ten - das Leben nahm gewissermaßen seinen gewohnten Lauf. Er hoffte, daß das Kraftwerk vollautomatisch betrieben wurde, so daß niemand dort zu sein brauchte, denn wenn der Damm brechen sollte, wäre das Kraftwerk das erste stromabwärts gelegene Bauwerk, das sich in Nichts auflösen würde.

Jay hatte nie eine verheerende Flutwelle erlebt oder deren unmittelbare Folgeerscheinungen, aber nachdem er jene hausgroßen Felsbrocken hinter der Villa von Williams gesehen hatte und wußte, wie diese dorthin gelangt waren, brauchte er seine eigene wissenschaftliche Ausbildung nur wenig zu bemühen, um sich die furchtbare Gewalt vorzustellen, deren dieser Wasserlauf auch ohne die zusätzliche Kraft des durch Menschenhand entstanden Stausees fähig wäre, denn wenn der Damm tatsächlich einstürzen sollte, würde sich der Unterlauf des Flusses plötzlich von Ufer zu Ufer mit einer Wasserwand füllen, die alles, was sich ihr in den Weg stellte, mit sich fortreißen würde. Alles und jeden.

Es war nicht sein Arbeitsgebiet, sagte er sich, auch nicht seine Aufgabe, es ging ihn auch gar nichts an, und jemand anders würde erklären müssen, falls er es konnte, warum sich Jay Harper gerade jetzt unten auf dem Boden dieses Stausees befand. Vielleicht würde es ein Psychiater erklären können, dachte Jay voller Bitterkeit und setzte seinen Weg an der Staumauer entlang fort. Er sah sich die von Grün überzogene Betonfläche genau an, entdeckte aber keinen Riß.

Und jetzt hatte er die Felswand an der Seite erreicht, das fast senkrecht aufsteigende Gestein, das fest und unversehrt aussah - aber nur auf den ersten Blick.

Da war - ja, er war ganz sicher - eine frische Abbruchstelle, nicht groß, vielleicht ein Quadratmeter. Aber er erinnerte sich genau, daß dieser Bruch vor zwei Tagen noch nicht da gewesen war, und das war entscheidend.

Er tauchte schnell auf den Seegrund hinunter und fand

auch die Gesteinsstücke, die aus jener frischen Bruchstelle heruntergefallen sein mußten. Im Lampenschein untersuchte er sie.
Keine Frage: Diese Seite des Brockens war dem Seewasser längere Zeit ausgesetzt gewesen, und diese andere Seite war in der Felswand eingebettet gewesen, bis das Gestein gelokkert worden war.
Durch das heutige Beben? Wodurch sonst? Im Stausee gab es keine nennenswerte Strömung, und die Temperaturschwankungen waren minimal, viel zu gering, um Kontraktion und Expansion mit nachfolgender Abschilferung zu erzeugen.
Aber eine Schwalbe macht noch keinen Sommer, sagte er sich, und ein einzelner Gesteinsbruch deutet noch nicht auf tiefer gehende Verfallserscheinungen hin.
Aber im vorliegenden Fall traf dies offenbar nicht zu. Er hatte bereits alle Hinweise, die er brauchte. Er hielt Lampe und Kamera besonders aufmerksam in den Händen und machte vier Aufnahmen: von der frischen Schliffstelle und von den auf dem Boden liegenden Felsbrocken.
Okay, dachte er, jetzt aber nichts wie weg. Jetzt war er endlich wieder frei.
Er begann, nach oben zu schwimmen, aber schon nach wenigen Metern zögerte er und dachte: Man soll nie halbe Arbeit machen. Die Redensart ließ ihn nicht mehr los. Der Schatten, den er und Cooley aus der Luft gesehen hatten, ging von *beiden* Seiten der Staumauer aus, und wenn dieser, wie sie annahmen, tatsächlich auf eine Verwerfung hindeutete, dann müßte nach dem heutigen Beben auch auf der anderen Seite der Schlucht irgendein Schaden entstanden sein. Und wenn dies auch noch nicht als endgültiger Beweis ausreichte, so würde es in jedem Falle das erhärten, was die Juristen mit eindeutiger Gefährdung bezeichneten. War es nicht so? Na?
Es war eine rhetorische Frage. Er schwamm bereits vor der Staumauer zurück wie jener dumme Bär, der über den Berg

wandert, um zu sehen, was auf der anderen Seite zu sehen ist. Beruflicher Ehrgeiz war etwas Gefährliches, und das schlimmste daran war, daß er sich einfach nicht unterdrükken ließ.

Während die Spannung wuchs und sie vom Ufer aus Cooley in seinem kleinen Boot schier endlose Kreise ziehen sahen, sagte Williams plötzlich unvermittelt: »Unser Gespräch von gestern, Kind.«
Kate drückte seinen Arm. »Daddy, bitte, nicht jetzt.«
Williams verstand ihren Protest und die Gründe; er rang sich ein halbes Lächeln ab. »Keine weiteren Instruktionen«, sagte er. »Es ist nur etwas, was ich dir noch sagen wollte und eigentlich schon gestern hätte sagen sollen, denn es beschäftigt mich schon die ganze Zeit.« Er sah sie dabei nicht an, sondern hielt den Blick auf das langsam kreisende Boot gerichtet.
Dies wird uns beide in Verlegenheit bringen, dachte er bei sich. Er war nicht der Mann, der gern Komplimente machte. Es war nicht seine Art. Aber hier ging es um etwas, was er nicht ungesagt lassen wollte, und irgendwie hatte er das Gefühl, daß er vielleicht keine Gelegenheit mehr dazu haben würde. Die Dinge, für die das kreisende Boot ein Kristallisationspunkt zu sein schien, spitzten sich zu, und ob er noch ein anderes Mal mit Kate so unter vier Augen würde sprechen können, war fraglich. Er holte tief Atem.
»Ich habe immer gedacht, daß niemand wieder so sein könnte, wie deine Mutter war«, sagte er. Seine Stimme klang auch in seinen eigenen Ohren irgendwie komisch, fast zornig - ›barsch‹ war vielleicht der richtige Ausdruck, was man auch immer darunter verstehen mochte. Er schüttelte den Kopf, weil er sich über sich selbst ärgerte, teilweise aber auch deshalb, um sich selbst Lügen zu strafen. »Ich hatte mich geirrt«, sagte er, »du bist der Gegenbeweis. Ich wollte nur, daß du es weißt.« Er schwieg und blickte weiterhin stumm zu dem Boot hinaus.

»Daddy.« Kate drückte ihm noch stärker den Arm, sagte aber sonst nichts.
»Okay«, meinte Williams im selben, fast zornig klingenden Tonfall, »lange Zeit hatte ich es nicht für möglich gehalten. Erst als du nach Hause kamst, habe ich meine Meinung geändert.« Er zögerte. »Es ist fast so, als wäre Martha wieder im Haus. Ich wollte, daß du auch dies weißt.«
Kate schloß die Augen. Sie war den Tränen nahe.
»Ich habe gesagt, keine weiteren Instruktionen«, sagte Williams. »Okay, was kümmert mich mein dummes Geschwätz. Such dir einen Mann, Kind, den besten, den du finden kannst. Und wenn er noch so gut ist, wirst du ihn noch besser machen, das weiß ich. Auch ohne deine Mutter werde ich für jemand anderen Bautrupps einsetzen und gelegentlich Schaufel und Hacke in die Hand nehmen, um ihnen zu helfen. Du -« Er brach plötzlich ab, und die Muskeln in seinem Arm verkrampften sich. »Mein Gott!« sagte er. »Hast du es gemerkt? Siehst du's? Das Wasser gerät in Bewegung. Wie sie's gesagt haben! Und er ist immer noch dort unten!«

Jay hatte die gegenüberliegende Seite der Schlucht erreicht, als er spürte, wie das Wasser in Bewegung geriet, und fast gleichzeitig - oder war es bloß Einbildung? - vernahm er ein tiefes Grollen, als ob das Gestein in Aufruhr geraten wäre.
Er ließ den Schein seiner Lampe über die Staumauer gleiten. Sie schien noch fest zu sein. Rasch lenkte er den Lichtstrahl auf die Felswand. Einzelne Gesteinsbrocken lösten sich, wie in Zeitlupe, aus der Masse und sanken wie herabfallende Herbstblätter auf den Grund des Sees.
In der Felswand hatte sich ein Riß gebildet. Dort lösten sich weitere Gesteinsstücke und sanken durch das klare Wasser nach unten auf den Boden. Das Geräusch - falls es tatsächlich aufgetreten war - war verschwunden, aber das Wasser bewegte sich noch immer; es behielt seine träge, doch unwiderstehlich starke Schwingung bei.

Jay wußte, was die Uhr geschlagen hatte. Er trieb sich mit peitschenden Schlägen der Flossen nach oben, erreichte die Oberfläche schneller, als er erwartet hatte, und schoß wie ein spielender Seehund hüfthoch aus dem Wasser.

Cooley sah ihn und steuerte das Boot mit Höchstgeschwindigkeit auf ihn zu. Rasch nahm er das Gas weg, griff mit einem kräftigen Arm ins Wasser und zog Jay an Bord. »Du gottverdammter, eigensinniger Idiot!« Die Stimme dröhnte wie gewohnt. Der Bug des kleinen Boots hob sich, als er mit Vollgas Kurs auf den Landungssteg nahm.

Williams und Kate kamen auf sie zugerannt.

Mit vollbepackten Armen kletterte Jay aus dem Boot auf den Steg hinüber. Hinter ihm stellte Cooley den Motor ab, stieg aus und machte die Fangleine an einer Klampe fest. Beide eilten dem Ufer zu; Jay hatte die Tauchermaske hochgeschoben, das Mundstück baumelte unter dem Kinn, mit beiden Händen trug er Lampe und Kamera und verursachte mit den jetzt irgendwie absurd wirkenden Schwimmflossen an den Füßen beim Laufen ein klatschendes Geräusch.

Sie erreichten das Ufer, blieben stehen und blickten zurück. Der Staudamm stand offenbar völlig unversehrt da, und das Schwappen des Seewassers begann nachzulassen.

Jay wandte sich Williams zu. Sein Atem ging schwer, und er hatte Mühe, ruhig zu sprechen. »Okay, das wär's. Ich kann Ihnen sagen, was ich gesehen habe und was ich glaube - Irrtum, was ich jetzt *weiß.* Dann sind Sie dran.«

Die Reaktion hatte eingesetzt; seine Knie wurden plötzlich weich, und im Magen hatte er ein unangenehm hohles Gefühl. »Mehr kann ich nicht tun«, sagte er.

»Das«, meinte Cooley, »werde ich glauben, wenn ich die Bilder gesehen habe.«

Der Gouverneur saß mit ernstem Gesicht hinter seinem Schreibtisch. George Harrison, der von seinem Anwalt, Lucius Cabot, begleitet war, saß ihm gegenüber und wirkte wie ein Schuljunge, der zum Direktor bestellt worden ist.

»Ich habe Sie hierhergebeten -«, begann der Gouverneur, doch der Anwalt unterbrach ihn.
»Wir wurden nicht gebeten, Harry. Wir wurden zitiert, und zwar in einer so empörenden und hochfahrenden Art, wie ich sie noch nie erlebt habe.«
»Wenn Sie hören, was ich zu sagen habe, Lucius«, sagte der Gouverneur, »werden Sie mich verstehen, glaube ich.« Kalte Wut sprach aus seinem Tonfall, und obwohl er sich sonst nie etwas anmerken ließ, war es ihm diesmal gleichgültig, wenn seine Erregung offenbar wurde. »In der Stadt geht das Gerücht um«, sagte er, »daß der Harper's-Park-Staudamm nicht sicher sei.« Ganz kurz sah er auf Lucius Cabots Gesicht den Ausdruck des Erstaunens. »Sind dir diese Gerüchte bekannt, George?« fragte der Gouverneur.
»Nein. Und ich lasse mich nicht -«
»Neben allem anderen, George«, sagte der Gouverneur in einem Ton, der jedem anderen das Wort abschnitt, »bist du auch noch ein Lügner.«
Lucius Cabot sagte: »Aber Harry -«
»Heute vormittag im Hilton«, sagte der Gouverneur, als ob Cabot gar nicht gesprochen hätte, »hast du beim Kaffee zusammengesessen mit . . .« - er nannte die Namen, die ihm der Bürgermeister gegeben hatte - »und hast das Gerücht in Umlauf gesetzt, wohl wissend, daß es die Runde machen würde - was auch deine Absicht war. Jemand hat mitgehört.«
Lucius Cabot bewegte sich auf seinem Stuhl und öffnete den Mund, um zu protestieren.
»Wenn Sie sich auf die durch die Verfassung garantierte Redefreiheit berufen wollen, Lucius«, sagte der Gouverneur, »so gibt Ihnen dieser Artikel, wie der Oberste Richter Holmes in seinem berühmten Kommentar erklärt hat, noch lange nicht das Recht, in einem vollbesetzten Theater plötzlich ›Feuer!‹ zu schreien. Und genau das hat George getan.«
»Das kann doch nicht dein Ernst sein, Harry.«
»Das ist mein voller Ernst. Bürgermeister José-María Lopez

ist weiß Gott nicht mein Freund, aber mir ist niemand bekannt, der ihn jemals der Feigheit bezichtigt hätte, und der Mann hat Angst bekommen - er hat Angst und ist wütend. Er hat mir vorhin am Telefon gesagt, daß er, falls wir dich an den Hoden aufhängen sollten, mit Vergnügen den Strick dazu besorgen würde.«

Cabot sagte in versöhnlicherem Ton: »Bleiben wir doch vernünftig, Harry. Wir sind schließlich erwachsene Menschen -«

»Zwei von uns vielleicht. George ist noch immer das verwöhnte Kind, das er immer gewesen ist.«

George war puterrot angelaufen. Er saß kerzengerade auf seinem Stuhl. »Jetzt hör mir einmal zu, Harry«, sagte er. »Es sind keine Gerüchte. Es ist die Wahrheit. Und -«

»Ich schlage vor, George«, meinte Lucius kalt, »daß du von jetzt ab den Mund hältst.« Er sah den Gouverneur an. »Was beabsichtigen Sie zu tun?«

»Ich habe noch keinen Entschluß gefaßt. Ich warte noch auf einen Bericht von Bill Williams -«

»Er steckt hinter der ganzen Sache«, sagte George. »Der großmächtige, unerschrockene Bill Williams -«

»Ich habe dir doch gesagt, George«, fuhr ihn Cabot an, »daß du den Mund halten sollst. Wenn du noch ein Wort sagst, gehe ich hinaus und lege deine Vertretung nieder. Die Standesregeln des Anwaltsberufs können mir dann gestohlen bleiben.« Er wandte sich wieder dem Schreibtisch zu. »Wann werden Sie diesen Bericht haben, Harry?«

»Ich erwarte ihn jeden Augenblick.«

»Wird er definitiv sein?«

»Nein«, meinte der Gouverneur. »Aber er wird gewisse Indizien enthalten. In derartigen Dingen kann man nicht genau vorhersagen, was passieren wird und wann.« Er wandte den Kopf und sah George längere Zeit stumm an, bis George seinem Blick auswich. »Was natürlich ebenfalls bedeutet«, sagte der Gouverneur jetzt wieder zu Cabot, »daß es keinerlei Möglichkeit gibt, die Gerüchte, die heute vormittag von

George vorsätzlich in Umlauf gesetzt worden sind, zu widerlegen.«
In dem Arbeitszimmer trat Stille ein. Die Digitaluhr auf dem Schreibtisch des Gouverneurs sprang plötzlich auf eine neue Minute über. Das Klicken wirkte überlaut.
Cabot sagte gedehnt und betonte jedes Wort: »*Besteht* die Möglichkeit, daß der Staudamm bricht, Harry?«
»Anscheinend besteht diese Möglichkeit, ja.«
Die Sprechanlage summte. Der Gouverneur ärgerte sich über die Störung und legte mit offensichtlicher Ungeduld den Hebel um. »Ja?« Seine Stimme klang ungewöhnlich scharf.
»Mister Bill Williams ist am Apparat, Gouverneur«, war Claras Stimme zu hören. »Er sagte, es sei wichtig.«
»Sehr gut.« Den beiden Worten war eine gewisse Erleichterung anzumerken. Der Gouverneur drückte auf einen Knopf. »Ja, Bill?«
»Es sieht nicht gut aus«, sagte Willliams. »Hast du das neue Erdbeben gespürt? Macht nichts. Hier oben haben wir es gemerkt. Ich könnte dir die ganze Geschichte erzählen, aber mir wäre es lieber, wenn du sie vom Fachmann persönlich erfährst, okay? Wir können in einer halben Stunde da sein.«
»Also kommt her.« Der Gouverneur dachte einen Augenblick nach. »Sollte ich sonst noch jemanden hinzuziehen?«
Kurzes Schweigen. Dann sagte Williams schließlich in einem neuen, müden Ton, als gebe er sich geschlagen: »Harry, ich weiß wirklich nicht, was ich dazu sagen soll. Oder was ich jetzt machen soll. José-María ist der einzige, der meines Erachtens eingeschaltet werden sollte, aber du kannst ihn ja nicht ausstehen.«
»Ich werde ihn herkommen lassen«, sagte der Gouverneur und legte auf.
Cabot betrachtete das Gesicht des Gouverneurs. Es zeigte einen bei ihm ungewohnten Anflug von Abgespanntheit und Unsicherheit, und er schien sich der Tatsache, daß er mit

seinen sorgenvollen Gedanken nicht allein war, überhaupt nicht bewußt zu sein.
Bei solchen Gelegenheiten, dachte Cabot, konnte man sich als vernünftiger Mensch durchaus fragen, warum jemand so töricht sein konnte, ein öffentliches Amt mit all der dazugehörigen Verantwortungslast anzustreben. Auch er mußte natürlich Entscheidungen treffen, und manchmal fiel ihm der Entschluß wirklich nicht leicht, aber betroffen waren höchstens ein paar Mandanten und deren Eigeninteressen; aber hier stand der Gouverneur jetzt vor einer Situation, die Hunderttausende von Menschenleben und eine große Menge materieller Werte in Mitleidenschaft ziehen konnte, und er besaß nicht einmal die Möglichkeit, sich durch eine Volksabstimmung den Rücken stärken zu lassen.
Gott sei Dank, dachte Cabot, hält jetzt George Harrison, der Narr, wenigstens den Mund. »Sagen Sie, Harry, kann ich irgend etwas für Sie tun?«
Die Hand des Gouverneurs lag noch auf dem Telefonhörer. Er schüttelte den Kopf, während er den Hörer wieder abhob. »Nehmen Sie Ihren Mandanten wieder mit, Lucius. Ich kann ihn nicht mehr sehen.« Dann sprach er in den Apparat: »Verbinden Sie mich, bitte, mit dem Bürgermeister, Clara. Ganz gleich, wo er gerade ist.«

17

Da sie in ihrem bis jetzt relativ kurzen Eheleben stillschweigend davon ausgegangen waren, daß es zwischen ihnen keine großen Geheimnisse geben sollte, hatte Mary Thompson ihrem Mann von dem Telefongespräch mit ihrem Vater erzählt.

»Es war hinterlistig von mir, ich weiß, und jetzt tut es mir leid.«

Sie saßen mit einer Thermosflasche heißen Kaffees und den Salamibroten, die Mary von zu Hause mitgebracht hatte, am Flußufer vor ihrer Baumschule und dem kleinen Treibhaus und genossen die erste Ruhepause des Tages.

»Ich wollte dich nicht kränken, als ich ihn anrief«, sagte Mary. »Ehrlich. Daran habe ich überhaupt nicht gedacht. Aber ich hätte daran denken sollen.«

Brooks lächelte sie an. »Das bringt mich nicht um.« Das Lächeln wurde breiter. »Und ich bin so schadenfroh, mir vorzustellen, wie Spencer darauf reagiert hat.«

»Ich weiß nicht, was er tun kann.«

»Liebling, ich glaube, du hast gar keine Ahnung, was passiert, wenn dein Vater einmal den Holzhammer in die Hand nimmt, oder was für ein Mann er in Wirklichkeit ist. Er haut nur selten auf den Tisch, weil es ihm lieber ist, die Dinge auf elegantere Weise zu lösen, und weil er sich nicht unnötig Feinde schaffen will. Aber wenn er glaubt, die Lage rechtfertige es, hat sein Gegner das Nachsehen. Er ist nicht dahin gelangt, wo er jetzt steht, indem er die Menschen nur mit Samthandschuhen angefaßt hat.«

Mary kaute an ihrem Sandwich und dachte nach. »Dann tut es mir noch mehr leid, daß ich ihn angerufen habe. Ich

hätte es bestimmt nicht getan, aber ich war - wütend. Mr. Gentry -« Sie sah Brooks an. »Ja, ich habe ihn zuerst angerufen. Auch das hätte ich nicht tun sollen.«
Brooks' Lächeln war verschwunden. »Und was hat Gentry gesagt?«
»Wir hätten an der Ostküste bleiben sollen.«
Brooks trank von dem Kaffee und blickte auf den Fluß hinaus. »Vielleicht hat er recht. Wir haben es hier nicht weit gebracht, findest du nicht auch?«
»Wir fangen doch gerade erst an!«
»Den ganzen Vormittag denke ich schon darüber nach«, sagte Brooks. »Wir haben zweiundzwanzigtausendfünfhundert Dollar in bar. Wir haben ein Darlehen auf dieses Grundstück aufgenommen, und ich glaube nicht, daß wir es, auch in Parzellen, für mehr als den Rest des Darlehens verkaufen könnten. Deshalb sind wir, bis das Darlehen zurückgezahlt ist, hier mehr oder weniger angebunden und müssen jeden Pfennig zusammenhalten.«
»Wir haben gesagt, wir könnten einen Teil des Kapitals für die Tilgung des Darlehens verwenden.«
»Gerade darüber habe ich nachgedacht. Ich glaube, das wollen wir eigentlich nicht. Wir wollen lieber das Geld zusammenhalten, das Darlehen abarbeiten und dann -«
»Und dann was?«
Brooks schüttelte den Kopf.
»Ich weiß nicht. Aber ich will dich nicht bis an das Ende deiner Tage mit rissigen Fingernägeln und zerschundenen Händen herumlaufen sehen. Der Pioniergeist hat sein Gutes, und für manche Leute ist so ein Leben vielleicht das schönste auf der Welt. Aber in bezug auf uns hat Gentry wahrscheinlich recht.«
»Nein! Er hat nicht recht! Du glaubst, er sei ein besserer Mann als du, weil er hier die große Geige spielen kann. Aber er ist dir nicht überlegen - und mir schon lange nicht!«
Brooks goß den restlichen Kaffee in ihren gemeinsamen Be-

cher, korkte die Flasche langsam zu und stand auf. Er lächelte wieder. »Okay, Wildkatze! Gehen wir an die Arbeit.«

Angelita Leyba stand in der Tür ihres kleinen Hauses und trat verlegen von einem Fuß auf den anderen.
»Wollen Sie nicht hereinkommen, Pater?« sagte sie. »Das Haus ist nicht - aufgeräumt. Ich habe Ihren Besuch nicht erwartet. Aber hier draußen auf der Straße zu stehen!«
So etwas gehört sich nicht, dachte sie, aber ihr kamen die Worte nicht leicht über die Lippen.
»Ich kann mich nicht aufhalten«, sagte Pater Rodriguez auf spanisch. »Ich muß mich entschuldigen. Es ist meine Schuld.«
»Nein, Padre!« Auch Angelita war zum Spanisch übergegangen, der Sprache, in der im *barrio* alle wichtigen Geschäfte getätigt wurden. »Es ist nicht Ihre Schuld. Es ist die Schuld von Juan Cisneros, dem, wie alle wissen, nicht zu trauen ist, und der immer das Gras wachsen hört, so wie jetzt bei der Erweiterung des Staudamms.«
»Er hat dich betrogen. Ich habe zugelassen, daß er dich betrügt. Es ist meine Schuld. Ich will jetzt sehen, was ich tun kann, um die Sache wieder ins Lot zu bringen.« Der Priester drehte sich um und schritt davon.
Hier in der Stadt schien noch die Sonne; es war ein wolkenloser, angenehm milder Tag, an dem eigentlich nichts Böses geschehen konnte. Sogar das Flußufer, auf dem sonst viel Unrat herumlag, machte einen frischen Eindruck, als ob es gerade gesäubert worden wäre, dachte der Priester im Vorbeigehen.
Was er aber einfach nicht verstehen konnte, war die Tatsache, daß Gott, der Vater aller Dinge, auch einer Kreatur wie Juan Cisneros gestattete, die Wohltaten eines so schönen Tages zu genießen. Von Zeit zu Zeit stellte sich der Pater, einigermaßen schuldbewußt, die Frage, ob er jemals Gele-

genheit haben würde, diese und andere ähnliche Fragen an Gott zu richten und eine Antwort zu bekommen.
Er ging am Schulhof vorbei, wo Kinder spielten. Einige winkten ihm zu. Ein kleines Mädchen machte einen tiefen Knicks. Der Priester lächelte ihnen zu, um sein Schuldgefühl zu verbergen. Was war er doch für ein einfältiger Tölpel, der zuließ, daß Angelita Leyba, diese brave Frau, Mutter und Witwe, um ihren Besitz gebracht wurde, der sie eines Tages hätte reich machen können. Und jetzt -
»Padre! Padre!« rief eine junge weibliche Stimme hinter ihm. Der Priester drehte sich um und blieb stehen. »Teresa! *Qué pasa?*«
»Haben Sie es schon gehört?« Die Worte des Mädchens überstürzten sich. »Man behauptet, der Damm sei nicht sicher! Er könne brechen! Wissen Sie etwas davon, Padre?«
»Gehört?« sagte der Priester gedehnt. »Von wem hast du dieses - dieses Gerücht gehört, Teresa? Sag es mir.«
Von Juan, ihrem Bruder, und der hatte es von Antonio gehört, der ein Taxi fährt, und Antonio hatte es von einem Mechaniker, dem es einer der Pikkolos erzählt hatte, der im Hilton arbeitete und gehört hatte, was sich Herren beim Kaffee erzählten. »Ist es wahr, Padre? Daß wir alle fortgeschwemmt werden?«
»Nein, Teresa, wir werden nicht fortgeschwemmt werden. Und du darfst das niemandem weitererzählen. Verstehst du?« War es immer so, daß besondere Neuigkeiten von halbwüchsigen Mädchen kolportiert wurden? Wie in Lourdes? Oder wie auf Haiti, wie er gehört hatte, in einem Dorf mit dem wenig passenden Namen Ville Bonheur? »Verstehst du, Teresa? Niemandem!«
Das Mädchen war unschlüssig. Schließlich meinte es etwas enttäuscht: »Wenn Sie es sagen, Padre.«
»Braves Mädchen.« Der Priester wandte sich wieder um und setzte seinen Weg mit entschlossenen Schritten fort. Er würde von dem Mann, der das Gras wachsen hörte, herausfinden, was an diesem Gerücht dran war.

Johnny Cisneros beaufsichtigte zwei Gruppen von Arbeitern, die aus dem Lagerhaus, an dem das Schild DER EHRLICHE JOHNNY - TV - RADIO - ELEKTROGERÄTE prangte, Fernsehapparate, Rundfunkgeräte und Plattenspieler auf Lastwagen verluden. Er sah Pater Rodriguez herankommen und seufzte. Na ja, früher oder später würde er über Angelita Leyba und ihre verdammten zehn Acres Land reden müssen, warum also nicht jetzt sofort? »Hallo, Padre«, sagte Johnny. Der Priester überraschte ihn.

»Ist es nicht ein bißchen früh für deinen Sommerschlußverkauf, Johnny?« Die Stimme des Geistlichen klang nicht unfreundlich, und er sprach englisch.

»Tja, Padre. Wissen Sie, man muß sich auf alles vorbereiten.«

»Worauf denn?« Diesmal sprach Pater Rodriguez zwar etwas deutlicher, aber noch immer englisch. »Glaubst du etwa an Gerüchte, Johnny? Du doch nicht!«

»Gerüchte, Padre?« Johnny fühlte sich etwas unbehaglich, weil die dicke Angelita Leyba und ihr Grundstück noch nicht erwähnt worden waren. Er war versucht, dem alten Narren zu sagen, er solle verschwinden, aber im *barrio* sog man die Ehrfurcht vor der Kirche und ihren Repräsentanten schon mit der Muttermilch ein, und man konnte sich ebensowenig der Verkalkung wie der Angst vor der Geistlichkeit entziehen. »Ich weiß von keinen Gerüchten«, sagte Johnny.

»Du warst immer ein geschickter Lügner, Juan.« Der Priester war zu Spanisch übergegangen - ein sicheres Zeichen dafür, daß er eine ernste Angelegenheit besprechen wollte. »Wie zum Beispiel gestern«, fuhr er fort, »als wir uns über Angelitas Besitz unterhielten. Aber jetzt meine ich das Gerede über den Staudamm von Harper's Park und die Möglichkeit, daß er nicht hält.« Er beobachtete Johnnys Arbeiter, die die Lastwagen mit ungewohntem Tempo beluden. »Könnte dies vielleicht der Grund für deine Eile sein?«

»Hören Sie, Padre, ich habe wirklich viel zu tun.« Johnny

blieb beim Englischen. »Was ich damit sagen will, ist, daß wir viel Arbeit haben.«
»*Claro.* Ich frage dich nur - warum die Hast?«
»Diese Leute kosten Geld, Padre. Bei den Mindestlöhnen und den ganzen Tarifen muß man für jeden Dollar möglichst viel Arbeitsleistung herausholen. Verstehen Sie, was ich meine?«
Pater Rodriguez überlegte eine Weile und sagte schließlich, immer noch auf spanisch: »Ich glaube nicht an Drohungen, Juan. Aber ich bin überzeugt, daß eine sehr lange Zeit, wenn nicht sogar die Ewigkeit der Verdammnis alle diejenigen erwartet, die ihren Mitmenschen den Rücken drehen und tatenlos zusehen, wenn diese umkommen, obwohl sie hätten gerettet werden können.«
»Zum Teufel, Padre, ich tue doch gar nichts.«
»Genau.« In Johnnys Verhalten hatte sich etwas geändert, fand der Priester, es war deutlich zu spüren. Dank zahlreicher im Beichtstuhl verbrachter Stunden verstand der Priester, solche Anzeichen zu deuten. Er wußte jetzt, daß er auf der richtigen Spur war. »Was weißt du von dem Grund für diese übermäßige Eile?«
»Ich habe Ihnen doch gerade gesagt, Padre, wie hoch die Löhne sind -«
»Juan! Diesmal lasse ich mich damit nicht abspeisen!« Er war ein kleiner Mann, dieser Pater Rodriguez, er trug ein abgewetztes Gewand, Barett und staubige Schuhe, aber er besaß eine natürliche Würde, und seine Worte klangen eindringlich: »Ich frage dich noch einmal, Juan: Was weißt du davon?« - Er glaubte kein bißchen davon, sagte sich Johnny, und trotzdem konnte er das Gefühl nicht loswerden, daß vielleicht doch etwas dran war, wer konnte das genau wissen? Und vielleicht reichten der lange Arm und die Autorität, wie die Leute behaupteten, tatsächlich von diesem kleinen Mann quer über das ganze Land und den Ozean bis nach Rom und von dort direkt bis in den Himmel oder in die Hölle. Sein Widerstand brach zusammen, wie es schon

so oft im Beichtstuhl der Fall gewesen war. »Ach, zum Teufel, Padre«, sagte er. »Der Staudamm wird nicht halten. Auch der Gouverneur weiß es. Er redet nur noch nicht darüber. Sind Sie jetzt zufrieden?«
Pater Rodriguez gab keine Antwort. Er drehte sich um und begab sich eilenden Schrittes in die Kirche. Teresa hatte also recht gehabt, und jetzt gab es für ihn eine Menge zu tun.

Der Gouverneur führte den Vorsitz und saß hinter seinem Schreibtisch. Der Bürgermeister, Bill Williams, Cooley Parks und Jay hatten sich ihre Stühle im Halbkreis vor ihm herangezogen.
»Schießen Sie los, junger Mann. Fangen Sie ganz von vorn an«, sagte der Gouverneur zu Jay; dann machte er es sich auf seinem Sessel bequem, hörte aufmerksam zu und versuchte, sich selbst ein Bild von der Situation zu verschaffen.
»Als ich vor zwei Tagen einen Tauchgang durchführte«, sagte Jay, »kam mir plötzlich ein Gedanke, und ich habe mir rechts und links den Staudamm angesehen, wo er sich an die Felsstruktur anlehnt. Ich entdeckte Anzeichen von Bruchstellen. Ich habe es Williams noch am selben Abend erzählt.«
Williams nickte. »Das erste, was ich davon hörte, und ich wünschte -« Er schüttelte müde den Kopf. »Macht nichts. Fahren Sie fort, Harper.«
»Gestern vormittag flog ich mit Kate Williams über den Damm«, sagte Jay. »Es war ihre Idee. Ich erwartete nicht, irgend etwas zu sehen, aber mir fiel trotzdem etwas auf. Ich war mir ziemlich sicher, worum es sich handelte, aber ich wollte mir die Bestätigung durch einen Fachmann besorgen, deshalb rief ich Cooley an. Wir flogen heute früh noch einmal, und er hat es auch gesehen. Dann stieg er hinauf, um sich die Sache genauer anzusehen.« Er sah Cooley an. »Erzähl's ihnen«, sagte er.
Alle sahen Cooley an. Er macht eigentlich einen sehr ver-

trauenswürdigen Eindruck, dachte der Gouverneur; das gilt für beide. Wenn man es mit wirklichen Fachleuten zu tun hatte, wurde nicht um den heißen Brei herumgeredet, es wurden einem keine Halbwahrheiten aufgetischt und keine bloßen Vermutungen serviert. Was man zu hören bekam, waren Tatsachen. »Der langen Rede kurzer Sinn«, sagte Cooley, »ist, daß der Staudamm genau auf einem Schichtenbruch sitzt.« Keine Beschönigung, keine Ausflüchte, bloß eine nüchterne Feststellung; macht damit, was ihr wollt.
Jay sagte: »Ich bin heute nach dem ersten Beben noch einmal getaucht. Ich entdeckte weitere Bruchstellen. Und während ich noch auf dem Seegrund war, kam das zweite Beben von heute, und dieses Mal« - er lächelte grimmig - »sah ich, obwohl ich mir nicht mehr allzuviel Zeit dazu nahm, tatsächlich weitere Abbrüche.«
Der Bürgermeister sagte: »Sie sprechen vom Seegrund. Waren Sie dort unten?« Er schüttelte beinahe andächtig den Kopf und versank in Schweigen.
Der Gouverneur sagte: »Schön, was kann man daraus entnehmen?« Er sah Jay an. »Was meinen Sie?«
Jay hob die Hände. »Jeder kann sich seinen eigenen Vers darauf machen. Wir können Ihnen sagen, daß die stützende Felswand an beiden Seiten schwache Stellen hat, daß sie von den bisherigen Beben in Mitleidenschaft gezogen worden ist und daß sie wahrscheinlich von künftigen Beben, falls solche auftreten, noch mehr beschädigt werden wird. Ich kann Ihnen ferner sagen, daß bisher, soweit ich weiß, kein Betondamm lediglich wegen eines Erdbebens gebrochen ist.«
»Aber«, sagte Cooley, »alles passiert einmal zum erstenmal.«
Jay nickte zustimmend. »Darüber hinaus -« Er zuckte vielsagend mit den Achseln.
»In den Bergen schneit es«, sagte der Gouverneur. »Der Wetterdienst sagt etwa dreißig Zentimeter Neuschnee voraus, anschließend Regen. Die umgekehrte Reihenfolge des übli-

chen Ablaufs; es hat etwas mit dem tropischen Sturmtief im Golf von Mexiko zu tun, das sich über Land aufgeteilt hat. Dies ist meines Erachtens ein weiterer Faktor, der in die Gleichung eingebaut werden muß.«

»Es gibt keine Gleichung«, sagte Cooley. »Das ist ja gerade das Dumme. Nach den Unterlagen, die wir haben, können nicht einmal Jay und alle seine Computer eine zuverlässige Prognose stellen.«

»Wenn wir eine Flutkatastrophe bekommen«, sagte Williams, »wird sie sich schlimmer als eines dieser kleineren Erdbeben auswirken, nicht wahr?« Er blickte von Jay zu Cooley und wartete.

»Ich kann Ihnen nicht einmal hierauf eine definitive Antwort geben«, sagte Jay. »Aber ich nehme an, daß es so sein wird. Ich rede jetzt von einem echten Hochwasser.«

Der Gouverner sah den Bürgermeister an. »Joe?«

Der Bürgermeister hob unschlüssig die Hände. »Ich kann nur sagen, daß wir bereits Pläne ausarbeiten, um den *barrio* und die Altstadt sowie andere, tiefer gelegene Stadtviertel zu evakuieren - für den Fall der Fälle. Aber wir reden wie der Blinde von der Farbe. Bestenfalls schuften wir uns dabei ab, und für wie lange? Was unternehmen wir gegen Plünderer, wo doch Wohnwagen und Hütten, ganze Mietblocks und Geschäftshäuser leerstehen? Eine wie lange Vorwarnung würden wir haben, falls der Staudamm tatsächlich bricht?«

Jay meinte, als ob er auf diese Frage gewartet hätte: »Ich habe die Zeit gemessen, als ich vorhin heruntergefahren bin. Die Straße folgt dem Flußlauf. Wir brauchten mit dem Wagen einundzwanzig Minuten, und wir fuhren ziemlich schnell, wahrscheinlich schneller, als das Wasser fließen würde. Ich würde sagen, daß Ihnen mindestens diese Zeitspanne bleibt.«

»Du denkst wirklich an die abwegigsten Dinge«, sagte Cooley. »Ich zum Beispiel habe an nichts anderes gedacht, als möglichst schnell herunterzukommen, bevor etwas passiert. Mir ist bei der ganzen Sache nicht wohl - ich gebe es zu.«

Der Gouverneur saß lange da und schwieg. Sein Gesicht war eine ausdruckslose Maske. In seinem Arbeitszimmer herrschte erwartungsvolle Stille. Schließlich sagte der Gouverneur, und seine Worte kamen langsam, beinahe zögernd, was ihnen ein zusätzliches Gewicht verlieh: »Ich will ganz offen sprechen. Was wir hier vor uns haben, ist das unbewiesene Wort eines einzelnen Mannes.« Er hob die Hand, um jedem Einwurf zuvorzukommen. »Ich konstatiere lediglich Tatsachen, nicht meine eigene Meinung - das sind zwei Paar Stiefel. Nur *ein* Mann hat tatsächlich Anzeichen von Gesteinsabbrüchen gesehen - stimmt das?«

»Es stimmt«, sagte Jay. Sein Lächeln hatte einen grimmigen Anflug. »Ich leihe meine Tauchausrüstung mit Vergnügen jedem, der sich selbst einen Eindruck verschaffen will.«

Der Gouverneur beantwortete das Lächeln mit einem unverbindlichen Kopfnicken. »Ich bin sicher, daß kaum jemand auf dieses Angebot eingehen wird.« Er sah Cooley an. »Wir haben Ihre Ansicht gehört - die Ansicht eines Fachmanns, wie ich glaube -, daß der Damm tatsächlich auf einem Schichtenbruch steht. Ist auch das richtig?«

»Auf einem *aktiven* Schichtenbruch, Gouverneur«, sagte Cooley. »Ich bezeichne meine Berichte gewöhnlich als persönliche Ansicht, aber im vorliegenden Fall bin ich meiner Sache sicher. Was Sie tun könnten, wäre, noch ein paar weitere Gesteinsspezialisten beizuziehen. Ich würde ihnen zeigen, was ich entdeckt habe, und sie ihre eigenen Rückschlüsse daraus ziehen lassen. Dann -«

»Haben wir denn noch Zeit für ein so - gemächliches Vorgehen?« Der Gouverneur sah Jay an und richtete den Blick dann wieder auf Cooley. Er wartete.

»Ich würde sagen: nein«, meinte Cooley. »Aber Jay ist unten gewesen und hat gesehen, was dort los ist; er müßte es besser wissen.«

»Auch ich würde sagen: nein«, sagte Jay. »Es gibt wahrscheinlich noch andere Punkte, die berücksichtigt werden müssen - meistens spielen Geld, Politik oder die Genehmigung von oben eine Rolle - lauter Dinge, für die ich nicht zuständig bin. Aber aufgrund meines technischen Wissens würde ich sagen, daß Sie mit dem, was Sie tun können, am besten gleich anfangen - daß Sie eigentlich schon gestern oder vorgestern hätten damit anfangen sollen.«

Das Gesicht des Gouverneurs verriet keinerlei Regung. »Und welche Maßnahmen würden Sie vorschlagen?«

Dafür bin ich nicht zu ständig, sagte sich Jay, und es geht mich sowieso nichts an; er wiederholte nur die Gedanken, die ihm auf dem Seegrund gekommen waren. Und er war sich ebensowenig schlüssig. Er war jetzt hier; er hatte sich in die Sache irgendwie eingelassen; das war auch alles. Es waren mehr oder weniger nur flüchtige Gedanken, die ihm jetzt durch den Kopf gingen und wieder verschwanden.

Er entschloß sich, die an ihn gestellte Frage zu beantworten. »Fangen Sie an, den Stausee abzulassen, und zwar so schnell, wie Sie können, um den Druck gegen den Staudamm zu verringern. Leiten Sie den Zustrom des Wassers von weiter oben, soweit Sie können, in andere Kanäle ab. Lassen Sie diese Regensituation durch eine besondere Wetterwarte genau beobachten. Halten Sie ständige Verbindung mit dem seismographischen Personal, damit Sie laufend über eventuelle Erdbeben in diesem Gebiet orientiert werden. Und vor allem: Lassen Sie den Staudamm rund um die Uhr beobachten und entscheiden Sie, was mit den Bewohnern jener Sommerhäuser unterhalb des Dammes geschehen soll, denn für diese wird die Vorwarnzeit wesentlich kürzer als für die Stadtbevölkerung sein.«

Der Gouverneur machte sich Notizen und nickte beim Schreiben mit dem Kopf. Er war tief beeindruckt von dem, was er gehört hatte - von dem Computertempo, mit dem Jays Gehirn arbeitete, von dessen Klarheit und vor allem von dessen Entschiedenheit. Er besaß bereits Bill Williams'

Urteil über den Mann; jetzt konnte er sich selbst ein Bild machen. »Fahren Sie fort«, sagte er.
»Sie werden wahrscheinlich ein jederzeit einsatzbereites Warnsystem brauchen«, sagte Jay, »sowohl im Fernsehen als auch im Rundfunk. Außerdem einen Bereitschaftsdienst, der in der Lage ist, jene Evakuierungsmaßnahmen zu leiten« - er nickte dem Bürgermeister zu -, »die Sie planen. Und dann ist da noch eines -«
Der Bürgermeister fiel ihm ins Wort: »Wie wäre es mit Sandsäcken am Flußufer? Auch das ist vorgeschlagen worden.«
Jay hatte diese Möglichkeit auch schon in Erwägung gezogen, sie aber wieder fallengelassen. »Ich glaube, das hätte wenig Sinn. Wir reden hier nicht von einem Fluß, der allmählich, im Laufe des Tages, zu einem Hochwasserstand ansteigt. Wenn es zum großen Knall kommt, haben wir es mit einigen Millionen Tonnen Wasser zu tun, die plötzlich bei einem Gefälle von siebenhundert Metern den Berg herunterkommen, durch einige dieser engen Einschnitte zwischen hier und dem Damm hindurchpeitschen und dann zu einer zehn, fünfzehn Meter hohen Wasserwand werden, die mit einer Geschwindigkeit von etwa siebzig Stundenkilometern dahinschießt. Ein Sandsackdamm, den Sie vielleicht morgen oder übermorgen errichten könnten, würde den Trümmerhaufen, der dann mit fortgespült würde, nur noch vergrößern.«
In der jetzt eintretenden Stille malte sich jeder das Bild aus, das Jay gezeichnet hatte.
Schließlich sagte Bill Williams: »Tja. Okay. Aber was war es, was Sie gerade noch sagen wollten?« Er sah ein schwaches Lächeln auf Cooleys Gesicht. »Wissen Sie schon, woran er denkt?«
»Ich kann es mir vorstellen. Okay, Junge, sag's ihnen.«
Jay nickte. »Dieser Hochwasserdamm an der großen Flußschleife«, begann er.
»Was ist mit dem?« fragte Williams.

»Dieser Schutzwall sollte vermint werden«, sagte Jay. »Und wenn es zum Schlimmsten kommt, sollte er gesprengt werden. Bei normalem Wasserstand fließt der Fluß um die Kurve herum und dann weiter hinunter zum *barrio* und zur Stadt. Aber Sie haben anscheinend festgestellt, daß im Frühjahr manchmal auch ein kleineres Hochwasser, statt der Biegung zu folgen, über die Ufer tritt und das Gebiet hinter der *Bend* überschwemmt. Deshalb haben Sie diesen Schutzdamm gebaut, nicht wahr?«
Williams nickte zögernd. Er sagte nichts.
Jay fuhr fort: »Es steht fest, daß ein großer Teil des Hochwassers in der Vergangenheit nicht um die Biegung herum, sondern geradeaus weitergeströmt ist, wo sich jetzt der Damm befindet. Wovon wir jetzt reden, ist ein Hochwasser von einer ganz anderen Größenordnung. Zerstören Sie den Wall und lassen Sie wenigstens einen Teil der Wassermassen geradeaus statt um die Kurve gehen - dann haben Sie dem *barrio* und der Stadt wenigstens eine gewisse Entlastung gebracht. Und hier kommt es auch auf die kleinste Hilfe an.«
Jay sah den Gouverneur an. »Wie ich schon sagte, gibt es wahrscheinlich noch andere Probleme, die berücksichtigt werden müssen. Das ist immer so. Ich bin Techniker und kann nur technische Anregungen geben. Aber, wie schon Cooley gesagt hat, das Dumme bei der Geschichte ist -« Er brach ab und schüttelte den Kopf.
Der Gouverneur blickte von seinem Schreibblock auf. »Reden Sie weiter!« Es klang wie ein Befehl.
»Okay. Vielleicht passiert gar nichts«, sagte Jay, »und womöglich sind alle diese Maßnahmen nicht nötig, und dann haben Sie vielen Menschen Angst eingejagt und eine Menge Arbeit und Verwirrung und Kosten verursacht - für nichts und wieder nichts.«
»Sie haben ein Bohrloch angelegt«, sagte Cooley, »und dann ist es knochentrocken - kein Erdgas, kein Öl, nichts außer vergeudeter Zeit und unnütz ausgegebenem Geld. Klarer

können wir es Ihnen nicht sagen. Auch wenn Sie uns glauben, können wir Ihnen trotzdem nicht sagen, was getan werden müßte.«

Der Gouverneur legte den Bleistift hin und richtete sich in seinem Schreibtischsessel auf. Seinem Gesicht sah man die Anspannung und Übermüdung an, aber seine Stimme klang kräftig und überzeugend. »Es geschieht nicht oft«, sagte er, »aber ab und zu gerät ein gewählter Vertreter des Volkes, so wie Joe oder ich, in eine Situation, wo es an ihm ist, ob er sein Gehalt und alles, was zu seinem Amt gehört, wirklich verdient. Dies ist eine dieser Gelegenheiten. Sie haben uns nach bestem Wissen gesagt, was Ihrer Meinung nach getan werden sollte. Jetzt liegt es an uns, die politischen Entscheidungen zu treffen.« Er sah den Bürgermeister an. »Einverstanden?«

Der Bürgermeister nickte. Alle Animosität, die zwischen ihnen bestanden hatte, war verschwunden. »Wie du gesagt hast - dafür werden wir bezahlt.«

»Und deshalb«, sagte der Gouverneur, »wenn die Herren vielleicht draußen warten würden, wollen wir versuchen, unserer Verantwortung gerecht zu werden.« Er lächelte schief.

Draußen im Vorzimmer des Gouverneurs nahm Cooley eine Zeitschrift vom Tisch, legte sie wieder hin, ging zu einem an der Wand hängenden Luftbild, betrachtete es kurz, klimperte mit dem Kleingeld in seiner Hosentasche und drehte sich dann plötzlich um. Er sah Jay an, der ihn lächelnd beobachtet hatte.

»Schieß los«, sagte Jay, »sag's.«

»Ich kann mich nicht erinnern, mich hier für längere Zeit verpflichtet zu haben«, sagte Cooley, »und ich habe nie daran gedacht, mich hier niederzulassen und in dieser Gegend zu leben. Vielleicht war es deine Absicht.«

Jay lächelte nicht mehr. Er schüttelte den Kopf. »Nein. Ich bin nur auf der Durchreise.«

»Davon habe ich bisher nichts gemerkt. Verdammt noch

mal, Junge, ein ganz neues Erdölfeld wartet auf dich. Und auf mich. Eine Sache, von der wir beide etwas verstehen.«

»Ja.«

»Und was jetzt?«

Williams, gegen die Wand gelehnt, meinte: »Ich habe immer versucht, was ich einmal angefangen habe, auch zu Ende zu führen, und in den meisten Fällen ist es mir auch gelungen. Vielleicht denkt er ebenso.« Auch auf ihn hatte Jays klarer Vortrag einen großen Eindruck gemacht. Auch wenn er vieles davon nicht gern gehört hatte, wünschte er, daß auch Kate dabeigewesen wäre.

»Er hat damit nicht angefangen«, sagte Cooley. »Auch ich nicht. Derjenige, der diesen Staudamm gebaut hat, ist dafür verantwortlich.«

Williams nickte. Sein Gesicht blieb ausdruckslos. »Deshalb werde ich nicht ruhen, bis die ganze Sache geregelt ist. Wie es auch ausgehen mag, ich bleibe hier.«

»Das ist Ihr Beruf«, sagte Cooley. »Meiner ist die Geologie. Und seiner -«

»Immer mit der Ruhe«, sagte Jay. »Es ist noch nichts entschieden worden. Wir haben ihnen alles gesagt, was wir wissen und was wir denken, und mehr bleibt für uns jetzt nicht zu tun.«

»Auf vielen Gebieten«, sagte Cooley langsam, »bist du wirklich ein kluger Kerl - vielleicht der klügste, den ich kenne. Aber manchmal sollte man dich an die Leine legen. Du -«

Die Tür ging auf, und der Gouverneur stand da, die Hand noch auf der Klinke, und sah sie an. »Würden Sie, bitte, wieder hereinkommen, meine Herren?« Wieder jenes schiefe Lächeln. »Ausnahmsweise sind sich die Vertreter der Stadtverwaltung und der Regierungsgewalt einmal einig.«

Wie vorhin nahm der Gouverneur wieder hinter dem Schreibtisch Platz, und die übrigen saßen ihm gegenüber. Sein Lächeln war vergangen. »Ich werde nicht den Notstand ausrufen«, sagte er. »Noch nicht. Der Bürgermeister stimmt

mir zu, daß eine solche Maßnahme unter den gegebenen Umständen verfrüht wäre.« Er blickte den Bürgermeister an, um sich diese Erklärung bestätigen zu lassen.
»Es würde zu viele Menschen in Panik versetzen«, sagte der Bürgermeister, »und vielleicht ohne Grund. Vielleicht.«
»Aber«, sagte der Gouverneur und sah jetzt Jay dabei an, »wir erwägen, Ihre Ratschläge zu befolgen; wir wollen den Stausee ablassen, Wasser weiter stromaufwärts ableiten, eine Staudammwache rund um die Uhr einsetzen und so weiter. Es gibt bereits Gerüchte bezüglich des Staudamms, deshalb können wir unsere Maßnahmen auch nicht mehr verschleiern, aber wir werden so unauffällig wie möglich vorgehen. Sie sind von der Notwendigkeit aller dieser Vorhaben überzeugt?«
»So ziemlich«, sagte Jay. Dann fiel ihm wieder das Gestein aus der Felswand ein, das unter der Gewalt des letzten Bebens locker geworden war, und er korrigierte seine Antwort. »Ja«, sagte er. Denn das, was er mit eigenen Augen gesehen hatte, war nur ein kleines Nebenprodukt, ein winziger Hinweis auf die Vorgänge gewesen, die sich tief innerhalb der Erdkruste abgespielt haben mußten.
Irgendwo in der Nähe des sogenannten Epizentrums waren gewaltige Kräfte am Werk und erzeugten einen Druck, der in die Millionen Tonnen ging; Gestein wurde gegen Gestein geschoben, gepreßt, geschliffen, gemahlen, und die durch diesen ungeheuren Druck erzeugte Hitze polierte sogar festes Mineral zu winzig kleinen Schliffflächen, wie sie Cooley in der offenen Hand gehalten hatte.
Wenn die Erde selbst in Bewegung geriet, mußte irgend etwas - mußte alles nachgeben, und die Felsbrocken, die er wie Herbstblätter durch das Wasser nach unten hatte fallen sehen, waren lediglich der sichtbare Beweis für die Existenz jener verborgenen Kräfte, die den Staudamm jederzeit auseinanderreißen oder seine stützende Felsstruktur zum Einsturz bringen konnten.
Ganz gleich, ob er und Cooley mit Sicherheit sagen konn-

ten, daß der Staudamm unmittelbar gefährdet war oder nicht, das Problem bestand jedenfalls; soviel war unbestreitbar, und sowohl die Logik als auch der gesunde Menschenverstand sagten, daß irgend etwas unternommen werden müsse. »Bestimmt«, sagte er. »Sie haben keine Wahl.«

»Ich freue mich, daß wir hierin einer Meinung sind«, sagte der Gouverneur.

»Gott der Allmächtige«, sagte Cooley, »jetzt kommt's.«

Jay sah ihn stirnrunzelnd an.

»Du hast es wohl noch immer nicht begriffen?« sagte Cooley. »Wir hätten uns schon gestern aus dem Staub machen sollen. Oder spätestens heute vormittag. Los, Gouverneur, sagen Sie es endlich. Jetzt spielt es schon keine Rolle mehr.«

»Wir möchten, daß Sie die gesamte Operation beaufsichtigen«, sagte der Gouverneur zu Jay. »Sie sind mit der Situation am besten vertraut, und wir glauben, daß, wie Sie selbst sagten, nicht mehr genug Zeit bleibt, einen weiteren Fachmann zuzuziehen, der sich erst mit allen Fakten vertraut machen müßte.«

Jay öffnete den Mund und machte ihn, ohne ein Wort zu sagen, wieder zu.

»Ich stelle Ihnen alle Hilfsmittel des Staates zur Verfügung«, sagte der Gouverneur. »Wenn Arbeitskräfte benötigt werden, kann ich und will ich Teile der Nationalgarde anfordern. Unser Leitender Ingenieur des Staates und seine Leute werden Ihnen in dieser Sache unterstellt. Wir werden versuchen, Ihnen jede erforderliche Unterstützung zu geben, um eine Katastrophe zu verhindern.«

»Das gilt auch für die Stadt«, sagte der Bürgermeister. »Was wir brauchen, ist eine Einzelpersönlichkeit, die alle Fäden in der Hand hat, und nicht irgendein verdammtes Komitee.«

»Ich bin Geophysiker«, sagte Jay abwehrend. »Das ist nicht mein Arbeitsgebiet. Und es geht mich letzten Endes auch nichts an. Ich bin nur deswegen hergekommen, weil ich mir ein versunkenes Dorf auf dem Seegrund ansehen wollte, und -«

»Jetzt hör endlich auf, mit den Zähnen zu klappern«, warf Cooley ein. »Manchmal glaube ich, daß unsere Freunde in Saudi-Arabien doch recht hatten, wenn sie sagten: *Es steht geschrieben.* Mir war von Anfang an klar, wo wir noch einmal landen würden.« Er schob seinen Stuhl zurück und stand auf. »Packen wir's an. Je früher wir anfangen, desto eher ist alles vorbei. So oder so.«

18

Jays erste Reaktion waren Groll, Zorn und Ablehnung. Es gab immer Menschen, die sich bemühten, in verantwortliche Führungspositionen zu gelangen; und er hatte für Menschen dieses Typs immer nur ein nachsichtiges Lächeln übrig gehabt. Ihm waren Handlungs- und Entschlußfreiheit sowie sein eigenes Privatleben viel wichtiger.

Ich bin doch kein Verwaltungsmensch, dachte er unwillig. Gebt mir einen Job und laßt mich ihn ausführen, schön, aber übertragt anderen die Planungsarbeit und Koordination. Blieb die Frage: Welchen anderen?

Er blickte von einem Gesicht zum anderen. Alle sahen ihn an und schienen nicht im entferntesten zu begreifen, was in ihm vorging.

Auf dem Gesicht des Gouverneurs erschien ein schwaches Lächeln. Er sagte in jener klaren und kultivierten Art, die ihn auszeichnete: »Wie der Bursche bei Mark Twain, den man geteert und gefedert hatte und hoch auf dem Wagen aus der Stadt hinausfuhr, der aber viel lieber zu Fuß gegangen wäre - sind das etwa Ihre Gedanken, junger Mann?«

Okay, wenigstens einer verstand ihn.

Der Gouverneur nickte. »Wir bilden uns ein, unser Schicksal bestimmen zu können«, sagte er. Das Nicken ging in ein Kopfschütteln über. »In Situationen wie der jetzigen erkennen wir, wie trügerisch dieser Glaube ist. Ob es Ihnen gefällt oder nicht, junger Mann, Sie haben sich freiwillig gemeldet. Wie Ihr Freund sagt: *Es steht geschrieben.*« Die Spannung im Raum hatte sich plötzlich gelöst.

»Nun zu meinem Büro«, sagte Bill Williams. »Du wirst sicher nicht wollen, daß die Befehle direkt von hier ausge-

hen, Harry.« Dann sah er Jay an. »Keine Angst, ich befehle nichts, ich nehme nur Befehle entgegen. Sie sind jetzt der Boß. Was kommt zuerst dran?«
Wieder sahen ihn alle an, und wieder stieg der Unwille in ihm auf. Diesmal war es Cooley, der die Stille unterbrach: »Als ob du nicht wüßtest, was du zu tun hast, Junge«, sagte Cooley. »Mehr kann man von einem Menschen nicht verlangen.«
Okay. Soviel war jedenfalls klar, dachte Jay und tat den ersten Schritt in das Dunkel. »Den Staudamm rund um die Uhr beobachten lassen.« Dann zum Gouverneur gewandt: »Nationalgarde. Die haben Ausrüstung und Personal -«
»Sobald Sie in Bills Büro sind«, sagte der Gouverneur, »wird sich ein Offizier bei Ihnen melden. Sie sagen ihm, was er zu tun hat. Bill soll mich anrufen, wenn Sie sonst noch etwas brauchen.« Damit waren sie entlassen.
In Bill Williams' Wagen sagte Jay: »Ihr Ingenieur, Sam Martin - wir werden ihn brauchen, mit seinen Zeichnungen und Berechnungen.« Wer A sagt, muß auch B sagen, dachte er. Jetzt gab es kein Zurück mehr.
Williams, der am Steuer saß, sagte: »Ich will den Kerl nicht mehr sehen. Er ist derjenige, der die ganzen Gerüchte in Umlauf gesetzt hat. Ich hatte ihm befohlen, den Mund zu halten, aber -«
»Es ist mir gleich, was er getan hat«, sagte Jay. »Er war der Chefingenieur beim Bau des Staudamms, nicht wahr?«
Williams schwieg. Langsam nickte er - es war eine kaum merkliche Bewegung des Kopfes. Er schob das Kinn vor.
»Dann brauchen wir ihn, Punktum.«
Williams fuhr stumm an zwei weiteren Häuserblocks vorbei. »Okay«, sagte er schließlich. »Sie kriegen ihn.«
Vom Rücksitz meldete sich Cooley. Er sagte lächelnd: »Du hast dich an das Erteilen von Befehlen offenbar schon gewöhnt. Ich auch. Sie entgegenzunehmen ist etwas, woran man sich erst gewöhnen muß.«

Ein Colonel der Nationalgarde wartete bereits in Williams' Büro. »Colonel Watkins. Ich soll mich bei Ihnen melden, Sir«, sagte er.
Williams schüttelte den Kopf. Er wies mit dem Daumen auf Jay. »Bei dem da.«
Der Colonel kniff die Lippen zusammen, und man sah, wie sich seine Kinnmuskeln spannten, während er Jays Jeans, Leinenschuhe und den dicken Pullover betrachtete, aber er sagte nichts.
Jay schien dies nicht zu bemerken. »Ein Beobachtungsposten rund um die Uhr auf dem Harper's-Park-Damm, Colonel«, sagte er. »Scheinwerfer bei Nacht und ständige Funkverbindung mit diesem Gebäude. Jedes Anzeichen, daß der Damm schwache Stellen aufweist, jedes Anzeichen von Rissen, undichten Stellen -«
»Abbrüche an den Felswänden zu beiden Seiten«, sagte Cooley.
Jay nickte. »Genau.«
»Sir«, sagte der Colonel, »die Heerespioniere -«
»Führen Sie Ihren Auftrag aus, Colonel«, sagte Jay. »Wir werden uns um die Verbindung zu anderen Stellen kümmern.« Er wandte sich Williams zu.
»Ja«, sagte Williams und griff nach dem Telefonhörer. »Sam Martin soll heraufkommen.« Sein Blick wanderte zu dem Colonel, der unschlüssig dastand. »Wenn ich Sie wäre, Colonel«, sagte Williams, »würde ich mich jetzt so schnell wie möglich auf die Beine machen. Sie haben Ihren Auftrag.« Und ins Telefon: »Such Sam Martin, Liebling, und bring ihn mit all seinen Unterlagen her.«
Cooley sah dem Colonel nach, der mit steifem Rückgrat verschwand. Die Tür fiel mit lautem Knall ins Schloß. Cooley grinste. »Colonels lassen sich auch nicht gerne etwas befehlen. Besonders von Zivilisten.« Das Grinsen verschwand. »Wie wär's«, sagte er zu Jay, »wenn ich mich auf die Socken mache und feststelle, wer bei den Seismographen zuständig ist? Die Leute müssen inzwischen die bei-

den Beben von heute aufgezeichnet haben, so daß wir sehen können, wo die Epizentren lagen. Okay?«
»Melde dich wieder«, sagte Jay. Dann mit Blick auf Williams: »Jetzt der Wetterdienst.«
»Sagen Sie mir, was Sie haben wollen, und ich beschaffe es Ihnen.«
»Voraussagen und Wetterberichte nach dem neuesten Stand über die Lage diesseits der Wasserscheide.« Jay stützte sich mit der Hüfte gegen die Schreibtischkante. Er dachte bereits an etwas anderes; sein anfänglicher Groll war vergessen. »Sie sind Bauunternehmer. Haben Sie einen Dynamitvorrat?«
»Wir haben einen Vorrat. Was haben Sie vor?«
»Ableitungen des Wassers weiter flußaufwärts. Außerdem - und dies ist das wichtigste - eine Möglichkeit, das Wasser aus dem Stausee abzulassen und die Hochwassermauer zu verminen. Und wir könnten sogar daran denken, eine dieser großen Brücken zur Sprengung vorzubereiten und die Trümmer im Fluß liegen zu lassen. Dadurch würde die Flutwelle zwar nicht aufgehalten, aber sie würde gebremst und vielleicht aufgespalten.«
Williams pfiff geräuschlos vor sich hin. »Wenn Sie erst einmal anfangen, dann ist anscheinend kein Halten mehr, stimmt's?«
»Hier geht es um Menschenleben«, sagte Jay. »Und etwas Wertvolleres kann ich mir nicht vorstellen.« Die Art, wie Williams reagierte, war vermutlich typisch, sagte er sich und ließ es dabei bewenden.

Carlos García saß am Telefon im Vorzimmer des Bürgermeisters, als dieser von der Besprechung beim Gouverneur zurückkam. Die Sekretärin stand im Hintergrund und tat so, als höre sie dem auf spanisch geführten Gespräch nicht zu.
Carlos blickte auf, als der Bürgermeister eintrat. »*Bueno*«, sagte er in den Apparat. »Er ist hier. Ich werde es ihm sa-

gen.« Er lauschte kurz. »Ich verstehe die Dringlichkeit.« Er legte auf.

»*Qué pasa,* Carlito?« Unwillkürlich sprach auch der Bürgermeister spanisch.

»Ramón Sanchez, der Drogist.« Carlos sah, wie der Bürgermeister bei der Nennung des Namens verständnisvoll nickte. »Pater Rodriguez hat eine Versammlung in der Kirche einberufen. Ramón und andere. Ramón dachte, es würde Sie interessieren. Der Pater macht sich Gedanken über die Vorwarnung im *barrio.*«

Die Sekretärin sagte zum Bürgermeister: »Der Pater wollte auch Sie dazu auffordern. Aber Sie waren schon weg.«

»Wegen des Staudammes? Hat der Pater von den Gerüchten gehört?« Eigentlich selbstverständlich, sagte er sich; im *barrio* erfuhr die Kirche alles. So war es immer gewesen. »Okay.« Er sprach englisch weiter. »Ich gehe hinunter und spreche mit ihm.« Er öffnete die Tür zu seinem Arbeitszimmer. Die Chefs der Polizei und der Feuerwehr blickten vom Konferenztisch auf. »Ich muß wieder weg«, sagte der Bürgermeister. »Carlos wird mich vertreten. Ich möchte konkrete Pläne sehen, wenn ich zurückkomme.«

Während er durch die Straßen des *barrio* fuhr, in denen er sich nach all diesen Jahren noch immer wie zu Hause fühlte, während er ab und zu den still dahinströmenden Fluß aufblitzen sah und, genauso wie der Priester, die stille Schönheit des Tages empfand, fiel es dem Bürgermeister schwer, zu glauben, was er vorhin im Arbeitszimmer des Gouverneurs gehört hatte.

Er war hier geboren und hatte hier sein ganzes Leben zugebracht; abgesehen von dem jährlichen Hochwasser im Frühjahr, bevor der Staudamm gebaut worden war, hatte es nie irgendwelche echten Gefahren für Menschenleben oder Eigentum aus natürlichen Ursachen gegeben.

Aber Bill Williams gehörte zu den wenigen Anglos, denen man Glauben schenken konnte, und er war jetzt von der Gefahr überzeugt. Und jene beiden Fremden waren Männer, die offenbar etwas von ihrem Geschäft verstanden. Und bei allen Vorbehalten gegenüber dem Gouverneur mußte der Bürgermeister zugeben, daß Harry Wilson nicht der Mann war, der aus nichtigem Anlaß in Panik geriet. Er stand also vor einem Problem, mit dem er irgendwie fertig werden mußte; dazu gehörte, daß alle, einschließlich Pater Rodriguez, am selben Strang zogen, und dies konnte schwierig werden.

Innerhalb der Kirche war dem Bürgermeister etwas unbehaglich zumute, denn er wagte sich gewissermaßen in die Höhle des Löwen. Sie standen unmittelbar vor der niedrigen Tür, die zum Santuario führte, wo das ausgetretene Loch in dem Ziegelboden mit Lehm ausgefüllt war, der für heilig gehalten wurde. Die Wände des Santuario waren mit alten Stützen und Krücken behängt, deren Anblick beim Bürgermeister immer eine Gänsehaut hervorrief. Er konnte auch jetzt nicht umhin, an sie zu denken.

»Padre«, sagte er auf spanisch, »wir können nicht zulassen, daß dieses Gerücht sich noch weiter verbreitet.« Gott sei Dank, dachte der Bürgermeister, hatte er durch Ramóns Bericht jetzt wenigstens die Möglichkeit, auf den Priester einzuwirken und ihn an seinem Vorhaben zu hindern.

Der Priester sah ihn stumm an.

»Es sind Ihre Leute«, sagte der Bürgermeister, »Ihre Gemeinde. Sie gehören aber auch zu mir. Sie haben mich gewählt, damit ich ihnen helfe.«

»Und Sie glauben, es sei ihnen nicht dadurch geholfen, daß sie sich retten können, solange es noch geht?«

»Worüber ich mir Sorgen mache, Padre, ist eine eventuelle Panik. Wir wissen noch nicht –«

»Man hat mir gesagt, daß sogar der Gouverneur –«

»Ich komme gerade vom Gouverneur. Ich hatte mit ihm eine Besprechung –«

»Alle wissen, daß Sie und er auf keinem besonders freundschaftlichen Fuße stehen.«

»Stimmt.« Der Bürgermeister fuhr nach kurzem Schweigen

fort und wählte seine Worte mit Bedacht: »Die Sache ist nicht ganz einfach, Padre. Ich gebe es zu. Der Gouverneur gibt es zu. Wir kennen den Umfang des Problems noch nicht, aber da es existiert und weil es ernste Folgen haben kann, haben wir unsere Differenzen vergessen. Das müssen Sie mir abnehmen. Wenn etwas Konkretes bekannt wird, wird er mich informieren. Darauf kann ich mich verlassen.«

Der Priester sah das Gesicht des Bürgermeisters längere Zeit forschend an. Schließlich meinte er: »Ich habe mich mit einigen Personen beraten, denen ich vertraue. Ich hätte auch Sie zugezogen, aber Sie waren nicht auffindbar. Wir haben beschlossen, die Kirchenglocken läuten zu lassen und möglichst viele Menschen aus dem *barrio* zusammenzurufen, um sie zu warnen.«

»Das habe ich gehört. Deshalb bin ich hier. Um es zu verhindern.«

»Und wenn Sie sich irren, José-María?«

Der Bürgermeister hob die Hände und ließ sie zum Zeichen seiner Hilflosigkeit wieder sinken. »Darauf habe ich keine Antwort, Padre. Panik, Plünderungen, das sind die eigentlichen Gefahren, und diese werden durch Ihre Warnung hervorgerufen. Die andere Gefahr ist noch ungewiß. Dies ist nach bestem Wissen und Gewissen meine Überzeugung.«

Ein längeres Schweigen trat ein. »Ich werde Gott um Führung bitten«, sagte der Priester.

Der Bürgermeister nickte. Er hatte wenigstens einen Aufschub erwirkt. »Tun Sie das, Padre. Hoffentlich werden Sie erhört.«

In der Beobachtungsstation auf dem Berggipfel waren sie jetzt allein - die übrige Welt war durch die wirbelnden Schneeflocken, die nicht mehr schmolzen, sondern liegenblieben, verhangen. Von Zeit zu Zeit krächzte der Lautsprecher des Funkgeräts. Bernie hörte aufmerksam zu und setzte sich dann wieder beruhigt hin.

Pete sagte: »Ich verstehe überhaupt nichts. Kannst du tatsächlich etwas hören?«
»Genug. Man gewöhnt sich daran. Manchmal sind die atmosphärischen Störungen so stark, daß man nichts mehr verstehen kann, aber so schlimm ist es noch nicht. Die Leute vom Wetterdienst rufen jede Station ab. Bald sind auch wir dran.«
Wieder kam ein krachendes Geräusch aus dem Lautsprecher, und diesmal konnte Pete eine menschliche Stimme erkennen, ohne aber die Worte zu verstehen. Die Stimme brach plötzlich ab. Er sah, wie Bernie das Handmikrophon hochhob und hineinsprach. »Verstanden. Hier ist Mount Union. Ende.«
Trotz der atmosphärischen Störung kam die Stimme zurück und sprach längere Zeit. Pete, der Bernie beobachtete, ohne jedoch die einzelnen Worte verstehen zu können, begriff trotzdem, daß es sich jetzt nicht um einen bloßen Routineanruf handelte. Bernie hatte die Augen geschlossen und die Gesichtsmuskeln vor innerer Erregung gespannt, während sie lauschte.
Die Stimme brach ab. Bernie sprach in ihr Mikrophon, und ihre eigene Stimme klang jetzt nicht mehr ganz fest: »Verstanden. Wir halten Sie auf dem laufenden. Im Augenblick starker Schneefall. Sichtweite Null. Bis jetzt haben wir schätzungsweise zehn Zentimeter Neuschnee. Er bleibt liegen. Ende.«
Sie legte das Mikrophon hin, als wäre es eine heiße Kartoffel.
»Was ist los, Baby?«
»Ach Gott, Pete!«
»Das ist keine Antwort.«
Bernie schüttelte den Kopf, als ob sie etwas verjagen wollte. »Dieser Traum«, sagte sie. »Du weißt doch, dieser verrückte Traum, von dem ich dir erzählt habe, daß ich von hier hinuntergeschaut und keine Welt mehr gesehen habe?«
»Red kein dummes Zeug. Komm, Baby, beruhige dich.« Lä-

chelnd nahm er ihre Schultern in seine breiten Hände und rüttelte sie sanft.
Bernie holte tief Atem. »Der Staudamm. Der Harper's-Park-Damm.«
»Was ist mit ihm? Der Wasserstand ist niedrig, sonst nichts.«
»Der Damm kann eventuell brechen. Davor haben sie Angst. Deshalb will der Wetterdienst laufend von uns unterrichtet werden. Denn wenn diese Warmfront bis zu uns durchkommt und wenn es regnet statt zu schneien - hast du jemals erlebt, was eine plötzliche Flutwelle anrichten kann, Pete? Hast du das schon einmal erlebt?«
»Du siehst zu schwarz, Baby.«
Bernie schüttelte mit Entschiedenheit den Kopf. »Der Wetterdienst regt sich gewöhnlich nicht unnötig auf, Pete. Die Leute haben ihre Satellitenfotos und ihre Instrumente und Computer und Meldungen und Wetterkarten und Aufzeichnungen, lauter Dinge, mit denen sie spielen können, und sie scheinen in einer eigenen Welt zu leben. Manchmal, ehrlich, manchmal schauen sie anscheinend nicht einmal aus dem Fenster, um zu sehen, was sich draußen tatsächlich abspielt.«
»Aber diesmal ist es anders?«
»Sie sind in Alarmstimmung, Pete. Ich habe sie noch nie so gehört.« Pete nickte und schüttelte Bernies Schultern noch einmal sanft. »Okay. Dann werden wir ihnen eben Meldungen durchgeben, sobald sich etwas verändert. Etwas anderes können wir doch nicht tun?«
»Du hast recht. Sonst nichts.«
»Wir werden also«, sagte Pete, »auf der Reservebank sitzen und zusehen und hoffen und warten. Und das ist das schlimmste, das Warten, aber so ist es eben manchmal.«

Sam Martin betrat Williams' Büro, als erwarte er vor Gericht sein Todesurteil. Unter dem Arm trug er Rollen von Zeichnungen und Papieren, und sobald er die Tür mit der

Hüfte aufgestoßen hatte, blieb er stehen und wartete, bis man ihm sagte, was er zu tun habe.
»Verdammt noch mal, leg sie hier auf den Tisch«, sagte Williams. »Hast du die Bauzeichnungen und Berechnungen für den Staudamm dabei? Okay. Harper hier hat die Leitung. Ist dir das klar? Wenn er sagt ›Frosch‹, fängst du an zu hüpfen. Und diesmal hältst du gefälligst dein gottverdammtes Maul über alles, was in diesem Büro passiert, ist das klar?« Er ging um den großen Schreibtisch herum und ließ sich in seinen Sessel fallen. Automatisch zog er die kleine silberne Pillenschachtel heraus, entnahm ihr eine Tablette und schob sie sich in den Mund. Er schluckte sie mit Mühe hinunter.
Jay beugte sich bereits über die auf dem Konferenztisch liegenden Papierstapel. »Haben Sie ein Meßtischblatt mitgebracht? Gut. Rollen wir es aus. Als Sie den Beton für den Staudamm gossen, wo haben Sie Ableitungen flußabwärts vorgesehen? Hier? Hier?« Er fuhr mit dem Finger rasch über die ausgebreitete Karte. »Vielleicht hier?«
Sam Martins Groll gegen Jay war nicht vergangen, nicht einmal geringer geworden, aber jetzt, da er Zeuge wurde, mit welcher erstaunlichen Geschwindigkeit Jay komplizierte Probleme erfaßte und begriff, für deren Bewältigung er, Sam Martin, der Diplomingenieur, Wochen und manchmal Monate gebraucht hatte - jetzt, da er sah, daß neue Ideen auftauchten und wie durch Zauberhand Gestalt annahmen -, jetzt hatte er Mühe, auf seinem eigenen Fachgebiet zu bestehen, das wenig oder gar nichts mit Jays Arbeit als Geophysiker in der Ölindustrie zu tun hatte. Es war eine heilsame Erfahrung.
Sam merkte nicht, daß sich die Tür geöffnet hatte und Kate leise eingetreten war. Sie stand jetzt gegen den Schreibtisch ihres Vaters gelehnt, hörte aufmerksam zu und legte die Hand leicht auf die Schulter ihres Vaters.
»Der Ablaß durch die Turbinen im Kraftwerk«, sagte Jay gerade. »Haben Sie eine Möglichkeit, die Fließgeschwindigkeit zu steuern?«

»Wir mußten uns eine Möglichkeit schaffen, den Zustrom abzuschalten, wenn wir an einer der Turbinen Arbeiten auszuführen hatten«, sagte Sam. In seiner Stimme schwang ein abweisender Unterton mit.
»Selbstverständlich. Können Sie den Durchfluß auch verstärken?«
»Natürlich. Wir können ihn regeln. Aber die Turbinen können nur eine bestimmte Menge verkraften. Was ich sagen will, ist -« Er brach ab, denn plötzlich sah er sich mit einem ganz neuen Gedankengang konfrontiert. »Oh«, sagte er.
»Tja«, sagte Jay. »Wenn es keine andere Möglichkeit gibt, werden wir den Ablaß weit öffnen - zum Teufel mit den Turbinen! Wieviel Wasser könnten wir dann zusätzlich durchlaufen lassen? Ich brauche keine genauen Zahlenangaben. Wäre es eine nennenswerte Menge?«
»Vielleicht zehn Prozent.«
Jay nickte. »Jede Kleinigkeit hilft uns weiter. Unberechenbar sind das Wetter und -«
Die Tür ging auf, und Cooley kam herein. Er machte die Tür geräuschvoll wieder zu. »Zwischen zwei-komma-acht und zwei-komma-neun auf der Richterskala«, sagte er. »Nachbeben. Das ist die mehr oder weniger gute Nachricht.« Er hatte ein Blatt Papier in der Hand, brauchte es aber nicht zu konsultieren. »Die schlechte Nachricht ist die, daß wir mit weiteren kleineren Nachbeben rechnen müssen, und die können wir nicht brauchen. Und die Epizentren - rate mal, wo die liegen?«
»Soweit man die Lage genau bestimmen kann«, sagte Jay, »liegen sie vermutlich hier - unterhalb des Staudamms.«
»Gewonnen«, sagte Cooley. »So war es auch bei dem Beben vor sechs Tagen. Wir haben das nachgeprüft. Es war dreikomma-neun auf der Richterskala. Nicht stark, aber stärker als das heutige. Wahrscheinlich sind es die Schichten, die noch nicht zur Ruhe gekommen sind.«
»Was bedeutet das?« fragte Williams.
Jay, der die Zügel jetzt fest in der Hand hatte, erklärte es

ihm. »Druck baut sich in der Gesteinsstruktur auf«, sagte er. »Auf das Warum brauchen wir jetzt nicht einzugehen. Es kann eine Vielzahl von Gründen geben. Wenn aber der Druck einen Grad erreicht, dem das Gestein nicht mehr standhalten kann, gibt es nach, und es kommt zu Diastrophismus, einer Bewegung der Erdkruste, und dem, was man Erdbeben nennt. Diese Bewegung ist selten gerade groß genug, um die Spannung zu lösen; meistens geht sie zu weit und erzeugt Druck gewissermaßen in der entgegengesetzten Richtung. Dann schwingt sie ein wenig zurück und geht auch hier eventuell wieder zu weit. Man hat es also mit einer Anzahl kleinerer Schwingungen zu tun, bis die Gesteinsstruktur ihr Gleichgewicht wieder erreicht hat. Das meinte Cooley, als er vom Zur-Ruhe-Kommen sprach. Und so etwas dauert seine Zeit.«

»Und da die Epizentren, die Zentren dieser Bewegung, wahrscheinlich genau in der Verwerfungsfläche unterhalb des Staudamms liegen«, sagte Cooley, »wirkt sich jedes dieser Nachbeben auf den Damm und dessen Verankerung in den Felswänden aus. Eisenbeton ist nicht völlig starr - das ist fast kein Material -, aber es gibt nur sehr wenig nach, ohne zu reißen.« Er grinste plötzlich. »Wenn Sie es in gewählten Worten hören wollen: Eisenbeton hat keinen sehr hohen Elastizitätsmodul.«

Sam Martin holte tief Atem. »Sind Sie sich sicher wegen dieser Verwerfungslinie?«

Cooley nickte. »Absolut.«

»Es gab keinerlei Anzeichen. Keine. Verdammt noch mal, die Heerespioniere -«

»Hören Sie«, sagte Jay in einem Ton, der keinen Widerspruch duldete, »wir wollen jetzt niemandem die Schuld in die Schuhe schieben. Das sollen später andere tun, meinetwegen. Wir müssen uns jetzt überlegen, was zu tun ist.«

»Und?« fragte Williams mit tiefernstem Gesicht. »Was machen wir?«

Jay nickte. Das hast du dir selbst eingebrockt, sagte er sich;

aber jetzt bist du nun einmal da und mußt handeln. »Zuerst«, sagte er, »die Ableitungen stromaufwärts. Hierfür brauchen wir Zeit, die wir vielleicht haben, vielleicht aber auch nicht, aber wir müssen in jedem Fall versuchen, den weiteren Wasserzufluß in den Stausee zu unterbinden.« Er sah Sam an. »Sie haben so etwas während der Bauarbeiten schon einmal gemacht. Sie können es noch einmal tun, aber diesmal im Renntempo, und es kommt nicht darauf an, unbedingt den gesamten Zustrom zu unterbinden; tun Sie, was Sie können, um soviel Wasser wie möglich abzuleiten.«

Sam sah Williams an.

»Erspar dir jede weitere Frage«, sagte Williams. »Tu, was er sagt.« Er wandte sich wieder zu Jay um. »Was sonst noch?«

»Das Kraftwerk«, sagte Jay. Er sprach zu Sam. »Gibt es einen Seitenablaß? Gut. Den öffnen wir auch.« Dann wieder zu Williams: »Die Elektrizitätsgesellschaft soll entscheiden, wie sie vorgehen will, aber wir müssen die durchfließende Wassermenge erhöhen, auch wenn dies den Verlust der Turbinen bedeuten sollte. Wir müssen das Wasser aus dem Stausee ablassen.«

Williams blickte Sam an. »Der Ausweichtunnel. Wie steht es mit dem? Du hast einmal gesagt, du müßtest einen Zugang zu ihm freisprengen.«

Jay sagte zu Sam: »Ausweichtunnel? In der Nähe des Dammes?« Und dann begriff er plötzlich: »Sie haben ihn gebraucht, um den Zufluß während der Bauarbeiten abzuleiten?«

Sam nickte.

»Okay«, sagte Jay, »Sie sind der Ingenieur. Verlassen Sie sich auf mein Wort: Der Staudamm steht auf einer aktiv gewordenen Verwerfungsfläche. Heute ist es zu weiteren Rissen in der Felswand zu beiden Seiten des Dammes gekommen. Ich war unten auf dem Seegrund und habe es mit eigenen Augen gesehen. Würden Sie in diesem Gebiet Sprengungen durchführen?«

Alle sahen ihn an, und Sam zuckte zusammen. Er kam sich wie ein Mensch vor, der nackt und bloß, im gnadenlosen Scheinwerferlicht, auf der Bühne steht. »Wenn es so ist, wie Sie sagen -«

»Verdammt noch mal«, sagte Williams, »hör mit dem Gewinsel auf. Verlaß dich auf das, was der Mann sagt, und gib uns eine Antwort. Können wir einen Zugangskanal sprengen?«

»Ich - ich täte es nur sehr ungern.«

»Das ist keine Antwort!«

Cooley sagte: »Ich werde mit ihm hinauffahren und mir die Sache selbst ansehen. Ich habe zu meiner Zeit schon eine ganze Menge Sprengstoff in die Luft gejagt.«

»Okay«, sagte Jay. »Ruf uns an.«

Cooley ergriff Sams Oberarm mit einer Hand, die ebenso hart wie die Steine war, mit denen er es zu tun hatte. »Kommen Sie mit, Sonnyboy, und zeigen Sie mir, wo dieser Tunnel ist. Ich habe ihn nicht gesehen, als ich da oben Gesteinsproben gesammelt habe.«

»In der Zwischenzeit«, sagte Jay zu Williams, »ist der Abfluß ins Kraftwerk unser erster Schritt. Dies und die Militärs - sie sollen Sprengladungen an dem Schutzwall anbringen.«

Davon hörte Kate jetzt zum erstenmal. »An der *Bend*? Nein! Unser Haus! All die schönen Häuser!«

Cooley, schon an der Tür, drehte sich noch einmal um und sah erst Kate, dann Jay an. Aus seinem Gesicht sprach Ermunterung, als er Sam durch die Tür schob.

Williams sagte: »Ich setze mich mit den Leuten von der öffentlichen Verwaltung in Verbindung und werde mich nach Sprengmitteln erkundigen.«

Seine Stimme klang ausdruckslos. Dann ging er mit festen Schritten hinaus.

Kate und Jay blieben allein zurück. Noch vor drei Tagen, mußte Kate unwillkürlich denken, hatte sie noch nicht einmal gewußt, daß dieser Mann überhaupt existierte. Jetzt

drohte er, ihre ganze persönliche Welt zu vernichten. »Macht Ihnen das Spaß?« fragte sie.
Jay richtete sich von der Karte auf und sah sie an. Sein Gesichtsausdruck belehrte sie eines Besseren. »Eine falsche Frage, nicht wahr?« sagte Kate. »Verzeihung. Ich werde anders fragen: Warum tun Sie das?«
»Fragen Sie Ihren Vater. Fragen Sie den Gouverneur.«
»Ich frage Sie.«
Er ließ sich Zeit und hielt den Blick fest auf sie gerichtet. Schließlich sagte er: »Sonst ist niemand da.« Dann wandte er sich wieder der Karte zu.

19

Eine Militärkolonne fuhr langsam die kurvenreiche Straße zum Harper's Park hinauf, und Sam Martin, der am Steuer saß, hielt sich in gebührendem Abstand dahinter. Cooley, sein Beifahrer, bewies zunächst Geduld, sagte dann aber doch: »Ich glaube, Sie sollten lieber aufs Gas treten, Freundchen. Die dort haben es anscheinend nicht eilig - aber wir.«

»Sie glauben wirklich, daß etwas passieren kann.« Es war eine Feststellung, keine Frage, aber sie verlangte nichtsdestoweniger eine Antwort.

»Scheren Sie aus und überholen Sie«, sagte Cooley, »dann werde ich Ihnen sagen, was ich mir denke.«

Er saß offenbar unbekümmert auf dem Beifahrersitz, während Sam auf das Gaspedal trat, auf die linke Fahrspur ausscherte und die Lastkraftwagen zu überholen begann, die mit Soldaten beladen waren und Generatoren, Scheinwerfer und eine umfangreiche Funkausrüstung auf Anhängern hinter sich herzogen.

Sam ordnete sich rasch hinter dem ganz vorn fahrenden Jeep wieder ein, als ihm in einer unübersichtlichen Kurve plötzlich ein anderes Fahrzeug entgegenkam, scherte dann wieder aus, überholte den Jeep und fuhr in hohem Tempo die Bergstraße hinauf.

»Man kommt manchmal auf Gedanken«, sagte Cooley, »und vielleicht sind diese, wie die Psychiater behaupten, das Ergebnis eines unterbewußten Denkprozesses, oder sie kommen aus heiterem Himmel, ich weiß es nicht. Aber ich habe mir angewöhnt, solchen Einfällen zu folgen, und meistens bin ich hinterher froh, daß ich es getan habe.«

Nach der letzten Straßenbiegung sahen sie unvermittelt den gesamten Staudamm mit dem Kraftwerk vor sich. Cooley betrachtete die Anlage einen Augenblick schweigend. »Was ich jetzt habe«, sagte er, »ist mehr als nur eine Ahnung. Es ist das Gefühl, daß ich am liebsten in alle Richtungen zugleich schauen möchte, denn irgend etwas fällt mir sicher auf den Kopf, wenn ich nicht verdammt Obacht gebe.«

Unwillkürlich hatte Sam dasselbe Gefühl, aber er sagte nichts.

»Meines Erachtens«, sagte Cooley, »haben Sie einen prima Staudamm entworfen und gebaut, Sonnyboy. Ich finde nur, Sie haben ihn an die falsche Stelle gesetzt, und wenn das stimmt und wenn die dicken, schwarzen Wolken dort oben in den Bergen das bedeuten, was ich fürchte, dann braut sich hier wahrscheinlich ein großer Schlamassel zusammen. Kommen Sie, wir wollen oberhalb des Staudamms parken und uns nach dem Ableitungstunnel umsehen.«

Sam ging zu Fuß voraus, bog von der Straße ab und drang in das Unterholz ein, während die Militärkolonne geräuschvoll die letzten hundert Meter zurücklegte und die Fahrzeuge in ordentlicher Parkformation aufstellte. Die Soldaten sprangen von den Lastwagen herunter und liefen in einem organisierten Durcheinander in alle Richtungen davon.

»Wir haben das hier alles aufgeräumt«, sagte Sam und wies auf das herumliegende Geröll, »und dann haben wir den Strom in dieser Richtung bis zu dem Tunnel umgeleitet, der gleich dort drüben anfängt.«

Cooley blickte in die gezeigte Richtung. »Vielleicht haben Sie bessere Augen als ich, denn ich sehe ihn nicht. Wir reden doch von einem Loch in der Felswand, oder nicht?«

»Verdammt noch mal«, sagte Sam, »dort *war* er aber. Genau dort.«

»Sie haben das lose Gestein wieder hineingeschoben. Haben Sie den Tunnel denn nicht vorher verschlossen?«

»Warum hätten wir das tun sollen?«
Cooley schüttelte den Kopf. »Ich habe keine Lust, mit Rätseln herumzuspielen. Sie behaupten, hier sei ein Tunnel. Dann werden wir ihn finden. Solange wir ihn nicht entdeckt haben, wissen wir nicht, wovon wir überhaupt reden.«
Cooley fand schließlich des Rätsels Lösung. Nach Minuten ergebnisloser Suche blieb er stehen und zeigte nach oben. »Das ist keine natürliche Geröllhalde. Sie ist zu steil, um den einzelnen Gesteinsbrocken Halt zu bieten. Dieses Geröll wurde dort aufgetürmt. Sehr sorgfältig und verdammt raffiniert. Es ist eine gute Trockenmauerkonstruktion.«
»Aber wer würde sich all diese Mühe machen?«
»Ich habe Ihnen doch gesagt: Rätsel sind nicht mein Fach. Ich halte mich an Tatsachen. Okay, unter diesem Gestein dort beginnt also der Tunnel. Und wo liegt der Ausgang? Sehen wir uns den einmal an.«

Der Bürgermeister saß wieder auf seinem Schreibtischstuhl. Carlos García sagte: »Es gibt eine Menge, was wir nicht wissen. Das ist eines der Probleme.«
»Es gibt noch viel mehr, wovon niemand eine Ahnung hat«, sagte der Bürgermeister. »Das ist das Hauptproblem. Deshalb können wir uns nur auf das verlassen, was wir in Händen haben.« Er wirkte wie ein Truppenführer, der nicht ganz bei der Sache war und versuchte, seine Einheit für einen Angriff bereitzustellen, der sowieso mißlingen mußte. Wie damals in Vietnam - die Erinnerungen waren noch lebendig.
Carlos sagte: »Wieviel Vorwarnzeit werden wir haben?«
»Das wissen wir, Gott sei Dank, ziemlich genau.« Aber nur, weil dieser intelligente Anglo Harper so schlau war, bei der Autofahrt auf der Kurvenstrecke, die dem Flußlauf folgt, die Zeit zu stoppen. Wenn so ein Mann das Kommando führt, dachte der Bürgermeister, jemand, der auf Dinge ach-

tete, die vielleicht einmal wichtig werden können, dann hatte man das Gefühl, daß die Anweisungen, die man bekam, auch ihren Sinn hatten. »Sagen wir: zwanzig Minuten«, sagte er. »Sie richten eine Funkverbindung mit dem Staudamm ein und werden sofort erfahren, wenn etwas passiert.«

»*Falls* etwas passiert«, sagte Bud Henderson, der Polizeichef. Er hatte sein Selbstvertrauen, wenigstens zum Teil, wiedergewonnen, weil er sich einzureden versuchte, die ganze Sache sei einfach ein aufgebauschter Fall von Panikmache. Es sah den Chicanos ähnlich, immer gleich das Schlimmste zu vermuten, dachte er. »Der Staudamm steht jetzt schon zehn Jahre, und nichts ist passiert. Und der Wasserspiegel liegt sieben Meter unter dem Normalwert, deshalb sehe ich nicht ein -«

»Bud«, sagte der Bürgermeister, »wenn Sie nicht mitmachen wollen - meinetwegen. Aber dann sitzen Sie für immer vor der Tür, ist das klar? Der Stadtrat kann Sie durch Mehrheitsbeschluß entlassen. Wollen Sie es darauf ankommen lassen und abwarten, ob man sich, wenn alles vorbei ist, meiner Auffassung anschließen wird?«

Im Arbeitszimmer des Bürgermeisters trat Stille ein. Der Bürgermeister hielt den Blick auf Henderson gerichtet. Die anderen sahen zur Seite. Schließlich zuckte Henderson mit den Schultern und wich dem Blick des Bürgermeisters aus.

»Okay«, sagte dieser, »machen wir weiter. Wir rechnen mit einer Vorwarnzeit von zwanzig Minuten, wie ich gesagt habe. Was schlägst du vor, Carlito?«

»Wir können den *barrio* nicht in zwanzig Minuten räumen.« Carlos' Stimme hatte einen starken spanischen Akzent. Er hätte viel lieber spanisch gesprochen, aber er mußte auf Henderson und Smith Rücksicht nehmen. Immer mußte man auf Anglos Rücksicht nehmen. Die Welt war eine Welt der Anglos. »Alte Menchen«, sagte er, »Kranke, Behinderte - sie müssen schon lange vorher verlegt werden.«

»*Claro*«, sagte der Bürgermeister. »Okay. Und wir brauchen Unterkünfte, in die wir sie verlegen können. Schulen, das Krankenhaus, die Stadthalle -«
»Ich habe Platz in den Gerätehäusern der Feuerwehr«, sagte Rudy Smith. »Es wird dem Material schon nicht schaden, mal ein paar Nächte im Freien zu stehen. Drinnen brauchen wir aber Feldbetten und Bettzeug -«
»Die Nationalgarde«, sagte Carlos, »ob die -?«
»Die gibt uns, was wir brauchen«, sagte der Bürgermeister. Er machte sich Notizen und fügte dann mit mokantem Lächeln hinzu: »Der Gouverneur und ich haben für die Dauer dieses Einsatzes einen Nichtangriffspakt geschlossen.«
»Verpflegung«, sagte Carlos. »Wir können die Schulküchen heranziehen und Freiwillige werben.«
»Das Rote Kreuz«, sagte Rudy Smith. »Und wenn es wirklich drunter und drüber gehen sollte, bekommen wir sicher auch Hilfe von Washington, Spenden, Bekleidung, solche Sachen. Und Arzneimittel.«
Der Bürgermeister machte sich weitere Notizen. »Okay. Die Alten, die Kranken, die Behinderten - wir schaffen sie beim ersten Alarmzeichen weg, wenigstens in höher gelegene Viertel, okay?«
Carlos sagte: »Aber was ist das erste Alarmzeichen, Joe?«
»Tja. Das ist eine gute Frage.« Der Bürgermeister legte den Bleistift hin und lehnte sich im Sessel zurück, um nachzudenken. Dann meinte er: »Ich will euch sagen, wovor sie am meisten Angst haben.« Er hob die Hand und spreizte die Finger. »Vor zweierlei. Entweder vor einem neuen Erdbeben, wie die beiden, die wir heute hatten.« Er legte den Zeigefinger um. »Oder davor, daß die schweren Schneefälle in den Bergen in Regen übergehen.« Er bog den Mittelfinger um. »Wenn eines von beiden eintritt, ist dies das erste Alarmzeichen, und wir beginnen mit der Evakuierung.« Er richtete sich wieder auf. »Jetzt wollen wir die Details besprechen. Wie steht es mit Transportmitteln?«

Colonel Watkins kam ins Büro zurück. »Wir beginnen mit dem Einsatz am Staudamm«, sagte er, »und fangen mit den Vorbereitungen an, die Sprengsätze am Hochwasserdamm zu verlegen. In einigen Minuten wird die Funkverbindung eingerichtet sein. Ich habe für eine direkte Fernsprechverbindung mit dem Wetterdienst gesorgt; die Leute werden versuchen, uns auf dem laufenden zu halten.«
Auch Williams war wieder da. »Versuchen wollen sie es?« sagte er. »Was soll denn das heißen? Lassen sie einfach den Bleistift fallen und gehen um fünf nach Hause?«
»Eine Kontaktfrage«, sagte der Colonel. »Die Verbindung mit der Beobachtungsstation auf dem Mount Union ist schlecht und wird immer schlechter. Sie ist die beste Informationsquelle des Wetterdienstes für die Verhältnisse in dieser Gegend. Dort oben schneit es, jedenfalls noch vor einer Stunde.«
»Solange es noch schneit«, sagte Jay, »geht vielleicht noch alles gut. Von Schnee gibt es keine Überschwemmungskatastrophen. Aber wenn der Schnee in Regen übergeht, wie man voraussagt -« Er breitete die Hände aus. »Schicken Sie lieber einen Mann mit Funksprechgerät vom Stausee aus den Flußlauf hinauf, Colonel. Er kann den Wasserstand beobachten und die Wasserfärbung - besonders die Färbung. Wenn wir Schwemmsand bekommen, kann die Lage ernst werden, und der Mann kann uns ein Alarmzeichen geben.«
Kate saß da und hörte aufmerksam zu. Jay Harper beherrschte die Szene; anders konnte man es nicht ausdrükken. Nicht, daß ihr Vater vergleichsweise kleiner geworden wäre - eher hatte er absichtlich auf einem Stuhl im Hintergrund Platz genommen, weil er überzeugt war, daß alles in guten Händen lag.
Sie war sich nicht sicher, ob ihre Bewunderung ganz frei von Groll oder Neid war. Warum?
Erstens war Jay so - so verdammt selbstsicher. Er ging einfach davon aus, daß er recht hatte, und irgendwie verlieh er

diesem Rechthaben den Anschein der Leichtigkeit, was eigentlich nicht fair war. Er dachte an Dinge, die von anderen übersehen wurden, er begriff sofort, was wichtig und was unwichtig war, er gab Erläuterungen, wenn sie ihm notwendig erschienen, aber er walzte nicht die Einzelheiten aus, wie es die meisten Männer und Frauen taten.
Dies waren bewunderungswürdige Eigenschaften, fand sie, aber wenn man sie alle zusammennahm, waren sie doch ein wenig zuviel. Und dann war da noch die Art, wie er von oben herab von der Sprengung des Hochwasserdammes, der ihr Haus schützte, gesprochen hatte. Obwohl sie glaubte, einen flüchtigen Augenblick erkannt zu haben, was in ihm vorging, fragte sie sich, ob er wirklich ein Mann war, dem das Schicksal anderer nicht gleichgültig war.
Und trotzdem sahen offenbar ihr Vater und Cooley - beide überlegene Männer - keinen Grund, Anstoß an seinem Verhalten zu nehmen. Sam Martin gewiß, aber Sam wußte genau, daß er eine Randfigur war, und Kate konnte durchaus verstehen, daß er sich in dieser Rolle nicht wohl fühlte. Armer Sam.
Jay hob plötzlich den Kopf von der ausgebreiteten Karte und sah wieder den Colonel an. »Ist hier in der Nähe ein Fliegerhorst?« Colonel Watkins öffnete den Mund und machte ihn wieder zu. Er nickte stumm.
»Was haben die dort?«
Der Colonel war Heeressoldat, dachte Kate, und auch das nur zeitweise. Sie sagte: »Jagdbomber. Außerdem gewöhnlich eine oder zwei dickbäuchige Transportmaschinen. Seit kurzem befindet sich eine Staffel Hubschrauber in dieser Gegend, und ich nehme an, daß sie auch dort stationiert ist.«
Tüchtiges Mädchen, dachte Jay. Er hatte vergessen, daß sie den Pilotenschein besaß und sich offenbar auch bei anderen Flugzeugtypen genauer auskannte.
Kate sagte jetzt: »Die Hubschrauber wären für Rettungsoperationen am besten geeignet.«

Jay schüttelte den Kopf. »Rettungsoperationen kommen später, falls es dann noch etwas zu retten gibt. Worauf es jetzt ankommt, ist das *Vorher.* Ich interessiere mich für die Jagdbomber. Kennen Sie den Kommandeur, Colonel?«
Colonel Watkins nickte erneut. »Ich kenne ihn. Aber was könnten seine Jagdbomber Ihrer Meinung nach tun?«
»Genau das, wozu sie da sind«, sagte Jay. »Weiter stromaufwärts könnten einige Bombenabwürfe ganz nützlich sein. Sehen Sie sich diese Karte an.«
Der Colonel trat zögernd näher. Sein Gesichtsausdruck war skeptisch.
»Hier«, sagte Jay und wies mit dem Zeigefinger auf die Karte, »hier und hier. Enge Schluchten mit steilen Wänden. Hier wird sich das Wasser konzentrieren, wenn es soweit ist. So entstehen Flutkatastrophen. Angenommen, wir werfen Bomben in diese Schluchten und füllen diese mit so viel losem Gestein, wie wir abbrechen können. Dann werden die Wassermassen irgendwie hindurchsickern müssen, statt ungehindert mit gewaltiger Kraft und zunehmender Fließgeschwindigkeit herunterzustürzen - das ist der Unterschied zwischen einem Wasserstrahl aus einem Feuerwehrschlauch und dem Wasser, das durch ein Sieb austritt. Verstehen Sie jetzt, was ich meine?«
Colonel Watkins öffnete den Mund und machte ihn langsam wieder zu. Er betrachtete die Karte, als hätte er sie noch nie gesehen. »Ich werde Colonel Simpson anrufen«, sagte er schließlich. »Er wird natürlich die Genehmigung seiner vorgesetzten Stelle einholen müssen.«
»Dazu hat er Zeit bis morgen früh«, sagte Jay. »Es wird schon spät, und er kann in der Dunkelheit keine Bombeneinsätze fliegen.«

Wieder war es Cooley, der, entschlossen und unermüdlich, im Unterholz und losen Gestein herumkroch, bis er das untere Ende des Tunnels entdeckt hatte. Er rief Sam zu sich und wies auf die Stelle.

»Okay«, sagte er, »da haben Sie Ihre Erklärung. Ich wette zehn zu eins, daß es Jugendliche waren. Eine prima Höhle zum Verstecken. Sie brauchten nur die Ausgänge zu blokkieren, was allerdings eine Mordsarbeit war - aber so war es auch bei den Pyramiden, und die wurden schließlich auch in Handarbeit gebaut.«
Es war ein kleiner Eingang, der von großen Mengen sorgfältig gestapelter Felsbrocken umgeben und mit umgepflanztem Gestrüpp getarnt war; schließlich noch eine dicke Holztür, die durch ein billiges Vorhängeschloß gesichert war.
Sam schüttelte den Kopf und wunderte sich über die viele Arbeit, die für dieses Vorhaben aufgewandt worden war, während Cooley einen größeren Stein in die Hand nahm und auf das Vorhängeschloß einhämmerte, bis es nachgab.
Er zog das Schloß aus der Öse und begann ganz vorsichtig die Tür zu öffnen. »Ich würde es den Jungs zutrauen, hier eine Falle eingebaut zu haben«, sagte er über die Schulter. »Offenbar haben sie es nicht gern, wenn Fremde hier eindringen.«
Die Tür stand jetzt halb offen. »Da haben wir's«, sagte er und löste einen gebogenen Draht, der durch eine dicke Krampe an der Innenseite der Tür gezogen war. Dann machte er die Tür weit auf. Die Luft im Tunnel war feucht und modrig.
»Eine Laterne und Streichhölzer griffbereit«, sagte Cooley. »Nett von den Knaben. Sehen wir uns einmal um. Treten Sie nicht auf den Draht. Er führt wahrscheinlich zu einer Vorrichtung direkt über dem Eingang.«
So war es. Im Lampenlicht überprüften sie die einfache, aber vermutlich todbringende Falle: schwere Gesteinsbrokken über dem Eingang, die von zwei schrägen Stützbalken getragen wurden. Verbunden mit den Stützen war ein Strick, der durch eine Öse und dann zurück zum Ende des Drahtes führte, der an der Tür eingehängt war.
»Wenn man die Tür aufmacht, ohne den Draht auszuhän-

gen«, sagte Cooley, »dann geben die Stützen nach, und das Gestein fällt herunter, versperrt den Eingang, wenn man selber womöglich drinnen ist. Nette Knaben.«
Sam schüttelte wieder den Kopf. »Woher wußten Sie, daß der Eingang hier sein würde?«
»Ich bin von Haus aus mißtrauisch. Sehen wir uns einmal das andere Ende an. Das ist besonders wichtig. Wenn wir Wasser mit dem Druck, den der See liefert, hindurchlassen können, brauchen wir uns über diesen Ausgang keine Sorgen zu machen. Das Wasser wird dieses Gestein ohne weiteres mit wegschwemmen.«
Er war doch eigentlich Ingenieur, dachte Sam, aber ebenso wie bei Jay konnte er die gesamten technischen Auswirkungen nicht im entferntesten verfolgen. Bill Williams war zwar gut und sicherlich besser als Sam, wenn es um den allgemeinen Überblick ging. Aber diese beiden Männer waren etwas ganz anderes; sie überstiegen Sams Horizont.
Er erinnerte sich an die Worte, die auf dem College einer der Dozenten einmal gesagt hatte: »Geht dorthin, wo das große Geld winkt, und dann werdet ihr euch in Konkurrenz mit Männern finden, die daran gewöhnt sind, einsame Spitze zu sein, und es gibt nicht sehr viele, die sich mit ihnen messen können.« Sam hatte damals nicht besonders darauf geachtet, aber jetzt, in der Rückschau, verstand er die Worte des Professors so, wie sie gemeint waren: als eine Warnung, nicht aus dem eigenen, naturgegebenen Rahmen herauszutreten, wie es wahrscheinlich der Professor zu seinem eigenen Leidwesen einmal getan hatte.
Er folgte Cooley und dem trüben Licht der Laterne durch den ganzen Tunnel. Es herrschte eine feuchte, höhlenartige Atmosphäre. Sie kamen an behelfsmäßig hergestellten Möbelstücken vorbei, an alten Matratzen und Kerzenhaltern, an denen noch Wachsreste klebten. Boden, Decke und Wände waren aus gewachsenem Fels herausgeschnitten, und unablässig hörte man den summenden, schwirrenden Ton der Generatoren im nahe gelegenen Kraftwerk; das Ge-

stein vibrierte leise, wodurch das unwillkürliche Gefühl, es drohe Gefahr, nur noch verstärkt wurde. Cooley sagte, als rede er mit sich selbst:
»Dort sind Luftlöcher.« Er zeigte nach oben. »Sie haben sie draußen getarnt. Das Ganze sieht mir nicht nach kleinen Kindern aus, die sich Höhlen in die Erde buddeln oder wakkelige Häuschen in Baumkronen bauen. Ich wette zehn zu eins, daß es ganz schön große Kinder waren, die sich für Alkohol, Hasch, vielleicht ab und zu auch für harte Drogen und bestimmt für Mädchen interessierten.«
Es war, dachte Sam bei sich, wie aus einem Film, aber das Drehbuch hatte etwas Unwirkliches an sich.
Mag sein, daß es etwas weit hergeholt war, sagte er sich, aber er wurde an einen dieser Western erinnert, wo der Fremde in die Stadt reitet, und sofort wird alles auf den Kopf gestellt; der gesamte Inhalt der Ortschaft wird gewissermaßen auf den Boden geschüttet und erbarmungslos ans Tageslicht gebracht: Die wichtigsten Leute der Stadt schrumpfen zu Zwergen zusammen, Lokalmatadore werden zu feigen Schurken, Liebesverhältnisse und Ehen gehen zu Bruch, und Habsucht, Geiz, Unehrlichkeit und unverhohlene Korruption schießen überall ins Kraut.
Es war ein Drehbuch, an das er nie so recht geglaubt hatte, und trotzdem wurde es hier jetzt gewissermaßen Wirklichkeit. Wer hätte gedacht, daß sich Bill Williams jemals einem anderen, so wie jetzt diesem Harper, beugen würde? Oder daß der Gouverneur und der Bürgermeister ihre langjährige Fehde vergessen und zusammenarbeiten würden, oder es doch wenigstens versuchten? Und daß die hochmütige Kate, vor der Sam immer einen großen Respekt gehabt hatte, sich jetzt plötzlich wie ein ganz gewöhnliches Mädchen behandeln lassen würde? Unglaublich war das richtige Wort dafür, dachte Sam, und er war gespannt, was sich noch alles ereignen würde.
Sie gelangten zum oberen Tunnelende, wo Cooley die Laterne hoch über dem Kopf hielt, um die Gesteinskonstruk-

tion zu untersuchen, mit der man die Öffnung verschlossen hatte. »Ich weiß nicht, wer diese Jungs sind«, sagte Cooley, »aber ich wette, daß sie sich nie von einem anderen für eine derartige Arbeit haben anheuern lassen. Aber wenn es ihre Idee war, dann sind sie emsig wie die Biber rangegangen. Und zwar gratis. Irgendwo gibt es einen tieferen Sinn, aber ich weiß nicht, worin er besteht. Aber reden wir lieber konkret. Wie bekommen wir das Wasser aus dem See hierher?«

Sam sagte zweifelnd: »Wir haben den Kanal blockiert, weil wir nicht glaubten, ihn jemals wieder zu brauchen.«

»Okay, jetzt brauchen wir ihn wieder, deshalb machen wir ihn auf. Der Wasserspiegel im See liegt offenbar viel höher, als wir uns jetzt befinden, denn sie haben den Flußlauf, der jetzt auf dem Seegrund liegt, abgeleitet, nicht wahr?«

»Ja.«

»Wir müssen eine Menge Gestein bewegen, einschließlich dieser Felsbrocken. Und sobald das Gestein weggeräumt ist, werden große Wassermassen durch diesen Tunnel strömen. Haben Sie einen Taschenrechner bei sich?«

Sam hatte einen bei sich. Er reichte ihn Cooley und war gespannt, was dieser vorhatte.

»Ein Drei-Meter-Tunnel«, sagte Cooley, »und das Wasser kommt durch mit einer Geschwindigkeit von - legen wir einmal Jays Ziffer von siebzig Stundenkilometern zugrunde.« Er drückte mehrere Knöpfe, las die Ergebnisse ab, multiplizierte weiter. »Meines Erachtens werden etwa eine Viertelmillion Kubikfuß Wasser pro Minute aus dem See abfließen. Das wird den Druck auf den Staudamm erheblich verringern. Es dürfte sich lohnen.«

»Wir haben das eingesetzte Gestein mit Beton verstärkt.«

»Den werden wir auch sprengen.«

»Das ergibt eine Menge Sprengarbeit. Haben wir so viel Zeit?«

»Nein. Jedenfalls gehen wir von dieser Annahme aus.«

»Dann sehe ich nicht ein -«

»Wir sprengen alles gleichzeitig«, sagte Cooley. »Und wir wollen hoffen, daß es der Damm aushält und daß wir unser Dynamit an den richtigen Stellen verlegen und daß uns der liebe Gott beisteht.«
»Das geht nicht!« sagte Sam. »Ich meine, auf diese Art und Weise -«
»Sonny«, sagte Cooley, »es gibt Menschen, die sich ungern Flüche anhören, und andere werden wild, wenn sie das hören, was man Blasphemie nennt.« Er schüttelte den Kopf. »Es gibt nur ein einziges Wort, das ich nicht ausstehen kann. Wissen Sie, was für ein Wort das ist?«
Sam schüttelte verwundert den Kopf.
»Es ist ›das geht nicht‹«, sagte Cooley. »Wenn ich es höre, lege ich die Ohren an. Wir werden einen Kanal bis zu diesem Tunnel freisprengen, weil es das einzige ist, was wir tun können. Jetzt suchen wir uns ein Telefon und rufen Jay an.«

Kate ging im Büro ans Telefon und übergab dann Jay den Hörer. Cooleys Stimme erfüllte fast den ganzen Raum. »Okay, Junge, wir haben den Tunnel und ein paar kleinere Probleme. Aber wenn alles klappt, können wir anfangen, pro Minute rund achttausend Tonnen Druck vom Staudamm abzuziehen, und so wie ich die Sache sehe, ist dies ein paar Risiken wert. Was meinst du?«
»Du kennst den Einsatz.«
»Ich hatte gehofft, du würdest das sagen. Okay, ich brauche Kompressoren, Bohrgerät, Männer und Dynamit. Macht Williams mit? Er ist Bauunternehmer.«
Jay sah Williams kurz an; dieser nickte. »Er macht mit«, sagte Jay.
»Okay, ich komme zu euch hinunter. Wir können die Berechnungen nach den Zeichnungen anstellen.«
Cooley hatte Sam Martin nicht erwähnt, fiel Jay auf, aber er glaubte auch den Grund zu wissen. Es gab für Sam sowieso etwas zu tun. »Setz Sam Martin an der Hochwasserschutz-

mauer ab«, sagte er. »Er soll sich vergewissern, daß die Militärs die Sprengladungen richtig anbringen, damit die Mauer auch tatsächlich in die Luft fliegt, wenn wir sie sprengen müssen. Wir warten hier auf dich.« Er legte auf und wandte sich wieder der ausgebreiteten Karte zu.

Williams erhob sich langsam von seinem Stuhl. »Er braucht einige Zeit, um herzukommen«, sagte er. »Ich will mir einen Augenblick die Beine vertreten.« Er sah Kate an. »Kommst du mit, Kind?«

Jay blickte von der Karte auf, als Vater und Tochter gemeinsam das Büro verließen. Er ahnte, worüber sie reden würden, und er nahm es ihnen auch gar nicht übel. Aber er sagte sich, dagegen war kein Kraut gewachsen. Was getan werden mußte, mußte getan werden. Er beugte sich wieder über die Karte.

Draußen im Korridor sagte Williams: »Die Hochwasserschutzmauer - an die denkst du doch, nicht wahr, Kind?«

Kate versuchte, einen leichten Ton anzuschlagen. »Sieht man mir das an? Ich habe mich so bemüht, mir nichts anmerken zu lassen.« Gar nicht komisch, dachte sie; er denkt genauso daran wie ich. »Was willst du dagegen tun? Es geschieht doch alles nur, um dieses gräßliche *barrio* zu retten, nicht wahr?«

»Vielleicht nicht einmal, um es zu retten«, sagte Williams. »Vielleicht nur, um die Schäden möglichst gering zu halten.«

»Du hast gesagt, ich sei genau wie Mutter«, sagte Kate langsam. »Das bin ich nicht. Ich bin egoistisch. Sie hätte an alle diese Menschen gedacht, die im *barrio* leben und vielleicht auch noch das wenige verlieren, das sie besitzen. Ich nicht. Ich denke an uns und andere unseresgleichen und an all das, was wir verlieren müssen, auch wenn ich selbst gar nicht zu dem Wohlstand beigetragen habe.«

»Du bist jedenfalls ehrlich. Ich mache mir dieselben Gedanken.«

»Sam ist damit beauftragt.«

»Sam kennt sich mit Sprengstoffen aus. Und er hat die Mauer gebaut. Er wird wissen, wie man sie einzureißen hat.«

»Du könntest mit ihm reden.«

Williams warf ihr einen Blick zu. »Ja, das könnte ich, Kind, aber ich tue es nicht.«

Kate errötete bei dieser indirekten Zurechtweisung. »Du könntest mit dem Gouverneur und mit einigen der Leute sprechen, die in der großen Flußschleife wohnen, und das Ganze vielleicht verhindern.«

»Vielleicht.«

»Du findest, daß ich mich schlecht benehme, nicht wahr?« sagte Kate.

»Es ist verständlich, Kind. Aber vielleicht reden wir von einem Fall, der sowieso nicht eintreten wird. Parks glaubt, er könne den Tunnel öffnen und den Druck, der auf dem Staudamm liegt, verringern.«

»Ich habe ihn auch gehört, Daddy. Er sagte: ›Wenn alles klappt‹ und ›es ist ein paar Risiken wert‹, und das klang in meinen Ohren nicht sehr hoffnungsvoll. Es klingt, als säßen sie am Spieltisch. Jay gebrauchte sogar das Wort ›Einsatz‹, nicht wahr?«

Williams blieb stehen und sah das Mädchen an. »Das bedeutet, Kind, daß es sich hier um zwei Männer handelt, die bereit sind, alles auf eine Karte zu setzen, denn die einzige Alternative wäre, auf und davon zu gehen, ohne auch nur einen Blick zurückzuwerfen, und das würden sie nie tun. Harry Wilson gab dem jungen Harper einen Auftrag, den dieser gar nicht haben wollte, aber er übernahm ihn ohne Wenn und Aber, und er wird ihn nach besten Kräften auszuführen versuchen.«

»Ganz gleich, was dabei vernichtet oder wer dabei in Mitleidenschaft gezogen wird?«

»So ist es.«

»Und wenn sie dann doch keinen Erfolg haben?«

»Dann haben sie wenigstens das Bestmögliche getan, aber es

war nicht gut genug, weil nämlich dein alter Herr einen Staudamm an die falsche Stelle gesetzt hat.« Sein Ton hatte etwas Endgültiges, das Thema war damit beendet.
Aber in seinen Gedanken war es nicht beendet, denn da war noch etwas - etwas, was ihn ständig verfolgte und von dem er glaubte, er hätte es längst zur letzten Ruhe gebettet, fast wie in den alten Gespenstergeschichten: Das Böse wird am Kreuzweg, von einem Pfahl durchbohrt, begraben ... Es ging um das Dorf Harper's Park unten auf dem Grunde des Sees, den *sein* Damm geschaffen hatte.
Dieser Aspekt der Planung und Durchführung des Projekts hatte ihm stets hart zugesetzt, obwohl er es niemandem, auch nicht Martha gegenüber, zugegeben hatte. Jene Steinhäuser waren bewohnt gewesen, und sie waren auf eine seltsame Art und Weise selbst irgendwie lebendig gewesen; jetzt waren sie tot, von seiner Hand ertränkt.
Er hatte fast einen Schock empfunden, als Jay Harper an jenem ersten Abend vor dem Essen gesagt hatte, das Dorf unter Wasser sei keineswegs wie eine Filmkulisse - unecht und leblos -, sondern er habe, so komisch es auch klingen möge, beinahe erwartet, Wäsche auf der Leine zu finden, als er an den Häusern vorbeischwamm.
Und es war das Dorf gewesen, sonst nichts, was Harper überhaupt hierhergebracht hatte; deshalb waren vielleicht fremde Kräfte am Werk, denn wenn Harper nicht erschienen wäre und die Tauchgänge nicht durchgeführt hätte, wären sie vor der Gefahr, die Bill Williams jetzt als Tatsache akzeptierte, überhaupt nicht gewarnt worden. Rührselige Gedanken eines alten Mannes? Vielleicht, aber Williams dachte nicht so. Und verdammt noch mal, er war auch noch nicht so alt!
»Es ist Zeit, wieder zurückzugehen, Kind«, sagte er. Vielleicht waren Arbeit und Betriebsamkeit genau das, was er brauchte.

20

George Harrison aß an diesem Abend allein im Territorial Club. Die Begegnung mit dem Gouverneur war zwar schmerzlich gewesen, aber die bloße Tatsache, daß es der Gouverneur für angebracht gehalten hatte, eine Art von Strafpredigt zu halten, erschien ihm als positiver Beweis dafür, daß der Gouverneur die verschiedenen Probleme des Staudammes von Harper's Park in der Tat sehr ernst nahm. Und diese Erkenntnis überwog bei weitem alle Unannehmlichkeiten, die George hatte einstecken müssen.
Denn es hieß zumindest, daß die Vergrößerung des Staudamms jetzt nicht mehr in Frage kam; was George als reine Schikane von Bill Williams sah, war vereitelt, und zu guter Letzt war es George und nicht Bill, der vom Verkauf dieses jetzt fast wertlosen Berggeländes profitierte. Das war alles sehr befriedigend. George genoß seinen Sieg bei einem mit dem besonderen Hine-Brandy gefüllten Kognakschwenker und einer Club-Zigarre.
Die Sonne versank gerade hinter dem Horizont und ließ den Gipfel des Teta in scharfen Konturen hervortreten, als George zu seinem Wagen ging. Hinter dem Scheibenwischer steckte ein Strafzettel für falsches Parken. Er zog ihn heraus und zerriß ihn automatisch in vier Stücke, die er zusammen mit der halb aufgerauchten Zigarre in den Gully fallen ließ. Er fühlte sich angenehm gesättigt und gelöst, als er sich hinter das Steuer setzte, den Motor anließ und langsam davonfuhr.
An der *Bend*, wo der Fluß in die große Kurve ging, waren Flutlichter aufgestellt. Außerdem gab es bewegliche, olivfarbene Kompressoren, die abwechselnd ein leises Brum-

men und ein donnerndes Hämmern von sich gaben, während Stahlbohrer tiefe Löcher in die Betonmauer des Hochwasserschutzwalls trieben.
George hielt den Mercedes an. Er sah eine Weile erstaunt zu. Dann stieg er aus, erkannte Sam Martin unter den Militärs und ging direkt auf ihn zu. »Was geht hier eigentlich vor, Sam?«
Am Arbeitsplatz trug Sam seinen Sturzhelm, und in ihm fühlte er sich wesentlich wohler; er kannte sich in einer Umgebung aus, für die er ausgebildet war und die er verstand. Außerdem war sein nächtlicher Besuch im Haus von George Harrison kein Geheimnis mehr, das ihn zu belasten brauchte; der Schaden war bereits angerichtet. »Es ist doch ziemlich klar, finden Sie nicht?« sagte Sam. »Wir bohren Löcher -«
»Das sehe ich selbst! Aber warum?«
Georges Ausbruch verlieh Sam ein Gefühl äußerster Genugtuung. Die Erinnerung an Georges verhüllte Drohung in jener Nacht war noch lebendig. »- in die«, fuhr Sam fort, »wir Sprengladungen einbauen werden. Wenn wir sie hochgehen lassen, werden sie diese Hochwasserschutzmauer in Stücke reißen. Ist damit Ihre Frage beantwortet?«
George spürte, wie die Euphorie dieses Abends urplötzlich vergangen war. Er bedachte die Konsequenzen dessen, was Sam gerade gesagt hatte, und fragte leise: »Auf wessen Anordnung?«
Sam zuckte mit den Achseln. »Ich habe meine Anweisungen von Jay Harper bekommen.« Eigentlich über Cooley Parks, aber das war jetzt ohne Belang.
»Und wer ist dieser Jay Harper, der solche Befehle erteilt?«
»Und von Bill Williams«, sagte Sam. Er wandte sich ab, prüfte den Preßluftbohrer des nächststehenden Soldaten und rief laut, so daß man es über den Krach hinweg hören konnte: »Das ist tief genug! Jetzt an das nächste Loch!«
George schluckte angesichts dieser Abfuhr, die er sich geholt hatte, die Worte hinunter, die ihm auf der Zunge la-

gen, und ging zu seinem Wagen zurück. Er wendete den Mercedes und fuhr Richtung Stadt zur Residenz des Gouverneurs am Mansion Ridge.

Der Gouverneur saß, einen Telefonapparat neben sich, am überdachten Eingang seines Hauses. Er hatte auf dem improvisierten Befehlsstand gerade mit Jay Harper gesprochen und, wie Bill Williams, zwischen den Zeilen gelesen; er begriff das Risiko, das Jay und Cooley eingehen wollten.

»Es gibt einen Ableitungstunnel«, hatte Jay gesagt. »Er ist jetzt zugeschüttet. Wir müssen ihn aufsprengen - ebenso den Kanal, der zu ihm hinführt. Wenn uns das gelingt, können wir den Druck, der auf dem Staudamm liegt, jede Stunde um eine halbe Million Tonnen verringern. Wir werden es jedenfalls versuchen.«

Und dabei womöglich den ganzen Damm zum Einsturz bringen, dachte der Gouverneur. Das war die unausgesprochene Warnung. Aber da sie einhellig der Meinung waren, es handle sich um eine Krisensituation - wo lag die Alternative? »Viel Glück«, sagte er. »Ich stehe hinter Ihrem Entschluß.«

Jetzt kam George Harrison, und die Versuchung, George, notfalls unter Eskorte, wieder wegzuschicken, war fast unwiderstehlich. Statt dessen sagte der Gouverneur zögernd, wie er es bisher jedesmal getan hatte: »Lassen Sie ihn herein!« Und als George erschien: »Was gibt's jetzt schon wieder?«

»Die Hochwasserschutzmauer an der *Bend* wird vermint.«

»Das ist mir bekannt.«

»Ist geplant, die Mauer zu sprengen, falls -?« George brach ab. Bis vor ganz kurzer Zeit war ihm ein eventueller Dammbruch völlig gleichgültig gewesen. Jetzt konnte er sich nicht einmal überwinden, das Wort auch nur auszusprechen.

»Wenn der Staudamm bricht«, sagte der Gouverneur, »wird diese Schutzmauer zerstört, ja, George.«

»Mein Haus ist dort.«

Der Gouverneur sagte nichts.

»Bill Williams' Haus ist dort.«
»Das dürfte dich wohl kaum beunruhigen.« Es war ein billiger Seitenhieb, sagte sich der Gouverneur, aber er konnte nicht widerstehen.
»Das könnt ihr doch nicht tun, Harry! Die - wichtigsten Leute haben ihre Häuser in der *Bend*! Und was hast du dagegenzusetzen? Den *barrio*? Bruchbuden! Wohnwagen! Billige Absteigequartiere und verwahrloste Wohnungen und kleine Krämerläden -«
»Und Menschen, George. Tausende von Menschen. Gegenüber vielleicht zweihundert.« Der Gouverneur schüttelte den Kopf.
»Ohne den größten Teil dieser Menschen stünden wir ganz anders da! Das weißt du ebensogut wie ich!«
»Ich will mich über Vererbungsfragen mit dir nicht streiten, George. Ich habe überhaupt keine Lust, mit dir zu streiten.«
»Du begehst politischen Selbstmord.« George war ruhiger geworden. »Es gibt mehr Wählerstimmen im *barrio*. Es wäre dumm, das zu leugnen. Aber das Vieh rennt, wohin man es treibt oder führt, und die Treiber und Führer leben in der *Bend*.«
»So wie du, George?« sagte der Gouverneur und bedauerte die Bemerkung sofort. Wieder so ein billiger Seitenhieb, sagte er sich, den er sich eigentlich hätte verkneifen müssen.
»Nein.« George reagierte ruhig und gelassen, beinahe würdevoll. »Das Haus meiner Familie stand als erstes in dem Gebiet. Ich wurde dort geboren, und ich möchte nirgendwo anders leben.« Bis zu diesem Augenblick war ihm gar nicht klargewesen, wie stark bei ihm die Bindung an seine Vergangenheit in Wirklichkeit war. »Aber ich mache mir über mich selbst keine Illusionen, Harry. Ich gehöre nicht zu den Machern und Managern.«
»Und du willst, daß dein Haus geschützt wird.« Der Gouverneur nickte. »Verständlich.«

Auch George nickte. Aus seinem Gesicht sprach grimmige Entschlossenheit. »Ich werde alles in meiner Macht Stehende tun, um dies zu erreichen. Willst du Geld, Harry? Ich habe Geld.«

Nichts änderte sich in den Zügen des Gouverneurs, aber als er sprach, klang seine Stimme wie ein heiseres Flüstern. »Ich glaube, du gehst jetzt besser, George.« Er hielt inne, um seinen Worten größeren Nachdruck zu verleihen. »Ich sage das nicht zum zweitenmal. Anderenfalls lasse ich dich hinauswerfen.« Er legte den Finger auf den Klingelknopf an der Wand.

George zögerte, drehte sich dann schnell um und ging hinaus.

Er fuhr auf einem Umweg nach Hause. Die Fenster des Mercedes waren zu, und das Frischluftgebläse lief, damit die Außengeräusche soweit wie möglich übertönt wurden. Aber als er den Wagen bei seinem Haus parkte, den Motor abstellte und die Tür öffnete, drang der Lärm der Preßluftbohrer durch die dünne, klare Abendluft deutlich zu ihm herauf und hinterließ einen bitteren Nachgeschmack auf seiner Zunge.

Er schloß die Eingangstür auf, trat ein und begab sich, einer plötzlichen Eingebung folgend, direkt in seine geliebte Bibliothek. Er machte die Tür hinter sich zu und ließ die Welt draußen.

Das Holz im Kamin war vorbereitet, die Fichtenscheite standen nach indianischer Sitte aufrecht. George machte Feuer und beobachtete die Flammen, die an den Scheiten emporkrochen und ihre Wärme mit dem Duft nach Harz im Raum verbreiteten.

Er ließ sich in seinem großen Ledersessel nieder und versuchte, sich wieder zu beruhigen.

Auf dem Tisch neben dem Sessel lag das Buch, das er weggelegt hatte - war es erst gestern abend gewesen? -, als Sam Martin erschienen war: das ausgezeichnete Buch ›I'll Die Before I'll Run‹ von D. L. Sonnichsen. George betrachtete den

Titel und dachte über dessen Herkunft nach; die Worte gehörten zu einem Gedicht aus dem Wilden Westen, in dem eine Stelle etwa so lautete: ». . . und gib mir mein Gewehr herunter. / Ich bin zum Kämpfen nicht geboren / aber bevor ich davonlaufe, sterbe ich.«

Ein Heldenlied, aber in der gegenwärtigen Situation gar nicht so weit hergeholt. Auf der anderen Seite der Eingangshalle lag ein Zimmer, das mit Erinnerungsstücken der Familie Harrison gefüllt war - die Waffensammlung der Harrisons hinter der Glastür des Gewehrschranks, und an den Wänden hingen als Trophäen die präparierten Köpfe von Bären, Hirschen, Elchen, Gabelantilopen, Steinböcken, Mufflons und als Einzelstück ein fauchender Puma; sie alle waren auf den Ebenen oder in der Bergwelt dieses Gebietes erbeutet worden.

Nicht zu sehen, aber noch frisch im Gedächtnis der Familie Harrison waren andere Ziele, gegen die sich die Büchsen der Harrisons im Laufe der Jahre gerichtet hatten, seit der erste Planwagen der Familie in dieses Land gekommen war und für immer neben dem Fluß haltgemacht hatte.

Im Gewehrschrank stand der alte Vorderlader, die Dimick-Büchse, Kaliber .40, mit achteckigem Lauf, Gewicht zwölf Pfund. Sie hatte sich auf dem langen Treck nach Westen mit Indianern auf den großen Ebenen und neben anderen, kleineren Wesen auch mit Büffeln auseinandersetzen müssen; dazu kamen marodierende Apatschen und fragwürdige Anglos zu Pferde, hier an der Stelle, wo die Stadt jetzt stand; die Anglos befanden sich vielleicht nur auf der Durchreise, oder sie hatten vielleicht etwas anderes, beispielsweise Raub und Plünderung, im Sinn.

Da war das Repetiergewehr vom Typ 30-30, Nachfolger der Dimick-Büchse; seine Bläuung war von den zahllosen Meilen und zahllosen Stunden in der am Sattel befestigten Tragetasche an verschiedenen Stellen bereits etwas abgerieben.

Die 30-30er und ein verängstigtes Pferd waren Großvaters

einzige Gefährten gewesen, als er eines Tages unvermutet einem Grizzly auf einem Bergpfad gegenüberstand, und ein paar Sekunden - was er jederzeit offen zugab - fragte er sich, ob der Bär überleben würde oder er, um die Geschichte zu erzählen. »Ich dachte mir, daß ich genug Blei in ihn hineinpumpen könnte, um ihn zu töten«, hatte Großvater gesagt, »aber wir standen auf gleicher Höhe, und er hätte mich sowieso erwischt, das konnten auch die Geschosse nicht verhindern, und dann wäre sowieso alles aus gewesen.« Aber der Bär befand sich in friedfertiger Stimmung; zunächst schien er unschlüssig, dann drehte er sich um und lief den Hang hinunter. »Es dauerte eine gute halbe Stunde«, sagte Großvater, »um das Pferd zu beruhigen, aber so ist die Sache ausgegangen.«

Mit der modernen Magnum .350, die auch in dem Schrank stand, hatte er den großen Grizzly erlegt, dessen Kopf als Trophäe an der Wand hing, aber die Schüsse waren bergab abgegeben worden, der Schütze stand höher als der Bär, und sogar dann war das Tier trotz der Durchschlagskraft der schweren Geschosse noch eine weite Strecke auf seinen Feind zugerannt, bevor es zusammenbrach.

Keine dieser Heldenerzählungen hatte irgend etwas mit George persönlich zu tun. Aber er kannte sie seit seiner Kindheit, und jetzt, da das Geräusch der Preßluftbohrer von der Hochwasserschutzmauer bis in die Stille seiner Bibliothek drang und das Buch auf dem Tisch neben ihm lag, wurden sie in seiner Erinnerung wieder lebendig.

Er konnte nicht mehr ruhig sitzen bleiben; er stand auf und ging aus dem Haus - etwas, was er nachts nur selten tat. Im Innenhof blieb er stehen und schaute zu den Sternen hinauf. Im Gebirge zuckten Blitze auf, aber die Entfernung war zu groß, und er konnte den nachfolgenden Donner nicht hören.

Aber ganz deutlich konnte er das unablässige Gehämmer der Preßluftbohrer hören, und er spürte, wie eine rasende Wut in ihm aufstieg. Er hatte rein körperlich das Gefühl, als müßte er ersticken. Er wandte sich ab, ging ins Haus zurück und schloß die Tür in dem vergeblichen Versuch, sich vor den quälenden Geräuschen abzukapseln.

Dunkle Wolken und das Schneegestöber hatten der Wetterstation auf dem Mount Union fast die ganze Sicht genommen. Das Gewitter war näher herangekommen, stand aber noch nicht genau über ihnen.
In derartigen Augenblicken, da man nichts tun konnte, sondern einfach nur warten mußte, war Reden das beste, fand Pete. Damit verging die Zeit. Außerdem hatte er Dinge auf dem Herzen, die er loswerden wollte.
»Weißt du, es war mein Ernst.« Er sprach im Unterhaltungston und ließ sich nur gelegentlich vom Krachen des Donners unterbrechen. »Dieser Mann, den ich in Santa Monica kenne - ich meine den mit den Sportartikelgeschäften für Übergrößen -, du weißt ja, wenn ich einen Pullover brauche und in einen normalen Laden gehe, dann versuchen die Leute, nicht laut zu lachen, wenn ich sage, ich brauche Größe sechzig, vielleicht tut es auch achtundfünfzig, wenn das Stück besonders groß ausgefallen ist.«
Bernie begriff, daß das Reden an sich gut war und daß er ihr etwas sagen wollte. »Würde dich das glücklich machen, Pete? Ich meine, nichts weiter zu tun als irgendwas zu verkaufen?«
Pete ließ sich Zeit. »Ich hatte früher mal einen Trainer, Baby. Der hat mir eine Menge beigebracht. So hat er mir zum Beispiel einmal gesagt: ›Weißt du, Pete, niemand kann alles. Niemand, nicht einmal Bronco Nagurski, obwohl er diesem Ziel verdammt nahe gekommen ist. Du mußt dir zunächst einmal deiner Stärken und deiner Schwächen bewußt werden. Dann spielst du deine Stärken aus und reißt die anderen mit. Das gilt für alles.‹« Pete sah Bernie lächelnd an. »Verstehst du, was ich damit sagen will?«
»Ich - ich bin mir nicht so sicher.«
»Okay. Ich habe also getan, was er mir sagte, und habe lange

nachgedacht, was ich auf dem Footballplatz tun könnte und was ich nicht tun könnte. Und es hat gewirkt. Und das tue ich seither die ganze Zeit, oder versuche es wenigstens, wie er gesagt hat, auch bei allem anderen. Weißt du, ich bin nicht der Allerschlaueste, und Mathematik ist nicht meine Stärke, deshalb würde ich wahrscheinlich einen miserablen Börsenmakler abgeben. Das nur als Beispiel. Aber ich kann gut mit Menschen umgehen, und viele wissen, wer ich bin, und was ich über Sportartikel noch nicht weiß, kann ich lernen, denn Sport ist von jeher mein Fach gewesen, deshalb glaube ich, daß ich für den Mann in Santa Monica gute Arbeit leisten könnte. Und wenn man weiß, daß man eine Stellung gut ausfüllt, fühlt man sich auch gut, und aus diesem Grunde würde mich eine solche Beschäftigung als Verkäufer auch befriedigen. Und außerdem wärst du bei mir und brauchtest nicht mehr oben auf einem Berg zu hokken.«

Bernie hatte das Gefühl, sie müsse vor Freude bersten. Aber sie hielt sich im Zaum. »Auch ich könnte arbeiten, Pete. Du hättest doch nichts dagegen, oder? Viele Frauen helfen den Männern auf diese Weise.«

»Ich hatte immer gedacht, ich würde durch meine Arbeit das Geld verdienen«, sagte Pete. »Falls ich mich einmal irgendwo niederlassen würde, meine ich. Aber sicher, wenn du es unbedingt so haben willst - wenn -«

»Pete.« Bernies Stimme klang ruhig, aber eindringlich. »Pete, hör doch! Merkst du nichts?«

»Was denn? Wovon redest du?«

Bernie war aufgesprungen. »Hör doch, Pete! Das ist kein Schneegestöber mehr! Es regnet! Die Warmfront, von der die Leute sprachen - sie ist da!«

Sie trabte zum Funktisch und schaltete die Geräte ein. Atmosphärische Störungen machten sich bemerkbar. Sie stellte die Lautsprecher ab und sprach ins Handmikrophon. »Hier ist Mount Union. Ich rufe den Wetterdienst. Kommen Sie, Wetterdienst. Ende!«

Wieder waren nur Störgeräusche zu hören. Aus dem Apparat kam keine Antwort. Bernie erhöhte die Lautstärke, und als sie das Mikrophon wieder in die Hand nahm, waren die Störgeräusche noch lauter geworden. »Hier spricht Mount Union!« sagte sie in dringendem Tonfall. »Wir haben Regen, keinen Schnee! Ich wiederhole! Wir haben Regen, keinen Schnee! Haben Sie verstanden?«
Wieder traten atmosphärische Störungen auf, und durch das Geknister hindurch war deutlich Petes Stimme zu hören: »O Gott! Hast du das gesehen? Es -«
Der Donnerschlag ließ den Rest seiner Worte untergehen, und urplötzlich waren Blitz und Donner rings um sie herum - es krachte und zuckte, und die Station war in gleißendes Licht getaucht, der prasselnde Regen war so hell, daß sie förmlich geblendet wurden, und dann war plötzlich alles wieder in Finsternis getaucht.
Bei einem der Blitze sah Pete, daß Bernie das Mikrophon absetzte und auf ihn zukam. Sie schluchzte, als er sie in den Arm nahm. »Sie können mich nicht hören, Pete! Ich kriege keine Verbindung!«
Pete drückte sie an sich und versuchte zu überlegen, was er jetzt sagen oder tun könnte.
»Sie müssen es aber wissen!« sagte Bernie. Es klang wie eine laute Klage. »Daß es hier regnet! Und wir können es ihnen nicht sagen!«

Eine neue Kolonne olivfarben angestrichener Lastwagen wand sich die Straße in Richtung auf den Staudamm hinauf; sie beförderte Kompressoren und Bohrgerät sowie Personal, das an diesen Geräten ausgebildet war. Colonel Watkins saß auf dem Beifahrersitz des ersten Jeeps, Cooley auf dem Rücksitz.
»Sie wissen, wohin sie gehen«, sagte Cooley. »Wenn wir oben sind, werde ich Ihnen zeigen, wo wir noch gewisse kleine Probleme haben.«
Minuten später stand Cooley mit dem Colonel und einem

Pionierhauptmann am Einsatzort und sagte: »So, das ist alles, was wir jetzt zu tun haben. Uns werden eine ganze Menge Gesteinsbrocken um die Ohren fliegen, falls Ihre Leute nicht auf Draht sind, aber es geht nicht anders.«
Der Pionierhauptmann sagte: »O Gott! Alles auf einmal?«
»Staffeln Sie die Sprengungen, wenn Sie wollen«, sagte Cooley, »aber wir haben keine Zeit, erst einen kleinen Sprengsatz zur Detonation zu bringen und dann den ganzen Schutt wegzuräumen, bevor wir die nächste Sprengung vorbereiten. Dies ist keine Übung, wie sie im Lehrbuch steht. Stellen Sie sich vor, die Indianer kommen oben über den Felsgrat herunter, und Sie sprengen die Schlucht weit offen, damit das Wasser freien Durchfluß hat, bevor die Indianer Ihnen auf den Pelz rücken können, okay?«
Der Hauptmann sah Colonel Watkins mit zweifelnden Blicken an.
»So lauten unsere Befehle«, sagte der Colonel. »Gehen Sie jetzt an die Arbeit, Hauptmann.«

Blitze zuckten noch um sie herum, und der gleichzeitig ohrenbetäubende Donner rüttelte an den Aufbauten der Beobachtungsstation. Sam hatte sich an Bernies Füße gekuschelt und zitterte am ganzen Leibe.
»Heute kommt es ganz schön dick«, sagte Pete. »Angst?«
Im grellen Licht eines Blitzes sah Pete, daß Bernie den Kopf schüttelte. »Angst? Nein. Ich bin verzweifelt.« Sie stand auf. »Ich versuch's noch einmal.« Ihre Stimme klang hoffnungslos. Sie ging zum Funktisch; Sam folgte ihr auf den Fersen. Wieder füllte das Knacken der atmosphärischen Störungen den Raum; sie erhielt keine Antwort. Bernie kam langsam zurück und ließ sich auf ihren Stuhl fallen. Sam nahm seinen Platz zu ihren Füßen wieder ein.
Pete sagte: »Was könnten sie denn tun, wenn sie wüßten, daß es bei uns hier oben regnet?«
»Ich weiß nicht. Doch, ich hab's! Wenn man das Schlimmste befürchtet, könnte man anfagen, die Menschen zu eva-

kuieren, und nicht erst die letzte Minute abwarten, wenn es vielleicht schon zu spät ist.«

»Vielleicht irrst du dich«, sagte Pete. »Du hast die Zentrale vielleicht nicht richtig verstanden, weil die Verbindung vorhin schon gestört war. Vielleicht macht man sich wegen des Staudamms gar nicht solche Sorgen.«

Schweigend griff Bernie nach unten und zupfte Sam sanft am Ohr.

»Okay«, meinte Pete nach einem Augenblick, »du weißt also genau Bescheid.«

»Ja, so ist es, Pete.«

»Was ist denn mit den anderen Beobachtungsstationen? Vielleicht haben die noch Verbindung mit der Zentrale. Zum Beispiel dieser Charlie?«

»Nur auf uns kommt es an, Pete. Wie es bei den anderen Stationen aussieht, spielt keine Rolle. Nur was hier oben bei uns auf der Wasserscheide passiert, von der aus der Stausee gespeist wird, ist wichtig. Was wir sagen, das zählt. Und wir können es nicht sagen. Wir können sie nicht vorwarnen.«

Pete blieb längere Zeit stumm. In den Pausen zwischen den einzelnen Donnerschlägen konnte er hören, wie der Regen auf das Dach trommelte, gegen die glasverkleideten Wände schlug. Als wieder ein Blitz aufzuckte, sah er durch die Scheiben den Regen wie eine Wasserwand, vom Wind gepeitscht, auf sich zukommen.

Er hatte nie viel von Religion gehalten, aber es gab Zeiten, so wie jetzt, da glaubte er, daß alles irgendwie vorherbestimmt sei. Vielleicht gab es irgendwo kleine Männlein, die alles in ein dickes Buch schrieben und sich dann totlachen wollten, wenn sie beobachteten, daß sich die Menschen einbildeten, Herr ihrer eigenen Entschlüsse zu sein.

Oder war es vielleicht doch reiner Zufall, daß er sich ausgerechnet in diesem Augenblick auf dieser Bergspitze befand, daß er dieses Mädchen liebte und es unter allen Umständen glücklich machen wollte? Wer, zum Teufel, konnte das wis-

sen? Und spielte es denn überhaupt eine Rolle? Er wußte bereits, was er zu tun hatte, war es nicht so? Na und?
Wie jeder Profi verabscheute er Heldentaten - ja, er verachtete sie sogar. Man tat, was zu tun war, und damit basta. Okay, Trainer, setzen Sie mich ein. Ich bin zwar eigentlich Verteidiger, aber Sie brauchen vor dem ersten *Touchdown* einen einzigen Meter Raumgewinn, deshalb sagen Sie dem Ballträger, er soll mir folgen, dann schaffen wir's. Ganz einfach.
Er sagte:
»Weißt du, du hast mich doch einmal gefragt, ob ich wüßte, was Hochwasserkatastrophen anrichten können. O ja, das weiß ich. Ich habe nicht mein ganzes Leben beim Football zugebracht. Ich kenne das Gebirge seit meiner Kindheit. Ich bin auch einmal Pfadfinder gewesen. Wie findest du das?«
In seinem Tonfall lag etwas Neues, fand Bernie, etwas, das ihr Angst einflößte - es war etwas Urtümliches, fast Wildes, ein Zug an ihm, der ihr bisher nicht aufgefallen war. Vielleicht war er so auch immer im Footballstadion gewesen. »Pete -«
»Excelsior«, sagte Pete, »und dieses ganze Zeug. Du weißt ja, wie in den Gedichten, die man in der Schule lesen muß.« Er stand auf. »Wo ist das nächste Telefon?«
»Pete, nein! Woran denkst du - ich lasse das nicht zu!«
»Wo ist das Telefon?«
»Es ist - es ist genau unten am Staudamm! Bei Harper's Park! Und du kannst das nicht tun! Nicht in der Dunkelheit! Nicht bei diesem Wetter!«
»Ich habe vor langer Zeit gelernt«, sagte Pete, »daß ich nicht das bin, was man mit wasserlöslich bezeichnet. Ich bin schon manchmal naß geworden und nicht geschmolzen.«
»Nein, Pete. Der Weg -«
»Ich leihe mir deine große Taschenlampe aus und lasse meinen Rucksack hier. Dann geht der Abstieg viel schneller. Zwei Stunden, vielleicht zweieinhalb.«

»Pete, bitte!« Auch Bernie war aufgestanden. Zu ihren Füßen beobachtete Sam die beiden; er zitterte noch immer.
Pete griff mit seinen großen Händen nach Bernies Schulter. »Baby, es hat mir hier auf deinem Berg Spaß gemacht. Aber wir sind noch immer ein Teil der übrigen Welt, wir gehören zu den anderen Menschen. Das weißt du ganz gut. Aus diesem Grund hat dich auch dieser Traum so aufgeschreckt. Deshalb bist du so verzweifelt, weil die Funkverbindung abgerissen ist.«
Bernie schloß die Augen. Tränen brannten in ihren Lidern.
»Pete, wenn dir etwas zustößt -«
»Nur denjenigen, die immer fürchten, es könne ihnen etwas passieren, stößt tatsächlich etwas zu. Wenn es passiert, passiert es eben, Baby. Es hat in der Football-Liga zwölf Jahre gedauert, bis sie mich zur Strecke gebracht haben.«
»O Gott, Pete!«
»Komisch. Ich trage diesen Poncho nun schon seit Jahren im Rucksack mit mir herum, und ich benutze ihn so selten, daß ich mir überlegen muß, durch welches Loch mein Kopf gehen muß. Aha, hier.« Er griff wieder nach ihren Schultern und drückte diese mit sanfter Kraft. »Du und Sam«, sagte er, »ihr haltet hier oben die Stellung. Versuch es immer wieder mit dem Funkgerät. Wenn du durchkommst - schön, wenn nicht - werde ich den Leuten erzählen, was hier oben los ist, okay?«
»Es ist nicht okay, Pete! Es ist -«
»Bis bald, Baby.«
Die Schiebetür ging auf, und der ganze Raum war plötzlich in Lärm, Sturm und Regen getaucht. Die Tür wurde wieder zugeschoben, und es wurde still und einsam.
Im grellen Licht eines Blitzes sah Bernie Petes gewaltige, in den Poncho gehüllte Gestalt. die sich, gegen den Wind gelehnt, draußen auf den Treppenstufen verlor.

21

Ausgehend von der Überlegung, daß ein nüchterner Mensch gegenüber einem anderen, der auch nur leicht unter Alkoholeinfluß steht, einen deutlichen Vorteil für sich buchen kann, bewies Tom Gentry in seinen Trinkgewohnheiten gewöhnlich eine gewisse Umsicht. Aber an diesem Abend hatte er aus Gründen, die seiner Meinung nach durchaus vertretbar und stichhaltig waren, mehr zu sich genommen, als es sonst seine Art war. Und jetzt hatte er ein Stadium erreicht, bei dem er Hemmungen nicht mehr für wichtig hielt und alles schwarz auf weiß vor sich zu sehen schien, ohne die sonst üblichen Grautöne, die das klare Bild nur verwirren konnten. Ihm kam eine Idee, und er beschloß, unverzüglich zu handeln.

Er erschien unangemeldet vor dem Häuschen der Thompsons und hämmerte, da er keinen Klingelknopf entdeckt hatte, so lange mit den Fäusten gegen die Tür, bis Brooks Thompson erschien.

»In dieser Gegend«, sagte Gentry, »bringen wir Schlangen selber um.«

Brooks machte ein erstauntes Gesicht. Er hatte Gentry zum letztenmal beim Abschluß des Grundstücksverkaufs in der Bank gesehen, und die Veränderung, die mit dem Mann vorgegangen war, schien erstaunlich. Statt der gewöhnlichen Ruhe und Gelassenheit schien er von Wut gepackt zu sein. »Ich weiß nicht genau, was diese bildhafte Bemerkung soll«, sagte Brooks, »aber ich glaube, Sie haben etwas zuviel getrunken, Mister Gentry, und Sie sollten besser nach Hause gehen.«

»Ich will damit sagen«, meinte Gentry, »daß man sich, wenn

man mit jemandem ein Hühnchen zu rupfen hat, nicht hinter dem Rücken des Betreffenden versteckt und jemand anderen die Schmutzarbeit machen läßt.«
Spencer hatte also reagiert, dachte Brooks, wie er es eigentlich auch erwartet hatte. »Ich nehme an, Sie haben von meinem Schwiegervater gehört?«
»Genau davon rede ich. Der Scheißkerl hat mich rauswerfen lassen.«
Mary tauchte neben Brooks auf. »Das tut mir aber leid, Mister Gentry.«
»Mir nicht«, sagte Brooks. »Ich verstehe etwas von den im Bankgeschäft üblichen Grundsätzen, und Sie haben diese schwerstens mißachtet. Spencer hat Ihr Verhalten wahrscheinlich einer Persönlichkeit zur Kenntnis gebracht, die in der Lage ist, den Fall irgendwie zu bereinigen, und er hat es dem Betreffenden anheimgestellt, einen eigenen Entschluß zu fassen. Ihnen bleibt als Trost der Gewinn, den Sie aus diesem Grundstückskauf erzielen werden.«
»Scheren Sie sich zum Teufel! Mir bleibt überhaupt nichts, außer einer Schuld von zweiundzwanzigtausendfünfhundert Dollar und fünfzig Acres, die ich nicht haben will! Der Staudamm wird nicht vergrößert! Man denkt jetzt nur noch daran, wie lange es noch dauert, bis der Damm bricht!«
Mary sagte: »Um Gottes willen!«
Brooks konnte sich ein Lächeln nicht verkneifen. »Das kommt davon, wenn man anderen eine Grube gräbt«, sagte er. »Darf ich sagen, daß einem anständigeren Menschen so etwas bestimmt nicht passiert wäre?«
Gentrys Ton schlug um. »Ich pflege Frauen nichts am Zeug zu flicken«, sagte er. »Jedenfalls nicht körperlich. Deshalb werde ich Ihnen das Fell gerben. Verstehen Sie diese bildhafte Bemerkung?«
Brooks nickte. »Ich verstehe sie sehr wohl, Mister Gentry.« Sein Lächeln war vergangen. »Und Sie werden nichts dergleichen tun. Ich will Ihnen nicht weh tun, deshalb setzen Sie sich in Ihren Wagen und fahren Sie nach Hause.«

»Nehmen Sie die Brille ab.«

Brooks schüttelte langsam den Kopf. »Sie ist nicht in Gefahr, aber Sie sind es, Mister Gentry, wenn Sie weiterhin so kindisch sind.«

Gentry führte den ersten Schlag. Es war auch sein letzter. Brooks fing die Faust wie ein Innenfeldspieler den Ball auf, mit demselben klatschenden Ton. Mit einer einzigen Bewegung und offenbar ohne besondere Anstrengung drehte er, Handgelenk und Arm des anderen als Hebel benutzend, Gentry herum, so daß dieser in die andere Richtung sah. Der Arm war hinter seinem Rücken in einem schmerzhaften Klammergriff nach oben gezogen.

»Ich kann Ihnen jederzeit die Schulter ausrenken, Mister Gentry«, sagte Brooks. »Und das werde ich auch tun, wenn Sie nicht Vernunft annehmen. Ich kann Sie auch auf verschiedene Art und Weise mit meinen bloßen Händen umbringen. Vergessen Sie das nicht.«

Er versetzte Gentry plötzlich einen harten Stoß, als er den Arm freigab. Gentry taumelte ein paar Schritte vorwärts und wäre beinahe hingefallen. Langsam drehte er sich um und sah Brooks fassungslos an.

»Gehen Sie jetzt hinaus zu Ihrem Wagen, Mister Gentry, steigen Sie ein und fahren Sie nach Hause. Wenn ich gezwungen bin, werde ich - um mit Ihren eigenen Worten zu reden - meine Schlangen selber umbringen. Womit Sie gemeint sind. Dazu brauche ich Spencers Hilfe nicht.« Er drehte sich um, schob Mary ins Haus zurück und schloß die Tür.

Er und Mary blieben eine Weile in dem kleinen Wohnzimmer stehen. Keiner sagte ein Wort.

»Ich habe das nicht gewollt«, sagte Brooks.

»Du brauchst dich nicht zu entschuldigen.« Sie lächelte schwach. »Einen Augenblick hast du wieder dein grünes Barett getragen.«

»Ja. Aber so schnell möchte ich dahin nicht wieder zurück.« Sein Tonfall änderte sich. »Der Staudamm wird also nicht

vergrößert. Und vielleicht kommt es zu einem Dammbruch. Wir stellen besser das Radio an.«
»Diese scheußliche Musik.«
»Wenn wir hierbleiben wollen, gewöhnen wir uns lieber an das Geplärre.«
Mary zog erstaunt die Augenbrauen in die Höhe. »Bleiben wir denn hier? Hast du es dir anders überlegt?«
»Ich möchte nicht, daß jemand glaubt, wir hätten uns hinauswerfen lassen. Du nicht?«

Obwohl das Gewitter in seiner Stärke etwas nachgelassen hatte, ging auf dem Mount Union der Wolkenbruch noch immer nieder, und die Sturmböen rüttelten an der Station. Wenn Bernie in dem einzigen großen Raum umherging, folgte ihr Sam, als sei er durch eine unsichtbare Schnur mit ihr verbunden.
Immer wieder versuchte Bernie, die Funkverbindung herzustellen, aber die atmosphärischen Störungen waren immer noch so stark wie zuvor. Ein paarmal glaubte sie, die Gegenstelle des Wetterdienstes zu hören, aber sie konnte nichts verstehen, und ihre Durchgaben blieben offenbar ungehört.
Sie stellte sich Pete vor, der auf dem schmalen Pfad den Berg hinunter vielleicht abgestürzt, vielleicht schwer verletzt war, und in Augenblicken der Verzweiflung dachte sie sogar daran, selbst den Abstieg zu wagen; aber als sie die Schiebetür öffnete und die Kraft des stürmischen Windes spürte, wußte sie, daß sie nicht soviel Energie haben würde, um mit den Elementen fertig zu werden. Sie kniete nieder, legte die Arme um Sam, vergrub ihr Gesicht in seinem warmen Fell und weinte.

Auf dem Bergpfad benutzte Pete Otero die große Taschenlampe nur sparsam und verließ sich hauptsächlich auf die Blitze, die ihm den schwierigen Abstieg erhellten. In seiner Glanzzeit als Footballspieler hatte ihn oft ein Sportkorrespondent mit einer großen Katze verglichen, weil er ein besonderes Gleichgewichtsgefühl und die Fähigkeit habe, sich mit fast unglaublicher Schnelligkeit und Genauigkeit der Wechselwirkung fremder Kräfte anzupassen. Wenn ihm ein Verteidiger des Gegners entgegentrat und man schon glaubte, er sei bereits hoffnungslos blockiert, war er bereits vorbei und stürmte mit einer solchen Wucht dem Ziel entgegen, daß der Rasen unter seinen Füßen zu dröhnen schien.

Hier hatte er es nur mit den Naturgewalten zu tun, aber sie erwiesen sich als schlimmer, als er erwartet hatte. Zwischen den hohen Berggipfeln schlug der Wind immer wieder um und kam aus immer neuen Richtungen; mal erfaßte er ihn von vorn, mal griff er ihn von der Seite oder sogar von hinten an. So geriet er immer wieder in Gefahr, von dem schmalen Pfad in den Steilhang hinuntergedrückt zu werden, und er mußte seine ganze Standfestigkeit und Kraft aufbieten, um das Gleichgewicht zu halten und weiterzukommen.

Das Gestein gab unter seinen Füßen plötzlich nach. Der vortastende Fuß fand einen Halt nicht da, wo man es hätte erwarten können, sondern weiter oben oder unten, so daß Pete sofort reagieren mußte, um nicht zu stolpern oder abzustürzen.

Der Regen wurde zum Sturzbach, und der Wind trieb die schweren Tropfen mit der Wucht von Hagelkörnern vor sich her; statt ein Schutz zu sein, wurde Petes Poncho zur Gefahr, denn der Wind fing sich in ihm, und er blähte sich, dachte Pete, wie einer jener farbenfrohen Spinnaker, die man an Sonntagnachmittagen in der Bucht von San Francisco sehen konnte, wenn die Segelboote draußen waren. Er drohte, Pete über die Kante in den Abgrund zu reißen. Es kostete einige Mühe, den Poncho auszuziehen, und da Pete ihn nirgends unterbringen konnte, ließ er ihn im Sturm einfach davonsegeln und in der von Blitzen immer wieder erhellten Finsternis verschwinden.

Ohne den Poncho wurde ihm kalt, aber er war auch an strengere Kälte gewöhnt. Wenn man gegen Ende der Saison in Auswärtsspielen gegen diese Eisbären, die sich *The Pakkers* oder *Bud Grant's Vikings* nannten, antreten mußte, durfte man sich durch Eis und Schnee und gefrorenen Rasen nicht beirren lassen. Körperliche Strapazen gehörten zum Leben, und jetzt kam es, ebenso wie damals, einzig und allein darauf an, den Auftrag, den man hatte, auszuführen.

Man mußte sich voll auf das konzentrieren, was man gerade tat, und das war im Augenblick: einigermaßen heil den Bergpfad hinunterzukommen, sich durch nichts beirren zu lassen, denn einen Weg des geringeren Widerstandes gab es nicht, und daß man unter gar keinen Umständen aufgeben würde.

Die Sturmböen und der Wolkenbruch setzten ihm hart zu, und wenn der Blitz und der krachende Donner für irgend jemand Partei ergriffen, dann jedenfalls nicht für ihn. Aber wie dem auch sei, es gab wenigstens einen schmalen Pfad, das war immerhin schon etwas. Und er führte bergab, und er brauchte nichts anderes zu tun, als einen Fuß vor den anderen zu setzen, sich selber mehr oder weniger aufrecht zu halten, denn schließlich würde auch diese Strapaze ein Ende haben.

Sein erster Sturz verlief noch glimpflich. Ein Stein gab unter ihm nach, er rutschte aus und fiel hin. Er ließ sich absichtlich so über die Schulter abrollen, daß er zum Hang hin fiel und nicht in Gefahr geriet, den Steilhang hinunterzurutschen. Es war nackter Fels, auf dem er entlangrollte, ohne Grasnarbe, und seine Kleidung war nicht ausgepolstert wie beim Football, so daß er den Aufprall nicht dämpfen konnte.

Na, wennschon, dachte er bei sich, als er wieder auf die Beine kam. Ein paar Kratzer und Abschürfungen. Es ist nicht viel passiert.

Der zweite Sturz verlief anders. Auch wenn es nicht so fin-

ster gewesen wäre, hätte er ihn wahrscheinlich nicht vermeiden können. Ein plötzlicher Steinschlag, vermischt mit feuchtem Erdreich, ging von oben auf ihn nieder und zwang ihn in die Knie. Er wurde fast ganz zugedeckt, konnte nichts mehr sehen, er blutete, erlitt zahlreiche Hautabschürfungen und erstickte fast an dem Dreck, der ihm in Mund und Augen gedrungen war.
Er machte sich von der kleinen Lawine frei, fand im Lichtkegel der Lampe eine Felswand, an die er sich lehnen konnte, und hob das Gesicht, um sich vom Regen wenigstens einen Teil des Schmutzes von der Haut spülen zu lassen.
Wie lange er dort gelehnt hatte, wußte er nicht, aber schließlich schob er sich - wie auf den unhörbaren Pfiff einer Trillerpfeife - von der Wand weg und setzte den Marsch in das Unwetter fort.
Es war der dritte Sturz, der ihm fast den Garaus machte. Er kam urplötzlich, unerwartet, und er war gegen ihn völlig wehrlos.
Diesmal fiel er vom Berghang weg, als der Pfad plötzlich unter seinen Füßen nachgab, und trotz aller Körperbeherrschung gelang es ihm nicht, den Sturz in die Tiefe zu vermeiden.
Er spürte, wie er mit dem Kopf gegen das Gestein prallte, dann mit Schultern und Rippen, so daß er sich überschlagen haben mußte. Sein Kopf stieß wieder irgendwo an, und seine haltsuchenden Hände griffen nur in losen Schotter. Dann rammte sein verletztes Knie mit ungeheurer Wucht gegen einen Felsbrocken, der nicht nachgab.
Er hörte, wie er mit Donnerstimme »Scheiße!« brüllte, aber das Wort wurde ihm durch den Sturm sofort von den Lippen gerissen. Sein Kopf prallte wieder gegen ein Hindernis, und diesmal blieb er, mit dem Gesicht nach unten, liegen.
Ein paar Augenblicke war er wie betäubt. Dann bewegte er, aus reinem Instinkt, ganz behutsam, Hals, Hände und Beine. Alles in Ordnung. Also wenigstens kein Bruch, kein

Schaden an der Wirbelsäule. Er hob die rechte Hand und rieb sich über das Gesicht - er fühlte Blut und Lehm und Regen, eine komische Mischung. Wie hatte das nur passieren können? Und wo befand er sich überhaupt?
Er lag mit dem Kopf nach unten auf einem Steilhang. Es dauerte eine Weile, bis er sich vergewissert hatte, wo oben war. Dann drehte er sich schwerfällig so weit herum, bis er bergauf zu liegen kam, zog das gute Knie unter den Körper und begann, den Schotterhang hinaufzukriechen, wobei er das verletzte Bein nachzog.
Schließlich gelangte er oben wieder auf mehr oder weniger ebenen Boden; er mußte sich die Richtung ertasten, denn die Taschenlampe lag irgendwo unten im Abgrund. Er ruhte sich liegend einen Augenblick aus, bevor er sich mühsam aufrichtete und reglos eine Weile stehen blieb. Er fürchtete sich fast, das verletzte Knie auszuprobieren. Aber wie durch ein Wunder gab das Knie, auch wenn er es belastete, nicht nach. Er konnte es sogar ein klein wenig abbiegen.
Das Atmen tat weh, also waren wahrscheinlich ein paar Rippen gebrochen. Trotz des peitschenden Regens spürte er, wie ihm das Blut von der aufgeplatzten Kopfhaut über das Gesicht rann. Bei der rechten Schulter hatte er das Gefühl, als ob hier irgend etwas geschehen müsse, aber auch das mußte warten. Wichtig war nur, daß er sich noch bewegen konnte.
Er hatte keine klare Vorstellung davon, an welcher Stelle auf dem Bergpfad er sich befand. Die Blitze zauberten kaleidoskopische, verzerrte Bilder des Geländes herauf, und er konnte auch bisher bekannte Markierungen nicht erkennen. Das spielte jetzt keine Rolle. Es gab nur diesen einen Weg, und er stand noch immer auf ihm, er ging noch immer bergab, und das war alles, worauf es jetzt ankam. Er setzte sich wieder in Marsch, humpelte zwar schwer, aber er konnte das verletzte Knie irgendwie schonen.
Beim Aufstieg, fiel ihm jetzt ein, hatten die Murmeltiere

ihre warnenden Pfeiftöne ausgestoßen, und die Pfeifhasen waren in ihre Unterschlüpfe weggehuscht. Vernünftige Geschöpfe. Sie hockten sicher seit langem in ihren Löchern, umgeben von ihren Vorräten an trockenem Gras, und überstanden das Unwetter in der anheimelnden Wärme ihres Baus. Und der Mensch, dachte sich Pete, hatte die Stirn, sich als überlegenes Wesen zu fühlen, das besser mit den Wechselfällen der Natur fertig werden könne. Es war merkwürdig, in welche Richtung die Gedanken manchmal unter starker körperlicher Anspannung zu wandern begannen. Denke nur an das, was du gerade tust. Denke - wenn du es kannst - an den Wochentag und in welcher Stadt dieses Spiel ausgetragen werden soll. Nur auf diese Weise behältst du den klaren Verstand. Denke -

Ein Blitzstrahl erleuchtete plötzlich die gesamte Szene und schien endlose Helligkeit zu verbreiten, so wie die Leuchtbomben damals in Vietnam. Und da lag - ja, mein Gott, das war unverkennbar! -, da war jener kleine See, den er beim Aufstieg bemerkt hatte. Aber, um Gottes willen, er war zu einem großen See geworden und schwoll immer noch an. Wasser rann zwar durch die Gesteinsbrocken, die wie ein Damm vor ihm lagen, aber noch viel mehr Wasser strömte von den Berghängen in ihn hinein -

Wie ein Peitschenknall hallte plötzlich der Donner in dem Talkessel wider; mit ohrenbetäubendem Getöse fing er sich in den Felswänden und wurde durch die Finsternis nach dem grellen Aufblitzen noch verstärkt - aber der See war da gewesen, er war keine Einbildung, und auch in den kurzen Augenblicken, da er ihn gesehen hatte, war ihm klargeworden, daß das lose Gestein, das wie eine Art Damm wirkte, früher oder später nachgeben würde, und dies war genau der Punkt, auf den Bernie hingewiesen hatte - der Wetterdienst fürchtete sich vor einer Flutwelle, die sich aus den Bergen mit Urgewalt ins Tal ergießen könnte.

Okay, sagte er sich, ich kann nichts anderes tun, als den Leuten dort unten Bescheid zu sagen. Vielleicht hat Bernie diese Warnung auch schon über Funk durchgeben können, vielleicht auch nicht, aber ich werde es auf jeden Fall versuchen. Nun komm schon, Knie, beweg dich und schmerze, wenn du willst, aber bring mich hinunter, und ich werde dafür sorgen, daß du eine Schiene oder vielleicht sogar eine Krücke bekommst - wie wäre denn das? Ein Abkommen? Meinetwegen, verdammt noch mal. Auf geht's! Er humpelte unter Schmerzen weiter in die Finsternis hinein.

Dem weit oberhalb des Staudammes am Flußufer postierten Soldaten, mit Funksprechgerät und Handscheinwerfer ausgerüstet, lief es kalt den Rücken herunter, als er zunächst sich irgend etwas bewegen sah und dann im Scheinwerferlicht Petes riesiger, blutverschmierter Gestalt ansichtig wurde, die wie ein Gespenst aus einem Horrorfilm humpelnd auf ihn zukam.

»Dreh das verdammte Ding woandershin«, sagte Pete. »Was hast du vor, willst du mich blenden?« Er kam immer näher. Wäre er stehengeblieben, hätte er den schmerzenden Rhythmus, an den er sich gewöhnt hatte, unterbrochen und wäre vielleicht nicht mehr imstande gewesen, ihn wiederaufzunehmen.

Der Soldat hob das Funksprechgerät und sagte mit einer Stimme, die nicht ganz sicher klang: »Gerade kommt jemand vom Berg herunter. Scheint verletzt zu sein. Schwer verletzt. Ende.«

»Von wo kommt er?« sagte die andere Stimme im Gerät. »Ende.«

»Von der Wetterstation auf dem Mount Union«, sagte Pete. Er ging noch immer weiter, und der Soldat hielt mit ihm Schritt.

Der Soldat wiederholte, was Pete gesagt hatte, und meinte dann: »Auf dem Steig von oben herunter? O Gott! Ende.«

»Schafft er es allein bis hierher? Ende.«

»Schaffen Sie's?« fragte der Soldat.

»Wenn du mir nicht dauernd auf die Füße trittst.«

Pete hörte den Lärm der Generatoren, Kompressoren und Preßluftbohrer, bevor er die an Hollywood erinnernde nächtliche Szene sah: Flutlichter und eine Menge von Männern in Uniform, die, einer nach dem anderen, mit der Arbeit aufhörten und ihn angafften, als er aus dem Schatten ins Licht trat.

Pete sah einen Colonel und einen Captain und verschiedene andere Dienstgrade sowie einen Zivilisten, der hier offenbar das Kommando führte; dieser packte Petes Oberarm mit kräftigem Griff und half ihm, sich auf ein in der Nähe liegendes Felsstück hinzusetzen.

»Legen Sie es hierher«, sagte Cooley und sorgte dafür, daß Pete sein verletztes Bein ausstrecken konnte.

Und es war der Zivilist, der als einziger redete.

»Was ist dort oben los?«

»Es gießt wie aus Eimern. Gewitter. Und ich habe einen See gesehen . . .«

Der Zivilist hörte nur kurz zu und gab dann dem Colonel ein Zeichen. »Sagen Sie Jay über Funk, daß wir herunterkommen. Wir wollen diesen See in die Karte eintragen.« Und dann wieder zu Pete gewandt: »Werden Sie es schaffen? Kann das Krankenhaus noch warten?«

Pete hob den blutverschmierten Kopf. »Zum Teufel mit dem Krankenhaus. Helfen Sie mir auf die Beine, weiter nichts.«

»Prima, Mann«, sagte Cooley und hob mit seiner harten Hand die Riesengestalt fast vom Erdboden hoch. Dann half er ihm beim Einsteigen in den Jeep des Colonels.

Zwei Soldaten sahen dem Jeep nach; der Colonel fuhr und bog in die Hauptstraße ein.

Einer von ihnen sagte: »Den ganzen Weg auf diesem Steig vom Mount Union herunter. Und das bei Nacht, im Regen und bei Gewitter! Und sieh ihn dir bloß an! Du lieber Himmel!«

»Das ist Pete Otero«, sagte der andere Soldat. »Ich habe ihn oft im Fernsehen spielen sehen. Nichts konnte den Kerl bremsen, absolut nichts! Zwölf Jahre, und er hat nie ein Spiel ausgelassen - verletzt oder nicht.«

»Wir müssen uns beeilen«, sagte Pete im Jeep. »Ich bin vielleicht erst seit ein oder zwei Kilometern aus dem Regen herausgekommen. Wenn Sie Angst vor einer Flutwelle haben, dann brauchen Sie bestimmt nicht mehr lange zu warten.«

Kate, Jay und der herbeigerufene Gouverneur warteten im Büro, als Pete, sich schwer auf Cooleys kräftige Schulter stützend, humpelnd den Raum betrat. Das schlimme Knie war steif geworden, diesmal wohl für immer, dachte Pete, aber da war wohl nichts zu machen. Und das Knie, die Rippen, seine Schultern und jetzt auch noch die aufgeplatzte Kopfhaut - das alles tat jetzt, da die Kälte und der Schock vergangen waren, teuflisch weh, aber er und die Schmerzen waren alte Bekannte, fast könnte man sagen: alte Freunde, aber auch dies war im Augenblick unwichtig.

Kate hielt entsetzt den Atem an, als sie den schmutzverkrusteten und blutverschmierten Hünen vor sich sah; und Pete schenkte ihr ein schiefes Lächeln. »Der Berg ist nicht zimperlich«, sagte er. »Das muß ich ihm zugestehen. Mit wem von euch soll ich reden?«

Jay sagte: »Starke Regenfälle, nicht wahr? Haben Sie viel Wasser abfließen sehen?«

Ein kleiner Bursche, dachte Pete, aber er hielt sich gut, und er stellte Fragen, als ob er wüßte, wovon er redete. »Als ich mich auf den Weg machte, war das abfließende Wasser für einen Wolkenbruch normal. Aber ich war etwa zwei Stunden mittendrin, und Bäche, die am Vortag noch nicht da gewesen waren, hatten sich inzwischen gebildet - einige ganz schön groß. Das alles konnte ich nur im Widerschein der Blitze sehen.«

Jay trat an die Landkarte. »Dieser See, von dem Sie Cooley erzählt haben.« Er legte den Finger auf die Stelle, wo er beim ersten Flug mit Kate eine Wasserfläche gesehen hatte. »Ungefähr hier?«

»Mein Gott«, sagte Pete. »Ich kann Norden von Süden mit dem Kompaß unterscheiden, und ich verirre mich nicht so leicht, aber einen bestimmten Punkt auf der Karte auszumachen -« Er schüttelte den Kopf.

Für Cooley waren Karte und Höhenlinien ein offenes Buch. Er sagte: »Hier ist Ihr Weg.« Er zeigte mit dem Finger den Verlauf auf der Karte. »Sie müssen das Wasser auf der linken Seite gesehen haben, jenseits einer Schlucht und etwa zwanzig Meter tiefer, als Ihr eigener Standpunkt war.« Er zeigte mit der Hand einen steilen Winkel. »Rechts von Ihnen und über Ihnen ragen die Felsen steil auf. Ein Gelände für Bergziegen und Kletterer. Zu beiden Seiten der Stelle, wo unserer Meinung nach der See sein könnte, liegt ein Höhenrücken, und das Ganze führt auf eine Art von Sattel hinaus. Oberhalb des Sees liegt in etwa fünfhundert Metern Entfernung ein weiterer Steilhang. Fällt es Ihnen jetzt wieder ein?«

Pete schloß die Augen. Dann nickte er langsam. »Tja, Sie mögen recht haben. Ich hatte etwa ein Drittel des Abstiegs hinter mir.« Er machte die Augen wieder auf. »Haut das hin?«

Cooley brauchte die Karte nicht mehr anzusehen. »Es haut hin.«

Jay sagte: »Und den Abschluß nach unten bildete ein - ein natürlicher Damm? Zusammengeschwemmte Gesteinsbrocken, durch die vielleicht etwas Wasser durchsickerte - so etwa?«

»Genauso sah es aus. Als ich beim Aufstieg den See zum erstenmal sah, war er etwa zu einem Viertel voll. Jetzt fließt er fast über.« Pete konnte sich mit geschlossenen Augen das Bild vergegenwärtigen, wie er es im grellen Licht der Blitze gesehen hatte: Wasser, das sich über den Steilhang in den See ergoß, Wasser, das in kleinen Bächen durch die Gesteinsbrocken am Fuße des Sees wieder austrat und, funkelnd im Widerschein der Blitze, in kleinen Kaskaden in die Tiefe stürzte.

Jay und Cooley studierten jetzt die Karte. »Ach, du großer Gott!« sagte Cooley. »Sieh dir bloß das Gefälle an, wenn diese Gesteinsmassen nachgeben sollten.«
»Das sehe ich mir ja gerade an«, sagte Jay. Er zählte die Höhenlinien, die so dicht beieinander waren, daß sie fast aufeinander zu liegen schienen. »Dreihundert, vierhundert Meter, und dann der Strom im eigentlichen Flußbett.«
Kate sagte: »Seid ihr jetzt mit dem armen Mann fertig? Wenn ja, fahre ich ihn ins Krankenhaus und sorge dafür, daß er anständig behandelt wird.« Aus ihrem Tonfall sprachen Mitleid, echte Sorge und Bewunderung.
Auf Petes Gesicht erschien wieder jenes schiefe Lächeln. Bernie konnte es noch nicht wissen, dachte er, aber sie brauchte sich jetzt keine Sorgen mehr zu machen, denn ihre Nachricht war durchgekommen, und der Auftrag, für den sie bezahlt wurde, war erfüllt. Zum Teufel mit den Schmerzen und dem steifen Knie. Er hatte wieder ein gutes Gefühl.
»Wissen Sie, Lady«, sagte er, »ein besserer Vorschlag ist mir heute noch nicht gemacht worden.«

22

Kate und Pete waren abgefahren. Der Gouverneur, der Colonel, Jay und Cooley standen dicht beieinander und wurden unwillkürlich zum Tisch hingezogen, wo das Meßtischblatt ausgebreitet lag.
Es war, als ob die ganz dicht nebeneinander liegenden braunen Höhenlinien, die sich deutlich vom Grün und Weiß des Papiers abhoben, die dicke, blaue Linie, die den Fluß bezeichnete, nur noch betonten; und für den Colonel, für Jay und Cooley, die alle im Kartenlesen geübt waren, verwandelte sich die zweidimensionale Darstellung augenblicklich in die dreidimensionale Wirklichkeit - und auf bedrohliche Weise.
»Also schön«, sagte der Gouverneur, »nehmen Sie kein Blatt vor den Mund. Was bedeutet das?«
»Es bedeutet«, sagte Cooley gedehnt, ohne die Augen von der Karte zu wenden, »was wir befürchtet haben - nämlich eine wahrscheinliche, nein, so gut wie sichere Überschwemmungskatastrophe.« Er klopfte mit dem Zeigefinger auf die Karte. »Hier liegt der See. Diese blaue Linie ist der Fluß, über dreihundert Meter tiefer. Wenn dieser von der Natur geschaffene, aus Gesteinsbrocken bestehende Damm nachgibt -«
»Warum glauben Sie, daß er nachgeben wird? Er steht offenbar noch.«
»Das hier ist ein hängendes Tal«, sagte Jay; auch er hob den Blick nicht von der Karte. »Früher führte es Wasser hinunter in den Hauptfluß. Aber der Hauptfluß hat sich immer tiefer in die Erde hineingefressen und liegt jetzt, wie Cooley sagt, dreihundert Meter weiter unten. Anscheinend ist das

hängende Tal durch Gletscherbildung zu seiner jetzigen Form gelangt; es sieht eher wie eine geneigte Schüssel als wie ein Tal aus, deshalb wird sich eine Menge Wasser in ihm stauen. Das Gestein, das dieses Wasser zurückhält, wurde wahrscheinlich durch einen Bergrutsch, der durch die Gewitterregen der letzten Tage verursacht wurde, als eine Art von Damm aufgeschüttet.«

»Wenn es so ist«, sagte Cooley, »und ich habe keinen Zweifel, daß er recht hat, dann sind diese Gesteinsbrocken nicht verankert. Die Zeit war zu kurz, als daß sie sich mit Erdreich und Schlamm und vielleicht einer gewissen Vegetation hätten anreichern können, wodurch eine gewisse Festigkeit entstanden wäre. Geologisch betrachtet gleichen sie einem Kartenhaus. Wenn das aufgestaute Wasser ein bestimmtes Gewicht erreicht, wird das Gestein nachgeben, und dann stürzt alles dreihundert Meter hinunter in den Fluß -«

Die Tür ging auf, und Bill Williams trat ein; alle hoben den Kopf. Er sah jünger aus, fand Jay, jedenfalls jünger als an jenem ersten Abend. Verantwortung zu tragen, tat ihm offenbar gut.

»Okay«, sagte Williams, »Dynamit, Sprengkapseln, Draht und Zünder sind auf dem Weg zum Staudamm und dem Hochwasserschutzdamm. Wie steht es oben -?« Er brach ab und blickte von einem zum anderen. »Schwierigkeiten?«

»Eventuell.« Die Stimme des Gouverneurs klang ruhig, beinahe gelassen. Er sah Jay und dann Cooley an. »Ich gehe davon aus, daß Sie nicht voraussagen können, wann dieser - Bruch eintreten wird?«

»Ausgeschlossen«, sagte Cooley. »Auch wenn wir da oben stünden und den Damm beobachteten, würden wir es erst merken, wenn es schon zu spät ist. Bevor wir auch nur den Mund aufmachen können, ist schon alles vorbei.«

»Dann«, meinte der Gouverneur, »haben wir aber noch immer eine« - er lächelte selbst über die Wahl seiner Worte - »gewisse Erfolgschance, nicht wahr? Wenn Sie den Ableitungstunnel öffnen können und anfangen, das Wasser abzulassen, bevor dort oben der Gesteinsdamm nachgibt, könnte der Staudamm von Harper's Park vielleicht doch der Flutwelle standhalten, falls diese kommen sollte?«

Cooley grinste.

»Bis jetzt habe ich Optimismus nie mit Politikern in Verbindung gebracht, Gouverneur«, sagte er. »Ich habe sie bisher nur für Schwarzseher gehalten.«

»Wir haben unsere verschiedenen Seiten.« Merkwürdig, dachte der Gouverneur, wie wohl er sich in Gesellschaft dieser beiden Männer fühlte, obwohl sie in so verschiedenen Welten lebten. Kipling hatte einmal gesagt, fiel ihm ein, daß es, wenn sich starke Persönlichkeiten vom anderen Ende der Welt begegneten, keinerlei Unterschiede zwischen ihnen gäbe. Komisch, daß er sich ausgerechnet jetzt daran erinnerte. »Andererseits«, sagte er, »glaube ich, daß wir bestimmte Vorsichtsmaßnahmen einleiten sollten. Ich erlaube mir, dein Telefon zu benutzen, Bill.« Er setzte sich an den Schreibtisch und begann zu wählen.

Während er noch auf das Freizeichen wartete, schaute er durch die hohen Fenster auf die Stadt hinunter, deren Lichter wie ein bunter Teppich wirkten.

Da waren die Brücken und das dunkle Wasser, das unter ihnen hindurchfloß. An manchen Stellen konnte er sogar den schwachen Widerschein des Flusses erkennen; er sah ganz harmlos aus.

Und dort, in dem weniger hellen Lichtermeer, lagen der *barrio* und die Altstadt; hier herrschten Armut und Spannungen. Hinzu kam jetzt die Gefahr.

Hauptfeind war die Panik, wie er vielleicht noch besser als der Bürgermeister wußte. Während einer Krise lauerte in jeder Menschenansammlung die Möglichkeit einer Panik; sie drohte im gegebenen Zeitpunkt plötzlich auszubrechen. Und wir können einen solchen Ausbruch vorzeitig auslösen, dachte der Gouverneur, indem wir vorschnell handeln; wenn wir aber andererseits nichts tun, solange wir noch

Zeit haben, kann es zu etwas noch Schlimmerem - zur Katastrophe kommen.
Eine Frauenstimme mit spanischem Akzent meldete sich: »Hier ist das Büro des Bürgermeisters.«
»Hier ist Gouverneur Wilson. Kann ich Mister Lopez sprechen, bitte?« Jetzt, dachte der Gouverneur, hing alles nur von der Grundeinstellung des Bürgermeisters und davon ab, ob der Geist der Zusammenarbeit zwischen ihnen beiden noch intakt war. Er konnte nur hoffen, daß es so war.
»Am Apparat, Harry«, ertönte die Stimme des Bürgermeisters.
»Es handelt sich um etwas, was im Jargon der Juristen als Ermessensentscheidung bezeichnet wird, Joe«, sagte der Gouverneur und fragte sich, ob er die Sache von der richtigen Seite her anpackte. »Aber ich finde, wir sind so weit gegangen, wie wir es ohne allgemeine Vorwarnung vertreten können.«
Eine kurze Pause trat ein. »Ist etwas passiert?«
»Nicht nur etwas. Mehrere Dinge zugleich. Ich könnte dir alle Anzeichen aufzählen . . .« Er ließ den Satz im Raum stehen; die indirekte Frage war unüberhörbar.
Wieder trat eine kurze Pause ein. »Nein«, sagte der Bürgermeister langsam. »Ich glaube dir auch so. Wenn du Angst hast -«
»Die habe ich. Ich gebe es zu.«
»Okay.« Die Stimme des Bürgermeisters klang plötzlich fest und entschlossen. »Dann geht es mir genauso. Wir werden anfangen, die Alten und Kranken und Behinderten aus dem *barrio* auf höher gelegenes Gelände zu verlegen. Wir haben Schulen, Kirchen und Spritzenhäuser, wo sie untergebracht werden können. Ich habe die Leute vom Fernsehen und Rundfunk benachrichtigt; sie werden mir auf allen Kanälen und allen Frequenzen Sendezeiten einräumen. Wir brauchen die Nationalgarde zur Hilfe im *barrio* -«
Dem Gouverneur war plötzlich viel wohler zumute. »Du wirst sie haben.«

»Das ist dann wohl ungefähr alles. Mehr können wir im Augenblick nicht tun. Wird der Schutzwall in der *Bend* gesprengt, falls der Staudamm bricht?«

Der Gouverneur dachte an George Harrison und dessen Bemerkung über politischen Selbstmord. Wahrscheinlich hatte er recht. Sei's drum. Merkwürdig, er empfand kein echtes Bedauern. »Ja, so ist es«, sagte er.

»Okay, Harry. Wünsch uns viel Glück.«

»Das tue ich. Und, Joe, wenn ich dir noch anderswie helfen kann -«

»Dann schrei ich laut.« Die Stimme des Bürgermeisters änderte sich plötzlich und klang auf einmal erstaunt. »Und weißt du, was so komisch an der ganzen Sache ist? Ich weiß plötzlich, daß du mitziehen wirst. Wie findest du das?«

Der Gouverneur legte auf und blieb einige Augenblicke schweigend sitzen; er schaute noch immer auf die Lichter der Stadt hinab. Ein unerwartetes, erfreuliches Nebenergebnis, dachte er. Wie lautete doch die alte Redensart - das Kriegsbeil begraben? War dies die Art und Weise, wie alte Fehden schließlich aufhörten, so plötzlich? Unglaublich.

Er erhob sich und sah die anderen an. »Die Stadt fängt an, die Kranken und Behinderten aus dem *barrio* zu evakuieren«, sagte er. Er blickte Colonel Watkins an. »Die städtischen Behörden werden die Unterstützung durch die Nationalgarde brauchen, Colonel. Bitte, kümmern Sie sich darum.«

»Ja, Sir.«

»Im übrigen -«, sagte der Gouverneur und ließ den Satz unvollendet, während er Jay ansah.

»Wir treiben beide Projekte voran«, sagte Jay. »Cooley kann die Sprengung des Staudamms vorbereiten.« Dann fügte er mit einem Blick auf Bill Williams hinzu: »Und wenn Sie -«

»-sicherstellen, daß wir jederzeit bereit sind, mein Haus zu zerstören«, warf Williams ein. Sein Lächeln war bitter, während er nickte: »Wird gemacht.«

»Tut mir leid, Bill«, sagte der Gouverneur.
»Tja.«
»Wenn es eine andere Möglichkeit gäbe –«
»Laß sein, Harry. Es scheint keine andere Möglichkeit zu geben, und damit basta. Nur –«
»Nur was?«
»Okay«, sagte Williams. »Wieviel Gutes kommt dabei heraus?« Es war Kates Frage, die er jetzt an Jay richtete.
Jay schüttelte den Kopf. »Ich weiß darauf keine Antwort, und auch das tut mir leid.«
Als ob er es gewußt hätte und nur noch die Bestätigung haben wollte, sagte Williams: »Okay. Bis nachher«, und ging hinaus.
Ohne sich an jemanden im besonderen zu wenden, sagte der Gouverneur: »Er wird es tun. Was er sagt, das tut er auch.«

George Harrison war wieder an der Hochwasserschutzmauer und redete noch einmal mit Sam Martin, während die Kompressoren dröhnten und die Luft vom Geratter der Preßluftbohrer erfüllt war. Gesteinsstaub dämpfte den grellen Schein der Flutlichter und erschwerte das Atmen.
»Ich habe diesen Mann, diesen Jay Harper, noch nicht kennengelernt«, sagte George. »Ich nehme an, daß Sie ihn kennen?«
Das Abendessen im Haus von Bill Williams war der Anfang für diesen ganzen Blödsinn gewesen, dachte Sam. Dann die demütigende Szene am Flugplatz; danach war Harper in Bills Büro erschienen, als er, Sam, sich gerade mit eingezogenem Schwanz davonschlich. Und schließlich wieder dieser Harper, der in Bills Büro Befehle nach rechts und links austeilte. »Ich bin ihm begegnet, ja«, sagte Sam. »Viel zu oft.«
»Sie mögen ihn anscheinend nicht besonders.«
Eine Untertreibung, dachte Sam und fragte sich, was George mit dieser Unterhaltung bezweckte. »So könnte

man es ausdrücken.« Harper macht viel von sich reden, dachte er, viel zuviel. Und warum interessierte sich George überhaupt für ihn? Er nahm dieses Vorhaben, das mit Sicherheit die Vernichtung seines schönen, großen Hauses bedeutete, sehr gelassen hin. Nach jenem Abend in Georges Haus war Sam vor George auf der Hut.
»Und die Sprengung dieser Mauer ist seine Idee?«
»So ist es.«
»Was halten Sie davon?«
»Zum Teufel«, sagte Sam, »ich führe bloß Befehle aus.«
George schüttelte den Kopf. »Ich finde, Sie unterschätzen sich selbst, Sam. Sie sind Diplomingenieur. Haben Erfahrungen. Sie können auf Erfolge zurückblicken und haben hier im Südwesten eine große Zukunft vor sich. Es sei denn -«
George ließ den unvollendeten Satz wie einen Köder in der Luft hängen.
»Es sei denn - was?«
»Ich frage mich«, sagte George, »ob es reiner Zufall ist, daß Sie mit dieser Vorarbeit zur Zerstörung beauftragt worden sind. Halten Sie es denn für rein zufällig?«
Sam schüttelte verwundert den Kopf. »Ich verstehe nicht, was Sie meinen.« Er wandte sich dem nächststehenden Soldaten zu, der einen Preßluftbohrer bediente, und sagte mit lauter Stimme: »Das reicht! Ihr könnt jetzt die Ladungen anbringen! Sagen Sie auch den anderen Bescheid, klar?«
»Glauben Sie denn«, sagte George, »daß die Leute, die in der *Bend* wohnen, über den Verlust ihrer Häuser besonders glücklich sein werden, Sam? Ich jedenfalls nicht, und die anderen sicherlich auch nicht.«
»Ich kann ihnen keinen Vorwurf daraus machen«, meinte Sam. »Wirklich keinen.«
»Aber sie können Ihnen einen Vorwurf daraus machen, Sam«, sagte George.
Sam öffnete den Mund, schloß ihn aber wieder, ohne etwas zu sagen. Schließlich meinte er:

»Das ist verrückt! Ich führe doch nur Befehle aus!«

»Gerade diese Verteidigung«, sagte George, »wirkt seit einiger Zeit nicht mehr überzeugend, Sam. Denken Sie nur an die Watergate-Affäre, als Leute ins Gefängnis wanderten, weil sie Befehle ausführten.«

»Einen Augenblick mal! Der Gouverneur -«

»Wie dem auch sei - den Bewohnern der *Bend* wird es ziemlich gleichgültig sein, ob Sie Befehle ausgeführt haben oder nicht. Für diese Leute steht lediglich fest, daß Sie derjenige waren, der das Zerstörungswerk durchgeführt hat. Daran werden sie sich erinnern, sooft Ihr Name fällt.«

»Okay«, sagte Sam, »sollen sie sich meinetwegen daran erinnern. Ich kann es nicht ändern.«

»In der *Bend* sitzt eine Menge Geld, Sam.«

»Das weiß ich.«

»Und Einfluß.«

»Auch das weiß ich, verdammt noch mal! Aber was soll ich denn Ihrer Meinung nach tun? Den ganzen Kram hier hinschmeißen?«

»Nein. Das nicht.« Die Kompressoren waren jetzt verstummt, und George sprach leiser. »Sie sind Sprengfachmann, Sam. Angenommen, die Sprengung versagt? Oder sie wäre nicht stark genug, um die Mauer zu zerstören? Es hat auch schon früher Fehlkalkulationen gegeben, besonders dann, wenn die Vorbereitungen übereilig getroffen worden sind.«

Sam meinte daraufhin: »Dann wäre ich der Sündenbock.«

»Aber Sie hätten plötzlich viel Geld auf der Bank. Ich rede in vollem Ernst, Sam. Und ich will mich ganz klar ausdrükken. Falls der Staudamm von Harper's Park tatsächlich bricht und diese Mauer, die die Häuser in der *Bend* schützt, intakt bleibt, werden Ihnen fünfundzwanzigtausend Dollar gutgeschrieben, ganz gleich, auf welches Konto Sie das Geld überwiesen haben wollen.«

Sam schluckte schwer.

»Meine Beweggründe sind ganz einfach«, sagte George. »Ich

will mein Haus schützen. Es ist für mich von unschätzbarem Wert. Ich bin ein wohlhabender Mann, Sam, und ich bin bereit, für die Erhaltung dessen, was ich besitze, auch zu zahlen. Fünfundzwanzigtausend Dollar. Ich stehe zu meinem Wort.«

Cooley brachte den Jeep bei den oberhalb des Staudamms geparkten Lastwagen mit kreischenden Bremsen zum Stehen, sprang heraus und sah sich um. Er hielt sich nicht für besonders phantasiebegabt, das war mehr die Art von Jay; aber die Szene kam ihm trotzdem so vor, als ließe jemand eine Höllenschau vor seinen Augen ablaufen.
In dem grellen Flutlicht wimmelten Männer zwischen den Felsbrocken herum und hoben ihre schweren Preßluftbohrer von einer Stelle zur anderen; Wolken von Gesteinsstaub hingen schimmernd in der Luft.
Das Bellen der Motoren erfüllte die Nacht mit grauenhaftem Lärm, während, eine Oktave höher, das Heulen der Generatoren und das sporadische, plötzlich einsetzende Brüllen der Kompressoren das abgehackte Geräusch der Bohrer zu übertönen versuchten.
Der Pionierhauptmann trat auf Cooley zu.
»Hat Sie der Colonel unterrichtet?« rief ihm Cooley zu.
»Yes, Sir. Ich soll Ihren Anweisungen folgen.« Im Tonfall des Hauptmanns war ein Anflug von gekränkter Eitelkeit nicht zu überhören.
Cooley grinste spützbübisch. »Mit mir ist leicht auszukommen, Captain. In den meisten Fällen jedenfalls. Wie kommen Sie voran?«
Der Hauptmann schien mit sich zu ringen. Er war jung, blond, mit einem freundlichen, offenen Gesicht, auf dem sich jetzt einige Sorgenfalten zeigten. »Sir«, sagte er, »ich sollte vielleicht lieber den Mund halten.«
»Warum?«
»Ich verstehe etwas von Sprengungen«, sagte der Hauptmann, »und wenn wir soviel Sprengmittel einsetzen, wie

nötig sind, um einen Kanal zu dem Tunnel freizumachen und gleichzeitig auch den Tunnel selbst zu öffnen -«

»Dann wird es ein Riesenspektakel geben«, sagte Cooley.

»Ja.«

»Okay«, sagte der Hauptmann. »Ich werde Ihnen sagen, was ich mir denke. Wenn Sie einen Dammbruch befürchten, dann wird eine solche Detonation den Damm mit ziemlicher Sicherheit sowieso zum Einsturz bringen. Wir sollten statt dessen erst einen Teil der Sprengladungen zünden, dann das Geröll wegräumen und prüfen, wo wir stehen, bevor wir die Sprengungen fortsetzen.«

»Sie haben völlig recht«, sagte Cooley. Sein Grinsen war vergangen. »Aber das werden wir nicht tun, und ich sage Ihnen auch, warum nicht. Weiter stromaufwärts befindet sich ein hängendes Tal voller Wasser, und dieses wird uns ganz plötzlich über den Hals kommen . . .«

Der Hauptmann hörte schweigend zu. Dann sagte er schließlich, noch immer nicht überzeugt: »Okay, Sir. Sie sagen, wie es gemacht wird.«

»Richtig. Wie lange brauchen Sie, bis wir die Gegend räumen und die Sprengladungen zünden können?«

»Etwa bis Tagesanbruch.«

Cooley schüttelte den Kopf. »Das ist zu lange. Eine Stunde. Höchstens zwei. Gestern wäre besser gewesen.«

Oberhalb der Baumgrenze regnete es pausenlos weiter. Dieser Gewittersturm war weit draußen über dem Meer entstanden. Er hatte sich durch die tropische Hitze zu Orkanstärke entwickelt. Dann war er auf wechselndem Kurs, unterwegs Feuchtigkeit aus dem Ozean aufnehmend, auf die Landmasse zugewandert und hatte bei den unregelmäßigen Geländeformationen begonnen, sich in einzelne Teile aufzuspalten.

Weiter vorwärts getrieben durch das Druckgefälle und die Coriolis-Beschleunigung der Erde, hatten die einzelnen Teile auf ihrem Weg kleinere Tiefs aufgenommen.

Dieser mit Feuchtigkeit gesättigte Rest des eigentlichen Unwetters traf dann auf das Gebirge. Er paßte sich dem Gelände an, stieg höher hinauf, kühlte sich ab und verlor dadurch die Fähigkeit, das aus dem Seegebiet aufgesaugte Wasser weiterzutragen.
Was jetzt herunterfiel und schon seit einigen Stunden herunterfiel, war ein Wolkenbruch, der Felswände glattscheuerte, die Vegetation aus ihrer Verankerung wegschwemmte, im Erdreich liegende Felsbrocken loslöste und unzählige Schluchten, Spalten und Canyons mit lehmigen Wassermassen anfüllte, die von der Wasserscheide in den Fluß hineinströmten.
Der See, den Jay aus der Luft und Pete von seinem Weg aus im Aufzucken der Blitze gesehen hatten, näherte sich jetzt dem Punkt, an dem der natürliche Steindamm dem Druck des Wassers nachgeben würde.

23

Zwei Soldaten, die stromabwärts entsandt worden waren, um die Bewohner der Sommerhäuser zu warnen, bogen von der Hauptstraße ab. In einem einzigen Haus war noch Licht, und einer der Soldaten ging hinauf, um an der Tür zu klopfen.

Sofort begann drinnen ein Hund zu bellen, und kurz darauf rief eine Stimme: »Wer ist denn da? Ich komme schon, verdammt noch mal!«

Das Licht über dem Eingang ging an, die Tür wurde geöffnet, eine Schrotflinte richtete sich auf den Bauch des Soldaten, und der Hund stand knurrend im Eingang. Ein Mann im Pyjama, die Flinte in der Hand, sagte: »Was ist denn los?«

»Augenblick mal, Mister«, sagte der Soldat, »legen Sie erst mal die Kanone weg. Ich bin nur hier, um Sie zu warnen. Es heißt, daß der Staudamm vielleicht ein Loch bekommt und womöglich ganz zusammenbricht.«

»Soll das ein Witz sein?« Die Flinte blieb oben.

»Der Gouverneur ist anderer Meinung.«

»Zum Teufel mit dem Gouverneur. Dieser hochtrabende Schuft hat noch nie einen klaren Gedanken fassen können.«

»Okay, Mister. Ich habe Sie gewarnt.« Der Soldat drehte sich um und wollte gehen.

»Augenblick mal, verdammt! Sie wecken jemanden auf, sagen ihm, er werde demnächst ersaufen, und verduften dann wieder. Was soll das alles bedeuten? Wer behauptet, daß ein Dammbruch bevorsteht? Und wann? Was steckt denn dahinter?«

»Ich führe nur Befehle aus, mehr weiß ich nicht. Wir haben Flutlichter auf dem Staudamm installiert und bringen Sprengladungen an, um diesen alten Ableitungstunnel aufzusprengen, und die Hochwasserschutzmauer an der *Bend* wird vermint, so daß sie gesprengt werden kann, wenn es nötig ist -«

»Du meine Güte! Ist das Ihr Ernst? An der *Bend*? Was soll ich denn jetzt tun?«

»Mister, das hängt ganz von Ihnen ab. Ich würde an Ihrer Stelle einen Schlafsack nehmen und dort hinten den Hang hinaufsteigen und den Rest der Nacht dort oben zubringen. Nur für den Fall der Fälle.« Der Soldat wies auf die anderen Häuser. »Wohnt sonst noch jemand hier?«

Der Mann ließ die Flinte langsam sinken. Dem knurrenden Hund sagte er: »Halt's Maul.« Dann wieder an den Soldaten gewandt: »Gestern abend war hier sonst niemand. Ich habe morgen frei und bin heraufgekommen, um ganz früh fischen zu gehen, ich und meine Alte. Hören Sie, Soldat, ist es wirklich so? Denn wenn Sie hier nur Witze erzählen, schieße ich Sie über den Haufen.«

»Mister«, sagte der Soldat, »ich bin kein Spaßvogel. Ich sage Ihnen, was man mir gesagt hat, als ich mit diesem Auftrag losgeschickt wurde. Es heißt, der Staudamm sei nicht mehr sicher, und mehr weiß ich nicht.« Dann drehte er sich um, ging zum Jeep zurück und stieg ein. »Er glaubt mir nicht, ebensowenig wie alle anderen. Los, fahren wir weiter.«

»Weißt du«, sagte der andere Soldat. »Ich bin mir gar nicht so sicher, ob ich es selber glaube. Vielleicht ist es nur eine von diesen Alarmübungen, die wir manchmal durchführen. Auch im Rundfunk probieren sie ab und zu aus, ob die Alarmanlagen für den Notfall noch funktionieren.«

Kate Williams ging mit Warren Richards, dem Chirurgen des Krankenhauses, den langen Korridor entlang. »Ich bin kein Orthopäde«, sagte der Arzt, »aber es sieht so aus, als ob

Oteros Knie steif bleiben wird. Ich glaube nicht, daß wir daran etwas ändern können.«
Kate schwieg. Sie schämte sich irgendwie und kam sich, wie schon früher, völlig nutzlos vor - wie eine bloße Zuschauerin, während andere wirklich etwas taten und dann dafür büßen mußten.
»Im übrigen«, sagte Warren Richards, »flicken wir ihn hier und da wieder zusammen und schienen die verletzte Schulter.« Er schüttelte den Kopf. »Es sind nicht die ersten Verletzungen, die er erlitten hat. Er wird bestimmt darüber hinwegkommen.«
»Er hätte es gar nicht zu tun brauchen«, sagte Kate. »Er hätte oben auf dem Berg bei seinem Mädchen bleiben können.«
»Klar.« Die Stimme des Arztes klang nüchtern und geschäftsmäßig. »Außer im Krieg gibt es gewöhnlich immer irgendeine Möglichkeit, auf Sicherheit zu setzen.« Er lächelte kurz. »Aber auch dann gibt es immer wieder Menschen, die sich über alle Bedenken hinwegsetzen.«
So habe ich nie gehandelt, kam es Kate plötzlich in den Sinn. Denn Daddy war immer ein bedeutender Mann, und es gab immer genug Geld, und ich brauchte nie zu kämpfen oder schwere Entscheidungen zu treffen.
»Es gehen allerlei Gerüchte um«, sagte der Arzt. »Meines Erachtens hat Otero dies alles nur deshalb auf sich genommen, um ins Tal zu gelangen und die Gerüchte zu bestätigen.« Er sah Kate an. »Man macht sich Sorgen um den Staudamm?«
»Ja.«
Der Arzt pfiff leise durch die Zähne. »Dann sollten wir aufpassen.« Er blickte Kate wieder an. »Katastrophen sind etwas Besonderes«, sagte er. »Überschwemmung, Erdbeben, Orkane - man weiß nie im voraus, wo sie sich ereignen werden. Aber etwas wissen wir ganz genau: In Krankenhäusern herrscht immer Hochbetrieb, wenn so etwas passiert.«

Luis, der Sohn der dicken Angelita Leyba, war es, der, sein kostbares neues Skateboard unter dem Arm, die Nachricht überbrachte. »Hey! Stellt euch das vor! Wißt ihr, daß der Staudamm oben beim Harper's Park in die Luft fliegen wird? Was sagt ihr dazu?«
Angelita riß die Augen weit auf und schüttelte ungläubig den Kopf.
In dem zerschlissenen Sessel, den er während des Tages nur selten verließ, hörte der *abuelo,* der Großvater, Angelitas Schwiegervater, mit ausdruckslosem Gesicht zu.
»Alle reden davon«, sagte Luis. »*Todo el mundo!*« Luis war sich nicht sicher, ob der *abuelo* Englisch verstand oder ob er überhaupt etwas begriff. Er redete nur wenig. Luis' Vater, der jetzt nicht mehr lebte, hatte ihm einmal gesagt, daß der sogenannte Todesmarsch auf einer Insel namens Bataan, oder so ähnlich, dem Alten schwer zugesetzt habe, so daß dieser seither nicht mehr ganz bei Verstand sei.
»Vielleicht bringen sie etwas darüber im Fernsehen«, sagte Luis und stellte den Apparat an.
Sie hatte das Gerät im Laden des Ehrlichen Johnny Cisnero gekauft, und jedesmal, wenn sie den Apparat sah, mußte sie an die Art und Weise denken, wie sie von Cisnero in der Grundstücksangelegenheit übervorteilt worden war. Aber wenn es stimmte, was Luis sagte, war vielleicht Juan Cisneros selbst in die Grube gefallen, die er ihr gegraben hatte. Vielleicht waren ihre Gebete, obwohl sie ganz unchristlich von Rachegedanken erfüllt gewesen waren, trotz alledem erhört worden.
Ein Bild erschien auf dem Schirm, und Luis schaltete den Ton ein. José-María Lopez, der Bürgermeister, mit dem Angelita zur Schule gegangen war, sprach in tiefem Ernst. »Wir treffen nur Vorsichtsmaßnahmen«, sagte er und wiederholte jeden Satz auf spanisch, damit ihn jeder verstehen konnte. »Wir fordern alle Kranken und Behinderten im *barrio* auf, ihre Häuser unverzüglich zu verlassen. Soldaten patrouillieren auf den Straßen; sie werden ihnen sagen, wohin

sie gehen sollen, und sie werden notfalls für Transportmittel sorgen. Es besteht kein Grund zur Panik. Ich wiederhole: Es handelt sich nur um eine Vorsichtsmaßnahme.«

»Hey!« sagte Luis. »Wie findest du das? *Qué cosa, no*? Glaubst du mir jetzt -?« Er brach ab und sah den Alten an.

Der *abuelo* erhob sich schwerfällig aus seinem Sessel. Sein Gesicht war noch immer ausdruckslos, aber in seinen Augen lag ein merkwürdiges Leuchten. Ohne ein Wort zu sagen, verließ er das Zimmer.

»Was hat er denn?« fragte Luis.

Angelita schüttelte nur stumm den Kopf.

Auf dem Bildschirm setzte der Bürgermeister seinen ernsten Appell an die Bevölkerung fort. Weder Angelita noch Luis hörten ihm zu.

Der *abuelo* kam zurück. Er hatte die Winchester 30-30, die seinem Sohn gehört hatte, in der Hand. Schweigend setzte er sich wieder in seinen Sessel und legte das Gewehr quer über die Knie.

»Papa!« sagte Angelita. »Papa, was hast du denn vor?«

»Sie haben mich einmal vor sich hergetrieben«, sagte der *abuelo* mit tonloser Stimme auf spanisch. »Die Soldaten. Kleine, gelbe Männer. Nie wieder!«

Angelita schloß die Augen. Sie holte tief Luft, bevor sie die Augen wieder aufmachte und Luis, der seinen Großvater entsetzt anstarrte, ein Zeichen gab. Angelita ging in die Küche voraus.

»Der gute Pater«, flüsterte sie dem Jungen zu. »Sag ihm, daß wir ihn brauchen. Aber rasch!«

»Der alte Bursche ist übergeschnappt!« sagte Luis und rannte durch die Hintertür los.

José-María hatte Wort gehalten, dachte Pater Rodriguez, und so sollte es ja auch sein. Die Warnung war klar und einfach. Der Geistliche war einverstanden. Er ließ das kleine Fernsehgerät eingeschaltet, drehte den Lautstärkeregler auf, um eventuelle weitere, noch dringendere Warnungen hören zu können, und trat ins Kirchenschiff hinaus, wo er mit allen, die jetzt bestimmt seinen Rat suchen würden, sprechen konnte.

Luis Leyba, jung und flink wie ein Eichhörnchen, kam als erster durch die offene Kirchentür herein, hielt zur bloßen Andeutung eines Kniefalls kurz inne und bekreuzigte sich beim Weiterlaufen. Atemlos erzählte er von dem *abuelo* und seinem Gewehr. »Es ist geladen, Padre! Er bewahrt es immer geladen auf!«

Hinter Luis tauchten drei weitere Gemeindemitglieder auf, lauter Frauen. Sie eilten den Mittelgang entlang. Und es würden bestimmt noch mehr Menschen kommen, noch viele, dachte der Priester, und alle würden ratlos und verängstigt sein und ihn um Hilfe bitten.

Es bestehe kein Grund zur Panik, hatte José-María im Fernsehen gesagt. Logisch betrachtet mochte er recht haben, aber gegen Unwissenheit und Angst war Logik machtlos, was José-María offenbar wußte, denn er hatte den Priester dringend gebeten, nicht die Kirchenglocken zu läuten und von Gefahr zu reden.

»Padre!« sagte Luis. »Ich sage Ihnen, er hat den Verstand verloren! Er hat so einen komischen Blick in den Augen!«

»Ich kann jetzt nicht von hier weg«, sagte der Priester. »Sag deiner Mutter, daß ich kommen werde, sobald ich kann.« *Falls* ich es kann, dachte er und kam sich erneut schwach und unwürdig vor. »Lauf, Luis. Sag's deiner Mutter. Sobald ich kann.«

Das setzt allem die Krone auf, dachte Johnny Cisneros, als er den warnenden Worten des Bürgermeisters im Fernsehen zuhörte. Soldaten auf den Straßen und herumirrende, alte Leute, die ihre Häuser verlassen und die Türen wahrscheinlich nicht einmal abgeschlossen haben!

Da er sich selber kannte, war Johnny überzeugt, daß jeder Mensch zum Dieb werden konnte und daß nur Mangel an Gelegenheit oder die Angst, erwischt zu werden, Ruhe und

Ordnung bis zu einem gewissen Grade aufrechterhielten. Man brauchte nur an New York zu denken, als die Lichter ausgingen. Und hier konnte es noch viel schlimmer kommen.
Er hatte mit Vorbedacht alle Fernseh- und Stereogeräte aus seinem Lagerhaus an einen höher gelegenen Ort ausgelagert. So weit, so gut. Das Gebäude, in dem sie jetzt lagen, war vor dem Hochwasser sicher und bot auch einigen Schutz vor Einbrechern.
Der Laden war allerdings etwas anderes. Johnny zweifelte, ob das Geschäft überschwemmt werden könnte, aber wenn man die Habgier der Menschen in Betracht zog - und wer wußte das besser als er? -, bestand immer die Möglichkeit, daß es zu Plünderungen kommen würde, und was konnte er dagegen tun? Nichts außer hoffen. Gewiß, er war versichert. Walt Duggan würde wahrscheinlich baden gehen, aber das war Walts Sorge. Johnny hatte Walt ohnehin bereits um tausend Dollar erleichtert, aber der Leyba das Grundstück abzukaufen, war Walts Idee gewesen, so hatte er sich eigentlich das Ganze selbst zuzuschreiben.
Hinsichtlich des Geschäfts mußte er es also darauf ankommen lassen. Außer - Augenblick, verdammt noch mal! Zweitausend Dollar in bar lagen im Laden! Nur für den Fall, daß Walt mißtrauisch geworden wäre und seinen Kumpel Tom Gentry danach gefragt hätte, hatte Johnny das Geld von seinem Bankkonto abgehoben, damit es so aussah, als wären viertausend, statt der zweitausend, die Angelita Leyba erhalten hatte, ausgezahlt worden.
Die Fernsehapparate und Stereoanlagen in dem Laden waren zwar versichert, nicht aber die zweitausend Dollar in bar, und dieses Geld wollte Johnny nicht einfach zum Fenster hinauswerfen! Okay, es gab jetzt nichts anderes zu tun, als hinunterzugehen und das Geld abzuholen, bevor irgendein verdammter Einbrecher auftauchte und die Summe in dem allgemeinen Durcheinander, das bestimmt eintreten würde, an sich nehmen konnte.

Er fuhr in seinem Wohnblock mit dem Fahrstuhl nach unten, überlegte kurz und entschloß sich dann, lieber zu Fuß zu gehen; Autos können gestohlen werden, dachte er.

Weil sie keinen Fernseher besaßen - sie hatten ihn nie für notwendig gehalten -, hörten Brooks und Mary Thompson die Warnung des Bürgermeisters im Radio.
Als der Bürgermeister zu Ende gesprochen hatte und die Musik wieder einsetzte, stellte Brooks den Apparat leiser.
»So etwas Dummes«, sagte er.
»Was der Bürgermeister gesagt hat?« fragte Mary erstaunt.
Brooks schüttelte lächelnd den Kopf. »Nein. Was er sagte, klingt durchaus vernünftig. Ich dachte nur gerade an die viele Zeit und Mühe, die ich darauf verwendet habe, Französisch und Deutsch zu lernen, wo es doch jetzt auf spanische Sprachkenntnisse ankommt. Macht nichts. Es wird also passieren, der Staudamm wird wahrscheinlich brechen, wie Gentry gesagt hat, und was sollen wir tun? Darauf kommt es jetzt an.«
»Wir haben den Wagen. Wir können fahren, wohin wir wollen.«
»Unsere geliebte Baumschule?«
»Auf sie können wir verzichten. Das hast du selbst einmal gesagt.«
»Das Silber deiner Großmutter? Das Porzellan? Deine Garderobe?«
Mary holte tief Atem. »Wir können das Silber im Kofferraum des Autos einschließen und den Wagen weiter oben abstellen. Das übrige -« Sie schüttelte den Kopf.
»Sprich es ruhig aus.«
»Großmutter hat es einmal gesagt«, antwortete Mary. »Ich habe ihre Worte nie vergessen, obwohl ich sie erst jetzt richtig verstehe. ›Sachen sind nicht wichtig, Kind‹, hat sie damals gesagt. ›Menschen sind wichtig. Vergiß das nicht.‹«
Mary schwieg einige Augenblicke. »Ich bin als Rotkreuz-

schwester ausgebildet«, sagte sie. »Vielleicht kann ich mich im Krankenhaus nützlich machen.« Sie sah Brooks prüfend an. »Daran hast du doch gedacht, nicht wahr?« Sie lächelte plötzlich. »Siehst du? So gut kenne ich dich.«
»Willst du es so haben?«
»So wollen wir es beide haben.«
Brooks nickte langsam. Er lächelte liebevoll. »Ich will sehen, ob auch ich mich nützlich machen kann. Der Bürgermeister scheint ein vernünftiger Mann zu sein. Vielleicht gibt es im Rathaus etwas für mich zu tun.«

Der ältere der beiden Senatoren, die den Bundesstaat in Washington vertraten, ein bärbeißiger Ölmillionär, rief grade an.
»Ich übernehme das Gespräch im Vorzimmer«, sagte der Gouverneur zu Jay gewandt. »Dadurch bleibt dieser Apparat für Sie frei.«
Beim Hinausgehen warf er einen Blick auf die Uhr. Halb vier Uhr morgens, halb sechs in Washington. Und der Senator war kein Frühaufsteher. Na und?
»Was, zum Teufel, ist bei euch da draußen los, Harry?« sagte der Senator. »AP und UPI haben mich aus dem Bett geholt und reden von einer Überschwemmung, neben der die Sintflut und die Arche Noah wie ein Kinderspiel aussehen werden. Was ist tatsächlich los?«
Der Gouverneur teilte ihm die nüchternen Tatsachen mit.
»Um Gottes willen! Was kann ich tun?«
»Wenn der Staudamm bis morgen früh hält, erhoffen wir uns Erleichterung durch Bombenabwürfe weiter stromaufwärts . . .« Der Gouverneur erklärte die Lage, und der Senator hörte aufmerksam zu.
»Okay«, meinte er schließlich. »Ich werde den Stabschef der Luftwaffe mit seinem Vier-Sterne-Pyjama aus dem Bett trommeln und ihm die Hölle heiß machen - nur für den Fall der Fälle. Was noch? Sind Sie sicher, daß Ihre Leute etwas von der Sache verstehen?«

Bill Williams, Cooley Parks, Colonel Watkins gewannen in dieser Krise neues Format, José-María hatte ihre Fehde begraben, und vor allem Jay Harper plante und dirigierte und behielt dabei alle kleinen Mosaiksteinchen so genau und vollständig im Kopf wie die Computer, die sonst seine Hilfsmittel waren. »Die Leute sind Spitze«, sagte der Gouverneur.

»Wen trifft denn dann die Schuld?«

»Das ist im Augenblick unwichtig.«

»Verdammt noch mal, Harry! Man wird Fragen stellen –«

»Später vielleicht. Jetzt nicht.«

»Ich muß schon sagen, daß Sie die Ruhe selbst sind. Es ist Ihnen nie leichtgefallen, einen Entschluß zu fassen. Aber jetzt hören Sie sich so an, als wüßten Sie genau, was Sie wollen.«

»Wirklich? Vielleicht lerne ich etwas dazu, Bert.«

»Vielleicht übernehmen Sie eines Tages meinen Job hier. Oder ziehen ins Weiße Haus ein. Eine solche Sache rückt einen Mann ins Rampenlicht. Okay, ich will Sie nicht länger aufhalten. Wenn ich Ihnen von hier aus irgendwie helfen kann, Harry –«

»Dann schreie ich laut.« Es war, fiel dem Gouverneur ein, fast derselbe Dialog, den er und der Bürgermeister am Telefon geführt hatten. »Und ich weiß, daß Sie mitziehen werden«, sagte er und mußte lächeln, weil er José-Marías Antwort wiederholt hatte.

»Gute Nacht, Harry. Und Hals- und Beinbruch.«

Der Gouverneur legte auf und erhob sich, als Jay eintrat und mit dem Funker sprach, der an dem Gerät saß, das Colonel Watkins hier eingesetzt hatte.

»Versuchen Sie, Verbindung mit dem Staudamm herzustellen«, sagte Jay und blieb wartend neben dem Tisch stehen. Mein Gott, wie müde er war! Aber so ging es allen hier, außer vielleicht Cooley, der anscheinend von unerschöpflichen Batterien gespeist wurde. Als sich Cooley im Lautsprecher meldete, sagte Jay: »Wie weit sind wir?« und zwang sich zur Konzentration, ohne Rücksicht auf die Übermüdung.

»Wir können die Sprengung in etwa einer halben Stunde auslösen«, war Cooleys Stimme deutlich zu hören. »Es wird einen ganz schönen Krach geben, mein Junge. Ihr werdet ihn bis dort unten hören können.«

Jay lächelte kurz. »Wie sieht's aus? Ist schon eine Verfärbung im Flußwasser eingetreten?«

»Warte einen Augenblick.« Stille trat ein. Dann: »Der am Oberlauf postierte Wachtposten meldet eine geringfügige Verfärbung. Nicht viel. Wir haben immer noch eine Chance.«

Jay nickte kurz. »Paß höllisch auf. Ruf mich sofort an, wenn irgendeine Veränderung eintritt.« Er legte auf und sah den Gouverneur an. »Wie gut sind Sie im Beten?«

»Ich bin Atheist«, sagte der Gouverneur, »deshalb würde mir wahrscheinlich niemand zuhören. Que será, será.«

Wieder das kurze Kopfnicken. »Ganz meine Meinung«, sagte Jay.

24

Bill Williams stand im gleißenden Licht der Bogenlampen an der Hochwasserschutzmauer und sah Sam an. Er hatte die Beine gespreizt und die Schultern hochgezogen. »Ihr kommt nur schleppend voran, Sam. Warum?«
»Ich will, daß alles seine Richtigkeit hat - deshalb.«
Sams Benehmen hatte etwas Ausweichendes an sich, fand Williams, etwas, was nicht recht zu ihm paßte. Angst? Daß ihnen die Flutwelle plötzlich über den Hals kommen könnte? Vielleicht. Aber Williams gefiel das Ganze nicht.
»Ihr habt das Pulver, Kabel und die Sprengkapseln hier. Warum seid ihr nicht fertig zum Sprengen?«
»Es geht um Ihr Haus, wenn wir diese Mauer in die Luft jagen, Bill.«
»Glaubst du etwa, ich wüßte das nicht, verdammt noch mal? Setz dich jetzt gefälligst in Trab und schließ die Sprengladungen an!« Williams sah Sam nach, der sich zögernd entfernte, und rief hinter ihm her: »Und paß verdammt gut auf, daß alles richtig gemacht wird!«
Er ging zu seinem Wagen zurück und stieg ein; dann griff er automatisch nach dem silbernen Pillenschächtelchen und schob sich eine Valium in den Mund. Das Herz schlug ihm bis zum Hals. Der Puls ging ungleichmäßig. Okay, dann war er eben ungleichmäßig! Er dürfe sich nicht aufregen, hatte Jim Stark gesagt. Aber wie, in drei Teufels Namen, sollte er sich nicht aufregen, wo er noch Druck ausüben mußte, damit die Zerstörung seines eigenen Hauses auch tatsächlich sichergestellt war? Schwamm drüber! Er griff zum Autotelefon und wählte die vertraute Nummer seines Büros.
»Ich habe die Leute hier in Schwung gebracht«, sagte Wil-

liams zu Jay. »Es sieht so aus, als ob in fünfundvierzig Minuten alles vorbereitet ist. Ich bleibe hier und passe auf.«
Komisch, dachte er, es machte ihm nicht das geringste aus, sich wie ein Untergebener bei seinem Vorgesetzten zu melden. Noch vor wenigen Stunden war es anders gewesen. Jetzt schien es ihm nur natürlich zu sein. »Sonst noch etwas?«
»Zwei Sachen«, sagte Jay. »Cooley sagt, er könne in einer halben Stunde sprengen. Wenn ihm die Öffnung des Tunnels gelingt, und daran habe ich keinen Zweifel, kommt eine Menge Wasser auf Sie zu, viel mehr als bisher. Verwechseln Sie das nicht mit der eigentlichen Katastrophe. Es wird über Rundfunk Alarm gegeben werden, falls der ganze Staudamm einstürzen sollte, und dann haben Sie genügend Zeit, Ihre Sprengladungen zu zünden.«
»Verstanden. Was ist das andere?«
»Kate hat angerufen. Sie bleibt noch im Krankenhaus.« Jays Tonfall hatte sich leicht verändert. Wollte er Zustimmung andeuten? »Sie meint, sie könne sich dort nützlich machen. Sie bat mich, es Ihnen auszurichten.«
»Vielen Dank.« Williams hängte ein und blieb eine Weile still sitzen. Seine Hände ruhten auf dem glatten Rund des Steuerrades. Er dachte an Kate und an Martha, die eigentlich nie weit von seiner Gedankenwelt entfernt war.
Ohne Vorwarnung bekam er in der Brust wieder jenes vertraute, flatterige Gefühl, und er griff automatisch nach dem Handgelenk, um sich den Puls zu fühlen. Er ging sprunghaft, wie bei einem leichten Anfall von Arhythmie. Er nahm eine zweite Valiumtablette und dachte weiter über Frau und Tochter nach.
Er war kein religiöser Mensch, aber er hatte jetzt das eigenartige Gefühl, daß er eines Tages, vielleicht schon bald, Martha wiedersehen würde. Er hoffte, daß es so sein könnte, und lächelte sogar bei dem Gedanken an ein eventuelles Wiedersehen.
Ein Wiedersehen mit Martha hieß natürlich, daß er Kate

würde verlassen müssen, und das täte ihm leid. Aber sie mußte ihr eigenes Leben leben, und er hatte sich schon vor einiger Zeit fest vorgenommen, nicht so lange auf dieser Erde zu bleiben, daß er ihr zur Last fallen würde - ganz gleich, wie er sich davonstehlen müßte.
Er hatte einmal gelesen, daß man in irgendwelchen Völkerstämmen die Alten und nutzlosen Menschen oben im Gebirge aussetzte, und dieser Gedanke hatte seiner Meinung nach durchaus etwas für sich. Er war seinen eigenen Weg gegangen, er zusammen mit Martha. Jetzt war Kate an der Reihe.
Den Blick automatisch auf die Soldaten gerichtet, die unter Sams Leitung bei der Arbeit waren und deren Arbeitstempo ihn jetzt befriedigte, nahm er noch einmal den Telefonhörer ab und rief das Krankenhaus an. Man kannte Kate und fand sie auch gleich. »Hallo, Kind. Wie geht's dir dort?«
»Daddy, diese armen Menschen! Sie werden uns vom *barrio* hergebracht. Sie haben ihre ganze Habe zurückgelassen! Alles! Man könnte weinen!«
»Aus der Nähe«, sagte Williams, »sieht alles etwas anders aus, nicht wahr?«
»Ich sehe jetzt vielleicht alles mit anderen Augen.«
Immer besser, dachte Williams. Martha würde stolz auf sie sein. Vielleicht könnte er es ihr sagen, wenn er sie wiedersah. »Ich glaube, so etwas nennt man Menschlichkeit, Kind«, sagte er mit einer für ihn ungewöhnlichen Sanftheit. »Du hast sie immer besessen, aber jetzt kommt sie erst zum Vorschein. Bleib weiter so.«
»Du klingst irgendwie merkwürdig«, sagte Kate. »Fehlt dir etwas?«
»Mir geht es sehr gut. Ich sehe zu, wie Sam die Arbeit macht.« Williams zögerte. Keine Einmischung, sagte er sich; das war doch immer deine Einstellung? Aber zum Teufel damit. Vielleicht würde er nie wieder die Möglichkeit haben, ihr zu sagen, was ihn seit längerer Zeit bewegte. »Ich habe es schon einmal gesagt«, erklärte er, »aber ich will es

noch einmal sagen: Dies ist wirklich ein prima Mann, der in meinem Büro sitzt und für uns alle die Entscheidungen trifft.«

»Jay?«

»Richtig, Kind. Du müßtest lange suchen, um jemanden zu finden, der auch nur halb soviel wie er leistet. Vergiß nicht, daß dein alter Herr dies gesagt hat. Auf Wiedersehen.« Er hängte rasch ein, bevor Kate antworten konnte.

Kate legte den Hörer langsam auf. Sie wunderte sich. Das Gespräch war gar nicht typisch für ihren Vater gewesen; auch sah der Anruf an sich, der offenbar keinen besonderen Anlaß hatte, ihrem Vater so gar nicht ähnlich. Und dieser letzte Teil, in dem er sie Jay Harper fast an den Hals warf - einem Mann, den sie kaum kannte und den sie vielleicht nicht einmal leiden mochte -, entsprach überhaupt nicht seinem Charakter.

Kates Mutter war im Eltern-Kind-Verhältnis immer tonangebend gewesen. Wenn es möglich war, hatten sie und Daddy es Kate überlassen, sich selbst zu entscheiden, und zwar stets im stillschweigenden Einverständnis, daß Kate von ihnen jederzeit Rat und Hilfe bekommen konnte, wenn sie darum bat.

Sie hatte Fehler gemacht, sagte sich Kate, und sie war überzeugt, daß sie diese manchmal hätte vermeiden können, wenn sie um Rat gefragt hätte. Aber keiner dieser Fehler war schwerwiegend gewesen, und keiner hatte in ihrer Seele irgendwelche Narben hinterlassen; deshalb fand sie, daß sie mit dieser Ungebundenheit im großen und ganzen recht gut gefahren war. Und mit Sicherheit hatte sich ein freundschaftliches Verhältnis zu ihren Eltern entwickelt, was viele ihrer Altersgenossen nicht von sich behaupten konnten.

Und trotzdem versuchte jetzt Daddy, den Ehestifter zu spielen. Es war das letzte, was sie von ihm erwartet hätte. Es sei denn - plötzlich kam ihr der entsetzliche Gedanke -, es war tatsächlich das letzte, was er zu tun beabsichtigte, sein letztes Geschenk an sie; und nur aus seiner Zuneigung, an der sie nie gezweifelt hatte, warf er jetzt alle Hemmungen über Bord. Er -

»Da kommt wieder ein Bus voller Menschen«, sagte hinter ihr eine Stimme. Es war eine Fremde, die einfach im Krankenhaus erschienen war und angefangen hatte, sich nützlich zu machen - eine hochgewachsene, ruhige Frau, die mit dem Akzent sprach, dem Kate auf dem College an der Ostküste begegnet war.

Sie hieß Mary Thompson oder so ähnlich, und sie setzte jetzt ein verlegenes Lächeln auf, als Kate sich nach ihr umwandte. »Ich spreche französisch, so weit ich mich zurückerinnern kann«, sagte Mary, »aber ich verstehe wirklich kein Wort Spanisch. Deshalb werden Sie jetzt gebraucht, nicht ich.«

Irrtum, dachte Kate. Wir werden beide gebraucht, ich aber nur deswegen, weil ich spanisch spreche. Mary war diejenige, an die sich die alten, kranken oder behinderten Leute aus dem *barrio* instinktiv in der Hoffnung auf Zuspruch, Anweisungen und ein aufmunterndes Lächeln wandten; von ihr erhofften sie sich die Versicherung, daß alles wieder gut werden würde. Ich muß noch so viel lernen, dachte Kate bei sich, wirklich noch viel. »Dann wollen wir die Leute in Empfang nehmen«, sagte sie.

Es war ein gelber Schulbus, aus dem die Passagiere nur langsam und zögernd ausstiegen - Fremdlinge in einer fremden Umgebung. »Drinnen gibt es belegte Brote und Suppe und Kaffee«, wiederholte Kate immer wieder auf spanisch. »Hier können Sie sich sicher fühlen.« Und wie sie ihrem Vater am Telefon gesagt hatte, war sie den Tränen nahe, als sie auf jedem einzelnen Gesicht die Verwirrung und die Angst vor dem Unbekannten sah.

Auch Mary sprach mit ihnen, allerdings auf englisch, was einige nicht verstanden, aber ihr Tonfall und ihr Lächeln wirkten beruhigend. Trotzdem fühlten sich nicht alle sicher.

»Man hat uns gar nicht gesagt, daß wir ins Krankenhaus fahren würden«, sagte ein Mann auf spanisch. Er blieb auf der untersten Stufe stehen, legte beide Hände auf den Knauf seines Spazierstockes und sah die beiden jungen Frauen abweisend an. »Krankenhäuser sind zum Sterben da.«
Kate schüttelte den Kopf. »Dieses Krankenhaus ist zum Leben da, Señor. Das müssen Sie mir glauben.«
Der Mann sah sie schweigend an. »Kenne ich Sie, Señorita?«
»Mein Name ist Williams. Mein Vater -«
»Señor Bill?«
»*Eso es.*«
Der Mann nickte ernst. »Dann will ich Ihnen glauben, Señorita.« Er richtete sich auf und ging langsam am Stock auf den Eingang zu.
Mary sagte: »Ich habe einiges davon verstanden. Ihr Vater ist offenbar allgemein bekannt.«
»Ja, das ist er.« Und ich will jetzt sofort zu ihm und feststellen, was dieser Telefonanruf bedeuten sollte, dachte Kate, aber ich kann jetzt nicht weg von hier. Dann sagte sie wieder auf spanisch: »Drinnen gibt es belegte Brote und Suppe und Kaffee. Fürchten Sie sich nicht. Sie befinden sich hier in Sicherheit.« Hoffnungen, nichts als Hoffnungen.

Im Arbeitszimmer des Bürgermeisters herrschte Hochbetrieb. Menschen kamen und gingen, und gesprochen wurde meistens spanisch. Brooks Thompson stand gegen die Wand gelehnt und versuchte, sich ein Bild von der Situation zu machen.
Der Bürgermeister - Brooks erkannte ihn wieder nach dem Foto aus der Zeitung - saß am Schreibtisch, nahm einen Telefonanruf nach dem anderen entgegen und sprach manchmal englisch, manchmal spanisch, aber jedesmal ohne Zögern.
»Die Soldaten haben ihre Befehle, Bud«, hörte Brooks den

Bürgermeister ins Telefon sprechen. »Scharfe Munition ist an sie ausgegeben worden, und wir müssen nur hoffen, daß sie so viel Vernunft und Disziplin in den Knochen haben, nur dann zu schießen, wenn es unbedingt notwendig ist. Ihre Männer kennen die Stadt. Ich wünsche, daß sie mit dem Militär eng und vertrauensvoll zusammenarbeiten. Ist das klar?« Der Bürgermeister legte auf, und unmittelbar darauf klingelte das Telefon von neuem.
Ein Mann, der irgendwie als eine Art von Assistent tätig zu sein schien, stand im Vorzimmer und nahm die Besucher unter die Lupe. Er ließ einige eintreten, schickte andere wieder hinaus und fertigte einige selber ab. Es war Carlos García, und er warf Brooks, als dieser näher trat, einen abweisenden Blick zu. »Sind Sie Reporter?« fragte García.
Brooks schüttelte den Kopf.
»Was wollen Sie hier?«
»Mich nützlich machen, wenn ich kann, Botengänge ausführen, den Wassereimer zum Löschen herumtragen, alles.«
»Sprechen Sie spanisch?«
»Leider nein.«
»Was wollen Sie dann -?« Carlos brach ab. »Da ist noch ein Problem«, sagte er. Es beunruhigte ihn schon seit einiger Zeit, und er hätte sich der Sache am liebsten selbst angenommen, aber er konnte seinen Platz hier nicht verlassen, und er kannte niemanden, den er mit dem Auftrag hätte betrauen können, denn nur ein mutiger Mann spanischer Abkunft konnte sich über die Autorität des Priesters in dessen eigener Kirche hinwegsetzen. Aber ein Anglo, vielleicht sogar ein Atheist . . . »Kennen Sie den *barrio*?«
»Wir leben am Rand dieses Viertels.«
»Kennen Sie die Kirche?«
»Die Kirche - ja.«
»Den Priester?«
Brooks hatte ihn oft gesehen - die kleine, gebrechliche, alte Gestalt, die sich mit Würde zu bewegen verstand. »Ja.«

»Er ist in seiner Kirche und will nicht weggehen. Er sollte sich mit den anderen alten Leuten irgendwo in Sicherheit bringen.« Mehr sagte Carlos nicht.
Der Gedankengang war klar und vernünftig, dachte Brooks. Mit einem halben Lächeln meinte er: »Wird erledigt.«

Angelita Leyba war verzweifelt. Der Priester konnte nicht kommen. Sie hatte dem *abuelo* sowohl auf spanisch als auch auf englisch - das er, wie sie wußte, sehr gut verstand - ins Gewissen geredet, aber er wollte sich von seinem Sessel nicht trennen. Ebensowenig wollte er auf das Gewehr verzichten.
Angelita hatte von anderen, die auch dort gewesen waren, die Geschichte über Bataan gehört, und sie wußte, daß der *abuelo* seither nie mehr ganz richtig im Kopf gewesen war; deshalb mußte sie ihm vieles nachsehen.
Aber die Soldaten auf den Straßen des *barrio* waren keine Japaner, nicht die kleinen, gelben Männer, an die sich der *abuelo* erinnerte, und sie wollten ihn nur an einen sicheren Ort, nicht in ein Gefangenenlager bringen.
»Ich werde mit dir gehen«, sagte sie. »Luis und die anderen Kinder und ich - wir gehen alle mit dir.« Sie war sich keineswegs sicher, daß sie und die Kinder in dem Bus einen Platz bekommen würden, denn der Bürgermeister hatte erklärt, daß nur die Kranken, die Alten und die Behinderten verlegt werden sollten. Aber sie mußte es wenigstens versuchen. »Was meinst du dazu, Papa?«
Die Gesichtszüge des Alten zeigten keinerlei Regung, und die abgearbeiteten Hände, die das Gewehr im Griff hatten, blieben regungslos. Er starrte vor sich hin, als hätte er nichts gehört.
»Du hast den Bürgermeister gehört«, sagte Angelita, »José-María, mit dem ich zur Schule gegangen bin. Er ist ein guter Mann, Papa. Er will dich nur in Sicherheit bringen. Vielleicht gibt es gar kein Hochwasser, und du kannst wieder hierher zurückkommen.« Angelita war unwillkürlich ins

Spanische verfallen. »Aber vielleicht kommt doch ein Hochwasser, und dieses Haus liegt nicht viel höher als der Fluß, und du könntest weggeschwemmt werden!«
Sie kam sich vor, als redete sie zu einer Statue, obwohl die Jungfrau Maria in der Kirche ihres guten Paters lebendiger zu sein schien, wenn Angelita zu ihr betete.

Merkwürdig, wie wenige Menschen auf den Straßen waren, dachte Johnny Cisneros, als er sich zu seinem Geschäft auf den Weg machte. Nur wenige Menschen und fast gar keine Autos, nicht einmal hier oben in dem besseren Wohnviertel der Stadt, das weit oberhalb der Hochwassergrenze lag.
Ein gelber, vollbesetzter Schulbus fuhr vorbei, und Johnny sah ihm nach. Alte Menschen, zumindest teilweise und wahrscheinlich alle aus dem *barrio*; Johnny erkannte einige Gesichter im Licht der Straßenlaternen. Sie folgen den Weisungen des Bürgermeisters, dachte Johnny, und er fragte sich, was es wohl für ein Gefühl sein müsse, im Fernsehen und Rundfunk auftreten zu können und einer ganzen Stadt zu sagen, wie sie sich zu verhalten habe.
Ein mit zwei Soldaten besetzter Jeep fuhr langsam an ihm vorbei. Der Soldat auf dem Beifahrersitz hielt irgendeine automatische Waffe in der Hand; ihr Kolben lag auf seinem Oberschenkel. Er sah Johnny an und sprach dann mit dem Fahrer. Der Jeep hielt, und der Soldat mit der automatischen Waffe stieg aus und kam, die Waffe im Anschlag, vorsichtig näher. Ein Anglo, entweder uniformbegeistert oder ängstlich, unberechenbar. »Was hast du in diesem Stadtteil zu suchen, Mac?« sagte der Soldat.
Als Kind hatte Johnny die Obrigkeit wie die Pest gemieden, und er hatte sich versteckt, wenn eine Amtsperson auftauchte. Aber er war kein Kind mehr und brauchte sich von einem dahergelaufenen Burschen in Uniform, die er waggonweise kaufen und verkaufen konnte, nichts mehr sagen zu lassen. »Steig wieder in deinen Kinderwagen, Soldat«, sagte er. »Ich wohne hier.«

Im Jeep meldete sich plötzlich eine Stimme aus dem Funkgerät. Johnny konnte wegen der Entfernung die Worte nicht verstehen, aber der Fahrer rief: »Laß ihn, Gus! Unten bei Sears wird geplündert!«
Der Soldat mit der automatischen Waffe blieb einen Augenblick unschlüssig stehen, drehte sich dann um und lief zum Jeep zurück. Er sprang hinein, und der Wagen raste davon.
Plünderungen, dachte Johnny bei sich, genau wie ich es erwartet habe. Und der Ton des Funkgeräts brachte ihn auf einen neuen Gedanken. Er hätte sich selbst ein kleines Transistorradio mitnehmen sollen. So wie die Dinge jetzt standen - wie konnte er denn überhaupt erfahren, ob und wann der Staudamm eingestürzt war? Ein böses Versehen, aber es ließ sich wiedergutmachen. Der Laden war voll von Radiogeräten, AM, FM, Kurzwellen - hier bitte, meine Herrschaften, suchen Sie sich das Passende aus! Okay, auf dem Rückweg würde er mit der Entwicklung Schritt halten können.

25

Cooley stand wieder neben dem Pionierhauptmann, und nach seiner Stimme und seinem Gehabe zu urteilen, hätte man annehmen können, er rede über das Wetter - was er allerdings nicht tat, höchstens in übertragenem Sinne.
Mit einer ruckartigen Kopfbewegung wies Cooley auf den in der Nähe stehenden Funker und dessen Geräte. »Der Soldat stromaufwärts meldet zunehmende Wassertrübung«, sagte Cooley. »Das bedeutet mehr Erosion. Und bei ihm regnet es jetzt auch, was bedeutet, daß der Regen jetzt das ganze Gebiet diesseits der Wasserscheide erfaßt hat. Sie kommen in Zeitdruck, Hauptmann.«
Der Hauptmann sagte langsam und stockend:
»Ich weiß, daß ich Ihren Anweisungen zu folgen habe, aber -«
»Legen Sie die Ohren zurück, oder wollen Sie sich hier etwa einigeln?« Cooleys Stimme klang unnatürlich freundlich. »Wenn das nämlich so ist, dann übernehme ich hier sofort das Kommando und pfeife auf die Konsequenzen.«
Einige Augenblicke versuchte der Hauptmann, dem Druck standzuhalten. Er hatte die Logik und die Vorschriften auf seiner Seite, und er klammerte sich an diese. Aber das reichte nicht. Es war der ungleiche Kampf zweier Willen, der nur in einer einzigen Richtung enden konnte. Der Hauptmann war ein vernünftiger Mann. Cooley war es in diesem Augenblick nicht, und man sah es ihm an.
»Räumen Sie das Gelände«, sagte Cooley. »Es wird eine Menge Gestein durch die Luft fliegen. Dann sprengen Sie. Ich werde es nicht ein zweites Mal sagen.«
Der Hauptmann holte tief Luft, öffnete den Mund, um et-

was zu sagen; dann machte er ihn stumm wieder zu, als sein Widerstand zusammenbrach.

»Beeilen Sie sich«, sagte Cooley und drehte sich um, ohne eine Antwort abzuwarten. Er ging in die Fernmeldezentrale hinüber. »Verbinden Sie mich mit der Gegenstelle unten in der Stadt.«

Während er noch dastand und wartete, beobachtete er die Truppe, die ihr Gerät aus dem felsigen, mit Buschwerk bewachsenen Gelände herausholte, denn hier sollte der Kanal zum Tunnel und das Tunnelende selbst freigesprengt werden. Sein Gesicht war ausdruckslos.

Immer wieder, dachte er, kam der Zeitpunkt, da man aufs Ganze gehen oder von vornherein die Finger davon lassen mußte. Manche lernten es schon früh. Andere lernten es nie, und in Krisenzeiten versuchten sie, Kompromisse zu schließen, und verloren dabei alles. Ganz einfach.

»Gegenstelle ist am Apparat, Sir«, sagte der Funker und reichte Cooley das Mikrophon.

»Cooley Parks«, sagte Cooley.

»Ich höre«, kam Jays Stimme.

»Wir räumen das Gelände und werden dann sofort sprengen. Bleib einen Augenblick am Apparat!« Er wandte das Gesicht herum. »Ja?«

Der Leutnant, der als Führer der Wachmannschaft eingeteilt worden war, sagte neben Cooley: »Sollen wir auch abziehen?«

Cooley schüttelte den Kopf. »Unter keinen Umständen. Gehen Sie in Deckung, aber lassen Sie die Flutlichter auf den Staudamm gerichtet, und halten Sie die Augen offen. Wenn der Damm auch nur das geringste Anzeichen von Rissen oder Brüchen zeigt, wollen wir es sofort wissen. Verstanden?«

»Wir könnten abziehen und nach der Sprengung wieder zurückkommen.«

»Genau dies werden Sie nicht tun«, sagte Cooley. »Ihr seid unsere Augen. Ihr bleibt an Ort und Stelle.«

»Sir –«
»Sie haben gehört, was ich gesagt habe«, sagte Cooley.
Nach kurzem Zögern sagte der Leutnant: »Yes, Sir.«
Cooley hob wieder das Mikrophon. »Mehr habe ich im Augenblick nicht, Junge. Ich halte die Verbindung aufrecht und sage dir laufend Bescheid. Ich weiß nicht, ob du uns Glück oder, wie bei einer Premiere im Theater, Hals- und Beinbruch wünschen solltest. Mir wäre beides recht.«
»Ich wünsche dir beides.«

Am Oberlauf des Flusses war es plötzlich passiert. Niemand würde je erfahren, in welchem Augenblick dies geschah, aber wie bei dem Kartenhaus, das Cooley gegenüber dem Gouverneur als Bild gebraucht hatte, war der natürliche Damm, der das Wasser in dem hängenden Tal zurückhielt, plötzlich so stark belastet, daß er auseinanderbrach.
Es kann vorkommen, daß sich zufällig aufgehäufte Gesteinsbrocken durch kleinere Kiesel und Erdreich und nach einer gewissen Zeit auch durch Vegetation so verfestigen, daß sich eine Wand bildet, die in der Lage ist, die Wassermenge, die sich im Talkessel sammelt, zurückzuhalten. In Gebirgsgegenden sind solche Dämme nicht unbekannt; sie bleiben meist eine gewisse Zeit bestehen.
Aber dieser natürliche Damm war zu neu; seine Ritzen und Spalten waren zu groß, und das Gestein hatte sich noch nicht gesetzt. Das im See angestaute Regenwasser sickerte hindurch und schwemmte einen Teil des Erdreichs und Gerölls aus dem Damm heraus, bis die gesamte Struktur auseinanderbrach.
Wie Cooley vorausgesagt hatte, geschah dieser Dammbruch in Sekundenschnelle. Das gelockerte Gestein am unteren Ende des Tals stürzte über den Rand in die Tiefe, und die Hunderte, wenn nicht Tausende Tonnen Wasser, die es aufgestaut hatte, folgten nach und rauschten, wie Jay nach dem Kartenbild errechnet hatte, zweihundert bis dreihundert Meter tief in die darunterliegende Schlucht, wo sie

dem aus zahlreichen Gebirgsbächen gespeisten und bereits angeschwollenen Fluß eine zusätzliche Wucht verliehen - und die Flutwelle war da: von Anbeginn an ein donnerndes Ungeheuer.

Je weiter es stromabwärts ging, desto mehr gewannen die Wassermassen an Wucht und Geschwindigkeit. Beim Eintritt in etwas breitere Talabschnitte verringerte sich die Strömung vorübergehend ein wenig, nahm dann aber wieder zu, wenn die nächste Schlucht erreicht war. Und unterdessen vergrößerte sich die Wassermenge laufend durch den Zustrom aus kleinen Nebenflüssen und normalerweise trockenen Bachbetten, die durch die starken Regenfälle zu reißenden Sturzbächen geworden waren.

Die Flutwelle riß Felsbrocken aus ihrer Verankerung, spülte das Erdreich unter den Bäumen mit fort und stieg zwei oder drei Meter über den Normalstand an. Eine Holzbrücke wurde zerfetzt, als ob die festen Stützen und Planken aus Streichhölzern bestanden hätten.

Sie erreichte den stromaufwärts postierten Soldaten, der die erste Verfärbung des Wassers melden sollte. Zunächst hörte er das näher kommende Geräusch - ein tiefes Donnern. Dann sah er im Licht seines Scheinwerfers die riesige Wand lehmigen Wassers, die an ihm vorbeibrauste. Einige Augenblicke war er so entsetzt, daß er kein Wort herausbrachte.

Schließlich nahm er das Funksprechgerät zur Hand. Die Nachricht, die er, bei den Leuten unten am Staudamm deutlich hörbar, ins Mikrophon rief, lautete nur: »Großer Gott! Es ist soweit! Paßt auf!«

Der Pionierhauptmann stand neben Cooley und hörte diese erste, hysterisch klingende Meldung mit. Er sah Cooley sogleich erwartungsvoll an; jeder Gedanke an Widerstand war ihm vergangen.

»Wir sprengen«, sagte Cooley. »Es gibt keine andere Wahl. Jagen Sie das verdammte Ding in die Luft!« Und zu dem Funker gewandt: »Sagen Sie dem Mann da oben am Fluß, er soll sich beruhigen und uns weitere Meldungen durchgeben.«

Aber aus dem Funkgerät war die Stimme des Mannes schon wieder deutlich zu hören. »Es ist eine Wand aus lehmigem Wasser! Sie reißt schwere Baumstämme wie Streichhölzer mit sich; sie hat anscheinend auch die Holzbrücke fortgeschwemmt, und die Brücke liegt zwei bis drei Meter über dem normalen Wasserspiegel! Oder lag! So etwas habe ich noch nie gesehen!«

Cooley hob das Mikrophon. »Jetzt haben wir unsere Flutwelle, Junge«, sprach er in den Apparat. »Und ich nehme an, daß sie nicht von Pappe ist.« Er berichtete Jay von der Holzbrücke.

Colonel Watkins, der neben Jay mithörte, sagte: »Ich kenne diese Brücke. Sie ist die einzige in der Gegend, und sie liegt sogar vier Meter über dem normalen Wasserspiegel, nicht zwei oder drei!«

»Okay«, sagte Jay. Und ins Mikrophon: »Wirst du jetzt sprengen?«

»Es geht schon los!« Nur Cooleys dröhnende Stimme war noch bei dem Krach der ersten großen Explosion zu hören.

Denjenigen, die Zeugen dieser Detonationen in der Enge des Talkessels wurden, kamen die Ereignisse wie ein Hurrikan, wie ein Bombenkrieg vor, die mit ohrenbetäubendem, grauenvollem Lärm den Untergang der Welt einzuleiten schienen.

Steine und Gesteinsstaub erfüllten die Luft. Die Erde bebte. Im grellen Licht der Scheinwerfer geriet die Wasseroberfläche des Stausees in Bewegung. Herabstürzende Gesteinsbrocken schlugen klatschend wie Geschosse bei einem Tieffliegerangriff aufs Wasser auf.

Das Echo der Explosionen hallte in den Gebirgswänden wider. Ein rollender Donner, der sich durch jede weitere der nacheinander gezündeten Sprengladungen noch verstärkte.

Mit jeder Sprengung wuchs der Kanal, beginnend am Rande

des Sees; er fraß sich in Fels und Erdreich hinein und bewegte sich unaufhaltsam auf den blockierten Tunnel zu - ein dröhnendes Trommelfeuer in der friedlichen Nacht.
»Ich wollte nichts anderes tun«, erzählte einer der Soldaten später, »als mir ein Loch graben, hineinkriechen und den Eingang hinter mir wieder zumachen! Großer Gott, so etwas habt ihr bisher weder gesehen noch gehört!«
Cooley hockte geduckt da und hatte sich die Hände als behelfsmäßigen Schutz auf den Kopf gelegt. Den Blick hatte er weiterhin auf die Staumauer gerichtet, soweit sie über dem Wasserspiegel zu sehen war.
Sie hielt! Kein Riß, nicht die kleinste Spalte zeigte sich!
Und während er weiter beobachtete, begann das Wasser in den Kanal zu strömen, den die Explosionen freigelegt hatten. Es war zuerst nur wenig Wasser, viel zuwenig, und auch dieses wurde durch losen Schutt aufgehalten, der nicht weggeräumt war.
Aber den Gesetzen der Schwerkraft gehorchend, nahm die Wassermenge zu, aus einem Rinnsal wurde erst ein Bach, dann ein Fluß und schließlich urplötzlich eine Flutwelle, die alles lose Gestein aus dem Weg schwemmte und durch das Gewicht des Seewassers eine immer größere Fließgeschwindigkeit erreichte.
Die letzte Detonation öffnete den Tunnelausgang, schleuderte Steine hoch in die Luft und hallte als Echo in den Felswänden wider, und an der Stelle, wo man künstlich den Eingang zugemauert hatte, erschien jetzt plötzlich ein schwarzes Loch, das sich rasch mit dem herabströmenden Wasser aus dem Kanal füllte.
Aus einem Sprechgerät ertönte eine Stimme: »Da geht sie hin! Der Tunnel ist in seiner ganzen Länge offen. Das Wasser hat die Steine unten am Ausgang wie Sektkorken hinausgepustet. Es war wie ein Gewehrschuß!«
Der Damm hielt noch immer, und der Pionierhauptmann, dessen junges Gesicht vom Gesteinsstaub verschmiert war,

rief Cooley triumphierend zu: »Sie hatten recht! Sie hatten recht! Verdammt noch mal, Sir, Sie haben recht behalten!«
Cooley schaute jetzt in die entgegengesetzte Richtung. Er hatte den Kopf auf die Seite gelegt, als ob er ein Geräusch hörte. In der Stille, die auf die letzte Detonation folgte, war jetzt trotz des Kreischens der Kraftturbinen ein dunkles Grollen zu hören, das von der Flutwelle ausging, die als schmutzige, mit Geröll und Baumstämmen vermischte Wasserwand aus der letzten Schlucht stromaufwärts heraustrat und sich dem Stausee näherte.
»Auf die kommt es an«, sagte Cooley, »und nach dem Geräusch -« Er schüttelte den Kopf. In das Mikrophon sprach er mit ruhiger Stimme: »In ein, zwei Minuten werden wir wissen, was los ist, Junge. Laß den Apparat für die letzte aufregende Phase eingeschaltet.« Jay wandte sich sofort an den Colonel und sagte: »Stellen Sie Verbindung mit Williams an der Hochwasserschutzmauer her. Sagen Sie ihm, was geschehen ist, und sagen Sie ihm, er soll auf Empfang bleiben. Wenn wir das Stichwort durchgeben, bleiben ihm nicht mehr als zwanzig Minuten, die Mauer in die Luft zu jagen.« Er sah dem Colonel nach, der zu einem Telefon eilte.
Mit dem Anflug eines milden Lächelns sagte der Gouverneur: »Und wie lauten meine Instruktionen, junger Mann?« In seinem Tonfall war keinerlei Sarkasmus zu spüren.
Jay nickte kurz. »Ihr Freund, der Bürgermeister. Er muß auch unterrichtet werden. Er ist derjenige, der den roten Knopf drücken muß.«
Mein Freund, der Bürgermeister? dachte der Gouverneur, als er in sein Arbeitszimmer ging. Ich würde gern glauben, daß Herkunft und Bildung zwischen uns beiden für immer keine Trennung mehr bedeuten. Er setzte sich und wählte die Nummer des Rathauses. Was ich dem Senator gesagt habe, trifft den Nagel vielleicht besser auf den Kopf, als ich geahnt habe: Ich lerne wirklich viele Dinge während dieser - Krise. Ins Telefon sprach er, als wären sie alte Freunde: »Joe? Harry hier. Die Lage ist folgendermaßen . . .«

Die Zeit, dachte Cooley, während er die weiteren Ereignisse abwartete, konnte stillstehen oder sich in Quantensprüngen vorwärtsbewegen - zwei Fakten, die offenbar noch niemand miteinander in Einklang gebracht hatte. Von der ersten bis zur letzten Explosion hatte es ein Crescendo gegeben, wie ein Tonband, das auf höchste Geschwindigkeit eingestellt war. Und jetzt, als sie das brüllende Ungeheuer erwarteten, das sie deutlich von stromaufwärts hören konnten, regte sich nichts, und die Welt hielt den Atem an.
Und dann kam es heran, ganz plötzlich, und wieder sauste das Band im Overdrive.
Eine Wasser*wand* war nicht der richtige Ausdruck. Vor der Flutwelle kam eine *Mauer* aus lehmigem Wasser und Schaum heran, wie eine senkrechte Felswand, ein Rammbock, der aus der Dunkelheit des Oberlaufs in das Wasser des Stausees hineinschoß.
Im selben Augenblick erhob sich eine Woge, wie man sie am Meeresufer bei einer Springflut erwarten würde. Spätere Berichte über ihre Höhe schwankten zwischen drei und zehn Metern, aber alle waren übereinstimmend der Meinung, daß sie kurz anzuhalten schien, als ob sie Kräfte sammeln wollte, bevor sie sich quer durch den See mit ungeheurer Wucht gegen die Mauer des Staudamms stürzte.
Von allen, die jetzt zusahen, dachten wahrscheinlich nur Cooley und der Pionierhauptmann an den weniger spektakulären, aber dafür um so gefährlicheren Unterwasserdruck, der fast gleichzeitig auf die Staumauer ausgeübt wurde.
Die Oberflächenwelle schlug gegen den Damm mit einem Krachen, das, wie einige meinten, wie ein gigantischer Zusammenstoß mehrerer Autos klang. Andere verglichen das Geräusch mit Meereswogen, die donnernd gegen das Ufer prallten, nur lauter, viel lauter. Wieder andere behaupteten, sie hätten sehen können, daß die Staumauer bei dem Aufprall nachgab, aber dann irgendwie, wenn auch verletzt, doch noch immer intakt, ihre frühere Form wiedergewann.

Wasser und Gischt wurden hoch in die frühmorgendliche Luft geschleudert.
Die Mannschaften, die an den Scheinwerfern auf der exponierten Unterstromseite des Staudamms eingesetzt waren - die Scheinwerfer selbst waren weiter oben auf sicherem Grund installiert -, waren sich nicht sicher, ob sie Auswirkungen des Aufpralls an der Betonmauer sahen oder nicht, aber plötzlich erschien an der gebogenen Wand ein Riß; aller Augen richteten sich sofort auf diese Stelle, und der Funker, Schweißer im Zivilberuf, gab einen Bericht durch, der irgendwie dem des Reporters bei der Katastrophe des Luftschiffs ›Hindenburg‹ ähnelte und der zusammen mit den sofort anschließenden Fragen der Befehlsstelle unten in der Stadt und dem Gespräch zwischen Cooley und Jay als Bandaufnahme erhalten ist:
»Großer Gott! Ja, es stimmt! Da ist ein Riß in der Staumauer! Er ist etwa drei Meter lang!« (Ein kühlerer Beobachter, der ebenfalls Zeuge war, schätzte die Länge des Risses auf etwa die Hälfte.) »Er liegt sieben bis zehn Meter unterhalb der Dammkrone und verläuft schräg von oben rechts nach unten links! Ende!«
»Verstanden. Wird der Riß größer? Ende.«
»Nein. Jedenfalls sieht es nicht so aus. Ich kann es aber von hier aus nicht genau sagen, und ich werde bestimmt nicht mit einem Bandmaß hinuntergehen! Auch wenn ich es könnte! Ende.«
»Sickert Wasser durch? Ende.«
»Nicht daß ich wüßte. Augenblick! Etwas Wasser kommt durch! Es muß Wasser sein! Es sieht genauso aus, wie wenn der Gehsteig bei Regen dunkel wird. Genauso ist es! Ende.«
»Bleiben Sie am Apparat. Ende.«
Cooley hob das Mikrophon. Die Zeit spulte sich wieder im normalen Tempo ab, dachte er bei sich, gleichzeitig zu schnell und zu langsam. »Ich habe mitgehört, Junge, und das wär's dann wohl. Ich bin auf der Seeseite, und ich kann nichts sehen. Aber Beton wächst von selbst nicht wieder zu-

sammen. Wenn dieser Riß ganz durchgeht, und das ist sicher der Fall, denn sonst könnte kein Wasser durchsickern, dann ist alles vorbei. Wir haben es versucht, aber nicht geschafft.«
»Stimmt«, sagte Jay mit ausdrucksloser Stimme. »Alle Pfeifen und Sirenen, alles, was wir haben.« Er sprach offenbar zu jemand anderem als Cooley.
Der neben Cooley stehende Pionierhauptmann sagte leise, die Augen auf den Damm gerichtet: »Es kann nicht sein! Es kann nicht sein!«
Cooley wandte sich zu dem jungen Mann um. Dieser ließ vor Übermüdung die Schultern hängen. Gesteinsstaub und Dreck bedeckten sein Gesicht und verklebten seine Haare. Zwei Tränen erschienen und rollten unbemerkt durch die Schmutzschicht an der Nase des Hauptmanns herunter. »Verdammt noch mal, das kann doch nicht wahr sein!« sagte er wieder.
Cooley lächelte verständnisvoll. »Halten Sie diesen Gedanken fest«, sagte er, »aber richten Sie sich darauf ein, ihn auch wieder fallenzulassen. Wir haben das Menschenmögliche versucht. Es war einfach nicht genug.«

Unten in der Befehlsstelle war Jay mit dem Funker der Nationalgarde allein. Der mit dem Fernmeldezentrum des Staudamms gekoppelte Lautsprecher war vorübergehend still.
Im Handapparat des Funkfernsprechgeräts sagte Cooleys Stimme: »Weißt du noch, wie es in Beirut war? Auch beim stärksten Artilleriefeuer und während der Bombenangriffe wollten einige ihre Häuser nicht verlassen.«
»Ich weiß es noch genau«, sagte Jay. »Die Soldaten im *barrio* haben Befehl, alle zu evakuieren, wenn die Sirenen heulen und die Glocken läuten. Kannst du schon was hören?«
»Ja.«
»Die Soldaten haben Befehl, auf Plünderer sofort zu schießen. Fällt dir noch etwas anderes ein?«

Im Lautsprecher war plötzlich eine erregte, hohe Stimme zu hören. »Der Riß wird größer, und das Wasser schießt hindurch! Es ist wie - wie hundert Feuerwehrschläuche, alle auf einmal! So etwas habt ihr überhaupt noch nie gesehen!«
»Hast du das gehört?« sagte Jay in das Handmikrophon.
»Ja, ich habe es gehört. Ich habe schon dem jungen Pionierhauptmann gesagt, daß wir das Menschenmögliche getan haben, Junge. Für Wunderwerke war es einfach nicht der richtige Tag.«
Der Gouverneur war wieder da und stand neben Jay. Der Colonel schloß sich ihnen an.
»O Gott!« sagte die Stimme im Lautsprecher. »Er bricht auseinander! Der ganze verdammte Staudamm! Es ist wie im Kino, wie in einem Horrorfilm im Fernsehen!«
»Ich kann es selber sehen«, kam Cooleys Stimme. »Er hat recht. Alles geht wie im Zeitlupentempo vor sich. Da ist -«
Die Stimme im Lautsprecher übertönte alles andere. »Der Damm stürzt in sich zusammen. Es gibt einen Höllenlärm, es ist, als ob er auseinandergerissen wäre, und jetzt ist die ganze gottverdammte Schlucht von oben bis unten voll mit Wasser, mit einer Wasserwand - wissen Sie, was ich meine? - fünfzehn, zwanzig Meter hoch, und die Wassermassen schießen hinunter wie ein Güterzug, bei dem der Lokomotivführer ausgefallen ist! Ich habe noch nie so etwas gesehen, und ich hoffe, daß ich es auch nie wieder sehen werde. Gott sei den Menschen da unten gnädig!«
Cooleys Stimme kam unbeirrt aus dem Handapparat: »Hals- und Beinbruch, Junge.«
Jay sah den Gouverneur und dann den Colonel an. Er sagte mit ausdruckslosem Gesicht: »Zwanzig Minuten.«

26

Nach Osten hin zeigte sich am Himmel die erste Helligkeit, und hier, auf dem sanft abfallenden Wiesengelände, wo vorher der Jeep gehalten und der Soldat den Mann mit der Schrotflinte aus dem Bett geholt hatte, waren schon die ersten Konturen der Landschaft zu erkennen.
Der Mann, er hieß Carley, hatte die Flinte beiseite gelegt, als der Jeep weitergefahren war, und überlegte sich, was er jetzt vernünftigerweise tun solle. Er hatte keine Lust, dem Rat des Soldaten zu folgen, mit einem Schlafsack den Berg hinaufzugehen und den Rest der Nacht auf hartem, steinigem Boden zu verbringen. Wenn aber an der Warnung des Soldaten etwas dran war, traute sich Carley andererseits aber auch nicht, sich hier im Haus wieder aufs Ohr zu legen.
Schließlich kehrte er mit schweren Schritten ins Schlafzimmer zurück, wo seine Frau mit Lockenwicklern in den Haaren aufrecht im Bett saß und ihn verwundert fragte, was denn die ganze Aufregung zu bedeuten habe. Er sagte es ihr.
»Gut«, sagte die Frau, »was, meinst du, sollten wir jetzt tun?«
»Wie soll ich denn das wissen? Aber ich werde mir auf jeden Fall etwas anziehen.«
Seine Frau warf einen Blick auf ihre Armbanduhr. »Die Nacht ist sowieso fast vorbei«, sagte sie. »In ein oder zwei Stunden würdest du ohnehin, wie du es immer tust, im Haus herumgeistern und dich fertig machen, um zum Fischen an den Fluß hinunterzugehen. Soll ich dir ein Frühstück machen?«

Der angenehme Duft nach Kaffee und gebratenem Speck zog durchs Haus, als Carley durch die Vordertür ins Freie trat, um sich draußen einmal umzusehen. Er erwartete nichts zu sehen, was er nicht schon vorher gesehen hatte. Aus der Ferne hörte er ganz schwach Sirenengeheul, und dann Trillerpfeifen, und was das bedeutete, konnte er -

»Joe! Joe!« rief seine Frau aus der Küche. »Im Radio! Hör doch!« Sie stürzte atemlos aus dem Haus und schwenkte das Transistorgerät in der Hand. »Hör doch bloß zu!«

»Halt den Mund und laß mich hören!«

»Der Staudamm von Harper's Park stürzt ein!« sagte die Stimme des Ansagers. »Dies ist keine Übung! Ich wiederhole, dies ist keine Übung! Der Staudamm von Harper's Park stürzt ein, und die ganze Bevölkerung wird dringend aufgefordert -«

Joe stellte den Apparat ab. »Komm, gehen wir!«

»Aber wohin?«

»Diesen gottverdammten Berg hinauf, und zwar so schnell, wie wir können!« Er pfiff schrill durch die Zähne, und der Hund rannte durch die offenstehende Tür. »Komm, Frau«, schrie Carley, »und beweg deine dicken Beine!« Er ergriff die Hand seiner Frau und zog sie mit sich. Der Hund lief vor ihnen her, und sie begannen, auf den Berg zuzulaufen.

Es gab hier eine Art von Trampelpfad, auf dem Carley, schwer atmend, entlanglief. Er zog seine Frau hinter sich her, während der Hund leichtfüßig davonstürmte.

Stolpernd und völlig außer Atem erreichten sie weiter oben einen kleinen Felsvorsprung. Dort blieb die Frau stehen. »Ich kann nicht mehr weiter!«

»Reiß dich zusammen, Frau!« Aber auch Carley war mittlerweile völlig erschöpft. Er blieb stehen und schätzte die Höhe, die sie über dem Fluß gewonnen hatten. »Okay«, meinte er schließlich, »vielleicht sind wir jetzt hoch genug! Wir stehen fast auf derselben Höhe wie der Oberrand der Schlucht dort und - großer Gott im Himmel, schau dir das bloß an!«

Die stromaufwärts sichtbare Schlucht war plötzlich mit Wasser angefüllt, mit schmutzigem, schäumendem Wasser, das Schutt und Bäume, Metallstücke, Erdreich und Felsbrocken mit sich fortriß; und die Flutwelle erzeugte ein Donnern, das jedes andere Geräusch übertönte, bis die Erde unter ihren Füßen zu beben schien.
Die Frau legte die Hände vors Gesicht. Carley sah fasziniert zu, wie die Flutwelle den Wiesenstreifen erreichte, sich ausbreitete, Bäume entwurzelte und Felsbrocken aus der Erde riß; ein frei stehender Briefkasten wurde hoch in die Luft geschleudert, und unter ihnen wurde Erdreich und Gestein in großen Klumpen aus dem Hang geschwemmt.
Carley sah, wie sein Kombiwagen vom Parkplatz hochgehoben und wie ein Spielzeug auf dem schmutzig-gelben Wogenkamm mitgerissen wurde. Dann wurde seine Hütte - wie die anderen in der kleinen Siedlung - aus den Fundamenten gehoben. Einige kurze Augenblicke behielt sie noch ihre Form und Gestalt, und dann löste sie sich einfach in eine Masse zusammenhangloser Bretter und Türen auf; ein paar Fenster blieben auf wundersame Weise vorübergehend intakt, der Kühlschrank und dann der Herd tanzten auf den Wogen, und alles verschwand schließlich in dem unwiderstehlichen Wirbelstrom.
Carley kroch ein paar Meter den Berg hinauf und konnte jetzt die Talenge unterhalb des Wiesengeländes sehen, als die Wassermassen diese Stelle erreichten und, plötzlich wieder eingeengt, zu unvorstellbarer Höhe anschwollen und die schmale Öffnung bis zum Oberrand völlig ausfüllten; und dahinter stürzte sich die Flutwelle mit donnerndem Getöse weiter in die Tiefe.
»Joe!« schrie seine Frau. Sie hatte die Augen aufgeschlagen und blickte in fassungslosem Entsetzen um sich. »Joe! Wo bist du denn?«
Carley rieb sich die Stirn mit dem Handrücken und machte einen völlig hilflosen Eindruck. »Ich beobachte das Ende der Welt«, sagte er. »Das Jüngste Gericht.«

Bill Williams schritt von seinem Wagen bis an die Hochwasserschutzmauer, wo Sam Martin stand.
»Du hast zehn Minuten Zeit«, sagte Bill. »Keine Minute mehr. Mach jetzt hier Schluß und bring die Männer in Sicherheit. In zehn Minuten jagen wir die Mauer in die Luft.«
»Hör mal, Bill -«
»Ich dulde keine Widerrede. Ich befehle es dir. Hörst du die Sirenen?« Sein Tonfall schlug plötzlich um. »Glaubst du denn, Sam, daß mir die ganze Sache Spaß macht?«
Er war müde, merkte Williams, hundemüde, und er wünschte sich nichts so sehr wie zu seinem Wagen zurückgehen, einfach wegfahren und irgendeinen Platz finden zu können, wo er sich ausruhen konnte. Vielleicht für immer. Merkwürdig, diese Vorstellung hatte plötzlich sogar etwas für sich.
Aber erst, wenn er hier erledigt hatte, was er tun mußte. Seine Stimme klang wieder normal. »Deshalb setz dich gefälligst in Trab!«
Das Telefon in seinem Wagen summte. Williams eilte hin und beugte sich hinein, um den Anruf entgegenzunehmen.
»Williams.«
»Dammbruch«, erklang die Stimme des Colonels. Er sprach äußerlich ruhig, aber die innere Erregung war zu spüren. »Der Staudamm ist soeben gebrochen. Harper sagt -«
»In neun Minuten«, sagte Williams, »sprengen wir. Sagen Sie ihm das.«

Der Priester läutete die Glocke und sprach ein stummes Gebet, als Brooks die Kirche betrat. Vom Kirchturm her mischte sich der Glockenton, auf den der *barrio* seit fast hundert Jahren geachtet hatte, mit dem neueren, lauteren Geräusch der Sirenen und Hörner, die in der ganzen Stadt erklangen.
»Es ist Zeit, Padre«, sagte Brooks. »Man hat mich vom Rathaus hergeschickt, um Sie in Sicherheit zu bringen.«

Ein junger Anglo, dachte der Priester. Er hatte ihn auf der Straße schon gesehen, aber nie in der Kirche. »Dies ist meine Kirche«, sagte er, »mein Amt.«
»Sie wird unter Wasser geraten. Genau wie die andere Kirche oben in Harper's Park. Wenn sie nicht vorher weggeschwemmt wird.«
»Ich kann nicht weggehen.«
»Ich verstehe«, sagte Brooks; es klang wie eine bloße Feststellung. Nach den Andeutungen von Carlos García hatte er Widerstand erwartet und sich bereits vorgenommen, wie er sich verhalten würde. »Verzeihung, Padre.« Ohne sichtliche Mühe hob er den Priester hoch und legte ihn sich nach Art der Feuerwehrmänner über die Schulter. Er hielt ihn fest und trabte auf die Straße hinaus, um höher gelegenes Gelände zu erreichen.
Im Laufen kam ihm der respektlose Gedanke, daß der Priester auch mit dem Kopf nach unten weiterbeten könnte, wie er es zuvor beim Ziehen des Glockenstranges getan hatte. Vielleicht sogar noch besser.

Ein junger Angehöriger der Nationalgarde namens Trujillo hatte ein Problem, das zu lösen er versprochen hatte. Das Versprechen war das einzige Mittel gewesen, um die dicke Frau und ihre Kinder aus dem Haus in Sicherheit bringen zu können.
»Es geht darum, daß der Alte, der *abuelo*«, hatte die dicke Frau spanisch schreiend erklärt, »das Haus nicht verlassen will!«
»Ich bringe ihn schon heraus, Lady.« Trujillo sprach englisch. Er verstand zwar Spanisch, sprach es aber schlecht. »Gehen Sie mit den Kindern schon voraus. Ich kümmere mich um den Opa.«
»Er hat ein Gewehr!«
»Okay. Gehen Sie los, verstanden?«
»Sind Sie sicher, daß Sie ihn überreden können, mitzukommen?«

»Klar. Überlassen Sie das mir. Es klappt bestimmt, sobald Sie erst einmal unterwegs sind.«

Er stieg langsam und vorsichtig die Eingangstreppe hinauf und stieß die Tür mit dem Fuß auf. Wie angekündigt, saß ein alter Mann drinnen auf einem Stuhl und hatte eine 30-30er auf den Knien.

Da viele der älteren Einwohner des *barrio* kein Englisch verstanden, sprach Trujillo jetzt in seinem stockenden Spanisch. »Höchste Zeit zu gehen, *abuelo*«, sagte er. »Das Wasser kommt.«

Auf Bataan hatten einige der kleinen gelben Soldaten auch spanisch gesprochen, erinnerte sich der *abuelo,* und sie hatten es ebenso schlecht wie dieser hier gesprochen. Er hob das Gewehr ein wenig in die Höhe. »Ich bleibe hier«, sagte er und spannte den Hahn mit dem Daumen. Das Klicken machte in dem stillen Haus ein lautes Geräusch.

Trujillo verzichtete auf das Spanische. »Hören Sie, Opa, ich will Sie doch nur irgendwo hinbringen, wo Sie in dem Wasser nicht umkommen - verstehen Sie? Sie brauchen mit dem Ding da nicht herumzufuchteln. Hier können Sie nicht bleiben. Das Radio und der Fernsehsender sowie die Sirenen und Hörner - alle sagen dasselbe: Der Staudamm ist eingestürzt!«

Der Gesichtsausdruck des *abuelo* veränderte sich nicht. »Man hat mich einmal zum Gehen gezwungen. Ich gehe nicht noch einmal.«

Was soll ich bloß jetzt um Gottes willen tun? dachte Trujillo.

Johnny Cisneros hörte die Durchsage in dem blanken, neuen Transistorradio, das er in der Hand trug, als er den Laden verließ und die Tür sorgfältig hinter sich zumachte. Er war so in diese Tätigkeit vertieft, daß er den Jeep, der gerade in seiner Richtung um die Ecke bog, nicht hörte.

»Dies ist keine Übung!« erklang die Stimme des Ansagers. »Ich wiederhole, dies ist keine Übung! Der Staudamm bei

Harper's Park ist eingestürzt. Alle werden aufgefordert, unverzüglich höher gelegenes Gelände aufzusuchen -«

»He, du da!« Es war die Stimme desselben Anglos, der Johnny vorhin angehalten hatte. »Bleib stehen und rühr dich nicht vom Fleck!«

Den Radioapparat in der einen Hand, steckte Johnny mit der anderen rasch den Umschlag mit den zweitausend Dollar in die Tasche - eine ganz instinktive Handlung.

»Was hast du da gerade versteckt? Los, was ist es?« Der Soldat war ausgestiegen und kam, das Gewehr im Anschlag, auf Johnny zu.

»Es wird damit gerechnet, daß der Wasserspiegel mindestens vierzehn Meter über dem Normalwert liegt, wenn die Flutwelle die Altstadt erreicht!« tönte es aus dem Radio.

Vierzehn Meter, o Gott! »Schau«, sagte Johnny, »wir machen uns hier am besten aus dem Staube. Du hast den Mann gehört. Ich gehe jetzt nach Hause. Ich habe dir schon gesagt, wo ich wohne, und dies hier ist mein Geschäft.«

»Natürlich«, sagte der Soldat. Er war jetzt nahe herangekommen. »Natürlich ist es dein Geschäft.« Er streckte die Hand aus. »Ich will sehen, was sich in dem Umschlag befindet, den du gerade versteckt hast. Und ich will wissen, woher du das Radio hast. Vorhin, als wir dich sahen, hattest du es noch nicht.«

Jetzt ist es aber genug, dachte Johnny. Laut sagte er: »Schert euch zum Teufel!« Dann drehte er sich um und ging auf dem Bürgersteig mit raschen Schritten auf sein höher gelegenes Wohnhaus zu.

Brooks hatte die relativ kurze Entfernung zwischen Rathaus und *barrio*-Kirche zu Fuß statt mit dem Auto zurückgelegt. Die geringe Last des Priesters auf den Schultern, ging er jetzt dieselbe Strecke wieder zurück.

Pater Rodriguez' Proteste waren verstummt. Er hing wie ein Mehlsack über der breiten Schulter und fand sich in seine unwürdige Lage mit der ganzen Seelenstärke, die er im Augenblick aufzubringen vermochte, denn es lag auf der Hand, daß dieser Anglo ohne Rücksicht auf ihn tun würde, was er für das Beste hielt.

Wahrscheinlich war es José-Marías Idee gewesen, daß er aus seiner Kirche abtransportiert werden sollte, dachte der Priester, denn José-María war ein dem Praktischen zugewandter Mann, der wenig Verständnis für geistige Belange besaß, dafür aber um so fester überzeugt war, daß weltlichen Dingen eine viel größere Bedeutung zukomme. Der uralte Konflikt zwischen Kirche und Staat.

Hier, in einiger Entfernung vom *barrio,* waren die Straßen zu dieser frühen Morgenstunde ruhig und fast menschenleer, aber die Alarmsirenen setzten ihren mißtönenden Lärm fort. Das plötzliche Rattern eines Schnellfeuergewehrs schien gar nicht in das allgemeine Bild zu passen. Brooks reagierte sofort.

Er blieb stehen und setzte den Priester auf dem Bürgersteig ab. »Bleiben Sie hier, Padre. Ich will nur eben einmal nachsehen, okay?«

»Ich verstehe nicht -«, begann der Priester.

»Ich auch nicht, Padre. Deshalb will ich ja gerade einmal nachsehen, was los ist. Ich muß mich beeilen. Bleiben Sie hier.«

Die Kirche schien räumlich und zeitlich bereits in weiter Ferne zu liegen. Der Priester nickte langsam und blieb reglos stehen, während er dem jungen Anglo nachsah, der auf die nächste Straßenecke zulief.

Brooks bewegte sich in den Augen des Priesters wie ein großes, wildes Tier, stets auf der Hut, stets im Gleichgewicht und jederzeit bereit, auf die kleinste Gefahr zu reagieren. Und er lief ohne Zögern immer weiter. Schüsse bedeuteten Gefahr, und Gefahren mußte man auf den Grund gehen - wie in Kriegszeiten. Der Priester verstand dies irgendwie und fragte sich nur, in welchem Konflikt Brooks dies wohl gelernt haben mochte.

Brooks erreichte die Hausecke und warf einen Blick in die

andere Straße; er riskierte dabei nur ein Auge und einen kleinen Teil seines Gesichts. Er zog sich sofort wieder zurück und trat weiter nach vorn. Über die Schulter rief er dem Priester zu: »Padre, kommen Sie her. Ich glaube, Sie werden hier gebraucht.«

Johnny Cisneros lag, mit dem Gesicht nach unten, auf der Stelle, wo er gestolpert und gestürzt war. Das Transistorradio lag ein paar Meter weiter, noch angestellt, aber die Stimme des Ansagers klang jetzt etwas verzerrt.

Der Jeep hielt mit laufendem Motor am Rinnstein, und der Fahrer stand jetzt neben dem Soldaten, der geschossen hatte; er starrte ungläubig auf das Geld aus dem Umschlag, den Johnny hastig eingesteckt hatte. Beide Soldaten fuhren herum, als Brooks und der Priester auf sie zueilten.

»Ein Plünderer«, sagte der erste Soldat, wie um sich zu verteidigen, und hielt ihnen das Geld hin. »Sehen Sie sich das an! Und das Radio!«

Der Priester hatte sich niedergekniet. Seine Hand berührte Johnnys Wange. Auf dem Bürgersteig hatte sich eine Blutlache gebildet. Der Priester sprach leise ein Gebet auf lateinisch, und Johnnys Augen deuteten Verständnis für das an, was um ihn herum vorging.

Schon nach kurzer Zeit verstummte der Priester und machte das Zeichen des Kreuzes. Die Sirenen heulten weiter, aber ihr Lärm schien irgendwie aus weiter Ferne zu kommen - hier war alles still.

Johnnys Mund öffnete sich. Blut rann an seinem Kinn herunter, als er die Lippen bewegte. Seine Worte waren kaum hörbar. »Danke, Padre«, sagte Johnny und schloß die Augen für immer.

Langsam richtete sich der Priester auf. Er sah die Soldaten an.

»Ein Plünderer«, wiederholte der erste Soldat. Er war entgeistert über das, was er angerichtet hatte. Er hielt das Geld hoch. »Sehen Sie?«

George Harrison saß in seiner Bibliothek; neben ihm stand ein Kognakschwenker mit seinem speziellen Hine-Brandy, und Fichtenscheite brannten im Kamin, so daß eine gemütliche und wohltuende Atmosphäre entstand.
Er hatte weder Radio noch Fernsehen eingeschaltet, und obwohl er die Sirenen, Pfeifen und Hörner hören konnte und ihre Bedeutung verstand, ignorierte er sie.
Das Angebot, das er Sam Martin bei der Hochwasserschutzmauer gemacht hatte, war von ihm reiflich überlegt gewesen. Und er war entschlossen, sein Versprechen zu halten. Was er nicht wußte, war Sams Entscheidung, und von ihr hing alles ab.
Bill Williams war zur Mauer hinaufgefahren, als sich George zu Fuß entfernt hatte und aus dem grellen Licht der Scheinwerfer in der Dunkelheit untergetaucht war; er hatte sich den Weg um Gruppen von Opuntien und Feigenkakteen, verstreut wachsende Kiefern und Wacholderbüsche gebahnt, um sein eigenes, eingefriedetes Grundstück zu erreichen.
Irgendwie hatte George erwartet, daß Bill Williams dort bei der Mauer auftauchen würde. In diesen wenigen, kurzen Tagen war Bill für George zu einer Art Racheengel geworden, und es war unvermeidlich, daß er, beinah wie auf ein Stichwort, auf diesem Höhepunkt der Krise in Erscheinung treten würde. Das lag bestimmt im Plan der Götter.
Logisch betrachtet, würde Bill Williams - davon war George überzeugt - an der Hochwasserschutzmauer in der kritischen Zeit gerade deshalb erscheinen, weil er eben Bill Williams war - ein Mann, der sich nie vor der Verantwortung gedrückt hatte. Das mußte man ihm lassen.
George hob das Glas hoch, hielt es, um es etwas zu erwärmen, eine Weile in der flachen Hand, sog mit Kennermiene den Duft in sich ein und nahm einen kleinen Schluck, der ihm wie eine Köstlichkeit auf der Zunge lag.
In gewisser Weise, dachte er, als er das Glas wieder absetzte, war Bill Williams ein bewunderungswürdiger Mann. Aus

echtem Schrot und Korn und konsequent, wie nur wenige auf dieser Welt, handelte er mutig, wenn es darauf ankam, und verachtete jeden Schein - ein Mann, der sich allein durch Einfallsreichtum, Intelligenz und harte Arbeit aus bescheidenen Anfängen bis in seine jetzige bedeutende Stellung hinaufgearbeitet hatte. Er war die Verkörperung des amerikanischen Traums. Aber George hatte ihn nie leiden mögen; er konnte ihn auch jetzt nicht ausstehen. Am liebsten hätte er ihn auch verachtet, aber eine solche Einstellung war ihm nie ganz gelungen.

George kannte seine eigenen Grenzen. Es gab viele. Doch er besaß Intelligenz und Geschmack, und er ärgerte sich, daß er Bills zahlreichen Vorzügen sonst nichts entgegenzusetzen hatte. Aber George hatte sich sein ganzes Leben lang gemüht, aus seinen Möglichkeiten das Beste zu machen.

Er wußte ganz genau, wie Bill reagieren würde, falls er von Georges Angebot an Sam Martin erführe, daß dieser dafür sorgen solle, daß die Mauer irgendwie erhalten bliebe. Aber George zweifelte, daß Sam ihm davon erzählen würde, und Sam war nun einmal der Sprengfachmann, und so kam alles letzten Endes darauf an, wie Sam sich entschieden hatte.

George griff wieder nach dem Kognakschwenker. Sein Blick fiel dabei auf den anspruchsvollen Titel des Buches von Sonnichsen, das er noch nicht wieder ins Regal zurückgestellt hatte. Er las ihn und dachte über die Bedeutung der Worte nach: *Bevor ich davonlaufe, sterbe ich.* Darin lag alles beschlossen. Was auch Sam Martin tun würde, und ohne Rücksicht auf Bill Williams - er, George Harrison, war nicht bereit, sein Haus im Stich zu lassen.

Der *barrio* war jetzt zum Leben erwacht; die Menschen wimmelten in den Straßen und führten, wie es einem jungen Leutnant von der Nationalgarde vorkam, einen makabren Tanz zu dem Geheul der Sirenen und dem Lärm der Trillerpfeifen und Hörner auf. Er war in Diskotheken gewesen, wo er einen ähnlichen Eindruck gewonnen hatte. Der

Leutnant hieß Simpson, und er hätte vieles darum gegeben, wenn er gewußt hätte, was seine Männer überhaupt noch tun könnten, außer dabei zu helfen, alle diejenigen, die in ihrer Kopflosigkeit in Richtung auf den Fluß statt auf höher gelegenes Gelände rannten, umzudirigieren und auf den richtigen Weg zu bringen.
In Simpsons Funksprechgerät erklang plötzlich eine fremde Stimme: »Das Stadtbauamt sagt, Avenue C und das Gebiet dahinter werden vom Wasser verschont bleiben. Verstanden?«
»Zehn-vier«, sagte Simpson. »Avenue C wie Caesar.« Er rief einen in der Nähe stehenden Soldaten heran und gab die Nachricht weiter. »Geben Sie's weiter. Der Hauptmann hat einen Lautsprecher. Sagen Sie's ihm.« Er griff nach dem Arm einer rundlichen Dame. »Nicht hier entlang, Lady. Dort geht's hin!«
»Es ist nur so, daß der *abuelo* -«, begann Angelita Leyba und brach mitten im Satz ab, als sie den verständnislosen Ausdruck auf dem Gesicht des Leutnants erkannte. »Der Großvater!« rief sie dann auf englisch. »Er ist noch immer im Haus! Einer Ihrer Soldaten hat gesagt, er würde ihn herausbringen, aber er hat es bis jetzt nicht getan!«
»Welches Haus, Lady?« Sie beschrieb ihm in raschen Worten den Weg. »Okay. Ich hole ihn heraus. Laufen Sie weiter. Sind dies Ihre Kinder? Nehmen Sie sie mit. Avenue C oder höher. Verstanden?« Er eilte in die Richtung, die Angelita angegeben hatte.
Die Tür des kleinen Hauses stand offen. Simpson rannte die Stufen, zwei auf einmal nehmend, hinauf und prallte im Innern gegen Trujillo. »Was ist los, Trujillo?«
»Sehen Sie selbst, Leutnant. Er geht nicht mit.«
Simpson betrachtete den alten Mann auf dem Stuhl und das schußbereite Gewehr. Er sagte: »Spricht er englisch?«
»Zu mir nicht.«
»Dann sagen Sie ihm auf spanisch -«
»Ich habe es ihm bereits gesagt.«

»Sagen Sie es ihm noch einmal! Sagen Sie ihm, wir haben vielleicht noch fünfzehn Minuten. Mehr nicht. Avenue C und das Gebiet dahinter werden sicher sein, aber diese Gegend nicht. Sagen Sie ihm, daß er hier nicht bleiben kann!«
Trujillo seufzte. »Okay, Leutnant, und was dann?«
»Was meinen Sie damit?«
»Ich sage es ihm also noch einmal, und er glaubt mir bestimmt ebensowenig wie bisher - was soll ich dann tun? Ihn erschießen?«
Die Waffe in der Hand des Alten hob sich kaum wahrnehmbar, bis sie genau auf Trujillos Magen gerichtet war.
Simpson zögerte. Er wußte keinen Ausweg aus dem Dilemma, aber eines schien im klar. »Sie müssen auf jeden Fall von hier weg«, sagte er. »Wenn Sie ihn nicht bewegen können, mitzukommen, dann stellen Sie jedenfalls sicher, daß Sie selbst Avenue C und höher gelegenes Gebiet erreichen können. Es hat keinen Sinn, daß Sie beide hier ersaufen!« Er drehte sich um, eilte die Stufen hinunter und rannte die Straße bis zu dem Posten hinauf, der ihm zugewiesen worden war.
Trujillo sah das Gewehr drohend auf sich gerichtet. Seine Bauchmuskulatur verkrampfte sich. »Leg das Ding weg, Opa«, sagte er. »Ich will dich sowieso nicht überfallen.« Er griff in die Brusttasche, zog ein Päckchen Zigaretten heraus und schüttelte eine Zigarette halb heraus. »Hier. Rauchst du? *Fuma*?«
Langsam senkte sich die Gewehrmündung. Der *abuelo* betrachtete lange die angebotene Zigarette und nahm sie schließlich mit seiner knochigen Hand.
»So«, sagte Trujillo und nahm sein Feuerzeug heraus, »vielleicht werden wir uns jetzt einig? Wir wollen die Sache ganz ruhig und langsam angehen. Das Dumme ist nur, daß die Zeit vielleicht knapp wird, wenn wir nicht höllisch aufpassen.«

27

Siebenhundert Meter Höhenunterschied mußte die Flutwelle zurücklegen, bevor sie die *Bend* erreichte. Cooley saß auf dem Gelände des Staudamms fest, bis die Straße wieder passierbar sein würde. Er sah den Wasserspiegel des Stausees wie durch Zauberhand absinken und hörte das langgezogene Donnern der Wassermassen, die sich durch die weiter unten gelegene Schlucht ergossen. Er mußte wieder an die Vorstellung denken, Zuschauer bei einer Höllenszene zu sein.

Die Flutlichter beleuchteten weiterhin die Szenerie; sie waren bedeutend heller als das erste Tageslicht und warfen schwarze Schatten in die Tiefe, wo früher das Wasser des Stausees gestanden hatte und sich jetzt eine immer größer werdende Fläche schimmernden Schlicks befand.

Statt des Krachs, den vorher die Kompressoren, Schlagbohrer und Turbinen verursacht hatten, gab es jetzt das donnernde Getöse der Wassermassen, die durch das Loch rauschten, wo der Staudamm gestanden hatte und wo jetzt nur noch Betonreste und einzelne Stahlstreben übriggeblieben waren.

Je mehr vom Seegrund auftauchte, desto gespannter betrachtete Cooley - nicht, was es dort unten zu sehen, sondern was es nicht mehr zu sehen gab. Die Steinhäuser, die er auf dem Seegrund erkannt hatte, als Jay getaucht war, waren verschwunden - ausgelöscht, als hätten sie nie existiert. Harper's Park war nicht mehr nur versunken - es bestand nicht mehr. Cooley fragte sich, wie Jay diese Tatsache hinnehmen würde. »So muß es wohl nach der Sintflut ausgesehen haben«, sagte der Pionierhauptmann.

Cooley nickte. »Ja, ungefähr so.«
»Und was jetzt flußabwärts geschieht . . .« Der Hauptmann schüttelte den Kopf.
»Dies hier«, sagte Cooley, »ist nur die Vorschau auf die kommende Vorstellung. Dort unten werden die Leute in wenigen Minuten den Hauptfilm erleben.« Wir haben es versucht, dachte er, und wir haben es nicht geschafft. Cooley hatte etwas gegen Mißerfolge.

Der Gouverneur sagte: »Zwanzig Minuten. Das war Ihre Schätzung.«
Jay lächelte müde. »Es war etwas mehr als nur eine Schätzung. Ausgehend von dem Gewicht des Wassers, dem durchschnittlichen Gefälle, dem Kanalquerschnitt, einigen Faktoren, die mit der Reibung an den Wänden und der Bremswirkung des Bodens zusammenhängen, sowie den Werten einiger anderer Parameter, könnten wir wahrscheinlich ein Computermodell konstruieren, das uns eine Menge nützlicher Auskünfte erteilen würde.« Er zuckte mit den Achseln.
»Wollen Sie damit sagen«, meinte der Gouverneur, »daß wir in allerkürzester Zeit sowieso sehen werden, was sich tatsächlich ereignet, und es eigentlich keinen Sinn hat, Voraussagen zu versuchen?« Dies war ein merkwürdiger und höchst ungewöhnlicher junger Mann, dachte der Gouverneur bei sich; sowohl feinsinnig als auch geradeheraus - eine seltene Kombination. »Wollen Sie Ihr ganzes Leben als - verzeihen Sie mir -, als bloßer Techniker verbringen?« fragte er.
Jay drehte sich um und sah den Gouverneur an. Er sagte nichts.
»Ich habe keinen Zweifel«, sagte der Gouverneur, »daß Sie, wie Bill Williams aus zuverlässiger Quelle erfuhr, zu den Besten Ihres Faches gehören. Vielleicht kommt Ihnen überhaupt keiner gleich. Das würde mich nicht überraschen. Aber Sie haben auch noch andere Begabungen, und viel-

leicht sind diese sogar noch wichtiger. Sie haben jene schwer zu definierende Eigenschaft, die man Führungsqualität nennt. Wenige besitzen sie, und sie sind nicht mit Gold aufzuwiegen.«
»Sie schmeicheln mir, Gouverneur«, sagte Jay in einem Ton, der wenig Interesse erkennen ließ. Er sah auf seine Armbanduhr. »Williams hat gesagt, in neun Minuten. Er hat noch zwei Minuten übrig.«

Die letzten mit Soldaten beladenen Lastwagen der Nationalgarde, Kompressoren, Generatoren und Scheinwerfer im Schlepp, zogen von der Hochwasserschutzmauer ab. Die Sonne war noch nicht zu sehen, aber es war schon hell genug, als Bill Williams im Wagen dicht heranfuhr und ausstieg. »Okay, Sam«, sagte er. »Die Zeit ist abgelaufen. Verschwinde hier. Ich sprenge.«
Er sprach leise und beherrscht; dabei versuchte er, nicht zu oft an das Haus zu denken, das er und Martha zusammen geplant, erbaut und umgebaut hatten, bis es genau ihren Wünschen entsprach. Wenn irgend jemandes Hand dieses Haus zerstören sollte, dann sollte es die seinige sein.
»Die Vorbereitungen konnten nur behelfsmäßig durchgeführt werden, Bill«, sagte Sam. Wieder lag etwas Ausweichendes in seinem Tonfall. »Wir mußten uns zu sehr beeilen. Und wir hatten nicht so viel Kabel, wie ich gewünscht hätte. Der Detonator steht vielleicht zu nahe. Jede Sprengung birgt Risiken, wenn man für die Vorbereitungen nicht genügend Zeit gehabt hat. Das weißt du ebensogut wie ich!«
Natürlich wußte er das. Schlecht vorbereitete Sprengungen waren immer riskant. Aber was einer Erklärung bedurfte, war Sams Verhalten. »Du versuchst schon wieder, Ausflüchte zu machen, Sam«, sagte Bill. »Warum?«
»Bill, die Sprengung hat keinen Zweck!« Jetzt war es heraus! Die fünfundzwanzigtausend Dollar, die George ihm geboten hatte, waren ein Haufen Geld, dachte Sam, und er war

jetzt schon selbst fast überzeugt, daß die Sprengung der Hochwasserschutzmauer sowieso ein sinnloses Unterfangen war.
Erstens war die Wirkung zweifelhaft. Sam war nicht überzeugt, daß ein großer Teil der Flutwelle von der Stadt abgelenkt werden könnte, wenn die Mauer zerstört würde. Und zweitens wäre, auch wenn, wie Jay Harper vorausgesagt hatte, die Sprengung der Mauer die Schäden in der Stadt tatsächlich in erheblichem Maße verringern würde, der Preis angesichts des Verlustes so vieler schöner Häuser in der *Bend* viel zu hoch, den Nutzen hätte nur das dreckige Gesindel im *barrio*.
Bill bewahrte mit Mühe seine Selbstbeherrschung. »Okay, Sam, so denkst du, und ich denke anders.«
»Hör mal, Bill, ich bin Ingenieur -«
»Das billige ich dir zu.«
»Und der großmächtige Jay Harper -«
»- hat in jeder Phase recht gehabt«, sagte Williams. »Hau ab, Sam.« Seine Stimme hatte plötzlich wieder die alte Kraft und Selbstgewißheit gewonnen. »Verdammt noch mal, kannst du denn nicht sehen, daß dies etwas ist, was ich persönlich tun muß?«
»Warum?« Zum erstenmal glaubte Sam, in Bills Gedanken lesen zu können, seine Beweggründe zu begreifen, und er fand sie viel komplizierter, als er sie sich vorgestellt hatte. »Eine Art von Buße?«
»Ich weiß nicht. Vielleicht ist dies der richtige Ausdruck. Ich bin mir vieler Dinge nicht mehr sicher. Aber dies weiß ich genau: Hau ab und laß mich allein, Sam.«
Ich könnte ihn aufhalten, dachte Sam. Ich bin jung genug und groß und kräftig. Und niemand außer uns beiden würde je etwas davon erfahren. Und fünfundzwanzigtausend Dollar warteten auf ihn, wohin er sie auch überwiesen haben wollte - es war merkwürdig, wie fest er daran glaubte, daß Georges Angebot ehrlich gemeint gewesen war -, also warum hielt er sich zurück?

Bill Williams beobachtete ihn ruhig, als könne er den in Sams Gedanken vorgehenden Kampf wahrnehmen - und er wußte bereits, wie dieser enden würde.
Ich halte mich zurück, dachte Sam, weil ich mir selbst etwas vormache, als könnte ich anders handeln. Ich müßte ihn umbringen, um ihn daran zu hindern. So war es bei Bill Williams immer gewesen: Sobald die Entscheidung gefallen war, gab es für ihn kein Zurück mehr. Derselbe Wesenszug war auch bei Harper, dachte Sam plötzlich, und auch bei Cooley Parks zu beobachten. Sie stellten ihn nicht groß heraus, keiner von ihnen, aber er war da, man konnte ihn förmlich spüren, und wenn man ihn nicht auch besaß, geriet man sofort ins Hintertreffen. Ein schmerzlicher, ernüchternder Gedanke. Sein Widerstand brach in diesem Augenblick zusammen.
»Okay, Bill.« Sein Tonfall zeigte einen gewissen Anflug von Scham. Sam drehte sich um und ging mit raschen Schritten zu dem Militärjeep, der ihm zur Verfügung gestellt worden war. Er sah sich nicht um, und er fuhr so schnell, was der Jeep herzugeben vermochte. Er war etwa achthundert Meter gefahren, als er im Rückspiegel die Detonationswolke an der Hochwasserschutzmauer sah.

Innerhalb der dicken Lehmziegelwände seines Hauses hörte auch George Harrison die Explosion und spürte die Druckwelle. Er trank seinen Kognak aus, setzte das Glas bedächtig auf den Tisch zurück und ging hinaus.
Die letzten Sterne waren verblaßt, und die Sonne ging gerade in einer Einkerbung der im Osten liegenden Berge auf. In Richtung Harper's Park hingen noch Wolken am Himmel, und wahrscheinlich regnete es dort noch. Aber hier unten war der Himmel klar. Es versprach, ein schöner Tag zu werden.
George blieb unschlüssig stehen. Er war einerseits entschlossen, sein Haus nicht im Stich zu lassen. Andererseits wollte er wissen - er mußte es wissen -, welche Auswirkun-

gen die Sprengung gehabt hatte; ob Sam Martin sie in Grenzen gehalten hatte, oder ob die Mauer tatsächlich eingestürzt war. Nach Georges Armbanduhr blieben noch einige wenige Minuten von den zwanzig übrig, die man nach dem ersten Sirenengeheul vorausberechnet hatte. Er setzte sich mit raschen Schritten in Bewegung und vermied dabei sorgfältig die wildwachsenden Kakteen und Wacholderbüsche.

Er stieß auf Wasser, wo kein Wasser hätte sein sollen. Und dann sah er die Trümmer der Mauer, und einen Augenblick stieg wieder die Wut in ihm hoch und raubte ihm fast den Atem. Verdammter Sam Martin! Verdammter Jay Harper! Und vor allem dieser verdammte Bill Williams, der unlösbar mit dieser ganzen Affäre verknüpft war! Wenn Bill Williams nicht gewesen wäre -!

In diesem Augenblick sah er Bills Wagen. Er lag auf der Seite, die Fensterscheiben waren zertrümmert und die Seitenwände wie von schweren Hammerschlägen eingedrückt. Und darunter rührte sich, nur teilweise sichtbar, mitten in dem jetzt schlammig werdenden Dreck und dem Geröll und Gestein irgend etwas, was wie ein zerdrückter Käfer aussah, der noch schwach seine Beine bewegte.

George ging langsam weiter; mit den Schuhen machte er in dem Schlamm ein schmatzendes Geräusch. Er beugte sich vor. Es war - großer Gott, es war Bill Williams, der nach der Explosion kaum wiederzuerkennen war!

George schluckte ein Gefühl der Übelkeit hinunter, stemmte die Hände gegen den schweren Wagen und drückte. Nichts geschah, außer daß er mit den Füßen tiefer in das feucht werdende Erdreich einsank. Er versuchte es wieder.

»Laß das sein, George.« Es schien unmöglich, daß Bill noch sprechen konnte, aber seine Augen waren offen, und seine Worte waren gut zu verstehen. »Laß das! Du kannst ihn nicht bewegen. Hau ab, Mann! Es kommt! Kannst du's denn nicht hören?«

George *konnte* es hören, jenes ferne Grollen, das die Erde erschütterte, wie einst die großen Büffelherden, wie er gelesen hatte, den Boden der Prärien erschüttert hatten. Er konnte sich schon fast die riesige Flutwelle vorstellen, die, alles mit sich fortreißend, über sie hereinbrechen würde.
Ein weiterer Vergleich kam ihm ungebeten in den Sinn. Er hatte ihn einmal von seinem Großvater gehört. »Das heisere Röhren eines Grizzlybären, wenn er auf dich zukommt - du hörst das einmal, und du vergißt es nicht mehr! Und du hast verdammtes Glück, wenn du es überlebst, so daß du dich später daran erinnern kannst.«
»Hau ab!« sagte Bills Stimme. »Lauf höher hinauf! Du hast vielleicht noch Zeit dazu!«
Zeit? Vielleicht. Aber die Zeit hatte ihre Bedeutung verloren - jetzt, da sein Entschluß feststand. »Ich bin mein ganzes Leben gerannt«, sagte George langsam. »Ich bin gerannt und habe mich verkrochen.« Unbewußt zitierte er Sonnichsens Titel: »Diesmal sterbe ich, bevor ich davonlaufe.«
»Das ist barer Unsinn!« Bills Augen schlossen sich. Die dröhnende Flutwelle war näher herangekommen, und die Erde bebte tatsächlich. Bill schlug die Augen wieder auf. »Nein«, sagte er, »vielleicht ist es gar kein solcher Unsinn. Manchmal muß sich der Mensch für etwas entscheiden.« Er machte die Augen wieder zu - für immer, dachte er bei sich. Martha schien ihm ganz nahe zu sein.

Der Gouverneur, der Colonel und Jay hatten die Sprengung der Hochwasserschutzmauer von den Fenstern in Bill Williams' hoch gelegenem Büro aus betrachtet, aber die Entfernung war zu groß und der Lärm der Sirenen und Hörner zu laut, als daß sie die Detonation hätten hören können. Gestein und Schutt wurden hoch in die Luft geschleudert; eine riesige Staubwolke entstand, die sich nur langsam wieder setzte. Auch auf diese Entfernung war die gewaltige Kraft der Explosion deutlich zu ermessen.

Jay sah wieder auf die Uhr. »Vielleicht noch zehn Minuten«, sagte er, »wenn unsere Berechnungen einigermaßen stimmen.« Er blickte den Colonel an. »Sind Sie fertig?«
»Yes, Sir.« In einem solchen Augenblick, dachte der Colonel, war es vielleicht feige von ihm, so zu tun, als führe er nur Befehle aus, aber es schien ihm jedenfalls das klügste zu sein.
Der Gouverneur sah von einem zum anderen. »Und was soll das bedeuten?«
»Wenn es nötig ist«, sagte Jay, »müssen wir noch einen Schuß mehr abfeuern.«
Hinter diesen Worten verbarg sich etwas, und in dem Büro trat Stille ein. »Darf ich vielleicht erfahren, worum es sich handelt?« fragte der Gouverneur.
Jay nickte langsam. »Wir haben die Eisenbahnbrücke zur Sprengung vorbereitet.«
Der Gouverneur ging zum Schreibtisch und ließ sich matt in den schweren Sessel fallen. »Der Eisenbahnverkehr Ost-West«, sagte er, »versorgt nicht nur diesen Bundesstaat, sondern den ganzen Südwesten. Ist Ihnen eigentlich klar, was eine Unterbrechung dieser Verbindung für die Volkswirtschaft in diesem gesamten Gebiet bedeuten wird?«
»Ich bin kein Volkswirtschaftler, Gouverneur, aber ich kann mir vorstellen, daß es zu einer ganz schönen Aufregung kommen dürfte.«
»Dies«, sagte der Gouverneur, »ist eine großartige Untertreibung. Die Häuser in der *Bend* zu opfern, ist schon allerhand, aber dies ist etwas ganz anderes.«
Der Colonel hörte in diskretem Schweigen zu.
»Warum ist mir davon nichts gesagt worden?« Der Gouverneur sprach jetzt nur zu Jay.
»Ich war überzeugt, daß Sie so reagieren und womöglich Gegenbefehle geben würden.«
»Warum machen Sie sich dann die Mühe, es mir jetzt zu sagen?«
»Weil«, sagte Jay, »sich der Colonel ohne Ihre Genehmi-

gung im letzten Augenblick vielleicht eines anderen besinnen würde.«
Der Gouverneur schüttelte fassungslos den Kopf. Reinste Unverfrorenheit, dachte er, es gab kein anderes Wort dafür.
»Sie nehmen sich eine Menge heraus, junger Mann.«
»Sie haben mir eine Menge gegeben.«
»Vielleicht haben Sie sich übernommen.«
»Mag sein.« Jay lehnte sich gegen die Kante des Konferenztisches. »Ich habe dieses Problem einmal versuchsweise mit Bill Williams erörtert«, sagte er. »Ich habe ihm gesagt, wir könnten vielleicht erwägen, eine dieser großen Brücken in den Fluß fallen zu lassen; sie würde zwar eine Flutwelle nicht aufhalten, aber sie könnte vielleicht die Strömung aufsplittern und verlangsamen.«
»Und?«
»Seine Reaktion war die gleiche wie die Ihrige. Er hatte sich bereits mit der Tatsache abgefunden, daß wir die Hochwasserschutzmauer würden sprengen müssen, wodurch sein Haus zerstört werden würde. Als ich aber die Sprengung einer Brücke erwähnte, pfiff er bloß durch die Zähne und nannte mich einen Hasardspieler.«
»Er hatte recht. Es ist meine Schuld. Ich habe Ihnen zu große Befugnisse eingeräumt.«
»Ich sagte ihm«, fuhr Jay fort, als ob der Gouverneur nichts gesagt hätte, »daß es um Menschenleben geht und daß diese der höchste Einsatz sind, den ich kenne. Wie wägen Sie Menschenleben gegen wirtschaftliche Überlegungen ab, Gouverneur?«
Diesmal wuchs die Stille und dehnte sich aus, die Zeit schien stillzustehen. Es war der Colonel, der mit dem Rükken zum Zimmer am Fenster stand und nicht Zeuge dieser Konfrontation zu werden wünschte, der schließlich das Schweigen brach. »Großer Gott!« entfuhr es ihm. »Sehen Sie sich das bloß an!«
Jay und der Gouverneur kamen gleichzeitig am Fenster an, und alle drei starrten in stummem Entsetzen hinaus.

Die Flutwelle hatte sich aus der letzten, stromaufwärts gelegenen Enge befreit. Jetzt, in dem morgendlichen Dämmerlicht, hob sie ihre gelblichweiße Schaumkrone hoch in die Luft und stürzte hinunter auf die *Bend.* Große Gesteinsbrocken und Felsstücke wurden wie kleine Kiesel beiseite geschleudert, und das Wasser grub sich ein neues und breiteres Bett in die Erde.

In diesem Augenblick erreichte die Wasserwand die *Bend.* Auf diese Entfernung schien sich alles in Zeitlupentempo abzuspielen. Ein einzelner, dunkler Gegenstand, Bill Williams' Auto, wurde erfaßt und hochgeschleudert; es tanzte zunächst wie ein kleiner Ball auf einer Brandungswoge und verschwand dann in den tosenden Wassermassen.

Zwei noch viel kleinere Objekte, die auf diese Entfernung vom Fenster aus nicht zu erkennen waren, wurden ebenfalls erfaßt, in die Luft gewirbelt und dann von den tobenden Wassern verschlungen.

Dort an der *Bend,* wo die Hochwasserschutzmauer gestanden hatte, gabelte sich der Strom. Der eine Teil ergoß sich geradeaus weiter und verschlang die Häuser, die die Mauer geschützt hatte.

Der andere Teil folgte dem Flußbett. Er stieg höher und immer höher, begradigte die Biegung teilweise und ergoß sich trotz der Teilung mit scheinbar unverminderter Wucht hinunter auf die Stadt und die Spannbrücken zu.

Jay sagte mit drängender Stimme: »Sprengen, Colonel! Jetzt!« Er sah den Gouverneur an und wartete.

Der Gouverneur schloß die Augen. Nach kurzer Zeit öffnete er sie wieder. Er nickte langsam.

Der Colonel eilte ins Vorzimmer, wo das Funkgerät stand.

Sie hatten die Nacht durchgearbeitet und waren schließlich fertig. Der Leutnant, der das Kommando führte, das die Eisenbahnbrücke zur Sprengung vorbereitet hatte, saß erschöpft auf einer Bank hoch über dem Fluß und rauchte eine Zigarette. Der Detonator stand auf dem Boden neben

ihm, und die Männer seines Kommandos hatten sich in der Nähe verteilt.
Hinter der Bank sagte der Sergeant: »Glauben Sie, daß sie die Brücke tatsächlich sprengen werden, Leutnant? O Gott, Sie wissen doch, was solche Brücken kosten!«
Der Leutnant blies eine Rauchwolke von sich. »Ich würde mich weder in der einen noch in der anderen Richtung festlegen.«
»Sie sind Ingenieur, Leutnant. Glauben Sie, daß eine Sprengung irgend etwas nützen würde?«
»Ich halte die Idee für gut, wenn Sie darauf anspielen. Sie ist einen Versuch wert. Alles ist einen Versuch wert, falls -«
Der Leutnant legte plötzlich den Kopf auf die Seite und kniff die Augen vor dem Rauch seiner Zigarette zusammen. »Großer Gott! Hören Sie das?«
Es war, wie der Leutnant später erzählte, wie das hohle, donnernde Geräusch eines U-Bahn-Zuges, der mit hoher Geschwindigkeit in eine Station einfährt, nur verstärkt wie in einer Echokammer. Es war wie das Geräusch schwerer Lastwagen, die mit hoher Geschwindigkeit über eine Brücke donnern. Es war das dumpfe Grollen einer unterirdischen Explosion, einer außer Kontrolle geratenen seismischen Veränderung, einer unterirdischen Atomexplosion. Es war alles dies zusammen und noch mehr, und es wurde lauter, je näher die noch nicht sichtbaren Wassermassen herankamen.
»Sie werden am Apparat verlangt, Leutnant!« Die Stimme des Funkers übertönte noch das Getöse.
Der Leutnant sprang von der Bank auf und nahm das Mikrophon in die Hand. »Leutnant Fisk!«
»Colonel Watkins!«
»Yes, Sir!«
»Sprengen Sie, Leutnant! Sofort! Wiederholen Sie!«
»Yes, Sir! Wir sprengen die Brücke!« Er gab dem Sergeant ein Handzeichen; dieser zog den Hebel des Detonators in die Höhe und drückte ihn mit äußerster Kraft wieder in den

Apparat hinein. »Da geht sie hin!« sagte der Leutnant. »Großer Gott, da geht sie hin!«

Die gewaltige Eisenbahnbrücke erzitterte; ihre Trossen schimmerten hell im ersten Sonnenlicht. Die Explosion klang wie das Grollen gigantischer Kesselpauken, als eine Sprengladung nach der anderen in die Luft flog.

Die noch unversehrte Brücke begann sich, wie vorgesehen, in Gegenstromrichtung auf die Seite zu neigen. Je weiter sie sich von der Senkrechten entfernte, desto schneller sackte sie seitlich ab. Die Stahlkonstruktion blieb dabei noch immer intakt. Das Donnern der herannahenden Wasserwand übertönte jedes weitere Geräusch.

Schließlich fiel sie mit gewaltigem Aufklatschen in den Fluß, füllte dessen ganze Breite von Ufer zu Ufer aus und bildete eine Barriere gegen die Flutwelle, die unaufhaltsam heranrollte.

»Hallo, Leutnant.« Der Sergeant mußte schreien, um sich bei dem allgemeinen Krach verständlich zu machen. »Das war gute Arbeit, oder?« Und dann, als die Riesenwoge in Sicht kam: »Jesus! Die kann nichts aufhalten! Nichts! Sind wir hier hoch genug?«

Gischt erfüllte die Luft, und es war unmöglich, irgend etwas zu sehen. Das Brüllen der ungeheuren Wassermassen ertränkte jeden anderen Ton. Später erzählte der Leutnant: »Wie Baker (der Sergeant) sagte, hätte nichts die Flut aufhalten können, nichts! Und ich gebe gern zu, daß ich ein paar Sekunden geglaubt habe, das Ende der Welt sei gekommen! Ich glaube, ich habe irgend etwas geschrien, aber ich bin mir nicht sicher, und ich konnte meine eigene Stimme sowieso nicht mehr hören! Mann, du machst dir keine Vorstellung, wie das war!«

Die unwiderstehliche Kraft des Wassers stieß auf die unverrückbar, durch ihr eigenes Gewicht zwischen den Ufern eingeklemmte, im Flußbett liegende Brücke. Die dicken Trossen wurden durch die Wucht des Aufpralls verbogen, Stützteile gaben nach, die Eisenbahnschienen krümmten sich wie unter einer gigantischen hydraulischen Presse, und die gesamte Konstruktion wurde bis zur Unkenntlichkeit in ein Gewirr von Eisen und Stahl zusammengedrückt. Aber der Rest der Brücke hielt stand, und die Wassermassen waren gezwungen, sich durch und über und um das Hindernis herum ihren Weg zu bahnen, während der Druck durch nachströmendes Wasser laufend weiter verstärkt wurde.

Wie eine Armee, die sich nach Überwindung eines Widerstandes neu gruppiert, vereinigten sich die Wassermassen unterhalb der Brücke wieder zu einem zusammenhängenden Ganzen und stürzten sich unaufhaltsam auf den *barrio*. Aber die Flutwelle hatte einen Teil ihrer Wucht, wenn auch nicht ihre gesamte Kraft, eingebüßt.

Ein Ausläufer der Wasserwand erfaßte das Haus der Thompsons, hob es aus seiner Verankerung in die Höhe, riß es in Stücke und schwemmte die Einzelteile einschließlich des Mobiliars mit sich fort.

Brüllend wie ein verwundetes Untier demolierte das Wasser die Kirche, wirbelte das Gestühl durcheinander, riß den Kirchturm ein und schleuderte die armseligen Stützen und Streben der Sakristei in einen schlammigen Haufen von Geröll, der erst später wieder entdeckt wurde.

Die Flut zertrümmerte das Haus der Angelita Leyba zu einem Haufen von Kleinholz und Lehmziegeln; für kurze Zeit trug sie einen Fernsehapparat, der aus dem Laden des Ehrlichen Johnny stammte, wie ein überlebensgroßes Auge auf ihrer gelblichen Schaumkrone mit sich fort, bis auch dieser in den Strudeln versank.

Sie erfaßte die Sorglosen, die Unachtsamen und die Gleichgültigen und trieb sie erbarmungslos mit sich fort. Noch nach Tagen und Wochen wurden die Leichen von Männern, Frauen, Kindern, Hunden, Katzen, Vögeln und der unvermeidlichen Ratten und Mäuse ganz oder teilweise in dem Schlamm, dem Schutt und dem Geröll gefunden.

Vom höher gelegenen Gebiet jenseits der Avenue C sahen

die meisten, wenn auch nicht alle Einwohner des *barrios* dem Zerstörungswerk zu; einige schrien laut, andere weinten still vor sich hin, viele knieten und beteten, andere waren in tiefem Gram verstummt. Es war, als hätte Gott selbst die völlige Vernichtung befohlen.
Autos und Wohnwagen wurden von den Fluten erfaßt und völlig zertrümmert; sie wurden mitgeschleppt, bis die Wassermassen die Ebene unterhalb der Stadt erreichten, wo sie sich ausbreiten konnten und wo ihre Wucht sich verlor, dort ließen sie das mitgeführte Gut fallen und im schlammigen Boden versinken, so daß die ganze Gegend aussah, als sei sie der Hinterhof eines Schrottplatzes.
Wie lange die eigentliche Zerstörung dauerte, wußte später niemand genau zu sagen. Einigen schien sie schnell wie ein Orkan vorüberzuziehen, für andere schien die Zeit kein Ende zu haben. Allmählich hörte das Getöse auf. Der Wasserspiegel sank, und die Verwüstung, die die Flut angerichtet hatte, wurde offenbar. Bei der gesprengten Brücke ging das Rauschen in ein Gurgeln über.
Baker, der Sergeant, sagte mit gedämpfter Stimme: »Leutnant, haben Sie jemals so etwas gesehen?«
Der Leutnant schüttelte stumm den Kopf.
»Wenn wir diese Brücke nicht gesprengt hätten«, sagte Baker, »wäre es bestimmt noch viel schlimmer gewesen, nicht wahr?«
»Ganz bestimmt. Man sollte dem Burschen, der auf diese Idee gekommen ist, einen Orden geben.«

Jetzt begannen die Aufräumungsarbeiten und die Ermittlung der Schäden und Verluste. Ein allgemeines Jammern und Wehklagen setzte ein. An diesen Tag würden sich alle noch lange erinnern. Und davon reden.

Am Telefon sagte der Gouverneur: »Halt mich bitte auf dem laufenden, Joe. Ich habe gerade ein Gespräch nach Washington angemeldet, um zu sehen, wieviel Hilfe wir von

dort erwarten können. Kannst du mir jetzt schon eine vorläufige Schätzung der eingetretenen Schäden geben?«
»Es ist schlimm«, sagte der Bürgermeister. »Es ist verdammt schlimm! Wir haben getan, was wir konnten, aber es hat nicht gereicht! Wir haben die meisten Leute aus dem *barrio* evakuiert. Die meisten, habe ich gesagt! Wie viele wir nicht herausgeholt haben, weiß ich noch nicht. Vielleicht hundert. Vielleicht auch fünfmal soviel.«
Der Gouverneur schloß die Augen. Er empfand einen fast körperlichen Schmerz, den er noch vor wenigen Tagen nicht empfunden hätte. Seltsam.
»Stromaufwärts«, sagte der Bürgermeister, »ist nichts übriggeblieben, nichts! Ich meine nicht nur die *Bend.* Die ist weg, und vielleicht brauchen wir nicht traurig darüber zu sein, ich weiß nicht. Aber all die kleinen Hütten weiter oben im Tal, die Sommerhäuser, die Gehöfte mit Kühen und Hühnern, die Fischteiche - alles weg. Nichts mehr da. Tote Kühe in Baumkronen . . .« Er verstummte.
»Ich finde«, sagte der Gouverneur langsam, »daß wir uns einen allgemeinen Überblick verschaffen müssen. Ich werde einen Hubschrauber der Nationalgarde anfordern. Willst du mitkommen?«
»Gern«, sagte der Bürgermeister. »Vielleicht können wir uns dann ein Bild machen, wo alles früher einmal gestanden hat. Und wie wir wieder ganz von vorn anfangen können. Wir können jetzt nicht aufgeben.«
»Nein«, sagte der Gouverneur. Er hatte ein müdes Lächeln aufgesetzt, aber irgendwie erwachte in ihm neue Zuversicht. »Das eine weiß ich genau: Wir können nicht aufgeben.«

28

Wenn er auf jenen Tag zurückblickte, entdeckte Jay in seiner Erinnerung hauptsächlich eine Reihe unzusammenhängender Ereignisse.

Im *barrio* schrie die dicke Frau auf spanisch in alle Welt hinaus, ihr Haus sei weg und der *abuelo* mit ihm, obwohl die Soldaten versprochen hätten, sie würden den *abuelo* in Sicherheit bringen.

Und dann tauchten, wie durch ein Wunder, ein Soldat und ein alter Mann auf - beide völlig durchnäßt und verschmutzt, aber unversehrt. Und der alte Mann ließ seine ebenfalls nasse und verdreckte 30-30er nicht los, als ihn die dicke Frau umarmte und unter Tränen unverständliche Worte vor sich hin brabbelte.

Minutenlang grub er mit bloßen Händen wie wahnsinnig durch den Schutt eines zerstörten Hauses in die Tiefe, weil unten eine menschliche Stimme undeutlich zu hören war, und er mußte die ganze Zeit an Cooley denken, der gesagt hatte, daß sich Menschen auch während des stärksten Artilleriefeuers und der Bombenangriffe in Beirut geweigert hatten, ihre Häuser zu verlassen - wie recht Cooley gehabt hatte!

Und plötzlich erschien neben ihm ein Mann, der ihm half, Balken, die für einen zu schwer waren, hochzuheben; es war ein großer, schlanker Typ mit Brille, der leise im Akzent der Ostküste vor sich hin fluchte, als sie schließlich zu dem verschütteten Mann vordrangen und ihm sagen konnten, er solle erst einmal still liegenbleiben, er würde sofort in Sicherheit gebracht.

In der Stimme des Mannes mit der Brille lag ein unverkennbarer Befehlston, wenn er rief: »Sanitäter! Hierher! Beeilt euch!« Und es lag ein mildes Lächeln auf seinem Gesicht, als er Jay ansah und sagte: »Einer weniger. Wie viele sind's noch?« Er war, trotz dieser flüchtigen Begegnung, ein Mensch, den man nicht so leicht vergessen würde ...

Und da war Cooley, felsenfest und unermüdlich wie eh und je, der sagte: »He, Junge. Ganz haben wir es nicht geschafft, nicht wahr?« Nur eine makellose Leistung konnte Cooley befriedigen.

Ja, auch Jay hatte dasselbe Gefühl, obwohl die Enttäuschung schon fast überdeckt war. Fast. »Wie bist du heruntergekommen?« fragte er. »Die Straße muß doch weggeschwemmt sein.«

»Ist sie auch. Ein Hubschrauber kam vorbei. Ich flog als Anhalter mit.« Cooley war immer da, wo Not am Mann war ...

Da war der Priester, eine kleine, alte Gestalt mit schwarzem Barett, der unermüdlich Trost spendete, Ratschläge erteilte und sich um diejenigen kümmerte, die verletzt und verlassen waren.

Er erweckte in allen neue Hoffnung.

Einmal sah Jay, wie der Priester und der große, schlanke Mann mit der Brille aneinander vorbeigingen. Ihr Lächeln schien eine besondere Bedeutung zu haben, und Jay wußte nicht, warum, denn er hätte den großen Mann als bloße Zufallserscheinung abgetan ...

Da waren andere, viele andere, die man nicht vergessen konnte - sie alle arbeiteten zusammen, schoben alle Differenzen beiseite und wurden Kameraden. Und er gehörte zu ihnen.

Merkwürdig ...

Und dann erfuhr er plötzlich - von wem, wußte er später nicht mehr - die Nachricht von Bill Williams' Tod, und auf einen Schlag trat ihm alles, was bisher wirr und verschwommen gewesen war, klar vor die Seele.

Unter einem inneren Zwang, gegen den es keine Abwehr

gab, verließ er den *barrio* und machte sich über die alte Plaza auf den Weg zum Krankenhaus.

»Kate ist sehr beschäftigt«, sagte ihm eine hochgewachsene junge Frau mit einem Akzent, der dem des großen Mannes mit der Brille sehr ähnlich war. »Aber wenn es wichtig ist -«

»Es ist wichtig. Es betrifft ihren Vater.«

Kate wußte es, dachte er, in dem Augenblick, als sie ihn sah. Sie schien zu straucheln, faßte sich aber dann und kam auf ihn zu.

Jay nahm ihren Arm und führte sie hinaus in die Sonne, wo sie schweigend und scheinbar ziellos eine Weile langsam umhergingen. Es war Kate, die das Schweigen brach. »Wie?« sagte sie. Sie war noch wie betäubt.

»Er hat die Hochwasserschutzmauer gesprengt. Das weiß ich von Sam Martin. Dann kam er nicht mehr rechtzeitig weg. Wir wissen nicht, warum. Es tut mir leid.«

»Warum hat nicht Sam die - die Sprengladungen gezündet?«

»Ich glaube, daß er, Ihr Vater -«

»Ja.« Kate nickte. »Wenn das - Haus dahingehen sollte, wollte er es selbst tun. Es war sein Heim.« Sie war den Tränen nahe. »Ich danke Ihnen, daß Sie gekommen sind, um es mir zu sagen.«

Ihm gingen seltsame Gedanken durch den Kopf. Er war sich ihrer bisher nicht bewußt geworden, aber jetzt kamen sie ihm unwillkürlich und verursachten nicht einmal den Schmerz, den er erwartet hatte. »Ich wollte Ihnen auch noch etwas anderes sagen.«

Kate sah ihn schweigend an.

»Ich - habe versagt. Ich versage nicht oft, aber diesmal habe ich versagt.« Dann die Bitte um Verzeihung, die ausgesprochen werden mußte. »Es tut mir wirklich leid.«

»Nein. Sie haben nicht versagt.« Irgendwie war in diesem Augenblick der Trost für die Lebenden wichtiger als Tränen und Gram um die Toten. »Sie - Sie haben Erfolg gehabt.«

Kate hätte den Grund nicht nennen können, aber sie war davon überzeugt. »So, wie Sie immer Erfolg haben werden.« Merkwürdig, daß sie plötzlich an die Häuser auf dem Grund des Stausees denken mußte. Sie waren alle verschwunden, wie sie gehört hatte. »Sie sind hergekommen - um Nachforschungen anzustellen.« Und dann fügte sie im Bewußtsein einer tieferen Erkenntnis hinzu: »Sie suchten eine Heimat«, sagte sie.

»Vielleicht war es so. Ich habe mir nie ein Zuhause gewünscht«, sagte Jay. »Bisher nicht.«

Sie waren stehengeblieben und standen sich jetzt im Sonnenschein gegenüber. »Und jetzt«, sagte Kate, »bleiben Sie hier?«

»Nein«, sagte Jay. »Ich - bin Verpflichtungen eingegangen.«

»Und Sie halten Ihre Verpflichtungen ein.« Wie es Daddy immer getan hatte, dachte Kate, und wieder spürte sie die Tränen nahen. Hatte sich Mutter jemals gegen solche Verpflichtungen aufgelehnt? Oder hatte sie gelernt, mit ihnen zu leben?

»Ich halte mein Wort, ja. Und ich werde es auch diesmal halten.« Jay zögerte, denn er war im Begriff, etwas zu sagen, was in der Tat ein weiteres Versprechen bedeutete, das man nicht leichtfertig abgab. Aber es war ein gutes Versprechen, und ein richtiges, und es kostete ihn keine Mühe. »Aber ich komme wieder«, sagte er.